Hölle auf Zeit

Jack Higgins

Hölle
auf
Zeit

Roman

Scherz

Erste Auflage 1990
Titel des Originals: «A Season in Hell»
Einzig berechtigte Übersetzung aus
dem Englischen von Liselotte Julius.
Copyright © 1989 by Jack Higgins.
Gesamtdeutsche Rechte beim Scherz Verlag, Bern, München, Wien.
Alle Rechte der Verbreitung, auch durch Funk, Fernsehen,
fotomechanische Wiedergabe, Tonträger jeder Art und
auszugsweisen Nachdruck, sind vorbehalten.

1983

1

Als kurz nach vier das erste Morgenlicht durch die Bambusstäbe über seinem Kopf zu sickern begann, setzte wieder Regen
ein, zunächst sacht, dann sich zu einem heftigen Guß entwik-
kelnd, vor dem es kein Entrinnen gab.

Sean Egan kauerte in einer Ecke, die Arme verschränkt, die
Hände unter die Achselhöhlen geklemmt, um möglichst viel
Körperwärme zu speichern, die nach vier Tagen ohnehin auf
ein Minimum gesunken war. In dem engen Erdloch von etwas
über einem Quadratmeter konnte er sich nicht hinlegen, auch
wenn er es gewollt hätte. Er erinnerte sich, irgendwo gelesen zu
haben, daß Gorillas die einzigen Tiere sind, denen es nichts
ausmacht, im eigenen Kot zu liegen. Dieses Stadium hatte er
noch nicht erreicht, wenngleich er sich an den Gestank gewöhnt hatte.

Seine Füße waren nackt, Tarnjacke und Hose hatte man ihm
jedoch gelassen. Um den Kopf hatte er ein khakifarbenes
Schweißband gewunden; das Gesicht darunter war hager, die
Haut über den vorstehenden Backenknochen straff gespannt.
Die porzellanblauen Augen blickten leer, während er wartend
dahockte und der Regen durch die Bambusstäbe dreieinhalb
Meter über ihm hereinströmte. Die Lehmwände waren durch-
feuchtet, und von Zeit zu Zeit lösten sich Erdklumpen und
fielen hinunter in das Wasser, das bereits knapp zehn Zentimeter hoch stand.

Er wartete, von all dem unberührt, und hörte schließlich das Geräusch von Schritten und ein monotones Pfeifen im Regen. Der Mann über ihm trug eine Tarnuniform, ähnlich der seinen, jedoch leicht abgewandelt zu dem von der Roten Armee während der Besetzung Afghanistans entworfenen Modell. Ein Sergeant, den Rangabzeichen nach zu urteilen. Über dem Mützenschirm der rote Stern der Sowjetarmee und die Abzeichen des 81. Regiments der Luftlandetruppen.

Egan erkannte all diese Einzelheiten, weil das zu seinem Beruf gehörte. Er blickte hoch und wartete stumm. Der Sergeant hatte in der einen Hand ein AK-Sturmgewehr, in der anderen eine Dose mit Verpflegung, an der ein Stück Schnur befestigt war.

«Immer noch bei uns?» rief er munter auf englisch und stellte das Gewehr neben sich. «Muß ziemlich feucht sein da unten?» Egan sagte kein Wort, hockte nur da, wartete. «Und immer noch stumm? Na, warte, du wirst schon noch reden, Freundchen. Das tun sie am Ende alle.» Der Sergeant ließ die Büchse durch die Bambusstäbe hinunter. «Frühstück. Diesmal bloß Kaffee, aber schließlich wollen wir dich ja nicht hochpäppeln.»

Egan nahm die Dose und öffnete sie. Sie enthielt tatsächlich Kaffee, der in der feuchten Luft dampfte und erstaunlich heiß war. Er kämpfte gegen die aufsteigende Übelkeit; allein der Geruch von Kaffee verursachte ihm Brechreiz. Ihn zu trinken, war ein Ding der Unmöglichkeit, wie seine Kerkermeister sehr wohl wußten.

Der Sergeant lachte. «Na klar, du trinkst ja Tee. So ein Pech.» Er knöpfte sich die Hose auf und urinierte durch die Stäbe. «Wie wär's mit 'ner kleinen Abwechslung?»

Es gab keine Ausweichmöglichkeit. Egan verharrte zusammengekauert in der Ecke, starrte unverwandt nach oben, blieb stumm.

Der Sergeant nahm das AK auf. «In fünf Minuten bin ich

zurück und erwarte dann eine blitzsaubere, leere Dose. Sei ein braver Junge und trink aus, sonst müßt ich dir 'ne Strafe verpassen.»

Er entfernte sich, und Egan blieb abwartend; auf seinem Gesicht lag ein angespannter Ausdruck. Sobald die Schritte verhallt waren, erhob er sich. Fünf Minuten. Seine einzige Chance. Er riß sich das khakifarbene Schweißband vom Kopf, von dem nur der sichtbare Teil noch ganz war; den Rest hatte er während der Nacht in Streifen gerissen, diese sorgfältig geflochten und daraus ein behelfsmäßiges Seil geknüpft.

Er befestigte es hastig unter den Armen, legte es sich in einer Schlinge um den Hals und nahm das lose Ende zwischen die Zähne. Er stemmte sich mit dem Rücken gegen die eine Wand des Erdlochs, mit den Füßen gegen die andere und arbeitete sich langsam hoch, bis er die Bambusstäbe berühren konnte. Dann nahm er das Seilende aus den Zähnen, legte es um zwei Stäbe und band es fest.

Stille, nur das Rauschen des Regens. Er wußte, daß der Sergeant einen langen Anmarsch hatte. Er wartete, ließ die Sekunden verstreichen, stieß sich dann mit den Füßen von der Wand ab und ließ sich mit einem Aufschrei fallen.

Die Bambusstangen über ihm bogen sich, sein Körper schwang ruckartig hin und her. Er drehte den Kopf zur Seite, so daß die Schlinge um seinen Hals sichtbar wurde, und hielt die Augen halb geschlossen, während das Seil, nun mit seinem Gewicht belastet, unter den Armen einschnitt.

Er wußte, daß der Sergeant sich jetzt über ihm befand, hörte den Schreckensschrei, als dieser sich hinkniete, einen Dolch aus dem Stiefel zog, ihn durch die Bambusstäbe schob, um das Seil durchzuschneiden. Egan ließ sich mit Wucht fallen, prallte gegen die Wand und landete aufklatschend in der stinkenden Brühe. Er lag bäuchlings da, lauerte, registrierte, daß die Stäbe oben zurückgezogen wurden, um eine Bambusleiter herunterzulassen.

Der Sergeant kletterte geschwind nach unten und beugte sich über ihn. «Du Vollidiot!» knurrte er, während er ihn umdrehte.

Egans geballte Fäuste traten von beiden Seiten in Aktion, die Knöchel zielten auf den Hals direkt unter den Ohren. Dem Sergeant blieb keine Zeit zu schreien. Er ächzte schwach, rollte die Augen und war auch schon bewußtlos.

Es dauerte nur Sekunden, bis Egan ihm die Stiefel ausgezogen, sie übergestreift und zugeschnürt hatte. Dann zerrte er sich die Mütze mit dem roten Stern tief in die Stirn und kletterte vorsichtig die Leiter hinauf.

Auf der Lichtung rührte sich nichts. Die Rauchwolke, die über den Bäumen dahintrieb, mußte von dem Haus kommen, das wußte er von seinem ersten Verhör. Durch den Wald ging es zum Fluß hinunter, vierhundert Meter vielleicht. Sobald er ihn erst überquert hatte, war er in Sicherheit und konnte sich in die Berge durchschlagen. Er nahm das AK und sah zu den schneebedeckten Gipfeln hinüber, dann bahnte er sich den Weg durch die Bäume.

Nach fünfzig Metern kam ein Stolperdraht, den er behutsam überwand, kurz danach ein weiterer, vermutlich als Überraschungseffekt gedacht. Egan stieg darüber und stapfte durch die hüfthohen, regennassen Farne.

Entkommen zu sein – das allein genügte nicht. Der schwierige Teil kam danach: überleben – eine alte Maxime des Special Air Service (SAS), die ihm einfiel, als rechts von ihm die Bäume in die Luft flogen. Keine Landmine. Die hätte ihn zerfetzt. Höchstwahrscheinlich hatte ein elektronisches Überwachungsgerät in Bodennähe den Alarm ausgelöst. Dies wurde vollauf bestätigt, als durch die Bäume aus Richtung des Bauernhauses eine Sirene klagend losschrillte.

Er umklammerte das AK mit eisernem Griff, hielt es quer vor der Brust und hetzte durch die Farne.

Er spürte, daß sich links von ihm etwas bewegte. Aus den

Bäumen trat eine Gestalt im Tarnanzug hervor, den Kopf gesenkt, zum Angriff bereit. Kurz vor dem Zusammenstoß drehte sich Egan plötzlich zur Seite, ließ sich auf ein Knie nieder, das andere Bein ausgestreckt. Der Mann stolperte, Egan sprang auf, trat ihn gegen die Schläfe und rannte los.

Sein linkes Knie schmerzte, aber das spornte ihn eher noch an; er lief unverdrossen weiter, beschleunigte das Tempo in dem Maß, wie der Abhang steiler wurde und das hohe Farndikkicht fast dschungelartig wucherte. Als er in eine kleine Lichtung preschte, traten auf der anderen Seite drei weitere Soldaten aus dem Wald hervor.

Im Laufschritt stürmte er unaufhaltsam vorwärts, löste einen Feuerstoß aus, schlug dem einen mit dem Gewehrkolben ins Gesicht, stieß den anderen mit der Schulter zur Seite, hastete weiter durch die Bäume, sehr schnell, zu schnell, so daß er strauchelte.

Er rappelte sich hoch und setzte sich wieder in Bewegung. Irgendwo ganz in der Nähe hörte er einen Hubschrauber, doch bei dem Wetter würde der es nicht riskieren, tief zu fliegen. Durch eine Lücke zwischen den Bäumen konnte er den Fluß ausmachen, trotz Nebelschwaden und Regenschleiern.

Seine Brust war wie eingeschnürt, und der Schmerz im linken Knie brannte wie Feuer, dennoch schlitterte er weiter die steile Böschung hinunter, bis er endlich zum Fluß gelangte. Als er sich aufrichtete, sprang jemand aus dem Farndickicht und rammte ihm einen Gewehrkolben in die Nieren.

Schmerzgekrümmt fuhr Egan zurück, und sofort wurde ihm das Gewehr gegen die Kehle gedrückt. Er ließ das AK fallen und hieb dem Mann seinen rechten Stiefelabsatz gegen das Schienbein. Ein Aufschrei, der Druck des Gewehrs lockerte sich, Egan warf mit einem heftigen Ruck den Kopf zurück, traf den anderen direkt ins Gesicht, stieß mit dem linken Ellbogen kurz und brutal nach.

Als er sich umdrehte, ließ ihn sein Knie endgültig im Stich, das Bein knickte zusammen, und nun landete der Soldat mit gebrochener Nase und blutüberströmtem Gesicht seinerseits einen Volltreffer mit dem Knie in Egans Gesicht und warf ihn damit auf den Rücken. Er kam dichter heran, den Fuß zum Zutreten erhoben. Egan griff zu und drehte ihn herum, schleuderte den Mann beiseite. Als der sich aufzurichten versuchte, versetzte ihm Egan, bereits auf sein gesundes Knie gestützt, einen vernichtenden Schlag unter die Rippen. Der Soldat sank ächzend wieder zu Boden.

Der Hubschrauber war jetzt nicht mehr weit; noch näher erklangen Männerstimmen und Hundegebell. Egan hob das AK auf und humpelte zum Ufer. Der Nebel hier war so dicht, daß man die gegenüberliegende Seite unmöglich sehen konnte. Die vom Regen angeschwollenen braunen Wassermassen schäumten eilends dahin. Die Strömung war reißend, zu schnell selbst für den kräftigsten Schwimmer und so eisig, daß man es nur kurzfristig darin aushalten würde.

Er ging weiter am Ufer entlang. Hier war die Flut meterhoch gestiegen, ein Baum trieb auf dem Wasser, dessen Äste sich in einem Strauch am Ufer verfangen hatten. Er erkannte die einmalige Überlebenschance, sprang hinein – die Stimmen waren jetzt ganz nah – und paddelte auf den Baum zu. Der rührte sich trotz aller Gewaltanwendung zunächst nicht vom Fleck, bis er dann plötzlich von der Strömung losgerissen wurde. Das AK entglitt ihm, als er Halt suchend nach den Ästen griff. Am Ufer standen jetzt Männer, Hunde kläfften. Ein Feuerstoß, und dann befand er sich in der Mittelströmung, eingehüllt in Nebel- und Regenschleier.

Es war kalt, kälter als alles, was er bisher erlebt hatte, seine Sinne stumpften ab. Sogar der Schmerz im Knie wurde betäubt. Die Strömung wurde jetzt anscheinend langsamer, er trieb gemächlicher dahin, umhüllt von Nebel. Der Hubschrauber kurvte ein paarmal über ihm, aber nicht tief genug, so daß kein Anlaß zur Sorge bestand. Nach einer Weile entfernte er sich.

Es war sehr still, nur das Plätschern des Wassers, das Rauschen des Regens waren zu hören. Seine letzte Chance, ihm blieb nicht mehr viel Zeit, denn die Kälte ließ seinen Körper bis ins Innerste gefrieren. Immer noch an den Baum geklammert, begann er heftig zu treten und sich ans andere Ufer vorzuarbeiten.

Es kostete übermenschliche Anstrengung, doch er ließ nicht locker, hörte sich schwer atmen und dann noch ein anderes Geräusch. Ein gedämpftes Tuckern hinter ihm. Als er sich umdrehte, um über die Schulter zu blicken, tauchte ein Motorboot aus dem Nebel auf und stieß leise an die Äste.

Ein halbes Dutzend Soldaten befand sich an Bord, doch nur einer fiel ins Auge – der Offizier, der sich über die Reling beugte und zu ihm hinuntersah. Er war Anfang Dreißig, jung für einen Colonel, mittelgroß, mit dunklen, wachsamen Augen und schwarzem, nach militärischen Begriffen viel zu langem Haar. Irgendwann einmal mußte er sich die Nase gebrochen haben. Er trug eine Tarnjacke, dazu ein beigefarbenes Barett mit dem Offiziersabzeichen des SAS, silberne Drahtschwingen mit dem Regimentswahlspruch: «Wer wagt, gewinnt», in Rot auf blauem Grund. Er streckte die muskulösen Arme ins Wasser, um Egan herauszuhieven.

«Colonel Villiers», sagte Egan schwach. «Sie hab ich hier nicht erwartet.»

«Ich bin Ihr Führungsoffizier bei diesem Unternehmen, Sean», erklärte Villiers.

«Scheint, als hätt ich's überzogen», meinte Egan.

Villiers lächelte überaus charmant. «Für mich waren Sie einsame Spitze. Jetzt machen wir lieber, daß wir hier rauskommen.»

Der 22. Regiment Special Air Service rangiert vermutlich als militärische Eliteeinheit weltweit an erster Stelle und setzt sich ausschließlich aus Freiwilligen zusammen. Das Auswahlverfahren ist so streng, daß für gewöhnlich nur jeder zehnte Bewerber durchkommt. Die letzte Prüfung besteht in einem Gewaltmarsch, bei dem zweiundsiebzig Kilometer mit achtzig Pfund Gepäck in zwanzig Stunden zurückzulegen sind; die Strecke führt über die Brecon Beacons in Wales, eines der unwegsamsten Gelände in Großbritannien, das bereits Todesopfer gefordert hat.

Tony Villiers stand am Fenster des Bauernhauses und sah hinaus in den Regen, der vom Fluß her über die Bäume getrieben wurde. Er dachte an den Mann, der gerade um ein Haar draufgegangen wäre. «Mein Gott, das ist wirklich ein verdammt trostloser Ort bei einem solchen Wetter.»

Der junge Mann, der hinter ihm am Schreibtisch saß, lächelte. Auf dem Namensschild stand Captain Daniel Warden; er war zuständig für die Teststrecken in den Beacons. Er und Villiers dienten nicht nur als Offiziere im SAS, sondern waren auch beide Angehörige der Grenadiergarde.

Er schlug die vor ihm liegende Akte auf. «Ich hab hier Egans Personaldaten aus dem Computer, Sir. Wirklich ganz hervorragend. Tapferkeitsmedaille für den Einsatz in Irland, keine nähere Begründung.»

«Ich bin darüber im Bilde», erwiderte Villiers. «Er hat damals bei mir gearbeitet. Geheim. South Armagh.»

«Kriegsverdienstmedaille auf den Falklandinseln. Schwer verwundet. Acht Monate im Krankenhaus. Knieplastik links, Kunststoff und Stahl oder so was. Spricht Französisch, Italienisch und Irisch. Ganz was Neues.»

«Sein Vater war Ire», erklärte Villiers.

«Noch ein interessanter Punkt. Er hat eine ganz anständige Public School besucht. Dulwich College.»

Warden selbst war Eton-Schüler, genau wie Villiers, der ihm nun vorhielt: «Seien Sie kein Snob, Daniel. Eine ausgezeichnete Schule. Gut genug immerhin für Raymond Chandler.»

«Tatsächlich, Sir? Das wußte ich gar nicht. Dachte, er war Amerikaner.»

«War er auch, Sie Idiot.» Villiers ging zum Schreibtisch, schenkte sich eine Tasse Tee ein und setzte sich auf die Fensterbank. «Ich gebe Ihnen jetzt detailliert sämtliche Informationen über Sean Egan, die bei Group Four vorliegen und bestimmt nicht in Ihrem Computer gespeichert sind. Viele bemerkenswerte Fakten über unseren Sean. Zunächst mal hat er einen recht ungewöhnlichen Onkel. Vielleicht haben Sie von ihm gehört? Ein gewisser Jack Shelley?»

Warden runzelte die Stirn. «Der Gangster?»

«Das ist lange her. In der guten, finsteren alten Zeit hat er eine ebenso wichtige Rolle gespielt wie die Brüder Kray und die Richardson-Gang. Sehr beliebt im Londoner East End. Ein Volksheld. Robin Hood im Jaguar. Verdienstquelle: Glücksspiel und Schutzgelder, Nachtclubs und so weiter. Nichts Anrüchiges wie Drogen oder Prostitution. Und er ist schlau. Zu schlau, um sich schließlich Lebenslänglich einzuhandeln wie die Krays. Als er feststellte, daß er auf legale Weise genausoviel Geld machen konnte, ist er umgestiegen. Fernsehen, Computer, High-Tech. Er muß mindestens 20 Millionen schwer sein.»

«Und Egan?»

«Shelleys Schwester hat einen in London lebenden Iren namens Patrick Egan geheiratet. Ehemaliger Boxer, der irgendwo am Fluß 'ne Kneipe betrieb. Shelley war mit der Heirat nicht einverstanden. Er selbst hat nie geheiratet.» Villiers steckte sich eine neue Zigarette an. «Und eins dürfen Sie bei ihm keinesfalls vergessen. Wenn er auch Multimillionär ist und ihm halb Wapping gehört, so bleibt er doch immer noch Jack Shelley für jeden Gauner in London, ein Name, mit dem man rechnen muß. An dem jungen Sean hat er einen Narren gefressen. Er hat die Kosten für den Besuch von Dulwich College übernommen, und Sean war ein guter Schüler. Hat ein Stipendium fürs Trinity College in Cambridge bekommen. Wollte Moralphilosophie studieren. Das schlägt doch dem Faß den Boden aus – Jack Shelleys Neffe studiert Moralphilosophie.»

Warden war sichtlich fasziniert. «Was ist schiefgelaufen?»

«Im Frühjahr 1976 fuhren Pat Egan und seine Frau rüber nach Ulster, um Verwandte in Portadown zu besuchen. Bedauerlicherweise parkten sie neben dem falschen Lastwagen.»

«Eine Bombe?»

«Ein Mordsding. Hat die halbe Straße ausradiert. Sie waren nur zwei der zahlreichen Todesopfer. Egan war siebzehneinhalb. Hat Cambridge den Rücken gekehrt und sich bei den Fallschirmjägern gemeldet. Sein Onkel war wütend, konnte aber nicht viel dagegen tun.»

«Ist Egan sein einziger Verwandter?»

«Nein, es gibt da noch eine Frau in den Sechzigern, Seans Kusine, glaube ich. Das hat er mir mal erzählt. Sie führt die alte Kneipe seines Vaters.» Villiers runzelte die Stirn. «Ida, richtig, so heißt sie. Tante Ida nennt Egan sie. Dann noch ein Mädchen namens Sally; Pat Egan und seine Frau haben sie adoptiert, ich glaube, ihre Eltern sind früh gestorben, als sie noch ein Baby war. Für Shelley hat sie nicht gezählt – keine direkte Verwandte. So ist er nun mal. Als Sean Soldat wurde, ist sie zu seiner Tante Ida gezogen.»

«Sean, Sir?» fragte Warden. «Ist das nicht ein bißchen zu vertraulich zwischen einem Colonel und einem Sergeant?»

«Sean Egan und ich haben ein dutzendmal bei Geheimaufträgen in Irland zusammengearbeitet. Das ändert manches.» Villiers' Tonfall erinnerte jetzt nicht mehr an Eton, sondern an Belfast. «Man kann nicht in einem Gebäude an der Falls Road mit einem Mann zusammenarbeiten, dabei in jedem wachen Augenblick das Leben riskieren und dann erwarten, daß er einen mit ‹Sir› anredet.»

Warden lehnte sich im Sessel zurück. «Liege ich richtig mit der Annahme, daß für Egans Meldung zum Militär der Wunsch ausschlaggebend war, sich irgendwie an den Menschen zu rächen, die seine Eltern umgebracht hatten?»

«Natürlich war es das. Die IRA übernahm die Verantwortung für dieses Bombenattentat. Daß ein Siebzehnjähriger so darauf reagierte, war zu erwarten.»

«Aber machte ihn das nicht zum Risiko, Sir? Ich meine, mit diesen psychologischen Voraussetzungen konnte er doch alles auffliegen lassen, mußte es geradezu.»

«Oder es entsprach genau dem, was wir brauchten, Daniel, das kommt ganz auf den Standpunkt an. Als er ein Jahr alt war, übersiedelten seine Eltern von London nach South Armagh und dann nach Belfast. Als er zwölf war, hatten sie genug von den Verhältnissen drüben und kehrten nach London zurück. Da hätten wir also einen Jungen, in Ulster aufgewachsen, erzkatholisch, der sogar ordentlich Irisch spricht, weil sein Vater es ihm beigebracht hat. Ein scharfer Verstand, der ihm ein Stipendium für Cambridge einbringt. Lassen Sie's gut sein, Daniel, innerhalb von sechs Monaten wurde man auf ihn aufmerksam und holte ihn aus dem Haufen raus. Und außerdem besitzt er noch eine weitere ganz besondere Eigenschaft.»

«Die wäre, Sir?»

Villiers trat ans Fenster und spähte in den Regen hinaus. «Er ist von Natur aus ein Killer, Daniel. Ohne mit der Wimper zu zucken. Einen wie ihn hab ich noch nie erlebt. Als Geheimagent in Irland hat er, wie ich mit Sicherheit weiß, achtzehn Terroristen umgebracht. IRA, INLA ...»

«Seine eigenen Leute, Sir?»

«Nur weil er Katholik ist?» fragte Villiers zurück. «Machen Sie 'nen Punkt, Daniel. Nairac war Katholik. Außerdem war er Offizier bei der Grenadiergarde, und nur das zählte für die IRA, als sie ihn ermordeten. Sean Egan jedenfalls hat sich nie parteiisch verhalten, sondern etliche führende Scharfschützen auf protestantischer Seite genauso erledigt.»

Warden blickte auf die Akte hinunter. «Ein beachtlicher Mann. Und jetzt müssen Sie ihm mitteilen, daß er mit fünfundzwanzig am Ende ist.»

«Genau. Also rufen wir ihn rein und bringen's hinter uns.»

Sean Egan betrat den Raum: Hemd, messerscharfe Bügelfalten, das beigefarbene Barett im vorschriftsmäßigen Winkel. Schulterstücke mit Sergeantrangabzeichen, am rechten Ärmel die üblichen SAS-Embleme. Über der linken Brusttasche trug er außerdem das Pilotenabzeichen vom Army Air Corps, darunter die Bänder für die Kriegsverdienstmedaille, die Tapferkeitsmedaille und für den militärischen Einsatz in Irland und auf den Falklandinseln. Er stand in strammer Haltung vor Warden, der hinter seinem Schreibtisch saß. Villiers blieb auf der Fensterbank und rauchte eine Zigarette.

«Nehmen Sie Platz», sagte Warden. Er wies auf einen Stuhl.

Egan gehorchte. Villiers erhob sich und zog eine Blechschachtel aus der Tasche. «Zigarette gefällig?»

«Hab's aufgegeben, Sir. Als es mich auf den Falklands erwischte, hat sich eine Kugel den linken Lungenflügel ausgesucht.»

«So hat wohl alles auch seine gute Seite», bemerkte Villiers. «Üble Angewohnheit.»

Er machte Konversation, um die Zeit auszufüllen, und sie alle wußten das. Warden ergriff das Wort. «Colonel Villiers ist Ihr Führungsoffizier bei diesem Unternehmen», begann er nicht gerade diplomatisch.

«Das ist mir bekannt, Sir.»

Pause. Warden hantierte unschlüssig mit den Papieren und schien nicht recht zu wissen, was er sagen sollte. Villiers mischte sich ein und fragte, zu Warden gewandt: «Hätten Sie etwas dagegen, Daniel, wenn Sergeant Egan und ich uns unter vier Augen unterhalten?»

Wardens Erleichterung war nicht zu übersehen. «Selbstverständlich nicht, Sir.»

Sobald sich die Tür hinter ihm geschlossen hatte, begann Villiers: «Es ist ganz schön lange her, Sean.»

«Ich hätte nicht gedacht, daß Sie noch beim Regiment sind, Sir.»

«Mit Unterbrechungen. Group Four nimmt viel von meiner Zeit in Anspruch. Sie haben mal in Sizilien für uns gearbeitet, wie ich mich erinnere. Unmittelbar vor dem Falklandkrieg.»

«Das stimmt, Sir. Immer noch zugehörig zu D15?»

«Nur auf dem Papier. Das Ganze läuft allerdings nach wie vor unter dem Namen Terrorismusbekämpfung. Mein Chef ist ausschließlich dem Premierminister verantwortlich.»

«Handelt es sich immer noch um Brigadier Ferguson, Sir?»

«In der Tat. Sie sind gut informiert – wie üblich.»

«Sie haben mich oft genug darauf hingewiesen, daß Sie bei dem Geheimauftrag in Belfast und Derry nur mit dem Leben davongekommen sind, weil Sie gut informiert waren.»

Villiers lachte. «Sie sind und bleiben ein waschechter Ire, Sean, genau wie Ihr Vater, stimmt's? Nur ein Katholik aus Ulster pflegt Londonderry als Derry zu bezeichnen.»

«Mir mißfällt die Art, wie sie Bomben einsetzen. Das heißt aber nicht, daß ich ihnen keinen eigenen Standpunkt zubillige.»

Villiers nickte. «Haben Sie Ihren Onkel in letzter Zeit mal gesehen?»

«Er hat mich vor ein paar Monaten im Maudsley Military Hospital besucht.»

«Die üblichen Schwierigkeiten?»

Egan nickte. «Er war nie ein großer Patriot. Für ihn ist die Army bloß reine Zeitverschwendung.» Es entstand abermals eine Pause, ehe er fortfuhr: «Lassen Sie uns zur Sache kommen, Sir, um's Ihnen zu erleichtern. Ich war nicht auf Draht, stimmt's?»

Villiers drehte sich um. «Sie haben's ausgezeichnet gemacht. Das erste Mal, daß jemand es wirklich geschafft hat, sich aus dem Erdloch zu befreien. Sehr erfinderisch. Aber das Knie, Sean.» Er ging um den Schreibtisch herum und öffnete die Akte. «Hier steht's schwarz auf weiß im Arztbericht. Ich finde, die haben eine Meisterleistung vollbracht; das war Millimeterarbeit, das wieder hinzukriegen.»

«Edelstahl und Plastik haben's möglich gemacht. Erstklassige Reparatur, originalgetreu, bloß nicht mehr ganz neuwertig.»

«Hundertprozentig wird das nie sein. Ihr eigener Bericht, wie Sie die Übung persönlich bewerten.» Villiers nahm ihn auf. «Wann haben Sie das geschrieben? Vor einer Stunde? Sie sagen hier selbst, das Knie hat Sie im Stich gelassen.»

«Richtig», pflichtete ihm Egan ruhig bei.

«Hätte für Sie Tod beim Einsatz bedeuten können. Neun Zehntel der Zeit lief alles einwandfrei, aber auf die restlichen zehn Prozent kommt es an.»

«Ich bin also draußen?» fragte Egan.

«Aus dem Regiment – ja. So düster, wie's aussieht, ist es trotzdem nicht. Sie haben ein Anrecht auf Verabschiedung und Pension, doch dafür besteht kein zwingender Anlaß. Die Army braucht Sie nach wie vor.»

«Nein, vielen Dank.» Egan schüttelte den Kopf. «Wenn's nicht SAS ist, dann bin ich nicht daran interessiert.»

«Sind Sie da auch sicher?»

«Absolut sicher, Sir.»

Villiers setzte sich zurück, fixierte ihn mit leichtem Stirnrunzeln. «Da steckt doch mehr dahinter, habe ich recht?»

Egan zuckte die Achseln. «Vielleicht. In all den Monaten im Lazarett hatte ich viel Zeit zum Nachdenken. Als ich mich vor sieben Jahren zum Militär meldete, hatte ich dafür meine Gründe, und die kennen Sie. Ich war ja noch ein halbes Kind, mit dem Kopf voll abenteuerlicher Ideen. Ich wollte es ihnen heimzahlen, das mit meinen Eltern.»

«Und?»

«Man kann es niemandem heimzahlen. Die Rechnung wird immer offenstehen. Sie wird nie voll beglichen sein. Und dafür dieser Zeitaufwand.» Er erhob sich und trat ans Fenster. «Wie viele habe ich drüben fertiggemacht und wofür? Das geht immer weiter und hat doch meine Eltern nicht zurückgebracht.»

«Vielleicht brauchen Sie erst mal Ruhe», meinte Villiers.

Sean Egan rückte sein Barett zurecht. «Bei allem Respekt, Sir, was ich brauche, ist der endgültige Schlußstrich.»

Villiers sah ihn unverwandt an und erhob sich.

«Na schön. Wenn es das ist, was Sie wollen, so haben Sie sich's redlich verdient. Natürlich gibt es noch eine Alternative.»

«Die wäre, Sir?»

«Sie könnten mit mir für Brigadier Ferguson in Group Four arbeiten.»

«Vom Regen in die Traufe? Lieber nicht.»

«Was werden Sie tun? Wieder zu Ihrem Onkel gehen?»

Egan lachte rauh. «Der Himmel bewahre mich, eher arbeite ich für Satan höchstpersönlich.»

«Dann also Cambridge? Dafür ist's noch nicht zu spät.»

«Diese klösterliche Ruhe und Abgeschiedenheit ist für mich nicht das Richtige, da passe ich nicht hin. Ich würde mich unwohl fühlen und die armen alten Professoren erst recht.»

«Na, ich weiß nicht», entgegnete Villiers. «Ich kannte einen Professor in Oxford, der war im Zweiten Weltkrieg SOE-Agent. Trotzdem...»

«Es wird sich schon was ergeben, Sir.»

«Das hoffe ich auch.» Villiers sah auf die Uhr. «Der Hubschrauber startet in zehn Minuten zum Hauptquartier in Hereford. Holen Sie Ihr Gepäck und fliegen Sie mit. Ich sorge dafür, daß bei Ihrer Entlassung ein bißchen Druck gemacht wird.»

«Vielen Dank, Sir.»

Egan ging zur Tür. «Vorhin fiel mir übrigens Ihre Adoptivschwester Sally ein», sagte Villiers. «Wie geht's ihr?»

Egan wandte sich um, die Hand am Türgriff. «Sally ist vor vier Monaten gestorben, Colonel.»

Villiers war aufrichtig bestürzt. «Mein Gott, wieso? Sie kann doch nicht älter als achtzehn gewesen sein.»

«Sie ist ertrunken. Man fand sie in der Themse bei Wapping.

Ich wurde damals gerade operiert, so daß ich nichts unternehmen konnte. Mein Onkel hat sich an meiner Stelle um die Beisetzung gekümmert. Sie liegt auf dem Friedhof von Highgate, ganz in der Nähe von Karl Marx. Sie war gern da oben.» Sein Gesicht war ausdruckslos, seine Stimme ruhig. »Kann ich jetzt gehen, Sir?»

«Selbstverständlich.»

Die Tür wurde geschlossen. Villiers steckte sich eine neue Zigarette an, erschüttert und verstört. Die Tür öffnete sich wieder, und Captain Warden kam herein. «Er sagte mir, Sie wünschten, daß er mit dem Hubschrauber zum Regiment zurückfliegt.»

«Stimmt.»

«Er nimmt seinen Abschied?» Warden runzelte die Stirn. «Aber das ist doch nicht notwendig, Sir. Beim SAS ist es aus für ihn, ja, aber es gibt massenhaft Einheiten, die sich darum reißen würden, ihn zu kriegen.»

«Nichts zu machen. Da ist er beinhart. Er hat sich verändert. Vielleicht liegt's an den Falklands und an den vielen Monaten im Lazarett. Er geht, und damit hat sich's.»

«Ein wahrer Jammer, Sir.»

«Ja, aber womöglich kann man ihn doch noch irgendwie in den Griff kriegen. Ich hab ihm einen Job bei Group Four angeboten. Den hat er prompt abgelehnt.»

«Meinen Sie, er könnte es sich anders überlegen?»

«Wir müssen abwarten, wie sich ein paar Monate draußen auf ihn auswirken. Ich kann ihn mir nicht als Schreibtischhokker in irgendeiner Versicherungsgesellschaft vorstellen, was er ja auch gar nicht nötig hätte. Die Kneipe seines Vaters gehört ihm. Zudem ist er Jack Shelleys Universalerbe. Aber das ist jetzt nebensächlich. Er hat mir eben einen Schock versetzt mit der Nachricht, daß seine Adoptivschwester vor ein paar Monaten in der Themse ertrunken ist.» Er wies mit dem Kopf auf den Computer in der Ecke. «Mit dem Ding können wir doch

Informationen beim Central Records Office in Scotland Yard abrufen, stimmt's?»

«Kein Problem, Sir. Frage von Sekunden.»

«Stellen Sie fest, was dort über Sally Baines Egan gespeichert ist. Nein, es muß Sarah heißen.»

Warden setzte sich an den Computer. Villiers stand am Fenster, starrte hinaus in den Regen. Jenseits der Bäume hörte er den Hubschraubermotor beim Start dröhnen.

«Da hätten wir's, Sir. Sarah Baines Egan, Alter achtzehn. Nächste Angehörige Ida Shelley, Jordan Lane, Wapping. Das ist 'ne Kneipe – ‹The Bargee› heißt sie.»

«Irgendwas von Interesse?»

«Leiche wurde auf einer Schlammbank gefunden. Tod war ungefähr vier Tage zuvor eingetreten. Drogenabhängig. Viermal wegen Prostitution verurteilt.»

«Wovon zum Teufel reden Sie da eigentlich?» Villiers drehte sich zum Computer. «Sie müssen das falsche Mädchen erwischt haben.»

«Das glaube ich nicht, Sir.»

Villiers starrte angestrengt auf den Bildschirm, richtete sich dann wieder auf. Der Hubschrauber flog über das Haus hinweg, und er blickte nach oben. «Mein Gott!» flüsterte er. «Ob er etwas davon weiß?»

2

Paris kann, bei passender Gelegenheit, unvergleichlich verlok-
kend erscheinen, allerdings nicht um ein Uhr nachts im November, bei strömendem Regen, der in dichten Schwaden über
die Seine peitscht.

Eric Talbot kam um die Ecke aus der Rue de la Croix und
befand sich nun auf einem kleinen Kai. Er trug Jeans und Parka,
die Kapuze über den Kopf gezogen, über der linken Schulter
eine Umhängetasche. Ein typischer Student, oder zumindest
wirkte er so, und doch war da noch etwas, das nicht ins Bild
paßte. Ein Anschein von Zerbrechlichkeit, Hinfälligkeit und,
höchst ungewöhnlich bei einem Neunzehnjährigen, tieflie-
gende, umschattete Augen, allzu straff über die Backenknochen gespannte Haut.

Er blieb unter einer Laterne stehen und schaute hinüber zu
dem kleinen Café, seinem Ziel. «La Belle Aurore». Er rang sich
ein Lächeln ab. «La Belle Aurore». Diesen Namen hatte auch
das Café in den Pariser Szenen von *Casablanca* – an dem
Etablissement gegenüber war nun freilich keine Spur von Romantik zu entdecken.

Er setzte sich in Bewegung. Plötzlich bemerkte er, daß in
einem Torweg rechts von ihm eine Zigarette glühte. Aus dem
Dunkeln trat ein Gendarm, in ein schweres, altmodisches Re-
gencape gehüllt.

«Na, wohin soll's denn gehen?»

Der Junge wies mit dem Kopf auf die gegenüberliegende Seite und antwortete in passablem Französisch. «In das Café, Monsieur.»

«Aha, Engländer.» Der Gendarm schnalzte mit den Fingern. «Papiere.»

Der Junge zog den Reißverschluß auf, holte die Brieftasche aus dem Parka und zeigte einen britischen Paß vor. Der Gendarm überprüfte ihn. «Walker – George Walker, Student.» Er gab den Paß zurück. Die Hand des Jungen zitterte heftig. «Sind Sie krank?»

Der Junge lächelte mühsam. «Nur 'ne kleine Grippe.»

Der Gendarm zuckte die Achseln. «Na, da drüben finden Sie jedenfalls keine geeignete Medizin. Hören Sie auf meinen Rat, und suchen Sie sich ein Bett für die Nacht.»

Er schnippte die aufgerauchte Zigarette ins Wasser, machte kehrt und stapfte davon. Der Tritt seiner schweren Stiefel hallte auf dem Kopfsteinpflaster wider. Der Junge wartete, bis er um die Ecke gebogen war, überquerte dann rasch den Kai, öffnete die Tür zu «La Belle Aurore» und ging hinein.

Eine armselige Spelunke, typisch für diese Flußgegend, tagsüber von Matrosen und Hafenarbeitern frequentiert und nachts von Prostituierten. Die übliche Theke mit Zinkauflage, dahinter Flaschenregale, ein zersprungener Spiegel mit Gitanes-Reklame.

Die Frau hinter der Bar las eine alte Nummer von *Paris Match*; sie trug ein schwarzes Kleid, hatte strähniges, mit Wasserstoffsuperoxyd gebleichtes Haar und war unwahrscheinlich fett. Sie blickte hoch und musterte den Jungen. «Monsieur?»

Auf einer Seite des Cafés reihten sich Nischen aneinander, gegenüber befand sich ein kleiner Kamin, neben dem ein einsamer Gast an einem Marmortischchen saß, mittelgroß, blasses, durchaus aristokratisches Gesicht; über die linke Wange lief eine dünne weiße Narbe vom Auge bis zum Mundwinkel. Er trug einen dunkelblauen Burberry-Trenchcoat.

Eric Talbot hatte qualvolle Kopfschmerzen, vor allem seitlich hinter den Ohren, und seine Nase rann unaufhörlich. Er wischte sie sich rasch mit dem Handrücken und lächelte gezwungen. «Agnes, Madame, ich suche Agnes.»

«Hier gibt's keine Agnes, junger Mann.» Sie runzelte die Stirn. «Sie sehen gar nicht gut aus.» Sie holte eine Flasche Kognak herunter und schenkte etwas davon ein. «Da, trink das wie ein braver Junge, und dann machst du dich schleunigst auf den Weg nach Hause.»

Seine Hand zitterte, als er das Glas hob, er blickte völlig verstört drein. «Aber Mr. Smith hat mich doch geschickt. Man hat mir gesagt, sie erwartet mich.»

«Und das tut sie auch, *chéri*.»

Die junge Frau, die sich am anderen Ende des Raumes aus der Nische beugte, erhob sich und kam auf ihn zu. Ihr dunkles Haar war unter einer scharlachroten Baskenmütze versteckt; sie hatte ein herzförmiges Gesicht und einen üppigen, aufreizenden Mund. Sie trug einen schwarzen Regenmantel aus Kunststoff, einen zur Mütze passenden scharlachroten Pullover, einen schwarzen Minirock und hochhackige Stiefeletten. Sie war sehr klein, fast kindlich, was den durch und durch verderbten Eindruck noch verstärkte.

«Du siehst ziemlich elend aus, *chéri*. Komm, setz dich und erzähl mir alles haarklein.» Sie nickte der Dicken zu. «Ich erledige das, Marie.»

Sie nahm ihn beim Arm und führte ihn zu der Nische, passierte den Mann am Kamin, der sie ignorierte. «Na gut, schauen wir uns mal deinen Paß an.»

Eric Talbot reichte ihn herüber, und sie inspizierte ihn hastig. «George Walker, Cambridge. Gut – sehr gut.» Sie gab ihn zurück. «Wir können uns englisch unterhalten, wenn du möchtest. Ich spreche gut Englisch. Du siehst miserabel aus. Was fixt du – Heroin?» Der Junge nickte. «Na, da kann ich dir nicht helfen, jedenfalls nicht gleich, aber wie wär's mit 'ner

Prise Koks, um dich über die Runden zu kriegen? Genau das Richtige bei dem Mistwetter, da schaffst du so 'ne Nacht an der Seine mit links.»

«Meine Güte, das wär toll.»

Sie kramte in ihrer Handtasche, holte ein kleines weißes Päckchen und einen Strohhalm heraus und schob ihm beides hinüber. Im Spiegel über dem Kamin sah sie der Mann im blauen Trenchcoat fragend an. Sie nickte, er leerte sein Glas, erhob sich und verließ das Lokal.

Talbot hatte das Briefchen geöffnet und schnupfte das Kokain durch den Strohhalm. Er schloß die Augen, und Agnes goß aus der Flasche auf dem Tisch ein wenig Kognak in ihr Glas. Der Junge lehnte sich zurück, die Augen immer noch geschlossen, während sie ein Glasfläschchen aus der Handtasche nahm. Sie schüttete ein paar Tropfen der farblosen Flüssigkeit in den Kognak und verstaute das Fläschchen wieder in die Handtasche. Der Junge öffnete die Augen.

«Geht's besser?» fragte sie.

«O ja.» Er nickte.

Sie schob ihm das Glas zu. «Trink das, und dann laß uns endlich zur Sache kommen.»

Folgsam nahm er einen Probeschluck und kippte dann den Rest hinunter. Er stellte das Glas auf den Tisch, und sie bot ihm eine Gauloise an. Der Rauch kratzte in der Kehle, so daß er husten mußte. «Und wie geht's jetzt weiter?»

«Erst mal zu mir nach Hause. Du nimmst die Mittagsmaschine der British Airways für den Rückflug nach London. Den Gürtel mit dem Stoff schnallst du dir um, nur nicht unter dem Zeug da, *chéri*. In Jeans und Parka wirst du beim Zoll garantiert gefilzt.»

«Also was soll ich tun?» Noch nie hatte sich Eric Talbot so benommen, so wirklichkeitsfern gefühlt, und seine Stimme schien von irgendwo außerhalb seines Körpers zu kommen.

«Ich habe einen hübschen blauen Anzug für dich, samt

Regenschirm und Aktenmappe. Du wirst wie ein echter Geschäftsmann aussehen.»

Sie ergriff seinen Arm und half ihm auf. Bei Marie an der Bar angelangt, begann er zu lachen. Sie blickte hoch. «Sie finden mich erheiternd, junger Mann?»

«O nein, Madame, nicht Sie. Das Lokal hier. ‹La Belle Aurore›. So heißt das Café in *Casablanca*, in dem Humphrey Bogart und Ingrid Bergman ihr letztes Glas Champagner trinken, bevor die Nazis kommen.»

«Bedaure, Monsieur, aber ich schaue mir keine Filme an», erwiderte sie ernst.

«Hören Sie mal, Madame, *Casablanca* kennt doch jeder», belehrte er sie mit schwerer Zunge, durchdrungen vom missionarischen Eifer des Betrunkenen. «Meine Mutter starb bei meiner Geburt, und mit zwölf bekam ich eine neue. Meine wunderbare, großartige Stiefmutter, die bezaubernde Sarah. Mein Vater war beim Militär und viel weg, aber Sarah machte alles wett, und in den Ferien durfte ich aufbleiben, wenn im Fernsehen um Mitternacht *Casablanca* lief, und mir den Film anschauen.» Er beugte sich weiter vor. «*Casablanca* müßte obligatorisch zur Allgemeinbildung gehören, sagte Sarah, denn es gibt zu wenig Romantik und Liebe auf der Welt.»

«Da bin ich ganz ihrer Meinung.» Sie tätschelte ihm die Wangen. «Ab ins Bett.»

Das war Eric Talbots letzte bewußte Wahrnehmung, denn als er zur Tür gelangte, befand er sich bereits völlig in einem chemisch herbeigeführten hypnotischen Zustand. Er überquerte den Kai mit schlafwandlerischer Sicherheit, von Agnes am Arm gehalten. Sie kamen an einigen Lagerhäusern vorbei zu einem kleinen Ladeplatz, einer Rampe mit Kopfsteinpflaster, die zum Fluß hinunterführte.

Sie blieben stehen, und Agnes rief leise: «Valentin?»

Der Mann, der aus dem Schatten trat, wirkte hart und bedrohlich, eine breitschultrige, hünenhafte Gestalt, die jedoch bereits Verfallserscheinungen erkennen ließ und durch das lange schwarze Haar und den dichten Backenbart seltsam altmodisch anmutete.

«Wie viele Tropfen hast du ihm gegeben?»

«Fünf.» Sie zuckte die Achseln. «Kann sein, auch sechs oder sieben.»

«Erstaunliches Zeug, dieses Scopolamin», bemerkte Valentin. «Wenn wir ihn jetzt allein ließen, würde er in drei Tagen aufwachen und könnte sich an nichts erinnern, was er getan hat, nicht mal an Mord.»

«Aber du läßt ihn doch nicht etwa in drei Tagen wieder aufwachen?»

«Natürlich nicht. Deshalb sind wir doch hier, oder?»

Sie zitterte. «Du jagst mir Angst ein, ehrlich.»

«Gut so», sagte er und packte Talbots Arm. «Jetzt aber nichts wie ran.»

«Ich kann's nicht mit ansehen. Ich kann's einfach nicht.»

«Mach, was du willst», erwiderte er gleichgültig.

Sie entfernte sich, und er nahm den Jungen beim Arm und führte ihn die Rampe hinunter. Talbot folgte ohne Zögern. Unten angelangt, hielt Valentin inne und sagte dann: «Rein mit dir.»

Talbot trat ins Leere und verschwand. Sekunden danach kam er wieder an die Oberfläche und starrte blicklos zu dem Franzosen hinauf. Valentin ließ sich am Rand der Rampe auf ein Knie nieder, beugte sich weit vor und legte dem Jungen eine Hand auf den Kopf.

«Leb wohl, mein Freund.»

Es war so erschreckend einfach. Der Junge ging unter, als Valentin zustieß, blieb widerstandslos unter Wasser, nur Luftblasen stiegen noch an die Oberfläche, bis auch das aufhörte. Valentin bugsierte den leblosen Körper um den Mauerrand und ließ ihn, fast gänzlich unter Wasser, am Ende der Rampe ausgestreckt liegen.

Er trocknete sich die Hände mit einem Taschentuch und ging zu Agnes zurück. «Du kannst deinen Anruf erledigen. Wir sehen uns nachher bei mir.»

Sie wartete, bis seine Schritte verhallten, und machte sich dann am Kai entlang auf den Weg. Als sich in einem dunklen Torweg etwas bewegte, wich sie erschrocken zurück. «Wer ist da?»

Jemand zündete sich eine Zigarette an, und der Lichtschein fiel auf das Gesicht des Mannes, der im Café gesessen hatte. «Kein Grund, gleich die ganze Nachbarschaft aufzuscheuchen, Schwester.»

Sein Englisch klang nach Public School und hatte einen gedämpft gutgelaunten Unterton mit einem Anflug von Verachtung.

«Ach, du bist's, Jago», entgegnete sie, ebenfalls auf englisch. «Ich hasse dich wie die Pest. Du redest mit mir, als wär ich der letzte Dreck.»

«Mein liebes altes Mädchen», sagte er gedehnt. «Habe ich mich denn nicht immer wie ein vollendeter Gentleman benommen?»

«O ja. Du machst einen kalt und lächelst dabei freundlich. Immer wohlerzogen. Du erinnerst mich an den Mann, der zu dem französischen Zöllner sagte: ‹Nein, ich bin kein Ausländer, ich bin Brite.›»

«Waliser, um ganz genau zu sein, aber den feinen Unterschied würdest du ja sowieso nicht erkennen. Ich nehme an, Valentin hat wie üblich penetrant gut funktioniert?»

«Wenn du damit meinst, ob er die Drecksarbeit für dich erledigt hat – ja.»

«Nicht für mich. Für Smith.»

«Kommt aufs selbe raus. Du spielst den Killer für Smith, wenn's dir in den Kram paßt.»

«Selbstverständlich.» Er wirkte irgendwie erstaunt und zugleich belustigt. «Aber mit Stil, mein Schätzchen. Valentin dagegen würde seine Großmutter umbringen, wenn er glaubt, die Leiche zu einem guten Preis an die Anatomie verscheuern zu können. Und wenn wir schon mal dabei sind, erinnere deinen Zuhälter daran, daß er laufend Kontakt zu halten hat, falls das Gericht die Leiche früher als sonst weiterleiten sollte.»

«Er ist nicht mein Zuhälter, sondern mein Freund.»

«Ein drittklassiger Gangster, der sich mit seinen Kumpanen in den Straßen herumtreibt und sich einzureden versucht, er wär Alain Delon in *Borsalino*. Ohne seine Pferdchen könnte er sich nicht mal Zigaretten leisten.»

Er machte kehrt und ließ sie stehen ohne ein weiteres Wort, pfiff unmelodisch vor sich hin, während Agnes ebenfalls davoneilte und nur bei der nächsten Telefonzelle anhielt, um die Polizei anzurufen.

«Ich bin eben an der Laderampe nördlich von der Rue de la Croix vorbeigegangen und hab da was im Wasser gesehen, das wie 'ne Leiche aussah.»

«Ihr Name, bitte», sagte der diensthabende Beamte, aber sie hatte den Hörer bereits eingehängt und hastete weiter.

Der Diensthabende füllte den entsprechenden Vordruck aus und gab ihn dem Fahrdienstleiter. «Schick mal einen Streifenwagen hin.»

«Vielleicht war's ein Spinner, was meinst du?»

Der andere schüttelte den Kopf. «Eher 'ne Hure, die sich nachts in der Flußgegend ihre Freier kapert und sich bloß aus dem Fall raushalten will.»

Der Fahrdienstleiter nickte und gab die Einzelheiten einem in der Nähe patrouillierenden Streifenwagen durch. Das hätte sich freilich erübrigt, denn im gleichen Augenblick ging der Gendarm, der zuvor mit Eric Talbot gesprochen hatte, die Rampe hinunter, um seine Notdurft zu verrichten, und entdeckte dabei die Leiche.

In Anbetracht der Umstände mußte die polizeiliche Untersuchung oberflächlich bleiben. Der Gendarm, der die Leiche gefunden hatte, befragte Marie im Café «La Belle Aurore», die sich indes von jeher eisern an die Grundregel hielt, daß es sich in ihrem Gewerbe stets auszahlte, nichts gesehen oder gehört zu haben. Ja, der junge Mann hatte das Café besucht. Er hatte sich erkundigt, wo er eventuell ein Zimmer finden könnte. Er hatte einen kranken Eindruck gemacht und einen Kognak verlangt. Sie hatte ihm zwei Adressen gegeben, und er war wieder gegangen. Ende.

Am nächsten Morgen fand die übliche Leichenschau statt und drei Tage später die gerichtliche Untersuchung, wobei der Untersuchungsrichter angesichts des ärztlichen Befundes zu dem einzig möglichen Spruch gelangte: Tod durch Ertrinken unter Alkohol- und Drogeneinfluß.

Am gleichen Nachmittag wurde der Leichnam des als Walker bekannten Jungen in die öffentliche Leichenhalle in der Rue St-Martin eingeliefert, wo die entsprechenden Urkunden für die britische Botschaft ausgefertigt werden sollten – Unterlagen, die den Adressaten nie erreichten dank einer Kusine von Valentin, einer alten Leichenwäscherin, die das betreffende Päckchen abfing, bevor es das Gebäude verließ.

Etwaige Fragen erübrigten sich, als am folgenden Morgen Jago persönlich auftauchte und als angeblicher Kulturattaché der britischen Botschaft sämtliche notwendigen Unterlagen präsentierte. Das renommierte Bestattungsinstitut Chabert & Fils würde für einen geeigneten Sarg sorgen und alle weiteren Formalitäten erledigen. Die gramgebeugte Familie hatte die Überführung in einer Chartermaschine arrangiert, die am nächsten Tag in Vigny, einem kleinen Flugplatz außerhalb von Paris, starten sollte. Zielort war Woodchurch in Kent, wo die sterblichen Überreste vom Bestattungsinstitut Hartley Brothers in Empfang genommen würden. Alles war in bester Ordnung. Die Unterlagen wurden gegengezeichnet, der übliche schwarze Leichenwagen fuhr vor und transportierte den Toten ab.

Das Grundstück, auf dem Chabert & Fils residierte, lag am Fluß und zufällig nicht allzuweit von der Stelle entfernt, wo Eric Talbot den Tod gefunden hatte. Das Gebäude stammte aus der Zeit um die Jahrhundertwende, ein pompöses Mausoleum mit zwanzig Kapellen, in denen die Heimgegangenen aufgebahrt wurden, damit die Angehörigen vor der Beisetzung noch einmal ungestört stillen Abschied nehmen konnten.

Wie in vielen solchen alteingesessenen Firmen in den meisten europäischen Metropolen gab es auch bei Chabert & Fils einen Wärter für den Nachtdienst, über dessen Platz sich zwanzig Klingeln befanden, für jede Kapelle eine. Für den unwahrscheinlichen Fall einer plötzlichen Auferstehung wurde den Leichen eine Klingelschnur in die Hände gelegt.

Doch an diesem Abend um zehn Uhr hatte der Wärter das Stadium der Volltrunkenheit erreicht mittels einer Flasche Kognak, die von einem trauernden Hinterbliebenen fürsorglich auf seinem Schreibtisch deponiert worden war. Er schnarchte laut, als Valentin vorsichtig die Hintertür mit einem Nachschlüssel öffnete und mit Jago eintrat. Beide trugen eine Reisetasche aus Segeltuch.

Sie hielten neben der Glaskabine inne. Jago wies mit dem Kopf auf den Wärter. «Der ist ganz schön hinüber.»

«Ein versoffenes altes Schwein», bemerkte Valentin verächtlich. «Bei dem langt's schon, wenn er einmal an der Schürze einer Schankkellnerin schnüffelt.»

Sie durchquerten den auf beiden Seiten von Kapellen flankierten Korridor. Überall duftete es intensiv nach Blumen, und Jago spottete: «Das kann einem wirklich Rosen für den Rest des Lebens verleiden.»

Er blieb vor einer Tür stehen und spähte hinein. Der Sarg stand auf einer Schräge, der Deckel war nur zur Hälfte geschlossen, so daß man eine junge Frau sehen konnte, für deren Gesicht der Einbalsamierer die Farben verschwenderisch verbraucht hatte.

Jago zündete sich mit einer Hand eine Zigarette an. «Wie im Horrorfilm», sagte er munter. «*Dracula* oder was in der Preislage. Sie kann jetzt jede Minute die Augen aufschlagen und dir an die Gurgel springen.»

«Halt dein gottverdammtes Maul», krächzte Valentin. «Du weißt doch, wie zuwider mir das hier ist.»

«Nein, keine Ahnung», erklärte Jago, als sie weitergingen. «Ich finde, du hast deine Sache sehr gut gemacht. Der wievielte ist das nun, der siebte?»

«Das macht's auch nicht leichter», seufzte der Franzose.

«Memento mori, alter Knabe.»

Valentin verzog das Gesicht. «Was zum Teufel soll das nun wieder heißen?»

«Um das zu verstehen, muß man eine englische Public School besucht haben.» Jago verstummte und spähte in die letzte Kapelle rechts. «Hier muß es sein.»

Der einzig geschlossene Sarg. Dunkles Mahagoni, Griffe und Beschläge aus vergoldetem Kunststoff, falls Einäscherung gewünscht würde. Die für Luftfracht geltenden internationalen Bestimmungen verlangten, daß Särge mit Metall ausgekleidet und plombiert sein mußten, worauf jedoch im Falle von kleinen Maschinen mit einer Flughöhe unter dreitausend Metern gewöhnlich verzichtet wurde.

«Na, dann los», sagte Jago.

Valentin schraubte den Deckel auf und schob das leinene Leichentuch zur Seite, das Eric Talbot bedeckte. Der tote Körper hatte von der Obduktion zwei flüchtig vernähte Schnittstellen zurückbehalten, riesige Narben, die von der Brust zum Unterbauch verliefen. Valentin hatte zwei Jahre als Sanitäter in der französischen Armee gedient. Bei seiner Strafversetzung zur Fremdenlegion hatte er im Tschad jede Menge

Leichen zu Gesicht bekommen und sich trotzdem nie an den Anblick gewöhnen können. Manchmal verfluchte er den Tag, an dem er Jago begegnet war, wenn da nicht das Geld...

Er öffnete eine der Reisetaschen, entnahm ihr einen Besteck-behälter, wählte ein Skalpell aus und begann an den Stichen zu arbeiten, pausierte nur, um sich den Schweiß von der Stirn zu wischen.

«Etwas mehr Tempo», drängte Jago. «Wir haben nicht die ganze Nacht Zeit.»

Die Luft war inzwischen zum Ersticken, verpestet von süßlichem Leichengeruch, von Verwesung. Endlich zog Valentin die letzten Fäden, hielt inne und zog dann behutsam die Schnitträder auseinander. Normalerweise kamen die inneren Organe nach der Obduktion wieder an Ort und Stelle, aber wenn sich die Beisetzung derart verzögerte wie in diesem Fall, wurden sie gewöhnlich vernichtet. Brust- und Bauchraum waren leer. Valentin stockte, seine Hände zitterten.

«Gefühlsduselig bis auf die Knochen, das hab ich doch immer gewußt.» Jago öffnete die andere Reisetasche und holte einen Plastiksack mit Heroin nach dem anderen heraus, die er an Valentin weiterreichte. «Beeilung. Ich bin verabredet.»

Valentin schob ein Plastiksäckchen in die Brusthöhle und griff nach dem nächsten. «Junge oder Mädchen?» fragte er gehässig.

«Meine Güte, ich seh schon, ich muß dir mal wieder einen ordentlichen Denkzettel verpassen, du Idiot.» Jago lächelte milde, aber der Blick in seinen Augen war furchterregend.

Valentin brachte ein schwaches Lächeln zustande. «War doch nur ein Witz. Nicht bös gemeint.»

«Klar. Verstau jetzt den Rest und näh ihn wieder zu. Ich will raus hier.»

Jago steckte sich eine neue Zigarette an und verzog sich nach draußen, wo er den Korridor entlangging bis zur letzten Kapelle. Dort standen ein paar Stühle, eine Ewige Lampe brannte über dem kleinen Altar und einem Kruzifix aus Messing. Alles sehr schlicht, aber er mochte das, seit er als kleiner Junge auf der Familienbank in der Dorfkirche gesessen hatte, dahinter in respektvollem Abstand die Pächter seines Vaters. Das bunte Glasfenster dort zeigte das Familienwappen aus dem 14. Jahrhundert mit dem Wahlspruch: Wollen und Vollbringen. Diese Kurzformel galt auch für seine eigene Lebensphilosophie, mit der er allerdings nichts Besonderes erreicht hatte. Er wippte mit der Stuhllehne zurück gegen die Wand.

«Wo ist alles schiefgelaufen, alter Junge?» fragte er sich leise.

Schließlich hatte er die denkbar besten Voraussetzungen gehabt. Einen alten, angesehenen Namen, den er natürlich jetzt nicht benutzte, denn der Anstand mußte ja gewahrt bleiben. Public School, Sandhurst, ein erstklassiges Regiment. Mit vierundzwanzig Captain und Militärverdienstkreuz für den Geheimauftrag in Belfast, und dann jener unselige Sonntagabend in South Armagh und vier unwiderruflich tote IRA-Mitglieder. Jago hatte es für widersinnig gehalten, sie lebend zu schnappen, sondern ihnen mit größtem Vergnügen eigenhändig den Rest gegeben. Doch dann hatte diese wehleidige Ratte von Sergeant ihn angezeigt, und die britische Armee operierte natürlich nicht mit Todesschützen.

Daß er stillschweigend kassiert wurde, war für ihn gar nicht das Ausschlaggebende, auch wenn es seinen Vater um ein Haar umgebracht hätte. Er konnte es aber nicht verwinden, daß die Mistkerle ihm das Militärverdienstkreuz wieder abgenommen hatten. Doch das waren uralte Kamellen. Aus und vorbei.

Die Selous Scouts in Rhodesien waren im letzten Jahr vor der Unabhängigkeit nicht sonderlich wählerisch, sondern heilfroh, ihn zu kriegen. Desgleichen die Südafrikaner, für ihre Kommandos in Angola. Später dann der Krieg im Tschad, wo er Valentin kennengelernt hatte; ein Glück, daß er dort mit dem Leben davongekommen war.

Und dann Smith, der geheimnisvolle Mr. Smith, und drei

sehr lukrative Jahre – und am ungewöhnlichsten dabei, daß sie einander nie begegnet waren, oder zumindest nicht, soweit Jago wußte. Vor allem hatte er nicht einmal die leiseste Ahnung, wie Smith gerade auf ihn verfallen war. Das spielte zwar keine Rolle. Was einzig und allein zählte, war sein Genfer Konto in Höhe von fast einer Million Pfund. Er fragte sich, was wohl sein Vater dazu sagen würde, erhob sich dann und kehrte zur Kapelle zurück.

Valentin hatte die Schnitte sorgfältig wieder vernäht und drapierte nun das Leichentuch. «Fünf Millionen Pfund Verkaufswert. Wenn er wüßte, was für ein Vermögen er als Toter mit sich rumschleppt», bemerkte Jago.

Valentin schraubte den Sargdeckel wieder zu. «Sechs, vielleicht sogar sieben, wenn man's streckt.»

Jago lächelte. «Was müßte das für ein Scheißkerl sein, der so ein Ding dreht? Los, wir hauen jetzt ab.»

Sie gingen an dem Dienstraum vorbei, wo der Wärter immer noch fest schlief, und traten ins Freie. Es regnete, Jago stellte den Kragen hoch. «Okay, du bist morgen mit Agnes Punkt eins zum Abflug in Vigny. Wenn die Maschine abhebt, rufst du die bekannte Nummer in Kent an.»

«Klar.» Sie hatten den Durchgang passiert. «Wir haben hin und her überlegt», begann Valentin unbeholfen. «Das heißt, es ist Agnes' Idee.»

«Ja?»

«Die Sache ist doch prima gelaufen. Da haben wir uns gedacht, ein bißchen mehr Geld wäre vielleicht drin?»

«Mal sehen», entgegnete Jago. «Ich rede mit Smith darüber und melde mich dann.»

Auf dem Weg am Flußufer entlang dachte er über Valentin nach. Eine Drecksarbeit, zugegeben. Und ein Dreckskerl, natürlich. Kein Stil. Eine echte Kairatte, und Ratte blieb Ratte, man mußte sie im Auge behalten. Nach fünf Minuten betrat er das erstbeste, die ganze Nacht geöffnete Café und wechselte an der Theke einen Hundertfrancschein in Münzen, ging in die Telefonzelle an der Ecke und wählte eine Londoner Nummer. Als sich der Anrufbeantworter einschaltete, sprach er leise auf Band: «Mr. Smith. Hier Jago.» Er wiederholte zweimal die Nummer, unter der er zu erreichen war, legte auf und zündete sich eine Zigarette an.

Sie hatten immer diese Methode benutzt: Smith mit seinem Anrufbeantworter und vermutlich mit einem automatischen Signalsystem, so daß er die auf Band hinterlassene Nachricht überall abhören und seinerseits zurückrufen konnte. Erstaunlich simpel. Keine Möglichkeit, ihn aufzuspüren. Narrensicher.

Das Telefon läutete, Jago nahm ab. «Jago», meldete er sich.

«Hier Smith.» Die üblichen Vorkehrungen, um die Stimme unkenntlich zu machen. «Wie geht es Ihnen?»

«Ausgezeichnet.»

«Irgendwelche Probleme?»

«Keine. Alles läuft normal. Die Sendung geht morgen um ein Uhr mittags in Vigny ab.»

«Gut. Unsere Freunde holen sie wie immer ab. Sie dürfte uns innerhalb einer Woche Geld einbringen.»

«Bestens.»

«Der übliche Betrag plus zehn Prozent wird Ihrem Konto an Ultimo gutgeschrieben.»

«Sehr schön.»

«Der wohlverdiente Lohn für all die Mühe...»

«Und was sonst noch an altbewährtem britischen Unsinn verzapft wird.» Jago lachte.

«Genau. Ich melde mich.»

Jago hängte ein und trank an der Theke rasch einen Kognak. Als er auf die Straße trat, regnete es immer noch, doch das störte ihn nicht. Im Gegenteil, er fühlte sich ausgesprochen wohl und begann wieder zu pfeifen, während er über das holprige Pflaster davonschritt.

Doch am nächsten Tag herrschte in Vigny um die Mittagszeit kein gutes Wetter – tiefe Wolkendecke, Regen und Bodennebel mit nur vierhundert Meter Sichtweite. Der kleine Flugplatz hatte einen Kontrollturm und zwei Hangars. Valentin und Agnes blieben in ihrem Citroën am Rand der Rollbahn und sahen zu, wie der Sarg aus dem Leichenwagen in die kleine Cessna verladen wurde. Der Leichenwagen fuhr ab. Der Pilot verschwand im Kontrollturm.

«Sieht ziemlich mulmig aus», meinte Agnes.

«Ich weiß. Kann sein, daß wir den ganzen Tag hier rumhängen», brummte Valentin. «Ich schau mal nach, was los ist.»

Er hängte sich den Regenmantel über die Schultern und schlenderte zum Haupthangar, wo er einen einsamen Mechaniker in verschmutztem weißen Overall vorfand, der an einer Piper Comanche arbeitete.

«Zigarette?» Valentin bot ihm eine Gauloise an. «Mein englischer Vetter erwartet heute nachmittag die Überführung seines verstorbenen Sohnes. Er bat mich, ein Auge drauf zu haben, ob die Sache auch klappt. Der Leichenwagen war da, das hab ich gesehen. Findet der Flug nun statt oder nicht?»

«Einstweilen verschoben», erklärte der Mechaniker. «Für den Start hier gäb's keine Schwierigkeiten, aber drüben sieht's nicht so rosig aus. Gegen vier rechnet er mit der Starterlaubnis, hat mir der Kapitän gesagt.»

«Danke.» Valentin zog eine halbe Flasche Whisky aus der Tasche. «Bedienen Sie sich. Darf ich hier mal telefonieren?»

Der Mechaniker trank mit Begeisterung aus der Flasche und wischte sich dann mit dem Handrücken über den Mund. «Ich muß ja die Rechnungen nicht bezahlen, da lade ich Sie gern ein.»

Valentin holte ein Stück Papier hervor und wählte die darauf notierte Nummer. Es war ein Anschluß in Kent; er wußte zwar, daß dies südlich von London lag, aber weiter nichts über die mysteriöse Firma Hartley Brothers.

Eine Stimme meldete sich. «Ja?» Nichts weiter.

Valentin antwortete in seinem kümmerlichen Englisch.

«Hartley Brothers? Hier Vigny.»

Der Ton wurde schärfer. «Irgendwelche Schwierigkeiten?»

«Ja, das Wetter, aber sie rechnen mit dem Abflug um vier.»

«Gut. Rufen Sie zurück wegen Bestätigung.»

Valentin nickte dem Mechaniker zu. «Behalten Sie den Scotch. Ich komm noch mal wieder.»

Er setzte sich zu Agnes in den Citroën. «Alles klar. Um vier geht's ab. Versuchen wir's doch mal in dem Café unten an der Straße.»

Der Mann, mit dem er telefoniert hatte, legte auf, faltete die Hände und beugte sich zu der vor ihm sitzenden, weinenden Frau. Er war sechzig, schon etwas kahl, goldgeränderter Kneifer, schwarze Krawatte und Jacke, makellos weißes Hemd, gestreifte Hosen – eine untadelige Erscheinung. Das Namensschild auf dem Schreibtisch lautete in goldenen Lettern: Asa Bird.

«Mrs. Davies, ich kann Ihnen versichern, daß Ihrem Gatten hier in Deepdene jede erdenkliche Sorgfalt zuteil wird. Wenn Sie dies wünschen, kann seine Asche auch in unserem Gartengelände verstreut werden.»

Der Raum lag an diesem trüben Novembernachmittag im Halbdunkel, doch die üppigen Blumenarrangements in den Ecken, die Eichenholztäfelung wirkten beruhigend und ebenso seine tröstende, etwas onkelhafte Stimme, deren Tonfall ein wenig an einen Pfarrer erinnerte.

«Das wäre wunderbar», sagte sie.

Er tätschelte ihre Hand. «Nur ein paar Formalitäten. Es gibt einige lästige Formulare auszufüllen. Bedauerlicherweise sind wir an diese Vorschriften gehalten.»

Er betätigte eine Klingel auf seinem Schreibtisch, lehnte sich zurück, zog ein Taschentuch heraus, begutachtete es und putzte seine Kneifergläser, erhob sich und blickte aus dem Fenster in den makellos gepflegten Garten, was er jedesmal bewußt genoß. Nicht übel für einen Jungen, der als uneheliches Kind im ärmlichsten Viertel von Liverpool zur Welt gekommen war und nichts anderes gelernt hatte, als sich mit kleinen und größeren Gaunereien durchs Leben zu schlagen. Mit vierundzwanzig waren es bereits achtzehn Straftaten. Alles – von Diebstahl bis zur Prostitution, woran er jetzt freilich lieber nicht zurückdachte, obwohl ihm dies die große Chance seines Lebens beschert hatte: die Beziehung zu dem alternden Henry Brown, dem Inhaber eines alteingesessenen Bestattungsinstituts in Manchester.

Er hatte den jungen Asa, der damals allerdings noch anders hieß, aufgenommen und in jeder Weise gehegt und gepflegt. Für das Geschäft mit dem Tod begeisterte sich Asa auf Anhieb, er fühlte sich wohl dabei wie ein Fisch im Wasser und entwickelte sich bald zum Fachmann auf jedem Gebiet, Einbalsamieren eingeschlossen. Und dann war der alte Henry gestorben. Mrs. Brown, seine einzige Hinterbliebene, hatte nie einen eigenen Sohn gehabt und einen Narren gefressen an Asa, wobei ihr vielleicht ein entscheidender Fehler unterlief. Sie erzählte ihm nämlich, daß sie ihn als Alleinerben eingesetzt habe, ein Schnitzer, der zu ihrem vorzeitigen Tod an Lungenentzündung führte – mit Asas tatkräftiger Unterstützung, der bedauerlicherweise ihre Schlafzimmerfenster in einer Dezembernacht weit offenließ, nicht ohne vorher die Bettdecke wegzuziehen. Mrs. Browns fürsorgliches Vermächtnis hatte ihm zu einer eigenen Firma verholfen, einem ausgebauten Landsitz aus dem 18. Jahrhundert. Deepdene, ein parkartiges Gelände mit eigenem Krematorium. In Kalifornien war der Standard auch nicht besser, und seine Verbindung zu dem geheimnisvollen Mr. Smith hatte ihm in keiner Weise geschadet.

Die Tür öffnete sich, und ein hübscher junger Schwarzer kam herein: hochgewachsen und muskulös, gutgeschnittene

39

Chauffeursuniform, die ihm ausgezeichnet stand. «Sie haben geläutet, Mr. Bird?»

«Ja, Albert. Die Sendung aus Frankreich. Sie trifft später als erwartet ein.»

«Höchst bedauerlich, Mr. Bird.»

«Nun, ich denke, wir kriegen das hin. Ist der Lieferwagen startbereit?»

«In der rückwärtigen Garage, Sir.»

«Gut. Ich schau ihn mir eben mal an.» Zu Mrs. Davies gewandt, sagte er: «Ich lasse Sie jetzt ein paar Minuten allein, damit Sie die Formulare ausfüllen können, und dann bin ich Ihnen bei der Auswahl eines passenden Sarges behilflich.»

Sie nickte dankbar. Er klopfte ihr auf die Schulter und ging hinaus. Albert spannte einen großen Regenschirm auf und hielt ihn schützend über Bird, als sie den gepflasterten Hof überquerten.

«Mistwetter», bemerkte Bird. «Hört anscheinend überhaupt nicht mehr auf zu schiffen.»

«Schauderhaft, Mr. Bird», pflichtete Albert bei und öffnete die Garagentür. Er zog die Schutzdecke weg und enthüllte einen blankpolierten schwarzen Leichenwagen. «Da steht er.»

Auf der Seite war in schönen goldenen Lettern die Inschrift aufgemalt: «Hartley Brothers, Bestattungsunternehmen».

«Ausgezeichnet», lobte Bird. «Woher hast du ihn?»

«Hab ihn selber geklaut, in Nordlondon, am Donnerstag. Das Fahrtenbuch und die Steuerplakette stammen aus einem Wrack, das ich auf einem Schrottplatz in Brixton gefunden habe.»

«Bist du sicher, daß man sich nicht an dich erinnert?»

Albert lachte. «In Brixton? Sie würde man wiedererkennen, aber mich? In Brixton bin ich nur einer von vielen Schwarzen, weiter nichts. Machen wir's wie immer?»

«Ja, du nimmst den Leichenwagen. Ich komme mit dem Jaguar hinterher.»

Albert wußte, was das bedeutete. Sollte irgend etwas schiefgehen, durfte er den Sündenbock spielen, während der alte Schweinehund türmte. Ihn kratzte das nicht. Seine Stunde würde schon noch kommen, davon war Albert überzeugt.

«Prima, Mr. Bird.»

Bird tätschelte ihm die Wangen. «Bist ein guter Junge, Albert, ein hübscher Junge. Ich muß mir eine Belohnung für dich einfallen lassen.»

«Nicht nötig, Mr. Bird.» Albert lächelte, als er den Regenschirm wieder aufspannte. «Ihnen dienlich zu sein, ist Lohn genug.» Sie machten sich auf den Rückweg.

Als Agnes und Valentin um vier nach Vigny zurückkehrten, stellten sie fest, daß die Maschine bereits abgeflogen war. Sie schaute Valentin nach, der zum Hangar eilte und nochmals mit dem Mechaniker sprach, steckte sich eine Zigarette an und wartete. Valentin kam nach einer Weile zurück.

«Ist vor fünfzehn Minuten gestartet.»

«Hast du angerufen?» erkundigte sie sich.

«Ja.» Er ließ den Motor an. «Und da ist was Komisches passiert. Du kennst das doch, wie manchmal das Band weiterläuft, auch wenn jemand den Hörer abgenommen hat?»

«Ja.»

«Also, da hat sich derselbe Mann wie immer gemeldet, und ich hab dabei die Bandansage gehört.»

«Und wie war die?»

«Hier spricht Bestattungsinstitut Deepdene. Das Büro ist leider im Augenblick nicht besetzt. Bitte hinterlassen Sie Ihre Nummer, wir rufen Sie zurück.»

«Das ist wirklich interessant, *chéri*.» Agnes lächelte heimtückisch. «Eine undichte Stelle in Monsieur Jagos Schutzpanzer, das könnte ihn einiges kosten.»

Der Flugplatz von Woodchurch war nicht viel größer als der in Vigny. Eigentlich gehörte er einem Privatclub und wurde nur gelegentlich für Charter- oder Transportflüge benutzt. Infolge seiner ländlichen Lage im tiefsten Kent hatte er keine Zollstelle, was bedeutete, daß der Zollbeamte, der die Cessna mit Eric Talbots Sarg abfertigte, die weite Strecke von Canterbury fahren mußte. Er war nicht erbaut von der Verspätung und brannte nur darauf, schleunigst wieder aufzubrechen. Die Formalitäten wurden auf kürzestem Wege abgewickelt, die erforderlichen Papiere unterschrieben, und dann half er gemeinsam mit dem Piloten Albert beim Einladen des Sarges in den Leichenwagen.

Als Albert durch das Tor fuhr und auf die Landstraße einbog, donnerte die Cessna über die Startbahn und hob ab. Hinter ihm nahm Bird, der sich wohlweislich im Hintergrund gehalten hatte, seinen Platz im Jaguar ein. Albert angelte sich die halbe Flasche Wodka aus dem Handschuhfach, schüttelte ein paar von seinen Spezialpillen aus der Packung und schob sie sich, die eine Hand am Steuer, in den Mund. Dann spülte er sie mit Wodka hinunter und war innerhalb von wenigen Minuten in Hochstimmung.

Er beobachtete den Jaguar im Rückspiegel. Es dämmerte bereits, und Bird hatte die Scheinwerfer eingeschaltet. Immer vorsichtig, dachte Albert. Ging nie ein Risiko ein, wenn er jemand anders vorschieben konnte, und dieser andere war für gewöhnlich Albert.

«Albert, tu dies, Albert, tu das», murmelte der Chauffeur vor sich hin und sah dabei wieder in den Rückspiegel. «Manchmal frage ich mich, was die lächerliche alte Tucke sich eigentlich einbildet. Wer bin ich denn?»

Er nahm noch einen Schluck aus der Flasche und merkte zu spät, daß eine Kurve kam. Er ließ die Flasche fallen und riß das Steuer herum. Das linke Vorderrad geriet auf die Grasböschung, prallte gegen einen Granitblock, der sich von einer niedrigen Mauer gelöst hatte. Der Leichenwagen raste quer über die Straße, durchbrach einen Drahtzaun und wälzte sich einen Abhang hinunter, pflügte dabei die jungen Tannen um, rutschte unten in eine Wasserrinne und blieb dort, halb zur Seite gekippt, liegen.

Nur dem Sitzgurt hatte er es zu verdanken, daß er nicht durch die Windschutzscheibe geschleudert wurde. Es gelang ihm, die Tür aufzustemmen und sich hinauszuzwängen. Da stand er, leicht benommen; oben auf der Straße hielt der Jaguar. Am Rande des kurzen Abhangs erschien Bird.

«Albert?» Die Stimme verriet echte Angst.

«Ich bin in Ordnung», rief Albert.

Im gleichen Augenblick sah er, daß der Sarg durch die Seitenverglasung des Leichenwagens katapultiet worden und der Deckel aufgesprungen war, so daß die Leiche heraushing, immer noch in ihr Tuch eingehüllt. Er ging in die Knie, blickte unter den Wagen und sah, daß sich das Fußende des Sarges dort verklemmt hatte.

Bird kletterte den Abhang hinunter. «Hol ihn bloß da raus. Wir legen ihn in meinen Kofferraum. Aber beeil dich gefälligst. Es könnte jemand kommen.»

Albert hob den Leichenwagen auf der Unterseite an, der daraufhin beängstigend zu knirschen begann und leicht ins Schwanken geriet. Albert sprang zurück. «Das verdammte Ding kann jeden Moment umkippen, und er ist mit den Füßen eingeklemmt.»

Bird bückte sich und hob die Wodkaflasche auf. «Du hast wieder getrunken», herrschte er ihn wutentbrannt an. «Was hab ich dir gesagt?» Er schlug Albert ins Gesicht.

Albert duckte sich, eine Hand schützend erhoben, ein verängstigtes Kind. «Tut mir leid, Mr. Bird. Es war ein Unfall.»

Bird zog ein Taschenmesser aus seiner Weste und klappte es auf. «Trenn damit die Nähte auf. Wir müssen das Heroin rausholen.»

«Das kann ich nicht, Mr. Bird.»

«Du wirst es tun!» schrie Bird und schlug ihm abermals ins Gesicht. «Ich bringe eine Tasche aus dem Wagen.»

Er drückte dem Chauffeur das Taschenmesser in die Hand, machte kehrt und kletterte den Abhang hoch. Albert ließ sich furchtsam auf die Knie nieder und zog das Leichentuch weg. Die weitaufgerissenen toten Augen starrten ihn an. Er wendete den Blick ab, so gut es ging, und begann die Nähte aufzutrennen.

Oben auf der Straße öffnete Bird den Kofferraum des Jaguars und fand darin eine Einkaufstasche aus Segeltuch. Er ging zum Rand des Abhangs zurück und spähte hinunter. «Hast du's?»

«Ja, Mr. Bird.» Alberts Stimme klang dumpf, gepreßt.

«Leg's da rein.»

Bird warf die Tasche hinunter und beobachtete ängstlich die Straße. Zum Glück war es auf einer Nebenstraße passiert, und jenseits der Kurve ermöglichte das ebene Ackerland eine gute Fernsicht. Sein Herz hämmerte, sein Gesicht war schweißbedeckt. Was würde Smith sagen? Nicht auszudenken, was ihm da bevorstand.

Er rutschte den Abhang hinunter. «Um Himmels willen, bist du endlich fertig? Hast du alles rausgeholt?»

«Ich denke schon, Mr. Bird.»

«Gut, dann nichts wie weg hier.»

«Aber die Leiche finden sie trotzdem, Mr. Bird. Garantiert.»

«Selbst dann können sie keinen von uns aufspüren. Nicht in Frankreich, nicht hier, und außerdem gibt's noch die sogenannte Vernichtung von Beweismaterial. Los, mach, daß du nach oben kommst und den Wagen anläßt.»

Albert kletterte Richtung Straße, und Bird schraubte den Tankdeckel auf. Benzin ergoß sich auf den Boden. Er tränkte sein Taschentuch darin und stieg dann ein Stück die Böschung hoch. Auf halber Höhe hielt er sein brennendes Feuerzeug an das Taschentuch und warf es hinunter auf den Leichenwagen. Zuerst dachte er, es würde verlöschen, doch dann züngelte eine gelbe Flamme empor. Als er die Straße erreichte, begann der Leichenwagen zu brennen. Ein letzter Blick streifte die Augen des Toten, die ihn anklagend anstarrten. Dann wandte er sich ab, stieg in den Jaguar, und Albert fuhr los.

Als er später an seinem Schreibtisch in Deepdene auf den Rückruf von Smith wartete, schlürfte er einen Brandy und versuchte, sich zusammenzureißen. Es würde schon gutgehen, es mußte einfach. Smith würde Verständnis zeigen. Das Telefon klingelte, als Albert mit einem Silbertablett hereinkam, um den Tee zu servieren. Bird gebot ihm mit der Hand Schweigen und nahm den Hörer ab.

«Smith hier.»

«Bird am Apparat, Sir.» Birds Hände flatterten. «Wir hatten ein kleines Problem.»

Smith entgegnete gleichgültig, ohne das leiseste Schwanken in der Stimme: «Berichten Sie mir davon.»

Was Bird prompt tat, ohne jedoch Albert und sein Trinken zu erwähnen; der ganze Vorfall sei auf eine defekte Lenkung zurückzuführen.

Als er fertig war, meinte Smith: «Höchst bedauerlich.»

«Ich weiß, aber Unfälle werden immer wieder geschehen, Sir.»

«Dazu kann ich mich nicht äußern, mir ist das noch nie passiert.»

«Was tun wir nun, Sir? Wird Mr. Jago den Stoff wie üblich abholen?»

«Das erübrigt sich diesmal. Ich nehme die Lieferung morgen nachmittag um Punkt drei in Empfang. Sie deponieren die Ware im Gepäckschließfach Nummer 43, Victoria Station, London.»

«Aber der Schlüssel, Sir?»

«Befindet sich in einem Umschlag in Ihrer Morgenpost. Ich habe ein Duplikat.»

«Geht in Ordnung, Sir.»

«Weitere Unfälle sollte es besser nicht geben, Mr. Bird, sonst müßte Jago sich mit Ihnen auseinandersetzen, und das wäre Ihnen doch bestimmt nicht angenehm, oder?»

«Dazu besteht kein Anlaß, Sir», stammelte Bird.

«Keine Sorge, Mr. Bird. Der junge Mann war ein Niemand. Es handelte sich bei allen um sorgfältig ausgesuchte Nullen. Unmöglich, eine Verbindung zwischen ihm und einem von uns nachzuweisen. Mit etwas Glück dürfte es sich als folgenloser Störfall erweisen. Guten Abend.»

Bird legte den Hörer auf. «Was hat er gesagt?» wollte Albert wissen.

Sein Chef informierte ihn. Er war jetzt heiterer, fühlte sich erleichtert und beruhigt durch die Gelassenheit, mit der Smith die Sache aufgenommen hatte. «Er hat ganz recht. Der Junge war ein Niemand. Der Leichenwagen war gestohlen. Die Papiere gefälscht. Die Bullen werden sich daran die Zähne ausbeißen.»

Albert nickte. «Ich hab nachgedacht, Mr. Bird. Ein Schließfach in Victoria Station. Ich meine, wenn ich da rumlungere, könnte ich ihn vielleicht kurz in Augenschein nehmen. Hab ich doch schon mal gemacht, wissen Sie noch, damals bei dem Tattergreis, diesem Frasconi.»

Bird schüttelte mitleidig den Kopf. «Wie du eigentlich so lange überlebt hast, Albert, ist mir ein Rätsel. Meinst du im Ernst, jemand von Smiths Kaliber wäre so dämlich? Wenn du's auch nur versuchst, würde sich dieser ausgekochte Jago wie ein Geier auf dich stürzen. Ein wahres Wunder, daß du bisher ungeschoren davongekommen bist. Man würde dich aus der Themse fischen, mit dem Schwanz in der Hand, und das wäre wirklich ein Jammer. Na, was haben wir denn hier?»

«Tee, Mr. Bird.» Albert schenkte aus Birds silberner Lieblingskanne die hauchdünne Porzellantasse halb voll. «Ceylon. Ganz nach Ihrem Geschmack zubereitet.»

«Köstlich.» Bird nahm einen Schluck, ließ ihn genüßlich die Kehle hinunterrinnen. «Es geht doch nichts über eine gute Tasse Tee, wie meine alte Mutter zu sagen pflegte.» Er schaute zu Albert hoch und tätschelte ihm die Wange. «Bist ein lieber Junge, Albert, bloß manchmal ein bißchen dumm.»

«Ein wahrer Segen, daß ich Sie habe, damit Sie auf mich aufpassen, Mr. Bird», bemerkte Albert und goß ihm eine neue Tasse Tee ein.

Zur selben Zeit hörte sich Jago in Paris an, wie Smith die Ereignisse aus seiner Sicht darstellte. «Ein heilloses Durcheinander ist noch milde ausgedrückt», kommentierte er. «Was soll ich unternehmen?»

«Im Augenblick gar nichts. Mit ein bißchen Glück kommen wir vielleicht ungeschoren davon. Warten wir's erst mal ab, aber wenn die Sache brenzlig wird, brauche ich Sie hier für die Bereinigung. Am besten kommen Sie mit der Vormittagsmaschine nach London rüber. Die übliche Etagenwohnung im Hyde Park. Ich melde mich.»

«Wird mir ein Vergnügen sein, Sir.»

Jago legte den Hörer auf. Er stand neben dem Apparat, starrte ihn unverwandt an und begann dann zu lachen. Das war wirklich unsagbar komisch. Er lachte immer noch, als er ins Schlafzimmer ging, um sich anzuziehen.

3

Brigadier Charles Ferguson stand an der Spitze von Group Four, seit sie 1972 konzipiert wurde. Er war Anfang Sechzig, nonchalant, mit täuschend gütigem Gesicht, lässig bis schlampig gekleidet mit einer Vorliebe für zerknitterte Anzüge, dazu die Krawatte der Garde als einzige militärische Note. Ferguson zog es vor, nach Möglichkeit zu Hause zu arbeiten, in seiner mit prachtvollem georgianischen Mobiliar ausgestatteten Wohnung am Cavendish Square. Dort saß er auch an jenem Morgen neben dem Kamin, trank gemütlich Tee und sah einen Stapel Akten durch, als sein Diener Kim, ein Gurkha, erschien.

«Colonel Villiers ist hier, Sir. Es ist dringend, sagt er.»

Ferguson nickte. Kurz darauf kam Tony Villiers herein in schwarzem Rollkragenpullover, Tweedjacke und verblichenen grünen Cordhosen. Sein Gesicht war totenblaß, die Augen dunkel umrandet – ein Bild tiefer Verzweiflung. Er hatte eine Aktentasche bei sich.

«Mein lieber Tony.» Ferguson erhob sich. «Was in aller Welt ist denn los?»

«Dieser Bericht ist soeben eingetroffen, Sir. Er wurde in den Computer eingespeist und landete nach der üblichen Überprüfung auf meinem Schreibtisch.» Ferguson ging ans Fenster und studierte den Bericht, den Villiers ihm gegeben hatte.

«Höchst ungewöhnlich.» Er drehte sich um. «Aber wieso Sie, Tony? Das verstehe ich nicht.»

«Eric Talbot war der Sohn meines Vetters Edward. Sie erinnern sich doch an Edward, Sir? Colonel bei den Fallschirmjägern? Im Falklandkrieg gefallen.»

«Mein Gott, ja. Sie sind also verwandt?»

«Genau, Sir.»

«Aber wenn der Junge sich für diesen George Walker ausgegeben hat, wie konnte dann die Polizei in Kent ihn so schnell identifizieren?»

«Die Leiche war nur zum Teil verbrannt. Sie konnten die Fingerabdrücke abnehmen, und die waren im staatlichen Computer gespeichert.»

«Tatsächlich?» Ferguson runzelte die Stirn.

«Der Junge war Student in Cambridge – Trinity College. Letztes Jahr ist er bei einer polizeilichen Razzia in der falschen Gesellschaft aufgegriffen worden.»

«Rauschgift?»

«Richtig. Die Anklage lautete nur auf Drogenkonsum, deshalb kam er nicht ins Gefängnis. Das alles hab ich eben erst über das Central Records Office beim Yard herausgefunden.»

Ferguson ging an seinen Schreibtisch und setzte sich. «Talbot, ja. Ich erinnere mich jetzt an Colonel Talbots Tod auf den Falklandinseln. Absturz, stimmt's?»

«Ja, er war Verbindungsoffizier zu den Welsh Guards.»

«Und der Vater war Baronet, wenn ich mich recht erinnere. Sir Geoffrey Talbot.»

«Er hat einen Schlaganfall erlitten, als seine Frau starb», erklärte Villiers. «Seitdem ist er in einem Sanatorium. Kann nicht einmal mehr die Tageszeit unterscheiden.» Er hielt inne. «Haben Sie etwas dagegen, wenn ich mir einen Drink genehmige, Sir?»

«Selbstverständlich nicht. Bedienen Sie sich, Tony.»

Villiers ging zur Kredenz und goß Brandy in ein geschliffenes Glas. Damit stellte er sich ans Fenster und schaute hinaus. «Sir Geoffrey ist mein Onkel, verstehen Sie, Sir. Der Bruder meiner Mutter, auch wenn wir uns nie sonderlich nahegestanden haben.»

«Es tut mir aufrichtig leid, Tony. Ein Segen, daß der alte Knabe das nicht mehr erfassen kann. Ich meine, daß er einen Erben auf den Falklands verloren hat und den anderen auf diese besonders grauenvolle Weise.» Er wies auf den Bericht. «Ich frage mich, wer den Titel erbt.»

«Ich, Sir.»

Ferguson nahm sichtlich betroffen die Brille ab. «Unter normalen Umständen wäre dies ein Grund zum Gratulieren.»

«Ja. Vergessen wir das und konzentrieren uns hierauf.» Villiers öffnete die Aktentasche und holte ein Plastikpäckchen heraus, das er dem Brigadier auf den Schreibtisch legte. «Heroin, und das Labor war nach kurzer Untersuchung sofort der Meinung, daß es sich um ganz erstklassigen Stoff handelt. Das ist die Sorte, die man dreimal strecken und immer noch auf der Straße absetzen könnte.»

«Fahren Sie fort», sagte Ferguson mit ernstem Gesicht.

«Es wurde bei der ärztlichen Untersuchung in Erics Leiche gefunden. Der Leichenbeschauer stellte außerdem eindeutig fest, daß der Junge seit Tagen tot war und daß eine Obduktion stattgefunden hatte. Und zwar in Frankreich, wie er an der angewandten chirurgischen Technik erkannte. Also probierte die Polizei in Kent es mit den Fingerabdrücken bei der Sûreté in Paris und brachte das hier heraus.»

Villiers schob ihm einen weiteren Bericht zu, den Ferguson eingehend prüfte. Schließlich lehnte er sich zurück. «Was haben wir also? Der Junge fährt mit einem falschen Paß nach Paris, ertrinkt unter Drogeneinfluß in der Seine. Nach der gerichtsärztlichen Obduktion wird seine Leiche unter Vorlage von gefälschten Papieren abgeholt und nach England geflogen.»

«Vollgestopft mit Heroin», ergänzte Villiers.

«Wovon dies nur ein Muster ist. Wollen Sie darauf hinaus?»

«Es klingt plausibel. Die Polizei hat bereits festgestellt, daß der Leichenwagen gestohlen wurde. Ein Bestattungsinstitut namens Hartley Brothers existiert nicht. Das Ganze war Fassade, ein raffiniertes Täuschungsmanöver.»

«Das schiefgelaufen ist. Durch irgendeinen Unfall.»

«Genau. Sie mußten den Stoff in Windeseile herausholen und sich schleunigst verziehen.»

«Und in ihrer Hast haben sie dieses Päckchen übersehen.» Fergusons Miene verdüsterte sich. «Ihnen ist doch klar, was Sie damit sagen? Daß der Junge möglicherweise vorsätzlich umgebracht wurde, weil man den Leichnam dann für den Drogentransport benutzen konnte.»

«Richtig», bestätigte Villiers. «Ich habe das Labor um eine Schätzung gebeten. Die sagen, wenn man dieses Päckchen als Größenmaßstab nimmt, hätte sich eine Gesamtmenge im Wert von mindestens fünf Millionen Pfund unterbringen lassen.»

Ferguson trommelte mit den Fingern auf die Tischplatte. «Von Ihrer persönlichen Verbindung einmal abgesehen, kann ich beim besten Willen nicht erkennen, was uns das angeht.»

«Aber der Fall betrifft uns, Sir, und das ganz wesentlich. Hier habe ich eine Kopie vom Bericht des französischen Leichenbeschauers.» Villiers holte ihn aus der Aktentasche. «Beachten Sie die chemische Blutanalyse. Spuren von Heroin, Kokain und außerdem Scopolamin und Phenothiazin.»

Ferguson lehnte sich zurück. «Naturwissenschaft war schon auf der Schule meine schwache Seite. Erklären Sie's mir.»

«Angefangen hat alles vergangenes Jahr in Kolumbien. Scopolamin, ein Alkaloid mit beruhigender, dämpfender Wirkung, wird aus Nachtschattengewächsen in den Anden gewonnen. Es läßt sich in ein Serum umwandeln, ohne Farbe, ohne Geschmack und Geruch, von dem bereits wenige Tropfen genügen, einen mindestens drei Tage andauernden hypnotischen Zustand zu erzeugen. Die Wirkung ist ungeheuerlich, sämtliche geistigen und körperlichen Funktionen werden restlos ausgeschaltet, die Opfer können sich an nichts erinnern, was sie getan haben. Männer sind zu Mördern, Frauen zu willenlosen Sexualobjekten geworden.»

«Und das Phenothiazin?»

«Das neutralisiert bestimmte Nebenwirkungen. Macht die Opfer gefügiger.»

Ferguson schüttelte den Kopf. «Gott steh uns bei, wenn es bei uns hier Wurzel fassen sollte.»

«Aber das ist ja schon geschehen, Sir», betonte Villiers eindringlich. «Während der vergangenen zwölf Monate hat es in Ulster vier Fälle gegeben, wo IRA-Mitglieder von paramilitärischen protestantischen Gruppierungen liquidiert wurden und die Leichenschau dann das gleiche Ergebnis zutage gefördert hat. Scopolamin und Phenothiazin.»

«Und Sie meinen, es könnte ein Zusammenhang mit dieser Sache bestehen?»

«Vielleicht gibt es noch mehr solcher Fälle. Wir müssen das durch Computer überprüfen, aber wenn da ein Zusammenhang existiert und wenn die UVF oder die Rote Hand von Ulster oder irgendwelche sonstigen protestantischen Extremistengruppen darin verwickelt sind, dann ist es sehr wohl unsere Sache.»

Ferguson überlegte angestrengt. Schließlich nickte er. «In Ordnung, Tony, lassen Sie alles andere liegen oder suchen Sie sich einen Vertreter. Ich beauftrage Sie mit der Klärung dieser Angelegenheit und stelle Sie dafür frei. Höchste Dringlichkeitsstufe. Halten Sie mich auf dem laufenden.»

Damit entließ er ihn. Ferguson setzte die Brille wieder auf, und Villiers packte die Berichte und das Heroin in die Aktentasche zurück. «Da wäre nur noch etwas, Sir, eine persönliche Sache.»

Ferguson blickte überrascht auf. «Nun?»

«Eric hatte eine Stiefmutter, Sir, Sarah Talbot. Sie ist Amerikanerin.»

«Sie kennen sie?»

«Natürlich. Eine sehr ungewöhnliche Frau. Eric hat sie angebetet. Seine richtige Mutter starb bei seiner Geburt, und Sarah bedeutete ihm sehr viel, umgekehrt genauso.»

«Und jetzt müssen Sie ihr diese tragische Geschichte beibringen. Wie wird sie das aufnehmen?»

«Da bin ich nicht sicher.» Villiers zuckte die Achseln. «Sie ist eine geborene Cabot aus Boston. Feinste Kreise. Ihr Vater war mehrfacher Millionär. Stahl, glaube ich. Sie hat sehr früh die Mutter verloren, daher die starke Vaterbindung. Sie war eine typische verwöhnte, reiche Ziege, wie sie mir einmal gestand, hat es aber trotzdem geschafft, in Radcliffe mit Auszeichnung abzuschließen.»

«Und danach?»

«Mit einundzwanzig hat sie eine Wandlung durchgemacht. Der Vietnamkrieg. Haß auf alles, was sich dort abspielte. Ein Freund von ihr ist in Vietnam gefallen. Zwei oder drei Jahre später kandidierte sie für den Kongreß. Hätte auch um ein Haar gewonnen. Aber die Wähler wurden zunehmend ernüchtert, wenn sie ihre politischen Ziele vortrug; sie verlor, hängte die Politik ganz an den Nagel, machte ihren Magister für Betriebswirtschaft in Harvard und trat in eine Firma für Anlagenberatung in der Wall Street ein.»

«Mit Hilfe von Daddys Geld?»

Villiers schüttelte den Kopf. «Sie hat ganz von vorn angefangen, nur auf sich gestellt, und mittlerweile einen beachtlichen Ruf erworben. Edward lernte sie bei einem Besuch in London eines Sonntagvormittags in der National Gallery kennen. Daß er Soldat war, hat sie ihm verziehen, wie sie mir einmal erzählte, weil sie ihn in Uniform und rotem Barett so umwerfend schön fand.»

«Und dann gab es ja noch den Jungen.»

«Wie ich schon erwähnte, war es bei beiden Liebe auf den ersten Blick. Mißverstehen Sie mich nicht, Sir.» Villiers wirkte verlegen. «Aber ich hab mir manchmal gedacht, daß sie Eric mehr liebte als seinen Vater.»

«Frauen lassen eben das Herz sprechen, Tony», begütigte Ferguson. «Wo ist sie jetzt?»

«In New York, Sir.»

«Dann sollten Sie es besser hinter sich bringen.»

«Ja, aber leicht fällt es mir nicht gerade.»

«Da durch die irische Querverbindung eine Sicherheitsfrage daraus geworden ist, könnten Sie natürlich die ganze Affäre völlig legitim als intern klassifizieren. Das würde sie aus den Medien raushalten.» Ferguson seufzte. «Es besteht schließlich keinerlei Veranlassung, die Dinge noch unerquicklicher für die Angehörigen zu machen, als sie es ohnehin schon sind.»

«Sehr rücksichtsvoll von Ihnen, Sir.» Villiers ging zur Tür, blieb stehen, wandte sich um. «Da ist noch eine Sache, die ich erwähnen sollte, Sir.»

«Noch etwas?» wiederholte Ferguson matt. «Na gut, verraten Sie mir auch das Schlimmste.»

«Sarah, Sir, ist eng befreundet mit dem Präsidenten.»

«Ach du lieber Gott! Das hat uns gerade noch gefehlt.»

Auf der Victoria Station herrschte dichtes Gedränge, Menschenschlangen warteten auf die verschiedenen Expreßzüge. Albert, in brauner Lederjacke und Jeans, die ausgebauchte Reisetasche prallvoll mit Heroin, schob sich durch das Gewühl. Er nahm den Schlüssel aus der Tasche und öffnete das Schließfach 43. Alles ganz einfach. Er stellte die Tasche hinein, schloß ab und ging.

Vor dem Haupteingang zögerte er plötzlich, von Neugier überwältigt. Er mußte es wissen, das war für ihn sonnenklar, und davon konnten ihn auch Birds geradezu hysterische Beschützerinstinkte nicht abbringen. Er kehrte um, betrat eines der Cafés, bestellte einen Kaffee und fand einen Fensterplatz, von dem aus er die Schließfächer genau im Blickfeld hatte.

Das Café war bereits stark besucht, zwei Frauen setzten sich an seinen Tisch und beengten ihn, und dann ging das Ganze blitzschnell über die Bühne. Er hatte natürlich nach einem Mann Ausschau gehalten, nicht nach der grauhaarigen, korpulenten Alten in Herrenregenmantel und Baskenmütze, die bereits am Schließfach stand, den Schlüssel in der Hand.

Sie holte die Tasche heraus, während Albert sich an seinen beiden Tischgenossinnen vorbeizwängte, und war an der Treppe zur Untergrundbahn in der Menge verschwunden, ehe er irgend etwas tun konnte. Er stand vor dem Café, ärgerte sich einen Moment lang und machte sich dann achselzuckend auf den Weg.

Smith, der von seinem Beobachtungsposten neben dem Zeitungsstand alles mit angesehen hatte, schüttelte den Kopf und murmelte: «Na, Freundchen, deinetwegen muß ich mir aber wirklich was einfallen lassen...»

In Manhattan brodelte es wie immer an Feierabenden: hektische Betriebsamkeit, Verkehrschaos, die Bürgersteige schwarz vor Menschen, die durch den Regen hasteten. Sarah Talbot ließ das Fenster im Cadillac herunter und sah fasziniert nach draußen.

«Ein schauderhafter Abend, Charles.»

Ihr Chauffeur, ein durchtrainierter junger Mann im flotten schwarzen Anzug, die Mütze neben ihm auf dem Beifahrersitz, grinste. «Möchten Sie aussteigen und zu Fuß gehen, Mrs. Talbot?»

«Nein, danke.»

Sie wurde in einem Monat vierzig und sah wie dreißig aus, sogar frühmorgens, wenn sie einen schlechten Tag hatte. Ihr dunkles Haar wurde von einem einfachen Samtband gehalten und ließ das Gesicht frei, die graugrünen Augen über den vorspringenden Backenknochen funkelten. Schön im landläufigen Sinne konnte man sie nicht nennen, doch jeder drehte sich ein zweitesmal nach ihr um. An diesem Abend wirkte sie besonders elegant in einem schwarzen Samtkostüm von Dior. Sie war auf dem Weg in ihr Lieblingsrestaurant «The Four Seasons» in der Zweiundfünfzigsten Straße, wo sie allein speisen wollte. Sie hatte allen Grund zum Feiern, denn an diesem Nachmittag hatte sie ihren größten beruflichen Erfolg verbuchen können, die Übernahme einer Warenhauskette im Mittelwesten, und das gegen zähen Widerstand von männlicher Seite. O ja, mein Kind, dachte sie, heute abend wäre Daddy stolz auf dich gewesen – was sie freilich nicht sonderlich befriedigte.

«Ich brauche dringend Urlaub, Charles», sagte sie.

«Das klingt gut, Mrs. Talbot. Die Jungferninseln sind herrlich um diese Jahreszeit. Wir könnten das Haus eröffnen, das Boot herausholen.»

«Sie wären alle vierzehn Tage unten, wenn ich Sie ließe, Sie Strolch. Nein, ich dachte daran, nach England zu fliegen und Eric in Cambridge zu besuchen.»

«Gute Idee. Wie geht's ihm denn so da drüben?»

«Ausgezeichnet. Ganz ausgezeichnet.» Sie stockte. «Ehrlich gesagt, ich hab in letzter Zeit nicht viel von ihm gehört.»

«Darüber würde ich mir nicht den Kopf zerbrechen. Er ist ein junger Kerl, und Sie wissen doch, wie Studenten sind. Nichts wie Mädchen im Kopf.»

Er fluchte leise, riß das Steuer herum, als der Wagen vor ihnen scharf bremste, und Sarah lehnte sich zurück, dachte an Eric. Vor zwei Monaten hatte sie den letzten Brief bekommen, und wenn sie ihn telefonisch zu erreichen versuchte, war er nie zu Hause. Doch Studenten waren eben so, da hatte Charles recht.

Der Chauffeur hielt ihr eine Zeitung hin. «Da steht ein prima Artikel drin, den sollten Sie unbedingt lesen. Über den Riesenprozeß gegen die Mafia, die Mitglieder aus dieser Frasconi-Bande. Der Richter hat sie zu insgesamt zweihundertzehn Jahren verdonnert.»

«Tatsächlich?» Sarah nahm die Zeitung.

«Sehen Sie das Bild auf der Titelseite? Von dem Mann, der gerade aus dem Gerichtssaal kommt? Der ist verantwortlich dafür, daß die Brüder eingelocht werden.»

Der Mann, den das Foto auf der Treppe zum Gerichtssaal zeigte, war mindestens siebzig, vierschrötig, mit dem fleischigen, hochmütigen Gesicht eines römischen Imperators. Der Mantel hing über den Schultern, er stützte sich auf einen Stock. Die Bildunterschrift lautete: «Exmafiaboß Rafael Barbera vor dem Gericht.»

«Er lächelt», bemerkte Sarah.

«Da hat er allen Grund dazu. Er hatte mit den Kerlen eine alte Rechnung zu begleichen. Die Frasconis haben seinen Bruder vor zwanzig Jahren in den Mafiakriegen umgelegt.»

«Zwanzig Jahre zu warten – das ist eine lange Zeit.»

«Nicht für diese Typen. Die bestehen darauf, es dem anderen heimzuzahlen, und wenn es ein Leben lang dauert.»

Sie las den Bericht zu Ende. «Er hat sich zur Ruhe gesetzt, schreiben sie hier.»

Charles lachte. «Großartig! Ich werd Ihnen mal was erzählen, Mrs. Talbot. Ich stamme nämlich aus der Zehnten Straße, dem Gebiet von Gambino. Als Don Rafael mit seinen Eltern aus Sizilien hierherkam, war er zehn. Er wurde Mafioso durch Familientradition. Sein Aufstieg ging blitzartig vonstatten, so daß er es schon mit dreißig zum Don brachte und an Gerissenheit alle übertraf. Hat nicht einen Tag gesessen. Keinen einzigen.»

«Ein Glückspilz.»

«Nein, kein Glückspilz, ein Schlaukopf. Vor ein paar Jahren hat er sich in Europa zur Ruhe gesetzt, aber er soll auch drüben die Nummer eins sein. Chef der Mafia in ganz Sizilien.»

In diesem Augenblick erschien eine Hand vor ihrem etwas heruntergelassenen Fenster, sie wandte sich um und sah Henry Kissinger, der aus dem Wagen neben dem ihren den Arm herüberstreckte. Sie öffnete das Fenster vollends und beugte sich heraus. «Henry, wie geht es Ihnen? Ewig nicht gesehen.»

Er küßte ihr die Hand. «Setzen Sie sich wieder richtig hin, Sarah, Sie werden sonst naß. Wohin fahren Sie?»

«Zum ‹Four Seasons›.»

«Ich auch. Wir sehen uns nachher dort.»

Sein Wagen fuhr weiter, sie winkte kurz und ließ dann das Fenster wieder hoch. «Meine Güte, Mrs. Talbot, gibt es jemand, den Sie nicht kennen?» fragte Charles.

«Übertreiben Sie nicht, Charles.» Sie lachte. «Passen Sie lieber auf, daß wir richtig hinkommen.»

Sie setzte sich zurück und betrachtete das Foto von Don Rafael Barbera. Plötzlich stellte sie mit nicht geringem Erstaunen fest, daß er ihr äußerlich recht gut gefiel.

«The Four Seasons» war eindeutig ihr Lieblingsrestaurant, nicht nur wegen des vorzüglichen Essens, sondern auch wegen der Innenausstattung. Das gesamte Lokal hatte soviel Stil, von den glänzenden goldfarbenen Vorhängen und dem dunklen Holz bis zur unauffälligen Eleganz der Kellner und Geschäftsführer.

Da sie zu den exklusiven Gästen zählte, wurde sie sofort an ihren gewohnten Tisch unweit vom Seerosenteich plaziert, von wo sie einen guten Überblick hatte. Das Lokal war überfüllt, und sie entdeckte Tom Margittai und Paul Kovi, die Inhaber, die im Hintergrund herumgeisterten und noch sorgenvoller dreinschauten als sonst, was angesichts der Gäste auch nicht weiter verwunderte. Henry Kissinger saß an einem Tisch rechts von ihr und der Vizepräsident höchstpersönlich am anderen Ende des Seerosenteichs; das erklärte die Anwesenheit der breitschultrigen jungen Männer in dunklen Anzügen, die ihr vorhin im Foyer aufgefallen waren. Gewalttätige Profis, die sie mit Abscheu erfüllten.

Der Kellner erschien. «Das Übliche, Mrs. Talbot?»

«Ja, Martin.»

Er schnalzte mit den Fingern, und der Dom Perignon 1980 stand im Handumdrehen auf dem Tisch.

«Sieht nach einem amüsanten Abend aus.»

«Der Vizepräsident ist eigentlich bereit zum Aufbruch, aber alles wartet gespannt ab, ob nun er oder Kissinger den ersten Schritt tut und den anderen an seinem Tisch begrüßt. Darf ich jetzt um Ihre Bestellung bitten?»

Er reichte ihr die Speisekarte, doch sie schüttelte den Kopf. «Ich weiß schon, was ich möchte, Martin. Gebackene Garnelen mit Senffrüchten, danach Ente mit Ananas und als Dessert zur Feier des Tages...»

«Mousse au chocolat.» Sie lachten beide, er wandte sich zum Gehen, blieb wieder stehen. «He, er ist im Anmarsch.»

«Sieht nach Punktsieg für Kissinger aus», meinte Sarah.

«Von wegen.» Martin geriet in Panik. «Er kommt direkt her, Mrs. Talbot.»

Er trat schnell beiseite, und der Vizepräsident erschien, sein unnachahmliches Lächeln wie immer parat. «Sarah, Sie sehen wieder einmal phantastisch aus. Nein, bitte, behalten Sie Platz. Ich kann leider nicht bleiben. Termin in der UNO.» Er ergriff ihre Hand und küßte sie. «Gestern abend haben wir im Weißen Haus von Ihnen gesprochen.»

«Hoffentlich gut», erwiderte sie.

«Wie immer, wenn es um Sie geht, Sarah.» Damit entfernte er sich.

Die Leute gafften neugierig, Henry Kissinger nickte ihr leise lächelnd zu. Martin schenkte ihr Champagner nach und lächelte ebenfalls. Sie trank genießerisch von dem Dom Perignon und hing ihren Gedanken nach. Binnen einer Stunde würde sich die kleine Szene in der Bar vom «21» herumsprechen und dann in den Klatschspalten der Morgenzeitungen zu lesen sein.

«Frau des Jahres kommt als nächstes, Sarah», murmelte sie vor sich hin und hob das Glas. «Auf die Frau, die alles hat.» Sie hielt inne. «Oder gar nichts.» Sie zog die Stirn in Falten. «Warum zum Teufel habe ich das eben gesagt?»

Und dann tauchte Martin auf, beugte sich über den Tisch. «Ihr Chauffeur ist im Foyer, Mrs. Talbot. Er sagt, es sei dringend.»

«Tatsächlich?» Sie stand sofort auf, ohne jede böse Vorahnung, höchstens leicht verwirrt.

Am Gesichtsausdruck von Charles hätte sie es merken müssen, der gehetzte Blick, die Art, wie er zur Seite sah, während er sprach. «Mr. Morgan ist bei mir im Wagen, Mrs. Talbot.»

«Dan?» fragte sie ungläubig. «Hier?» Dan Morgan war Präsident der Maklerfirma, in der sie jetzt als Seniorteilhaberin arbeitete.

«Wie ich schon sagte, er ist im Wagen.» Charles war offensichtlich außer sich.

Der Türsteher hielt schützend den Regenschirm über sie, als sie die Straße überquerte. Dan Morgan – leicht ergraut, distinguiert, Abendanzug, schwarze Schleife – blickte mit tiefernstem Gesicht zu ihr hoch.

«Was soll das alles bedeuten, Dan?» fragte sie.

«Steigen Sie ein, Sarah.» Er öffnete die Tür und zog sie neben sich auf den Rücksitz. «Holen Sie Mrs. Talbots Mantel, Charles. Ich glaube, sie wird gehen wollen.»

Charles entfernte sich, und Sarah wiederholte: «Was ist denn bloß los, Dan?»

Er hatte einen dicken Umschlag neben sich liegen, wie sie feststellte, als er ihre beiden Hände ergriff. «Sarah – Eric ist tot.»

«Tot? Eric?» Sie hatte das Gefühl zu ertrinken – in Zeitlupe. «Das ist doch Unsinn. Wer sagt das?»

«Tony Villiers hat vergebens versucht, Sie zu erreichen, und dann mich angerufen.» Charles brachte ihren Mantel und setzte sich ans Steuer. «Fahren Sie einfach los», forderte ihn Morgan auf.

«Wohin, Mr. Morgan?»

«Egal wohin, aber fahren Sie endlich, ich flehe Sie an», drängte Morgan.

Der Wagen setzte sich in Bewegung. «Es kann nicht wahr sein. Das gibt's doch nicht», sagte Sarah.

«Hier ist alles drin, Sarah.» Morgan nahm den Umschlag. «Villiers hat das Ganze mit Telex ans Büro durchgegeben. Ich bin hingefahren und hab's abgeholt.»

Sie starrte blicklos auf den Umschlag. «Was ist da drin?» fragte sie mit erstickter Stimme.

«Ärztliche Befunde, gerichtsmedizinische Untersuchungsergebnisse und Ähnliches. Es sieht gar nicht gut aus, Sarah. Im Gegenteil. Schlimmer könnte es kaum sein. Sie heben sich das besser für später auf, wenn Sie etwas ruhiger geworden sind.»

«Nein.» Sie sprach leise, mit einem gefährlichen Unterton. «Jetzt. Ich will das jetzt sehen.»

Sie nahm ihm den Umschlag ab, hatte ihn aufgemacht und die Innenbeleuchtung eingeschaltet, bevor er sie daran hindern konnte. Ihr Gesicht war verzerrt, der Blick leer. Als sie fertig war, saß sie reglos da, unnatürlich ruhig.

«Halten Sie an, Charles», befahl sie.

«Mrs. Talbot?»

«Sie sollten anhalten, verdammt noch mal!»

Er steuerte den Wagen an den Randstein, sie riß die Tür auf und raste durch den Regen zum nächsten Durchgang, ehe sie sich's versahen. Die beiden liefen hinterher und fanden sie neben überquellenden Mülltonnen an die Wand gelehnt, von krampfartigem, heftigem Erbrechen geschüttelt. Endlich hörten die Anfälle auf, und sie wandte sich ihnen zu.

Morgan hielt ihr sein Taschentuch hin. «Wir bringen Sie jetzt nach Hause, Sarah.»

«Ja», entgegnete sie ruhig. «Ich brauche meinen Paß.»

«Den Paß?» wiederholte er ungläubig. «Das einzige, was Sie jetzt brauchen, sind die richtigen Tabletten und Ihr Bett.»

«Nein, Dan. Ich brauche ein Flugzeug. British Airways, PanAm, TWA, die Linie spielt keine Rolle, solange die Maschine nach London fliegt und noch heute nacht startet.»

«Sarah!» Er wollte sie abermals beschwören.

«Nein, Dan, keine Diskussionen. Bringen Sie mich bitte nur nach Hause, ich hab viel zu erledigen.» Sie drehte sich um, ging durch den Regen zurück zum Wagen und stieg ein.

4

Sie hätte auf die Concorde der British Airways warten können, die schnellste Passagiermaschine der Welt. Damit wäre sie zwar in dreieinviertel Stunden in London gewesen, aber dann hätte sie wiederum bis zum nächsten Morgen warten müssen. Zufällig gab es bei PanAm einen verspäteten Flug nach London; die Maschine, eine Boeing 747, startete kurz nach Mitternacht, und die nahm sie.

Der wahre Grund war, daß sie Zeit zum Nachdenken brauchte. Dan Morgan war unter Protest am Kennedy Airport zurückgeblieben. Er wollte sie unbedingt begleiten, aber das hatte sie strikt abgelehnt. Natürlich gab es ein paar Dinge, die er übernehmen konnte. Die Gesellschafter in London benachrichtigen. Einen Wagen mit Fahrer auftreiben und den Verwalter des Hauses in der Lord North Street anrufen, des firmeneigenen Wohnsitzes, der ihnen allen bei Besuchen in London zur Verfügung stand. Eine gute Adresse, wie Edward ihr einmal bestätigt hatte. Sehr günstige Lage, ein Katzensprung zum Parlament und zur Downing Street.

Edward, dachte sie. Zuerst Edward, gefallen in diesem idiotischen Operettenkrieg. Ein großartiger Mann, sinnlos dahingeopfert. Und nun Eric. Sie starrte durch das Fenster hinunter auf die Lichter von New York, als die Maschine Kurs auf den Atlantik nahm, und der Schmerz wurde unerträglich. Sie schloß die Augen und spürte eine Hand auf ihrer Schulter.

Die blonde Stewardeß, die sie an Bord empfangen hatte, lächelte ihr zu. «Darf ich Ihnen jetzt einen Drink anbieten, Mrs. Talbot?»

Sarah starrte ausdruckslos nach oben, brachte zunächst kein Wort heraus. Ihr Verstand sagte ihr, daß sie sich in einem Schockzustand befand, gegen den sie ankämpfen mußte, sonst wäre sie verloren. Sie zwang sich zu lächeln. «Brandy mit Soda, bitte.» Seltsam, aber zum erstenmal, seitdem sie an Bord gekommen war, bemerkte sie, was ihr zuvor, vielleicht wegen der gedämpften Beleuchtung, entgangen war – daß alle Plätze ringsum leer waren. Sie schien tatsächlich der einzige Erste-Klasse-Passagier zu sein.

«Bin ich heute ganz allein?» erkundigte sie sich, als die Stewardeß den Brandy brachte.

«Fast», kam die fröhliche Antwort. «Nur noch ein Passagier in der Sitzreihe gegenüber.»

Auf den ersten Blick entdeckte sie am Ende des Ganges nur die Kehrseite einer weiteren Stewardeß, doch als die in Richtung Bordküche entschwand, sah sie den anderen Passagier. Rafael Barbera. Sie war überrascht, schloß kurz die Augen, durchlebte noch einmal die Szene im Wagen, als sie Charles' Zeitung gelesen und Barberas Foto betrachtet hatte. Sie war so glücklich gewesen, alles lief so gut, und jetzt dieser grauenhafte Alptraum. Sie nippte an dem Brandy und atmete tief durch. Genau wie damals, als sie vom Verteidigungsministerium in London diese schreckliche telegrafische Todesnachricht bekam. Entweder kämpfen oder untergehen, es gab keine Alternative.

Die Stewardeß erschien wieder. «Wünschen Sie jetzt das Abendessen, Mrs. Talbot?»

Zuerst wollte Sarah ablehnen, doch dann fiel ihr ein, daß sie seit dem Frühstück nichts Richtiges in den Magen bekommen hatte; die mittägliche Verhandlungspause hatte nicht gereicht zum Lunchen. Deshalb nahm sie jetzt ein wenig Räucherlachs, einen Salat, etwas kalten Hummer zu sich, ohne den geringsten Appetit, aber sie mußte ja bei Kräften bleiben. Sie registrierte, daß Barbera auf der gegenüberliegenden Seite ebenfalls aß, sah ihn mit seiner Stewardeß sprechen, die sich umdrehte und herüberkam. Sie beugte sich zu Sarah hinunter.

«Wir haben einen Film für Sie, wie üblich, Mrs. Talbot, aber da Sie heute nur zu zweit sind, richten wir uns ganz nach Ihren Wünschen. Mr. Barbera da drüben ist eins so recht wie das andere.»

«Mir auch. Also lassen wir's.»

Die Stewardeß sprach nun wieder mit Barbera, der nickte und ihr lächelnd mit seinem Champagnerglas zuprostete. Er sagte noch etwas zu der Stewardeß, die zurückkam. «Mr. Barbera läßt fragen, ob Sie ihm vielleicht bei einem Glas Champagner Gesellschaft leisten würden.»

«Ach, ich weiß nicht recht...» Es war zu spät, er steuerte bereits auf sie zu und legte dabei für sein Alter und seine Statur ein beachtliches Tempo vor.

Auf seinen Stock gestützt, stand er vor ihr und musterte sie. «Mrs. Talbot, Sie kennen mich nicht, aber von Ihnen spricht man überall in den höchsten Tönen. Meines Wissens sind Sie Teilhaberin von Dan Morgan? Er regelt gelegentlich geschäftliche Angelegenheiten für mich.»

«Das wußte ich nicht.»

Er ergriff ihre Hand, küßte sie formvollendet, mit einem leicht amüsierten Zucken um die Mundwinkel. «Können Sie auch nicht. Das läuft über ein Sonderkonto.» Er ließ sich auf dem Platz neben ihr nieder. «Nun zum Champagner. Sie haben's nötig. Ich habe Sie beobachtet. Allermindestens war das ein schlimmer Tag für Sie.»

«Ach wo», protestierte sie. «Ich glaube nicht.»

«Unsinn.» Er nahm die zwei Gläser von der Stewardeß entgegen und reichte ihr eines. «Es klingt sonderbar, wenn das ein Sizilianer sagt, aber wer Champagner satt hat, ist auch lebensüberdrüssig.» Er hob sein Glas. «Wie meine jüdischen Freunde sagen würden – *masel-tow*.»

«Was heißt das?»

«Viel Glück, Mrs. Talbot!»

«Danke, Mr. Barbera, das kann ich wirklich brauchen.» Sie leerte das Glas in einem Zug. «Sehr passend. Ich trinke auf das Glück, und mein Sohn ist tot. Haben Sie je so was Paradoxes gehört?»

Und dann ließ sie das Glas fallen, drehte sich zum Fenster und weinte bitterlich, wie sie es seit ihrer Kindheit nicht mehr getan hatte. Er strich ihr sanft übers Haar und scheuchte die Stewardeß mit einer Handbewegung fort. Schließlich beruhigte sie sich, starrte aber weiter zusammengekauert in die Nacht hinaus, ließ sich von ihm trösten, wie damals von Daddy. Das hatte immer geholfen. Nach einer Weile raffte sie sich zusammen, stand wortlos auf und ging zur Toilette. Sie wusch sich das Gesicht mit kaltem Wasser und kämmte sich die Haare. Als sie herauskam, stand die Stewardeß vor der Tür.

«Fehlt Ihnen etwas, Mrs. Talbot?»

«Ganz einfach. Ich habe gerade die Nachricht bekommen, daß mein Sohn tot ist. Deswegen fliege ich nach London. Aber keine Sorge, ich liefere Ihnen keinen Zusammenbruch, das verspreche ich.»

Die junge Frau umarmte sie spontan. «Es tut mir so leid.»

Sarah küßte sie auf die Wange. «Sehr lieb von Ihnen. Mr. Barbera hat Kaffee bestellt, wie ich sehe, aber ich bin eigentlich Teetrinkerin.»

«Ich hole welchen.»

Sie nahm wieder neben Barbera Platz. «Geht's wieder?» erkundigte er sich.

«Es wird schon.»

«Wenn wir miteinander geredet haben», erwiderte er ruhig und hob die Hand, als wolle er jedem Widerspruch vorbeugen. «Das ist notwendig, glauben Sie mir.»

«Na gut.» Sie entnahm ihrer Handtasche das alte, verbeulte silberne Zigarettenetui, das man am Mount Tumbledown bei Edward gefunden hatte, und steckte sich eine an, blies den Rauch auf eigentümlich trotzige Art an die Decke. «Es stört Sie doch nicht?»

Er lächelte. «In meinem Alter kann man es sich nicht leisten, sich an irgend etwas zu stören, Mrs. Talbot.»

«Was wissen Sie alles über mich, Mr. Barbera?»

«Man hat mir erzählt, daß Sie zu den besten Köpfen in der Wall Street gehören. Und daß Sie in sehr jungen Jahren beinahe Kongreßabgeordnete geworden wären.»

«Ich war ein reiches, verwöhntes kleines Biest. Mein Vater schien Geld wie Heu zu haben. Ich war mutterlos, und da hat er mich nach Strich und Faden verzogen. Ja, ich war in Radcliffe, habe *magna cum laude* abgeschlossen. Spielend. Ich war nämlich hochintelligent. Ich hatte es nicht nötig zu arbeiten. In den sechziger Jahren habe ich Marihuana geraucht wie jeder andere und herumgebumst wie alle anderen.» Sie musterte ihn. «Schockiert Sie das?»

«Nicht sonderlich.»

«Ich hatte einen Freund, der wurde nach dem Abgang vom College einberufen. Man drückte ihm eine Knarre in die Hand und verfrachtete ihn nach Vietnam. Er hat nur drei Monate durchgehalten. Pure sinnlose Zerstörung.» Sie schüttelte den Kopf. «Ich war wie immer auf Draht und hab mich erst der Protestbewegung angeschlossen, *nachdem* mich meine Partei als Kandidatin für den Kongreß aufgestellt hatte.»

«Und das hat Ihrem Vater nicht gepaßt.» Kein Fragezeichen, er konstatierte lediglich.

«Hat drei Jahre nicht mit mir gesprochen. Sah in mir quasi eine Verräterin. Die Wähler hielten auch nicht viel von mir. Schließlich bin ich ausgestiegen, entschied mich, meinen Magister in Betriebswirtschaft zu machen und mir dann eine Arbeit zu suchen.» Sie lachte gequält. «Wall Street winkte.»

«Wo Sie Ihrem Vater zeigen konnten, was in Ihnen steckt?»

«Doppelt und dreifach. Und das tat ich auch.» Wieder wurde Trotz spürbar. «Wohlgemerkt, einmal habe ich bei ihm volle Zustimmung gefunden. Mit der Wahl meines Mannes.»

«Bisher wußte ich gar nicht, daß Sie verheiratet waren.»

«Aber ja, wenn auch nur kurz. Mit einem britischen Colonel. Es hat nicht lange gedauert. Er ist auf den Falklands gefallen, hat mir aber meinen Stiefsohn hinterlassen.»

«Ich verstehe.»

«Tatsächlich? Erics Mutter starb bei seiner Geburt. Ich hatte das gleiche durchgemacht und konnte mich in ihn hineinversetzen. Ich verstand ihn und umgekehrt er mich.»

«Und nun ist er tot. Was ist passiert?»

Sie überlegte kurz, holte dann die Aktentasche unter dem Sitz hervor und entnahm ihr den dicken Umschlag mit dem Material, das Villiers aus London übermittelt hatte. «Lesen Sie das.»

Sie zündete sich eine neue Zigarette an und lehnte sich zurück, während Barbera die verschiedenen Papiere studierte. Er sagte kein Wort, ehe er fertig war, steckte alles sorgfältig wieder in den Umschlag und wandte sich zu ihr, das Gesicht wie versteinert.

«Drogen», sagte sie. «Wie konnte er bloß! Heroin – Kokain...»

«Vorhin erzählten Sie mir, daß Sie in den sechziger Jahren Haschisch geraucht haben. Heutzutage ist das Problem für junge Menschen noch größer, weil sie so leicht an alles herankommen.»

«Sie müssen das ja wissen, stimmt's?» Das rutschte ihr so heraus und ließ sich nicht mehr rückgängig machen.

Er zeigte keinerlei Verärgerung. «Ich bin ein altmodischer Mensch, Mrs. Talbot. Sicher, ich war ein Gangster, wie Sie es nennen würden, aber die von mir Geschädigten gehörten zum gleichen Schlag. Andere Leute waren für mich Zivilisten.

Meine Familie hat Geschäfte gemacht mit den Gewerkschaften, mit Glücksspiel, Prostitution, während der Prohibition auch mit Schwarzbrennerei und Alkoholschmuggel, lauter menschliche Schwächen, für die jeder Verständnis hat. Aber ich sage Ihnen eins. Die Familie Barbera hat nie auch nur einen Penny mit Rauschgifthandel verdient. Zum Beispiel mein Enkel Vito in London. Wir haben drei Kasinos dort. Restaurants, Wettbüros.» Er zuckte die Achseln. «Wieviel braucht der Mensch schon?»

«Aber Eric. Ich begreife das einfach nicht.»

«Hören Sie, es ist ein weitverbreitetes Mißverständnis, daß Süchtige, die harte Drogen fixen, von Dealern dazu gebracht wurden. Den ersten Schuß bietet fast immer irgendein Freund an. Wahrscheinlich war es auf einer Studentenparty, als es anfing. Er hatte ein paar Drinks gekippt...»

«Aber danach», sagte sie. «Danach kam das ganze Gesindel, Dealer und Konsorten, alle nur darauf aus, ihn bei der Stange zu halten. Junge Menschen an der Schwelle des Lebens zu zerstören, und wofür? Für Geld.»

«Für manche Menschen ist Geld eine ernste Sache, Mrs. Talbot. Aber lassen wir das beiseite. Was gedenken Sie in dem Fall zu unternehmen? Was wollen Sie?»

«Gerechtigkeit, denke ich.»

Er lachte rauh. «Ein seltener Artikel auf dieser miserablen Welt. Hören Sie, das mit dem Gesetz ist doch ein reiner Witz. Sie gehen vor Gericht, und es zieht sich endlos hin. Die Reichen und Mächtigen können alles kaufen, was sie haben wollen, weil die meisten Menschen bestechlich sind.»

«Was würden *Sie* denn tun?»

«Schwer zu sagen für mich. Vergossenes Blut schreit nach Rache, das ist die sizilianische Mentalität. Mein Sohn stirbt, sein Tod muß geahndet werden. Das ist keine Frage der freien Entscheidung. Ich habe keine Wahl. Mir bleibt gar nichts andres übrig.» Er schüttelte den Kopf. «Sie kommen aus einer ganz anderen Welt. Für Gewalt gab es in Ihrem Leben niemals Platz, nehme ich an.»

«Stimmt. Ich habe einmal einen Faustkampf gesehen, als wir durch die Bronx fuhren, vom Rücksitz eines Cadillacs aus, wie es meiner privilegierten Position zukommt.»

Er lächelte trübe. «Kompliment. Sie können sich über sich selbst lustig machen. Aber eins müssen Sie mir fest versprechen, etwas ganz Wichtiges.»

«Und das wäre?»

«Sie müssen darauf bestehen, die Leiche Ihres Sohnes zu sehen.» Er hob die Hand, um ihren Einwand abzuwehren. «Egal, was das für eine Tortur bedeutet. Glauben Sie mir, mit dem Tod habe ich eine Menge Erfahrung, und in diesem Punkt bin ich mir sicher. Sie müssen es mit eigenen Augen sehen, Sie müssen trauern, sonst verfolgt es Sie für den Rest Ihres Lebens.»

Sie nickte. «Ich überlege es mir.»

«Und es gibt noch etwas, dem Sie ins Auge sehen müssen. Etwas ganz Furchtbares.»

«Und was wäre das?»

«Das Ergebnis der gerichtsmedizinischen Untersuchung in Frankreich war eindeutig: Tod durch Ertrinken unter Alkohol- und Drogeneinfluß.»

«Stimmt.»

«Sein Leichnam brachte denen, die ihn für ihre Zwecke benutzten, erheblichen Vorteil. Mir drängt sich der Gedanke auf, es könnte mehr dahinterstecken als eine günstige Gelegenheit, daß er genau im richtigen Moment zur Verfügung stand.»

Sie fragte unumwunden: «Meinen Sie tatsächlich, das Ganze war kein Unfall?» Mit sichtlicher Anstrengung sprach sie das Wort aus: «Sondern – Mord?»

«Bitte ... Das alles kam außerordentlich gelegen, mehr habe ich nicht gesagt. Ich möchte es Ihnen keinesfalls noch schwerer machen, als es sowieso schon ist. Ich habe eben zu viele Jahre in einer Welt verbracht, in der man kaltblütig über Leichen geht, und neige deshalb dazu, stets das Schlimmste anzunehmen.»

«Ich dachte bisher, schlimmer könnte es gar nicht sein.» Ihre Stimme bebte vor Wut und Aufbegehren.

«Ich kann mich ja irren, doch eins steht jedenfalls für mich fest: Die Behörden werden jede Möglichkeit in Betracht ziehen, jede Spur verfolgen.» Er zog die Brieftasche und entnahm ihr eine Karte. «Hier ist die Londoner Adresse von meinem Enkel Vito. Ich werde ihm von Ihnen berichten. Er wird alles tun, was in seinen Kräften steht. Ich fliege direkt weiter nach Palermo, ohne Zwischenaufenthalt. Nur für den Fall der Fälle – sollte Sie Ihr Weg doch einmal nach Sizilien führen, so finden Sie mich in meiner Villa, außerhalb von Bellona, einem Dorf in der Cammarata.» Ein zarter Handkuß. «Und jetzt brauchen Sie unbedingt ein wenig Schlaf, mein Kind.» Er lächelte, erhob sich und kehrte zu seinem Platz zurück.

Sie knipste das Licht aus und dachte im Dunkeln darüber nach, was er gesagt hatte. Grauenhaft, sich vorzustellen, daß es kein Unfalltod gewesen sein sollte. Sie weigerte sich, das zu akzeptieren, verdrängte den Gedanken und schlief nach einer Weile ein, den Kopf auf den Arm gestützt, während das Flugzeug durch die Nacht dahinbrauste.

Ein Journalist in Kent erhielt von einem wohlmeinenden Freund in der örtlichen Polizei einen Tip und schickte einen kurzen Bericht über den Vorfall an die *Daily Mail* nach London. Er gab nur die ihm bekannten Fakten wieder: Daß ein Leichenwagen auf einer Landstraße in Kent verunglückt und in Brand geraten war. Daß er eine Leiche transportierte, wurde ebenfalls erwähnt. Diesem makabren Umstand war es zuzuschreiben, daß der Artikel, trotz der zu diesem Zeitpunkt noch lückenhaften Detailinformationen, als kurzer Einspalter unten auf der dritten Seite erschien. Die Meldung wurde zwar auf

Fergusons Intervention später zurückgezogen, doch da war die Identität von Eric Talbot bereits publik geworden.

Jago hatte die Morgenmaschine von Paris genommen und traf gegen elf Uhr in der Dienstwohnung in der Connaught Street, nahe beim Hyde Park, ein. Er war gerade beim Auspakken, als das Telefon läutete.

Smith meldete sich. «In der Frühausgabe der *Daily Mail* steht eine kurze Notiz. Anscheinend hatte der Junge sich getarnt. Sein richtiger Name ist Eric Talbot, er war Student in Cambridge.»

«Also hat er ein Pseudonym benutzt», erwiderte Jago. «Durchaus verständlich. Warum sollte das ein Problem darstellen?»

«Weil er immerhin kein Niemand war», erklärte Smith. «Ich habe diskrete Erkundigungen beim Pförtner von seinem College eingezogen. Er hat sich als Journalist ausgegeben. Sein Großvater ist Baronet, das reicht wohl.»

«Ach du heiliger Strohsack!» Jago unterdrückte den Wunsch, laut herauszulachen. «Und wer hat uns die Suppe eingebrockt?»

«Ein Flittchen in Cambridge namens Greta Markovsky. Ebenfalls Studentin. Dealerin. Sie ist jetzt ein Jahr bei mir. Ich hab sie für zuverlässig gehalten.»

Das erste Anzeichen von Schwäche, das Jago jemals an Smith wahrgenommen hatte. «Nach meiner Erfahrung kann man keinem auf dieser schlechten Welt trauen. Wo ist Miss Markovsky zu finden?»

«Offenbar hat sie vorletzte Nacht eine reichliche Überdosis Heroin gespritzt. Sie ist jetzt in Grantley Hall, einer geschlossenen Anstalt außerhalb von Cambridge.»

«Wünschen Sie, daß ich da irgendwas unternehme?»

«Ich denke, das ist nicht nötig, mit Sicherheit nicht zu diesem Zeitpunkt. Und außerdem hat sie mich nie zu Gesicht bekommen.»

«Wer hat das schon?» konterte Jago.

«Genau.»

«Was soll ich also tun?»

«Heute nachmittag um zwei findet in Canterbury eine Leichenschau statt. Seien Sie dort.»

«In Ordnung. Und was ist mit Bird und seinem Freund?»

«Das eilt nicht. Ich sage Ihnen später Bescheid.»

«Gut, ich gehe jetzt besser an die Arbeit.»

Jago legte den Hörer auf und packte rasch den Rest aus. Zum Umziehen blieb ihm keine Zeit, wenn er pünktlich um zwei zur Leichenschau in Canterbury sein wollte.

Fünf Minuten später war er mit dem Fahrstuhl in der Tiefgarage. Der Wagen, den er regelmäßig in London benutzte, ein Alfa Romeo Spyder, stand auf dem gewohnten Platz. Sobald er hinter dem Steuer saß, tastete er nach einem unter dem Armaturenbrett versteckten Hebel. Eine Klappe sprang auf und zeigte eine Walther PPK, einen Browning und einen Carswell-Schalldämpfer, alles säuberlich befestigt. Er überprüfte beide Waffen schnell und gründlich. Das Leben konnte voller häßlicher Überraschungen sein, wie er aus Erfahrung wußte. Zwei Minuten darauf befand er sich mitten im Verkehrsstrom von Park Lane.

Ferguson blickte vom Schreibtisch hoch, als Tony Villiers den Raum betrat. «Wie geht's ihr?»

«Ich hab sie in Heathrow abgeholt und in die Lord North Street begleitet. Ihrer Firma gehört dort ein Haus.»

«Haben Sie irgendwelche Details mit ihr erörtert?»

«Eigentlich nicht. Dazu bestand kein Anlaß. Ich habe ihr Kopien des gesamten relevanten Materials nach New York übermittelt, bevor sie abflog. Den Obduktionsbericht aus Frankreich und den ganzen medizinischen Kram. Nun ist sie hier. Sie möchte um zwei bei der Leichenschau in Canterbury anwesend sein. Ich habe ihr meine Begleitung angeboten und sie gewarnt, daß sie als nächste Angehörige vom Untersuchungsrichter aufgerufen werden könnte, wenn sie dort erscheint.»

«Haben Sie sie hierher mitgebracht?» Ferguson wirkte etwas nervös. «Wird sie Schwierigkeiten machen?»

Villiers beherrschte sich mühsam. «Das wäre doch unter den gegebenen Umständen nur allzu verständlich.»

«Um Gottes willen, Tony, Sie wissen genau, wie ich es meine. Das könnte für uns alle heikel sein. Na, holen Sie sie herein, ich werde dann schon selbst sehen.»

Er trat ans Fenster, überlegte, wie er diese schwergeprüfte Frau behandeln sollte, drehte sich um, als sie mit Villiers hereinkam, und sah sich in all seinen Erwartungen getäuscht. Sie trug eine braune Wildlederjacke mit Gürtel und passender Hose. Das schulterlange Haar umrahmte ein Gesicht, das ruhig und entschlossen wirkte.

«Mrs. Talbot.» Er ging um den Schreibtisch herum, ergriff ihre Hand, entfaltete seinen ganzen Charme. «Ich kann Ihnen gar nicht sagen, wie leid es mir tut.»

«Vielen Dank.»

«Nehmen Sie doch bitte Platz.»

Sie holte Edwards Silberetui aus der Handtasche – der einzige Hinweis auf ihre Nervosität –, und er gab ihr Feuer. «Wozu bin ich hier, Brigadier?» fragte sie.

Er kehrte in seinen Schreibtischsessel zurück. «Ich verstehe nicht ganz?»

«Ich denke, Sie verstehen recht gut. Als Tony sagte, er werde mich herbringen, erkundigte ich mich nach dem Grund. Er antwortete, Sie seien sein Vorgesetzter. Sie würden es mir erklären.»

«Aha.»

«Brigadier, mein Mann war Colonel in der britischen Armee und ich lange genug Ehefrau eines Berufsoffiziers, um ein paar Dinge zu lernen.»

«Zum Beispiel?»

Sie drehte sich um und legte Villiers die Hand auf den Arm. «Nun, ich weiß sehr wohl, daß mein lieber angeheirateter Vetter hier nicht nur bei der Grenadiergarde, sondern auch beim SAS ist. Ich hatte schon immer den Eindruck, daß er hauptberuflich irgendwas mit dem Nachrichtendienst zu tun hat.»

«Ich hab's Ihnen ja gesagt, der hellste Kopf in Wall Street», versuchte Villiers abzuwiegeln.

«Genau, Brigadier. Wenn Sie also Tonys Vorgesetzter sind, was hat Sie oder, präziser, wieso sind Sie in einen Fall verwikkelt, der nach meinem Dafürhalten Angelegenheit der Polizei wäre?»

«Tony hatte recht, Mrs. Talbot. Sie sind eine außergewöhnliche Frau.» Er sah auf die Uhr und erhob sich. «Wir sollten lieber aufbrechen.»

«Wohin?» fragte sie.

«Meine liebe Mrs. Talbot, Sie wollten bei der Leichenschau zugegen sein. Dann fahren wir eben hin, in meinem Wagen. Wir können uns unterwegs unterhalten.»

Sie und Ferguson saßen nebeneinander im Fond der Daimler-Limousine, Villiers ihnen gegenüber auf dem Klappsitz, nach vorne abgeschirmt durch die Trennscheibe.

«Es gibt bei diesem Fall Aspekte, insbesondere einen, die ihn, zumindest theoretisch, zu einer Angelegenheit der nationalen Sicherheit machen und weniger als eine der üblichen Straftaten erscheinen lassen, deren Bearbeitung der Polizei obliegen würde.»

«Diese Erklärung dürfte kaum zu den vertrauensbildenden Maßnahmen zählen», konterte sie. «Sie versetzt mich geradewegs zurück in die Zeiten des Vietnamkrieges und meiner Protestaktionen. Ich meine, ich habe das Beste, was der CIA zu bieten hat, aus erster Hand erlebt, Brigadier.»

«Übernehmen Sie lieber die Erklärung, Tony.»

«Der internationale Terrorismus braucht Geld, um funktionsfähig zu bleiben», begann Villiers. «Eine große Menge Geld, nicht nur für kostspielige Waffen, sondern zur Finanzierung seiner Operationen. Rauschgift ist für diese Zwecke eine bequeme Einnahmequelle, und wir wissen seit geraumer Zeit, daß sich in Ulster sowohl die IRA wie verschiedene protestantische paramilitärische Organisationen durch Beteiligung am Drogenhandel Geldmittel beschafft haben.»

«Aber inwiefern betrifft das Eric?»

Villiers zog einen Umschlag aus der Tasche und reichte ihn ihr. «Da ist ein detaillierterer Obduktionsbericht aus Frankreich. Man hat bei der Blutanalyse nicht nur Heroin und Kokain entdeckt, sondern auch ein Gemisch von Scopolamin und Phenothyazin. In Kolumbien, dem Ursprungsland, ist es unter dem Namen *burundanga* bekannt.»

«Es bewirkt auf chemischem Wege eine Art hypnotischen Zustand, Mrs. Talbot», warf Ferguson ein. «Reduziert das Opfer eine Zeitlang zum Zombie.»

«Und das ist mit Eric passiert?» flüsterte sie.

«Ja, und im vergangenen Jahr hat man bei der Obduktion von vier IRA-Mitgliedern, die von protestantischen Gruppen in Ulster ermordet worden waren, Spuren derselben Droge gefunden.

Und das macht es zur Sicherheitsfrage, Mrs. Talbot. Ein sehr ungewöhnlicher Vorfall. Vier IRA-Mitglieder in Ulster und jetzt Ihr Stiefsohn.»

«Und Sie meinen, da könnte ein Zusammenhang bestehen?» fragte sie.

«Vielleicht waren dieselben Leute beteiligt», entgegnete Ferguson. «Das wollen wir herausfinden. In sämtlichen westeuropäischen Ländern arbeiten die Computer auf Hochtouren, um uns dabei zu helfen.»

«Und was haben Sie ermittelt?»

«Mehrere Fälle in Frankreich während der letzten drei Jahre, alle dem Ihres Stiefsohnes recht ähnlich. Tod durch Ertrinken unter Drogeneinfluß.»

Barberas These ließ sich nicht länger übergehen.

«Das scheint mir die Vermutung nahezulegen», sagte sie ruhig, «daß eine Anzahl von Menschen ermordet wurden, während sie sich in dem von Ihnen erwähnten chemisch bewirkten hypnotischen Zustand befanden.»

«Diesen Anschein hat es in der Tat», bestätigte er.

«Ermordet aus einem einzigen Grund: Um ihre Leichen benutzen zu können wie einen Koffer, als Transportbehälter.» Sie hämmerte mit der geballten Faust auf ihrem Knie herum. «Das haben sie Eric angetan. Warum?»

«Fünf Millionen Pfund, Mrs. Talbot, das ist nach unserer vorsichtigen Schätzung der Verkaufswert für jede solche Lieferung Heroin.»

Sie nahm das Silberetui heraus. Villiers gab ihr Feuer. Das Rauchen beruhigte sie, und sie hörte auf zu zittern. Nun empfand sie Zorn. Nein, mehr als das – rasende Wut. Sie erreichten die Außenbezirke von Canterbury, schlängelten sich durch die altertümlichen Straßen. Sie blickte empor zu den hochragenden Türmen der großen Kathedrale.

«Sie ist wunderschön.»

«Die Geburtsstätte des englischen Christentums», bemerkte Ferguson. «Gegründet von Augustinus, dem Apostel der Angelsachsen.»

«Und 1942 von den Nazis zerbombt», ergänzte Villiers. «Nicht unbedingt ein militärisches Ziel, aber wir haben ja auch einige ihrer Domstädte bombardiert.»

Der Daimler bog auf einen ruhigen Platz ein. «Der Computer hat also keine weiteren Fälle ausgespuckt?» fragte sie.

«Leider nein», antwortete Ferguson.

«Das stimmt nicht ganz», korrigierte Villiers. «Ich hatte noch keine Gelegenheit, Ihnen davon zu berichten, aber heute vormittag hat sich noch etwas ergeben. Vor ein paar Monaten wurde eine Achtzehnjährige in der Themse bei Wapping gefunden.»

«Sind Sie sicher?»

«Ich fürchte, ja, Sir.» Villiers stockte. «Es handelt sich um Egans Stiefschwester, Sir.»

Ferguson war verblüfft. «Sie meinen Sean Egan?»

«Ja.»

«Großer Gott.»

«Und wer ist dieser Sean Egan?« erkundigte sich Sarah.

«Ein junger Sergeant, der bei mir im SAS gedient hat. Schwer verwundet im Falklandkrieg. Er hat gerade abgemustert.»

«Erzählen Sie mir mehr über ihn», bat sie, doch in dem Moment hielt der Daimler an der Freitreppe, die zu einem imposanten georgianischen Gebäude hinaufführte.

«Dafür ist jetzt keine Zeit, meine Liebe», erklärte Ferguson, als der Chauffeur die Wagentür öffnete. «Wir sind da.»

Im Gerichtssaal befanden sich ungefähr ein Dutzend Leute, zumeist Schaulustige. Jago saß in der hinteren Reihe und registrierte die Ankunft von Brigadier Ferguson, Tony Villiers und Sarah Talbot – der er zu diesem Zeitpunkt freilich keinerlei Bedeutung zumaß, doch Villiers ließ ihn aufmerken. Mit dem untrüglichen Blick des ehemaligen Berufsoffiziers erkannte Jago den jungen Colonel sofort als das, was er war, auch in Zivil.

Der Protokollführer eröffnete die Verhandlung. Er forderte die Anwesenden auf, sich zu erheben.

Alle standen, als der Coroner den Saal betrat und Platz nahm. Ein hochgewachsener Gelehrtentyp im dunklen Anzug, zu Sarahs Überraschung nicht im Talar.

Nachdem der Protokollführer festgestellt hatte, daß in diesem speziellen Fall die normalerweise unumgängliche Anwesenheit einer gerichtlichen Untersuchungskommission nicht erforderlich sei, reichte er dem Coroner ein Schriftstück. Der überflog es. «Ist Colonel Villiers im Saal?» fragte er.

«Sir.» Villiers erhob sich.

«Ich habe den Klassifizierungsvermerk, der von Ihnen im Namen des Verteidigungsministeriums vorgelegt wurde, zur Kenntnis genommen und billige ihn. Ich weise sämtliche anwesenden Pressevertreter ausdrücklich darauf hin, daß es aufgrund dieser D-Einstufung strikt untersagt ist, irgendwelche Einzelheiten über dieses Verfahren zu berichten, und daß jeder, der dagegen verstößt, mit einer Gefängnisstrafe zu rechnen hat. Colonel Villiers, Sie können sich wieder hinsetzen.»

«Danke, Sir.»

«Die den Tod von Eric Malcolm Ian Talbot betreffenden Tatsachen sind bereits durch das Geschworenengericht in Paris, dem Ort des Geschehens, ermittelt worden.»

Sarah wollte aufspringen, ihren Protest gegen die Ausführungen des Coroners laut hinausschreien. Villiers, der ihre Gedanken zu erraten schien, hielt ihre Hand fest umklammert.

Der Coroner fuhr fort. «Der bedauerliche Verlauf, den die Ereignisse nach dem Tod dieses unglücklichen jungen Mannes genommen haben, ist Gegenstand der Untersuchung durch die zuständige Institution. Ist der nächste Angehörige hier anwesend?»

Es dauerte einen Augenblick, bis sie die Frage erfaßt hatte und aufstand. «Hier, Sir.»

«Treten Sie bitte in den Zeugenstand.» Sie ging nach vorn, stieg hinauf und stellte sich ans Geländer. Der Coroner konsultierte das vor ihm liegende Schriftstück. «Sie sind Mrs. Sarah Talbot, derzeit wohnhaft in New York in den Vereinigten Staaten von Amerika?»

Das war alles so förmlich – so präzise. «Das ist richtig.»

«Bitte benennen Sie Ihr Verwandtschaftsverhältnis zu dem Toten.»

Sarah befeuchtete die trockenen Lippen. «Ich war seine Stiefmutter.»

«Der Leichnam Ihres Stiefsohnes befindet sich zur Zeit in der städtischen Leichenhalle. Haben Sie ihn identifiziert, Mrs. Talbot?»

«Nein, Sir.»

Der Protokollführer reichte dem Coroner ein weiteres Schriftstück, das dieser durchsah. «Die diesem Gericht als Beweismittel vorgelegten Fingerabdrücke ermöglichen es mir, auf diese Forderung zu verzichten. Ich werde Ihnen die Genehmigung zur Beisetzung erteilen.» Er hielt inne. «Dieses Gericht bekundet Ihnen sein aufrichtiges Beileid, Mrs. Talbot.»

«Vielen Dank.»

Sie verließ den Zeugenstand, verblüfft, daß es so schnell gegangen war.

Alles erhob sich und strebte dem Ausgang zu. «Es hätte schlimmer sein können», meinte Villiers. «Du hast dich gut gehalten, Sarah.»

Jago, der sich hinter sie gedrängt hatte, hörte sie antworten: «Es wird weitaus schlimmer kommen, aber das läßt sich nicht vermeiden.»

«Was, um alles in der Welt, meinen Sie?» erkundigte sich Ferguson.

«Eric», entgegnete sie lapidar. «Ich möchte ihn sehen.»

Villiers legte ihr den Arm um die Schulter. «Dazu besteht keinerlei Veranlassung, Sarah. Das mußt du dir nicht antun. Ich habe ihn gesehen, das ist nicht mehr Eric. Ich habe alles arrangiert. Er wird nachmittags nach London übergeführt, die Trauerfeier im Greenhill-Krematorium findet um zehn Uhr morgens statt. Es ist für alles gesorgt.»

«Ich muß ihn unbedingt sehen», erklärte sie entschlossen.

Er sah Ferguson an, der Brigadier nickte. «Also gut, bringen wir's hinter uns», seufzte Villiers.

Er hatte natürlich recht. Das war nicht Eric, dieses schwärzlich angelaufene, entstellte Geschöpf, das da zur Schau gestellt wurde, als der Wärter das Schubfach herauszog und die weiße Gummidecke wegnahm. Und dennoch verweilte sie einen langen, endlos langen Augenblick davor, erinnerte sich an den Hochzeitstag, an seine Hand, die so voller Glück, voller Vertrauen in der ihren gelegen hatte. Endlich nickte sie dem Wärter zu und verließ die Halle, die beiden Männer folgten ihr hinaus.

Sie stiegen in den Daimler. Als er anfuhr, fragte Ferguson: «Wie fühlen Sie sich, Mrs. Talbot? Alles in Ordnung?»

Sie wandte sich zu ihm und entgegnete mit flammenden Augen: «Ich bin mein Leben lang das gewesen, was man einen anständigen Menschen nennt. Die gute, brave Durchschnittsbürgerin. Nichts ging über Amerika und den freiheitlichen Rechtsstaat. Ja, und jetzt muß ich Ihnen eine Neuigkeit verraten, Brigadier. Heute fühle ich mich nicht ganz so friedfertig. Ich will diese Schweine, die ihm das angetan haben. Ich will sie dafür bezahlen lassen.»

Villiers erbleichte. «Sarah!»

«So ist mir zumute, Tony. Genau das empfinde ich.» Und damit drehte sie ihm den Rücken zu und starrte aus dem Fenster.

Jago wählte in der Telefonzelle einer Tankstelle außerhalb von Canterbury die übliche Nummer, und Smith rief binnen zwei Minuten zurück.

«Er bekommt kalte Füße», murmelte Jago vor sich hin, und dann informierte er Smith über den Stand der Dinge.

«Was hatten Sie für einen Eindruck von ihr?» erkundigte sich Smith.

«Mir gefällt sie. Eine wirkliche Dame. Erstklassiges Format und Geld wie Heu. Eine Frau, die weiß, was sie will, wenn Sie mich fragen.»

«Ich hab ein paar Nachforschungen anstellen lassen. Ihr alter Herr hat ihr ein paar Millionen vererbt. Darüber hinaus ist sie als

Maklerin in der Wall Street höchst erfolgreich. Sie wohnt im Gästehaus ihrer Firma in der Lord North Street.»

«Ich bin beeindruckt.»

«Aber die beiden Männer, die sie begleiten, Villiers und Ferguson, was zum Teufel hat das zu bedeuten?»

«Wenn Sie meine Meinung hören wollen, die sich auf sieben Jahre im Dienste Ihrer Majestät gründet, so würde ich sagen, die beiden sind vom Nachrichtendienst.»

«Aber warum? Das ergibt doch keinen Sinn.» Pause. «Fahren Sie schleunigst zurück nach London. Ich rufe Sie um sechs in der Wohnung an. Seien Sie rechtzeitig dort.»

Sie setzten Ferguson ab, und Villiers fuhr mit Sarah in die Lord North Street, zu dem hohen, schmalen Gebäude im Regency-stil. Die einzige Hausangestellte kam nur vormittags, so daß sie jetzt unter sich waren.

In der Halle standen zwei Kisten. «Was ist denn das?» fragte Sarah.

«Erics Sachen. Ich habe sein Zimmer im Trinity College ausräumen lassen. Ich dachte, du würdest das alles gern durchsehen.»

«Vielen Dank, Tony. Das war sehr lieb von dir.»

Sie machte sich unverzüglich über die erste Kiste her, und Villiers sagte: «Ich koche uns Tee.»

Er stand am Herd und wartete auf das Pfeifen des Wasserkessels, als sie mit einem dicken, in blaues Saffianleder gebundenen Buch hereinkam. «Sieh mal, was ich gefunden habe.»

«Was ist es denn?» erkundigte sich Villiers.

«Eine Art Tagebuch.»

Er schaute ihr über die Schulter, als sie sich an den Küchentisch setzte und es aufschlug. «Du lieber Himmel, das ist ja Lateinisch!» rief er entgeistert.

«Erics Lieblingsfach. Auch das hatten wir gemeinsam. Ich habe in Radcliffe alte Sprachen als Hauptfach studiert. Latein und Griechisch. Mein Vater fand das eine fürchterliche Zeitverschwendung.»

Villiers goß Tee ein. «Was steht denn drin?»

Sie begann mit der ersten Seite, übersetzte fließend und sichtlich mühelos. «‹Heute in Trinity angekommen. Sehr aufregend. Cambridge ist wunderbar. Sarah war über das Wochenende hier, um mir beim Einzug zu helfen. Wir haben auf dem Fluß eine Bootsfahrt gemacht und nachher unter dem Maulbeerbaum gesessen, den Milton im Fellows Garden von Trinity College gepflanzt hat. Sie fliegt morgen nach New York zurück. Ich werde sie schrecklich vermissen.›»

Sie brach ab, klappte das Buch zu und drückte es an sich. «Sei mir nicht böse, Tony, wenn ich dich jetzt bitte zu gehen. Ich fange nämlich gleich an zu weinen und werde wohl so schnell nicht wieder aufhören.»

Er legte ihr kurz die Hand auf die Schulter. «Schon gut, Sarah. Ich hole dich morgen früh ab.» Er ließ sie allein und schloß behutsam die Tür hinter sich.

«Also, es geht jetzt folgendermaßen weiter», verkündete Smith. «Ich habe in einem Haus gegenüber von der Talbot eine Wohnung im obersten Stockwerk organisiert. Mußte die volle Jahresmiete berappen, aber das steht dafür.»

«Ist es direkt gegenüber?»

«Fast. Zwei Häuser weiter. Das reicht für unsere Zwecke. Der Pförtner weiß, daß Sie heute abend einziehen. Ihr Name ist James Mackenzie. Um neun bekommen Sie eine Lieferung durch Boten.»

«Eine kleine Lauschaktion, nehme ich an?»

«Genau. Ein Richtmikrofon, durch das jedes in dem Haus gesprochene Wort mitgehört werden kann, kein Problem. Auch Telefongespräche, durch Höchstfrequenz. Das Ganze wird an einen Recorder angeschlossen. Ich will wissen, was da drüben vor sich geht.»

«Wird gemacht.»

«Sie kriegen auch noch ein neues Richtmikrofon mit Lasermodulation für Ihren Wagen. Ich möchte für alle Eventualitäten gerüstet sein.»

«Bestens. Prompte Erledigung garantiert.»

Er legte den Hörer auf und ging in die Küche, leise vor sich hin pfeifend. Die Sache begann ihm richtig Spaß zu machen.

Im Greenhill-Krematorium waren am nächsten Morgen nur Sarah, Villiers, Ferguson und natürlich der Geistliche versammelt. Die ganze Zeremonie war über die Maßen verunglückt. Die musikalische Untermalung lieferte ein Kirchenchor vom Band, und der Geistliche salbaderte mit weinerlicher Stimme wie ein Schmierenkomödiant.

Der Chorgesang vom Tonband schwoll an zum dramatischen Finale, der Sarg verschwand in der Versenkung. Der Geistliche drückte Sarah die Hand. Sie gewahrte seine Mundbewegungen, hörte jedoch kein Wort, und dann waren sie draußen.

«Ich muß mich schleunigst auf den Weg machen», sagte Ferguson. «Sie bringen doch Mrs. Talbot nach Hause, Tony?»

«Selbstverständlich, Sir.»

Er ergriff ihre Hand. «Ich werde Sie wohl nicht mehr sehen, Sie kehren vermutlich nach New York zurück.»

«Nein, das glaube ich nicht, Brigadier», entgegnete sie.

«Nun, ich hoffe, Sie werden keinen Staub aufwirbeln, Mrs. Talbot?»

«Die meisten amerikanischen Bürger, die ein Problem in London haben, würden sich an unsere Botschaft wenden», erklärte sie. «Ich nicht, Brigadier. Sie müssen wissen, daß mein Vater zu den ältesten Freunden des Präsidenten gehörte. Ich brauche bloß den Hörer abzunehmen und das Weiße Haus anzurufen. Wäre Ihnen das lieber, Brigadier?»

Ferguson war wütend, brachte aber ein Lächeln zuwege. «Ich halte das wirklich nicht für erforderlich, Mrs. Talbot.»

Sie ging zum Wagen, kurz darauf setzte sich Villiers neben sie.

«Würdest du das tun, Sarah?» fragte er nach der Abfahrt. «Würdest du wirklich den Präsidenten in diese Sache hineinziehen?»

«Tony, in diesem Fall würde ich mich notfalls auch mit Satan persönlich verbünden.» Sie nahm Edwards Silberetui heraus und steckte sich eine Zigarette an. «Aber vielleicht ist das nicht notwendig, wenn ihr vernünftig seid. So, und jetzt erzähl mir was über Sean Egan.»

5

Die Londoner Teilhaber hatten ihr einen Wagen besorgt, eine schwarze Mercedes-Limousine. Der Chauffeur, ein Cockney in mittleren Jahren namens George, fuhr unglaublich geschickt, schlängelte sich durch den starken Berufsverkehr von Westminster am Victoria Embankment entlang.

«Wirklich gekonnt, wie Sie mit diesem Betrieb zurechtkommen, George.»

«Was sein muß, muß sein, Mrs. Talbot, sonst sind Sie heutzutage aufgeschmissen. Mir macht's nichts. Ich hab sechsundzwanzig Jahre als Taxifahrer auf dem Buckel.»

«Dann kennen Sie sich ja wohl in der Stadt aus.»

«Und ob. Was soll's denn als erstes sein, Mrs. Talbot? Der Tower?»

«Nein. Ein Ort namens Wapping. Wissen Sie, wo das ist?»

«Das wär ja noch schöner. Meine Gegend. Ich bin in der Cable Street geboren. Da könnt ich Ihnen allerhand erzählen. Na ja, jetzt wohn ich in Camden, aber das is nicht dasselbe.»

«Sie sind also ein Cockney?»

«Ein waschechter, Mrs. Talbot. Ein echter East Ender. Wo wollen Sie denn nun genau hin?»

Sie holte den Umschlag, den Villiers ihr widerstrebend gegeben hatte, aus der Handtasche und entleerte ihn. Ein Foto von Egan in Uniform, nur ein Brustbild, das ausdruckslose Gesicht verriet nichts. Ein paar Blatt Papier enthielten alles, was sie wissen mußte. Dann noch die Dinge, die Villiers über Egan geäußert hatte, darunter etliche schockierende. Soviel Gewalttätigkeit bei einem so jungen Menschen. Schwer zu begreifen.

«Die Adresse, zu der ich möchte, heißt Jordan Lane. Kennen Sie das?»

Er musterte sie mit einem überraschten Seitenblick. «Jordan Lane? Das is nicht weit von den alten London-Docks. Gleich neben Hangman's Wharf. Keine Gegend für Sie.»

«Warum nicht?»

«Dort sind sie eben alle 'n bißchen schräge Typen.» Für sie war dies das erste Beispiel dafür, daß der Cockney gern untertreibt. «Ich meine, es is immer noch 'n bißchen so wie in den alten Zeiten.»

«Inwiefern?»

«Früher waren der Pool und die Themse mal der größte Hafen der Welt, dann lief alles schief. Die Gewerkschaften haben die Tour vermasselt und alle nach Amsterdam verscheucht. Wenn Sie vor ein oder zwei Jahren durch Wapping spaziert wären, hätten Sie nur verrostete Kräne, leere Docks und mit Brettern vernagelte Lagerhäuser gefunden.»

«Und jetzt?»

«Tut sich 'ne Menge. Neubauten – Wohnblocks, Lagerhäuser. Bequeme Verbindung in die City, das lockt die ganze Schickeria dorthin, lauter flotte junge Typen, Makler und Banker, mit hunderttausend Piepen im Jahr und 'nem Porsche. Die machen sich breit, und die Alteingesessenen haben nichts zu lachen.»

«Aber doch nicht in Hangman's Wharf?»

«Nein.» Er schien jetzt auszuweichen. «Da unten is alles noch ziemlich unverändert.»

Sie sah wieder auf das Blatt, das sie vor sich hatte. «Kennen Sie einen gewissen Jack Shelley?»

Der Wagen geriet leicht ins Schleudern, doch er hatte ihn gleich wieder unter Kontrolle. «Jack Shelley, den kennt jeder in Wapping, Mrs. Talbot. Was wollen Sie denn über ihn wissen?»

«Er war ein berühmter Gangster, hab ich gehört.»

«Zu seiner Zeit, aber damit ist Schluß. Jetzt is er sauber. Ihm gehört Hangman's Wharf und das ganze Flußgrundstück, und was ihm nicht selber gehört, das kontrolliert er.»

«Paßt das den Leuten denn?»

«Den Alteingesessenen schon. Er hat nichts mit Erschließung am Hut, setzt die Leute nicht auf die Straße. Ich sag Ihnen, der scheffelt Millionen – Elektronik, Computer, ein paar Spielkasinos.»

«Demnach ein respektabler Geschäftsmann?»

«Nicht mehr wie in den alten Zeiten.» George lachte in sich hinein. «Er war ein echter Schurke. Schaufenstereinbrüche, Raubüberfälle. Und dann das krumme Ding mit Darley Warehouse. Eine Million in Goldbarren. Und das war damals ein schönes Stück Geld. Damit konnte man noch was anfangen.»

«Und im Gefängnis hat er nie gesessen?»

«Mal sechs Monate als Junge. Das war's dann schon. Im East End is er regelrecht zur Legende geworden. Vor den Brüdern Kray und den Richardsons hatten die Leute 'ne Heidenangst, aber nicht vor Jack Shelley. Wenn man in der Klemme steckte, ging man zu Jack. Wenn man ein paar Pfund brauchte, gab er einem wahrscheinlich fünfundzwanzig.»

«Ein wahrer Robin Hood, wie es scheint.»

«Na ja, das war mal, vor Jahren. Als sie Leute wie die Krays und die Richardsons eingebuchtet und den Schlüssel weggeschmissen haben, hat Jack 'ne andre Tour ausprobiert. Wahrscheinlich hat er gemerkt, daß man auf legale Weise genausoviel Kohle machen kann, wenn man Köpfchen hat.»

Sie passierten jetzt die Tower Bridge und fuhren über St. Katharine's Way in die Wapping High Street. Sarah konsultierte wieder ihre Orientierungshilfe. «Ja, Jordan Lane. Es ist ein Lokal namens ‹The Bargee›.»

George steuerte zum Straßenrand und hielt. Er drehte sich zu ihr um. «Jetzt hören Sie mal, Mrs. Talbot. ‹The Bargee› is nichts für 'ne Klassefrau wie Sie, glauben Sie mir.»

Einige Meter hinter ihnen regulierte Jago, der den silbrig lackierten Spyder ebenfalls gestoppt hatte, das Richtmikrofon und stellte das Autoradio, an das es angeschlossen war, auf volle Lautstärke. Er konnte alles hören, einwandfrei. Das war wirklich höchst amüsant. Eins ließ sich nicht bestreiten – je öfter er Sarah Talbot sah, desto besser gefiel sie ihm.

«Und was genau verstehen Sie unter einer Klassefrau, George?» wollte sie wissen.

Er erklärte geduldig: «Ich sage Ihnen, die meisten krummen Dinger, die in London gedreht werden, Bankraub, Juwelendiebstahl, alles in der Preislage, gehen auf das Konto von sechzig bis siebzig Männern, und die kennt jeder in East End. Auch die Polente. Lauter ordentliche Familienväter, die ihre Kinder lieben und für die Unzucht mit Minderjährigen das letzte is, stimmt ja auch.»

«Die aber genauso jeden erschießen würden, der ihnen im Weg ist?»

«Wie die Mafia, Mrs. Talbot. Nichts Persönliches. Rein geschäftlich. Bei jeder Sache kommen immer so viele zusammen, wie dafür gebraucht werden. So funktioniert das.»

«Und was hat das alles mit ‹The Bargee› zu tun?»

«Von den Brüdern hängen 'ne Menge da rum.»

«Ausgezeichnet. Klingt interessant. Gehen wir. Sie dürfen mir einen Drink spendieren.»

«Was soll ich bloß mit Ihnen anfangen, Mrs. Talbot?» stöhnte er und fuhr weiter.

Prompt setzte sich auch der Spyder in Bewegung und folgte ihnen.

«The Bargee» lag am Ende von Jordan Lane, der Eingang an der Ecke mit Blick auf den Fluß, aber es war keine Spelunke – die erste Überraschung. Die Front und das Schild über der Tür waren frisch gestrichen, auf den Fenstersimsen standen Blumenkästen. George hielt ihr die Tür auf, und sie ging hinein.

Der Hauptraum hatte eine niedrige, weißgetünchte Decke mit schwarzen Balken, verblichene rote Bodenfliesen, Sitzbänke in den beiden Erkern, überall verteilt Tische und Stühle, und hinter einer langen Mahagonitheke hingen Flaschenregale und ein reich verzierter Spiegel – alles sehr viktorianisch.

Es waren nicht mehr als ein Dutzend Gäste anwesend, lauter Männer, die sofort verstummten, um Sarah und George gründlich zu inspizieren. Ida Shelley stand hinter der Bierpumpe und schenkte ein. Sie war fünfundsechzig, wie Sarah wußte, sah aber älter aus: ganz graues Haar, im zerfurchten Gesicht unverkennbare Spuren von starkem Alkoholkonsum.

«Na, Ida, wie geht's denn immer?» begrüßte George sie strahlend.

Sie zog fragend die Augenbrauen hoch, und dann dämmerte es ihr. «George Black, na so was. Dich hab ich ja seit Jahren nicht gesehen. Dachte, du bist nach Camden umgezogen.»

«Stimmt auch, Ida.»

«Hätte dich beinah nicht erkannt in deiner piekfeinen Uniform, nobel, nobel. Fährst du nicht mehr Taxi?»

«Bin jetzt Privatchauffeur, Ida. Das is Mrs. Talbot aus New York. Sie wollte gern mal 'nen echten East End Pub kennenlernen.»

«Na, da ist sie bei uns ja genau richtig. Willkommen, Kindchen. Zur Feier des Tages lade ich euch zu einem Gläschen ein. Was darf's denn sein?»

Sarah nahm einen Gin Tonic und George eine Halbe vom besten Bitterbier. Als Ida es einschenkte, fragte er: «Und wie geht's Sean?»

Sarah sah ihn scharf an. «So lala», erwiderte Ida. «Ihn hat's auf den Falklands schwer erwischt. Erst dachten sie, sein Bein ist futsch.»

«Tatsächlich?»

«Schließlich ist er zur Vernunft gekommen und hat alles an den Nagel gehängt.»

«Und Sally?»

Ihr Gesicht wurde leer, ausdruckslos. «Sally ist Anfang des Jahres gestorben.»

Er sah sie entgeistert an. «Das tut mir ehrlich leid.»

«Na ja, ihr müßt mich entschuldigen, ich habe zu tun.»

Sie machte sich hinter der Theke zu schaffen, Sarah und George nahmen auf einer Fensterbank Platz. «Sie war ja ganz außer sich», bemerkte Sarah.

«Kein Wunder. Sally war ein reizendes Mädchen.»

«Idas Tochter?» Sie kannte zwar die Antwort bereits, wollte ihn aber auf die Probe stellen.

«Bewahre, nein. Ida is auch 'ne Shelley, Jacks Kusine, und ihr Leben lang nur mit der Flasche verheiratet. Sean, der Junge, nach dem ich mich erkundigt hab, is Jacks Neffe. Das Lokal hat er von seinen Eltern geerbt. War ein paar Jahre beim Militär, und da hat's Ida für ihn geführt. Deswegen läuft die Lizenz auch auf ihren Namen. Sally war seine Adoptivschwester.»

In dem Augenblick wurde eine Tür hinter der Theke geöffnet, und Sean Egan kam herein. Sie erkannte ihn sofort, auch wenn sie die eigentümlich leuchtenden, porzellanblauen Augen merkwürdig berührten. Er trug ein schwarzes T-Shirt, einen schwarzen Lederblouson und Jeans. Er sprach kurz mit Ida, winkte einem Gast, der ihm etwas zurief, flüchtig zu, klappte dann den Durchlaß hoch und ging zur Tür, ohne einen Blick an George und Sarah zu verschwenden.

«He, da ist Sean», sagte George.

«Ich weiß.» Sie stand auf. «Gehen wir.»

«Immer mit der Ruhe, Mrs. Talbot. Ich bin noch nicht fertig mit meinem Bier.»

«Nun machen Sie schon, George!» drängte sie und verließ das Lokal.

Egan schloß einen alten roten Mini auf. Als sie in den Mercedes stiegen, startete er. «Mini Cooper», erklärte George. «So was wie den da machen sie heute gar nicht mehr. Der beschleunigt wie 'n Rennwagen.»

«Folgen Sie ihm, George.»

«Was zum Teufel is hier eigentlich los, Mrs. Talbot?» fragte er, als er den Motor anließ.

«Fahren Sie ihm einfach nach, George, das ist vorläufig alles.» Sie zündete sich eine Zigarette an und fügte ruhig hinzu: «Und wenn Sie ihn verlieren, dann fahre ich mit Ihnen Schlitten. Ist das deutlich genug für einen Cockney?»

Die Fahrt dauerte eine geraume Weile, als sie Egan durch Camden und nach Kentish Town folgten und schließlich in die Highgate Road einbogen, wobei George sie ununterbrochen mit Kommentaren versorgte.

«Da drüben is Parliament Hill. Weiß der Himmel, wo er hin will.» Und gleich darauf: «Ich hab's. Zum Friedhof.»

«Zum Friedhof?» wiederholte sie.

«Highgate – da is er schon.»

Sie fuhren jetzt an einem Schmiedeeisengitter entlang; durch die Bäume konnte Sarah Grabsteine und vereinzelte Marmorkreuze erkennen. Neben einem Tor parkten zahlreiche Wagen. Der Mini Cooper hielt, und George steuerte den Mercedes in angemessenem Abstand an den Randstein.

«Der Highgate-Friedhof is berühmt», erklärte er. «Da drüben, der Teil is viel interessanter, aber den lassen sie jetzt geschlossen. Jede Menge viktorianischer Kitsch, echt schaurig. Sie haben dort oft Gruselfilme gedreht. Dracula und so was.»

«Und dieser Teil?»

«Da liegen massenhaft berühmte Leute. Karl Marx zum Beispiel, aber auch normale Sterbliche.»

Egan stieg aus dem Mini Cooper, in der Hand einen Blumenstrauß. Er ging durch das Tor. «Warten Sie hier auf mich,

George», sagte Sarah und kletterte aus dem Mercedes. Sie sah Egan weiter oben und folgte ihm auf einem schmalen Weg zwischen den verschiedensten Grabsteinen: Marmorengel, Kreuze, Sarkophage. Das Ganze erschien zwar streckenweise verwildert, aber zugleich auch ungemein romantisch, irgendwie verzaubert.

Egan war vor einem Grab stehengeblieben, über dem ein monumentaler Kopf thronte. Er verharrte dort eine ganze Weile, in die Betrachtung versunken, während Sarah sich etwas abseits hielt und Interesse für eine andere Grabstelle vorspiegelte – eine überflüssige Vorsichtsmaßnahme. Es waren noch etliche Leute hier unterwegs, eine Frau mit zwei Kindern kam auf sie zu, ging dann weiter.

Sarah drehte sich um, sah, daß Egan sich entfernt hatte. Sie machte kurz ebenfalls halt vor dem Grabmal und stellte fest, daß es sich bei dem Bildwerk um den Kopf von Karl Marx handelte. Als sie sich umwandte, entdeckte sie, daß Egan verschwunden war. Sie geriet in Panik, hastete davon und sah ihn an der nächsten Biegung durch die Bäume, auf ein anderes Grab hinunterblickend.

Er kauerte sich daneben auf die Erde, nahm ein Büschel verdorrter Blumen aus einer Marmorurne und stellte dafür die frischen herein. Für mindestens zehn Minuten verharrte er dort reglos, während sie zwischen den Bäumen wartete, hinter einem wuchtigen Marmorgrabmal versteckt, und ihn beobachtete.

Es begann leicht zu regnen. Er schaute nach oben, stand auf, bekreuzigte sich und verließ nach einem letzten Blick die Grabstätte. Sarah ließ ihn erst in den Hauptweg einbiegen, ehe sie eilig vorwärtsstrebte. Es war ein schlichtes Grab mit einem schwarzen Marmorstein. Darauf stand in goldenen Lettern: «Sally Baines Egan, achtzehn Jahre alt. In Liebe.»

Sie hastete den Hauptweg entlang und sah ihn durch das Tor hinausgehen. Als sie die Straße erreichte, stieg er bereits in den

Mini Cooper. Inzwischen regnete es heftig, sie rannte zum Mercedes und kletterte hinein.

«Er war am Grab seiner Schwester», sagte sie.

«Haben Sie mit ihm gesprochen?»

«Nein.»

«Worum geht's denn eigentlich, Mrs. Talbot? Vielleicht kann ich Ihnen helfen.»

«Nein, George, dabei kann mir niemand helfen. Seien Sie nett und fahren Sie einfach los.»

Der Mini Cooper startete, und sie folgten ihm. Weiter hinten rangierte Jago den Spyder aus der Parklücke, um sich an ihre Spuren zu heften.

«Typisches Novemberwetter», brummte George, als der Regen herunterprasselte. «Feierabend und schon fast dunkel. Womöglich verliere ich ihn im Berufsverkehr.»

«Tun Sie Ihr Möglichstes.»

Sie lehnte sich zurück, überlegte. Warum hatte sie nicht mit Egan geredet, als sich die Gelegenheit bot? Rückblickend wurde ihr klar, daß sie sich wie ein Störenfried vorgekommen war. Aber da war noch etwas. Irgendwie wußte sie, daß es einen unwiderruflichen Schritt bedeutete, wenn sie mit ihm sprach, sich mit ihm bekannt machte, daß sie dann nicht mehr zurück konnte, und davor hatte sie Angst.

Egan kurvte anderthalb Stunden durch die Gegend, durch Islington weiter nach Tottenham, wo er schließlich vor einem kleinen Arbeitercafé hielt und hineinging. Er setzte sich an einen Fenstertisch und bestellte.

«Eier mit Fritten», jammerte George. «Glückspilz. Ich verhungere.»

«Ich mach's wieder gut, George.»

Jago, der am Ende der Straße in seinem Spyder das Gespräch mithörte, lächelte. «Und was ist mit mir, Schätzchen? Ich bin auch am Verhungern.»

Schließlich kam Egan heraus, stieg wieder in den Mini Cooper und brauste ab. «Wohin will er denn jetzt?» murrte George. «Es ist inzwischen neun, Mrs. Talbot.»

Das Ziel war bald darauf herausgefunden. Egan fuhr nach Hampstead hinein und dort auf den Vorhof einer Autowerkstatt gegenüber dem Untergrundbahnhof. Sie hielten am Straßenrand und beobachteten, wie er mit dem Wärter hinter der Glaswand sprach. Er händigte ihm seine Wagenschlüssel aus, verließ den Raum und überquerte die Straße zum Eingang der Untergrundstation.

«Dem Schild nach haben die 'nen Kundendienst für frisierte Motoren», meinte George. «Er muß seine Kiste dagelassen haben.»

Blitzartig war Sarah draußen. «Ich finde schon allein zurück.»

Sie schlug die Tür zu, bevor er protestieren konnte, und lief im Zickzackkurs zwischen den Autokolonnen hindurch auf die andere Straßenseite.

«Ach, herrje, das hat uns gerade noch gefehlt», murmelte Jago, stellte das Radio ab, stieg aus und folgte ihr.

Sarah ging hinter Egan die Treppe hinunter in die Haupthalle. Sie sah, wie er einen Fünfzigpencefahrschein aus dem Automaten zog, und tat das gleiche, folgte ihm durch die Sperre und die Rolltreppe hinunter bis auf den Bahnsteig.

Gerade war ein Zug eingefahren, und die Menge drängte vorwärts. Sie schaffte es nicht, hinter Egan in ein Abteil zu gelangen, sondern wurde von den aussteigenden Passagieren beiseite gestoßen. Als sich die Türen des nächsten Wagens vor ihr zu schließen begannen, sprang sie hinein. Jago, dicht hinter ihr, konnte sich in letzter Sekunde auch noch hineinquetschen.

Sarah schob sich zum Ende des Waggons durch. Eine Verbindung zum nächsten bestand nicht, aber sie konnte Egan durch die Glastür sehen, ungefähr in der Mitte, und sich einen zur Beobachtung günstigen Platz wählen. Jago, der in der Nähe saß, nahm eine liegengebliebene Zeitung zur Hand.

Außer ihnen gab es nur noch ein knappes halbes Dutzend Fahrgäste, zwei alte Damen, eine junge Schwarze, ein Teenagerpärchen, offensichtlich Studenten. Jago beobachtete alles scharf, hinter der Zeitung versteckt. Der Zug lief in Belsize Park, der nächsten Station, ein.

Als sich die Türen öffneten, stürmten vier Jugendliche herein. Kahlgeschoren, vernietete Drillichanzüge, Schnürstiefel. Der eine hatte zwischen den Augen ein Hakenkreuz eintätowiert, ein anderer trug einen goldenen Nasenring. Ein dritter trank Whisky aus einer Halbliterflasche.

«Achtung, die Irren sind hier!» kreischte er.

Der mit der Hakenkreuztätowierung beugte sich über die junge Schwarze. «He, seht mal, was ich gefunden habe, 'ne schwarze Drecksau.» Er krallte ihr die Finger ins Haar und beutelte sie.

Sie erstarrte vor Schreck, Tränen schossen ihr in die Augen. «Bitte, laß mich los.»

Er grapschte mit der anderen Hand nach ihrem Rock. «Freu dich lieber, daß ich mir nicht zu schade bin, 'n schwarzes Miststück wie dich überhaupt anzufassen.»

Seine Kumpane brachen in wieherndes Gelächter aus, die grinsenden, verrohten Gesichter hatten nichts Menschliches mehr an sich. Sarah kochte vor Wut, sprang auf und packte den Jungen an der Schulter. «Laß sie in Ruhe.»

Er fuhr herum, in seinen Augen blitzte etwas auf, drohend, hinterhältig. «Sieh mal einer an, was haben wir denn hier? Eine echte Lady. Is doch 'ne echte Lady, was sagst du, Harold?»

Der nickte. «Ganz deiner Meinung, Kevin.»

«Zu schade für unsereinen, aber vielleicht lernt sie's, uns zu mögen, wenn man 'n bißchen nachhilft.»

Er stieß Sarah grob auf ihren Platz zurück, und der mit dem

Nasenring lachte beifällig. «Der kannst du bestimmt noch was beibringen», grinste er.

Sie drängten sich heran. Einen Augenblick erfaßte Sarah panische Angst, dann erhob sich Jago und versetzte Kevin wortlos einen heftigen Schlag in die Nieren, der aufbrüllte und mit einem Knie zu Boden ging. Jago drehte sich um, den rechten Ellbogen nach hinten gestreckt, und traf Harold unter dem Kinn. Der stürzte zu Boden, rang, die Hände an der Kehle, nach Luft, die Augen quollen hervor, das Hakenkreuz dazwischen nahm sich grotesk, irgendwie obszön aus.

Sie fuhren in den Bahnhof Chalk Farm ein. Jago lächelte liebenswürdig. «Schrecklich, was für Leute man heutzutage in den Zügen trifft.»

Die anderen Passagiere hasteten nach draußen, bestrebt, nicht in die Sache hineingezogen zu werden. Sarah schenkte ihm einen Blick voll stummer Dankbarkeit und sah dann hinter ihm durch das Fenster, daß Egan über den Bahnsteig dem Ausgang zusteuerte. Sie sauste hinterher.

Jago, ein Lächeln auf dem Gesicht, schickte sich ebenfalls an zu gehen. «Mit Ruhm habt ihr euch nicht gerade bekleckert, was?» spottete er. Zwei der Jugendlichen lagen auf dem Boden, während sich die anderen über sie beugten.

Er schlüpfte hinaus, und der Junge mit dem Nasenring brüllte ihm nach: «Dir werd ich's zeigen, du Scheißkerl!»

Er kam durch die Tür, ein Schnappmesser in der Hand. Als die Klinge aufsprang, packte Jago ihn beim Handgelenk und drehte den Arm so lange herum, bis der Junge das Messer fallen ließ. Es knackte hörbar, der Junge schrie auf.

«So ein Pech, ich hab ihm den Arm gebrochen», sagte Jago und stieß ihn durch die Tür zurück, so daß er auf den beiden anderen landete, als der Zug anfuhr.

Am Fuß der Rolltreppe angelangt, sah er Sarah oben, unmittelbar hinter Egan. Jago lief im Sturmschritt hinauf und dann in die Eingangshalle, wo Egan stand und in den strömenden

Regen hinausschaute. Sarah näherte sich ihm, Jago holte eine Zeitung aus dem Papierkorb, lehnte sich unweit von den beiden an die Wand, anscheinend in die Lektüre vertieft.

Er hörte sie sagen: «Mr. Egan, ich muß mit Ihnen sprechen.»

«Wird allmählich auch Zeit», entgegnete Egan. «Sie sind mir lange genug überallhin gefolgt.»

«Sie wußten es?» fragte Sarah fassungslos.

«In Belfast würden Sie's an einem verregneten Samstagabend nicht lange durchhalten, wie ein guter Freund von mir zu sagen pflegte. Im Barraum des ‹Bargee› sind Sie aufgefallen wie ein bunter Hund und danach immer wieder in regelmäßigen Abständen. Ich muß zugeben, Sie haben Ausdauer – auch wenn es Ihnen an Geschicklichkeit, an Finesse fehlt. Was kann ich für Sie tun?»

«Ich würde gern mit Ihnen reden.» Sie zögerte, suchte nach den richtigen Worten. «Ich brauche Ihre Hilfe.»

«Lady, ich kann mir nicht mal selber helfen.»

Er klappte den Mantelkragen hoch und trat in den Regen hinaus. «Bitte hören Sie mir zu», flehte sie. «Es handelt sich um Ihre Schwester.»

Er drehte sich um, jetzt ungewöhnlich ruhig, gefaßt. «Meine Schwester?»

«Ja, Sally. Sally Baines Egan. Sie waren heute an ihrem Grab.»

«Und was hätten Sie mir über sie zu sagen?»

«Nicht allzuviel über Sally, aber eine ganze Menge darüber, wie sie ums Leben gekommen ist, Mr. Egan.»

«Wie sie ums Leben gekommen ist?» Er nickte. «Sie haben eine merkwürdige Art sich auszudrücken, Miss...?»

«Talbot – Mrs. Sarah Talbot.» Sie fügte erklärend hinzu: «Ich bin verwitwet, Mr. Egan, und ich hatte einen Stiefsohn, der jetzt tot ist, genauso wie Sie eine Adoptivschwester hatten, die jetzt tot ist. Ich denke, wir sollten uns darüber unterhalten.»

«Einverstanden. Und wo?»

«Ich habe eine Wohnung in der Lord North Street.»

«Das liegt sowieso auf meinem Weg.» Er winkte ein vorbeifahrendes Taxi heran. «Wir holen meinen Wagen in Hampstead.»

«Ich dachte, Sie haben ihn dort in der Werkstatt gelassen.»

«Ach, dem fehlte nichts weiter», erklärte er, als er nach ihr einstieg. «Ich war es bloß leid, durch die Gegend zu kutschieren. Ich wollte sehen, wie Sie darauf reagieren.»

Es dauerte fünf Minuten, bis Jago ein Taxi erwischte und hinterherfuhr, um wieder an seinen Spyder zu kommen. Aber es eilte ja nicht. Er kannte sein Ziel, sämtliche Geräte waren installiert und funktionsbereit. Er lehnte sich zurück und zündete eine Zigarette an. Der Abend hatte sich wirklich gelohnt. Sehr abwechslungsreich, und Egan in Aktion war wirklich spannend gewesen. Es dürfte eine reine Freude werden, ihn als Gegenspieler zu haben.

Als Jago eintraf, brannte in der Lord North Street bereits Licht. Er eilte in das gegenüberliegende Haus, wo Smith die Wohnung im obersten Stock gemietet hatte.

Der Pförtner, der Zeitung lesend am Schreibtisch saß, blickte hoch. «Scheußliches Wetter, Mr. Mackenzie.»

«Gut für den Garten, das ist aber auch schon alles.»

«Nicht im November», korrigierte ihn der Pförtner griesgrämig. «Keine Nachrichten für Sie, Sir.»

Das Haus hatte nur vier Etagen, so daß es sich kaum lohnte, auf den winzigen Lift zu warten. Jago ging zu Fuß die Treppe hinauf, zwei Stufen auf einmal nehmend. Drei Minuten später goß er sich einen Scotch ein und hörte mit, wie Sean Egan und Sarah Talbot sich miteinander unterhielten.

Das Wohnzimmer des Hauses in der Lord North Street war anheimelnd und stilgerecht mit Regencymöbeln ausgestattet.

Tapeten, Silber, Vorhänge und Teppiche – alles paßte zusammen. Die Hand des Innenarchitekten war überdeutlich zu spüren, was Egan nicht recht behagte.

An einem Erkerfenster stand ein Arbeitstisch, auf dem sich die Bücher stapelten. Erics Tagebuch mit dem Saffianledereinband lag obenauf, wo Sarah es deponiert hatte. Egan blätterte müßig darin, als Sarah ein Tablett mit Teegeschirr hereinbrachte.

«Das ist interessant», bemerkte er. «Ein Tagebuch aus Cambridge auf lateinisch.»

Sie stellte das Tablett ab, nahm ihm das Buch weg und klappte es zu. «Ja, es gehörte meinem Stiefsohn. Sie können Latein lesen?»

«Auf der Schule gelernt, wenn Sie das meinen.»

«Stimmt, Sie haben ja Dulwich College besucht.» Sie goß Tee ein. «Sie wollten doch auch nach Cambridge gehen, nicht wahr?»

Er nahm die angebotene Tasse entgegen, setzte sich jedoch nicht. «Woher wissen Sie soviel über mich?»

«Ganz einfach. Daß ich Witwe bin, hab ich Ihnen erzählt. Nun, mein Mann war Colonel in der britischen Armee und ist auf den Falklands umgekommen. Sein Vetter ist Ihr ehemaliger Kommandeur, Tony Villiers.»

Egan lächelte bedächtig und nickte. «Tony treibt mal wieder seine Spielchen. Das hätte ich mir denken können.» Er stellte die Tasse hin. «Nichts zu machen. Ich hab ihm doch schon erklärt, daß ich nicht bei ihm in Group Four arbeiten werde. Das ist mein Ernst, sagen Sie's ihm.»

Er war auf dem Weg zur Tür. Sie versuchte verzweifelt, ihn zurückzuhalten. «Bitte, Mr. Egan, hören Sie mich wenigstens zu Ende an.» Und dann, mit einer beschwörenden Geste: «Ich habe wahrhaftig keine blasse Ahnung von dieser Geschichte mit Group Four.»

Er betrachtete sie einen Augenblick lang forschend, ging

dann zu einem Ohrensessel neben dem Fenster und setzte sich. «Also gut, Mrs. Talbot. Worum handelt es sich eigentlich?»

Sie öffnete die Schublade des Arbeitstisches und entnahm ihm den Umschlag mit dem Material, das Villiers nach New York übermittelt hatte. «Lesen Sie das.»

Sie stellte fest, daß ihre Hände zitterten, ging zur Kredenz und schenkte sich einen Brandy ein, den sie unverdünnt trank. Dann schlenderte sie zum Fenster, starrte hinunter auf die regennasse Straße, ohne Egan weiter zu beachten. Noch nie in ihrem Leben hatte sie sich so einsam gefühlt, so voller rastloser Sehnsucht. Wenn sie doch jetzt flüstern könnte: «Wo bist du, mein Liebster?» Doch da war niemand – kein Edward und nun auch kein Eric...

Egan stand hinter ihr, sein Spiegelbild war klar und deutlich in der dunklen Fensterscheibe zu erkennen. «Fühlen Sie sich nicht wohl, Mrs. Talbot?»

«Das Telefon ist nur ein Echo in einem leeren Raum», sagte sie, wie zu sich selbst. «Besonders, wenn es niemand mehr gibt, der sich dort aufhält. Haben Sie darüber schon mal nachgedacht? Eine zutiefst philosophische Aussage. Sie wollten doch selber in Cambridge Philosophie studieren, stimmt's?»

«Setzen Sie sich», bat er sanft.

Sie gehorchte, und er lehnte sich an die Tischkante. «Was versuchen Sie mir mitzuteilen? Ihr Sohn ist tot, ich verstehe das und auch, wie Ihnen zumute ist, aber –»

«Nicht tot, Mr. Egan, ermordet, einer von mehreren ähnlichen Fällen, die in den letzten zwei oder drei Jahren in Paris registriert wurden. Wenn Sie das Kleingedruckte in dem gerichtsmedizinischen Untersuchungsbericht lesen, werden Sie feststellen, daß man in Erics Leiche Heroin und Kokain nachgewiesen hat, aber außerdem Spuren einer seltenen Droge aus Kolumbien. Sie heißt *burundanga* und zerstört jede individuelle Willenskraft restlos.»

«So?»

«Es hat vier weitere Fälle gegeben, bei denen IRA-Mitglieder von paramilitärischen protestantischen Gruppen in den vergangenen zwölf Monaten getötet und Spuren der Droge in den Leichen gefunden wurden. Das habe ich von Tony und seinem Boß.»

«Von Ferguson, diesem alten Fuchs?» Egan nickte. «Aber was hat das alles zu bedeuten? Was wollen Sie von mir?»

«Wegen der Sicherheitsbelange ermittelt die Polizei offenbar schleppend, und die französischen Behörden geben sich bei Eric und den anderen mit Unfalltod zufrieden.»

«Was zutreffen könnte. Bei Rauschgiftsüchtigen ist so was an der Tagesordnung.»

«In diesem Fall trifft das nicht zu. Die Verabreichung von *burundanga* liefert dafür einen deutlichen Hinweis, sehen Sie das nicht? So wenige Fälle in ganz Westeuropa. Es muß sich um dieselben Hintermänner handeln.»

«Und die wollen Sie?»

«O ja, Mr. Egan. Die will ich in der Tat, unbedingt.»

«Rache, Mrs. Talbot, ist es das?» Er schüttelte den Kopf. «Es gibt ein sizilianisches Sprichwort: ‹Rache – das ist Hölle auf Zeit›. Ich kenne das aus eigener Erfahrung, es bringt nichts.»

Sie durchquerte den Raum, machte kehrt und fixierte ihn. «Ich weiß, weshalb Sie zum Militär gegangen sind. Sie wollten Rache für die Bombe nehmen, die Ihre Eltern getötet hat, das können Sie nicht abstreiten.»

«Stimmt genau. Ich war siebzehn. Ich mußte das tun. Aufrichtig gesagt, ich wäre vermutlich verrückt geworden, wenn ich damals nichts Positives unternommen hätte.»

«Sehen Sie denn nicht, daß mir genauso zumute ist?»

Sanft ergriff er ihre Hände. «Mrs. Talbot, ich habe drüben in Irland eine Menge Menschen getötet. Drei davon waren Frauen. Sehr gewalttätig, zugegeben, aber ein Stück von einem geht dabei jedesmal verloren. Ich habe immer wieder getötet.

War darunter der Schuldige, der die Bombe damals zu verant-
worten hatte? Höchst unwahrscheinlich. Es hat meine Eltern
nicht zurückgebracht, ich fühlte mich dadurch keine Spur besser, ganz im Gegenteil. Mir war elender zumute, und wissen Sie
was, Mrs. Talbot? Als ich heimkam, merkte ich, daß mir nichts
geblieben war – daß ich etwas unwiderbringlich verloren hatte.
Die Fähigkeit zu fühlen – Anteil zu nehmen.»

«Vielleicht sollten Sie damit aufhören, diesen Zustand ändern zu wollen oder Ursachenforschung zu betreiben. Vielleicht sollten Sie einfach handeln.»

«Was ist das – eine kostenlose Therapie?»

«Heute abend hat's in der Untergrundbahn Scherereien gegeben. Vier Halbstarke, Sie kennen die Sorte? Sie haben eine
junge Schwarze terrorisiert. Ich sagte, sie sollten sie in Ruhe
lassen, und da sind sie auf mich losgegangen.»

«Was ist passiert?»

«Eine unglaubliche Geschichte. Ein Mann saß gegenüber.
Sehr gut angezogen. Marineblauer Burberry, Militärschlips.»

«Was dann?»

«Er sagte kein Wort. Stand einfach auf und griff an. Alles
höchst professionell, mit Fäusten, Ellbogen und so weiter.
Blitzschnell lagen zwei auf dem Boden. Und er lachte darüber.
Entschuldigte sich.» Sie schüttelte den Kopf. «Dabei wirkte er
gar nicht so.»

«Sie meinen, er war ein Gentleman?»

«Vermutlich, aber was immer er war, er handelte. Er hat sich
auf keine Diskussionen eingelassen. Er schritt zur Tat.»

«Im Koran heißt es, daß in einem Schwert mehr Wahrheit ist
als in zehntausend Worten. Das habe ich vor langer Zeit gelernt.»

«In Irland?» erkundigte sich Sarah.

«Du lieber Himmel, nein. Auf der Straße in Wapping, als ich
ein kleiner Junge war, bei meinem ersten Versuch, mich aus
einer Rauferei herauszureden, und dafür von drei anderen

Jungen windelweich geschlagen wurde.» Egan grinste. «Ich muß gerade acht gewesen sein. In dem Milieu blies einem der Wind scharf um die Ohren. Entweder entwuchs man auf schnellstem Wege den Kinderschuhen oder man ging unter.»

«Und wie schaffte man das?»

«Man brauchte Mut, starke Nerven. Keine Angst zeigen, das ist das große Geheimnis. Fürchten darf man sich nie, unter keinen Umständen. Das hat mir mein Onkel beigebracht, als er mich heulend auf dem Boden fand, mit blutüberströmtem Gesicht. Er versetzte mir einen Tritt in den Hintern, hieß mich aufstehen und sie suchen, um es noch einmal zu probieren. Notfalls gehst du drauf, sagte er, aber geschlagen gibst du dich nie.»

«Das dürfte der berühmte Jack Shelley gewesen sein?» fragte sie.

«Sie wissen von ihm? Sind Sie eigentlich über irgend etwas nicht im Bilde?»

«Ich glaube nicht. Tony hat mich sehr gründlich informiert. Der Straßenjunge, der die Public School besuchte, ein Stipendium für Cambridge gewann und statt dessen Soldat wurde.»

«Ein achtbarer Beruf. Einer muß ihn ja ausüben.»

«Einer muß auch das Amt des Henkers ausüben», konterte sie.

Er strich sich über das Gesicht und lächelte. «Wissen Sie was, schenken Sie mir eine von Ihren Zigaretten. Ich sollte zwar nicht rauchen, es schadet meiner Lunge, aber was soll's.»

Zögernd reichte sie ihm die Zigarette und gab ihm Feuer. Er begann gleich darauf etwas zu husten, ging zum Erkerfenster, öffnete es, setzte sich auf die Bank und schaute in den Regen hinaus. «Ich mag Städte bei Nacht, besonders bei solchem Wetter. Wenn der Regen durch die Straßen fegt und alles blank wäscht. Da erscheint einem alles möglich.»

«Dieses Gefühl haben Sie sonst nicht?»

«Schon eine ganze Weile nicht mehr. Mir ist vor langer Zeit

etwas abhanden gekommen, Mrs. Talbot, und jetzt pfeif ich drauf.»

«Es ist furchtbar, so etwas zu sagen.» Sie war ehrlich erschrocken.

«Nein, nicht furchtbar, bloß anders. Sehen Sie, die meisten Menschen, die in Verbrechen oder Gewalttaten verwickelt sind, haben eins gemeinsam: Sie sind darauf versessen, zu gewinnen. Mich kümmert es nicht, ob ich siege oder nicht. Ob ich lebe oder sterbe. Am Ende spielt es doch gar keine Rolle.»

«Da bin ich anderer Meinung», widersprach sie mit einer Vehemenz, die sie selbst überraschte. «Sterben ist einfach. Zu leben, das ist schwer. Die Kraft aufzubringen, weiterzumachen.»

«Ich sagte es schon, Sie haben eine merkwürdige Ausdrucksweise.» Er warf die Zigarette hinaus in den Regen. «Kommen wir wieder zur Sache. Mal sehen, ob ich's richtig verstanden habe. Sie wollen Rache nehmen für den Tod Ihres Stiefsohns.»

«Gerechtigkeit», korrigierte sie. «Ich will nur Gerechtigkeit.»

«So was gibt's nicht mehr, und Sie sind auch nicht ehrlich. Sie wollen Rache. Sie wollen, daß jemand die Rechnung bezahlt.»

Er hielt inne, sah sie eindringlich an, bis sie schließlich nickte und sich abwandte. «Nun gut. Nennen Sie es, wie Sie wollen.»

«Aber eine nette, wohlerzogene Lady wie Sie, die ihr Leben lang erster Klasse gereist ist, wüßte ja wirklich nicht, wie sie es anfangen soll, deshalb braucht sie jemand wie mich, einen Macho mit der Waffe in der Hand, der die üblen Burschen zur Strecke bringt. Jemand, der alle Schliche kennt. Habe ich recht?»

Sie nickte. «Ja, so ungefähr.»

«Nun, ich mache das nicht, Mrs. Talbot. Wie ich schon sagte, Soldat zu sein, ist ein achtbarer Beruf. Wenn ich dabei getötet habe, gab es einen Grund dafür. Sie dagegen suchen einen gedungenen Meuchelmörder, jedenfalls etwas in der Art. Es tut mir leid um Eric, aber von meinem Standpunkt ist das kein ausreichender Grund.»

Er wandte sich zur Tür. Sie sagte rasch: «Vielleicht nicht, aber Sally dürfte wohl Grund genug sein.»

Er verharrte reglos, drehte sich dann langsam um. «Was ist mit Sally?»

«Tut mir leid, Sean», flüsterte sie. «Die gerichtsmedizinische Untersuchung ergab bei ihr – Tod durch Ertrinken unter Drogeneinfluß.»

«Das ist mir bekannt.»

«Außerdem haben sich Spuren von Scopolamin gefunden.»

«Von diesem *burundanga*?»

«Ich fürchte – ja. Tonys Computerfachleute haben es ermittelt. Sallys Fall ist der einzige, der bisher in England bekannt wurde.» Sie kam näher, packte ihn bei den Armen. «Verstehen Sie denn nicht, Sean? Es muß eine Verbindung geben mit Paris, mit Ulster...»

Er machte sich von ihr los, ging zum Erkerfenster und öffnete die rechte Tür, die auf den Balkon führte. Er stand da und ließ sich den Regen über das Gesicht rinnen; sie steckte sich nervös eine Zigarette an und wartete.

Auf der gegenüberliegenden Straßenseite trat Jago ans Fenster und beobachtete sie durch ein Zeiss-Nachtfernglas. Egan hatte die Augen geschlossen, das Gesicht weiterhin nach oben gewandt. «Ach herrje», flüsterte Jago, «das wird Mr. Smith aber gar nicht gefallen.»

6

Egan rieb sich im Badezimmer das regenfeuchte Haar trocken und kämmte sich dann sorgfältig. Er musterte sich im Spiegel. Sein Gesicht wirkte durchaus gefaßt, nur der leicht zuckende linke Mundwinkel verriet Anspannung. Doch er hatte sich in der Gewalt, und das allein zählte. Als er ins Wohnzimmer zurückkehrte, stand Sarah am Fenster.

«Es tut mir wirklich leid, Sean, daß ausgerechnet ich es Ihnen sagen mußte.»

«Eine fromme Lüge, so pflegten die Leute in Crossmaglen das zu nennen, als ich noch ein kleiner Junge war. Meine Güte, Mrs. Talbot, hat eine nette Frau wie Sie das Theater nötig, wo Sie doch erreicht haben, was Sie wollten?»

Er schenkte sich an der Kredenz einen Scotch ein.

«Ich bin für Sie Sarah, nicht Mrs. Talbot. Was gedenken Sie nun zu unternehmen?» fragte sie.

«Die Fakten mit Villiers überprüfen.»

«Und wenn er die Unterstützung verweigert?»

«Ach, da gibt es Mittel und Wege.» Er trank einen Schluck Whisky. «Ich habe etliche Jahre mit harten Bandagen ge-kämpft. Dabei lernt man unweigerlich immer die falschen Leute kennen. So kommt schließlich eine reichhaltige Auswahl zusammen.»

«Zum Beispiel Ihr Onkel?»

«Eine Möglichkeit. Aber zuerst werde ich mit Villiers reden.»

«Und was ist mit mir?»

Er lachte rauh. «Sie lassen nicht locker, was? Mit Typen, wie ich sie suche, haben Sie in Ihrem privilegierten Dasein noch nie was zu schaffen gehabt. Das sind Wesen von einem anderen Stern. Die würden Sie ohne Zögern umbringen, und das höchstwahrscheinlich nach einem Wochenende, an dem Sie die großzügige Gastgeberin gespielt haben. Sie dürfen da nicht mitmachen, glauben Sie mir, das ist nicht Ihre Sache.»

«Ich werde sehr wohl mitmachen, denn es war meine Sache von dem Augenblick an, als Eric starb», erklärte sie.

Er fixierte sie, runzelte leicht die Stirn, leerte dann sein Glas. «Na schön, Sie sollen Ihren Willen haben. Aber vorher möchte ich mit meiner Tante Ida reden, deshalb fahren wir erst dorthin. Danach mache ich Sie mit meinem Onkel bekannt. Das dürfte sich als wesentliches Bildungserlebnis erweisen und zur Erweiterung Ihres Horizontes beitragen. Und nehmen Sie den Umschlag mit.»

Von seinem Fenster aus sah Jago sie wegfahren, während er auf den Rückruf von Smith wartete. Das Telefon läutete. Er hob den Hörer ab.

«Was ist los?» erkundigte sich Smith.

Jago berichtete über den Verlauf des Abends und den Inhalt des Gesprächs, das in der Lord North Street stattgefunden hatte. «Sie hat ihn aufgerüttelt. Das könnte Ärger geben», schloß er.

«Dieses lästige Weibsstück», bemerkte Smith giftig.

«Ich weiß, alter Macho; Falschheit, dein Name ist Weib, stimmt's?»

«Sie reißen über alles Ihre Witze, hab ich recht?» fragte Smith hörbar gereizt.

«Die einzige Möglichkeit, sich in diesem Hundeleben durchzumogeln», erklärte Jago vergnügt. «Was soll ich tun? Die beiden umlegen?»

«Nein, das wäre nicht gut. Jack Shelley mag heute ein geachteter Geschäftsmann sein, aber unter dem Maßanzug aus der Savile Row steckt nach wie vor der alte Ganove, und für die Londoner Unterwelt ist und bleibt er der Boß. Wenn Sie seinen Neffen kaltmachen, stellt er prompt die ganze Stadt auf den Kopf. Bei der Talbot ist's genauso kitzlig. Sie ist Gott behüte mit dem Präsidenten der Vereinigten Staaten befreundet. Stößt ihr irgendwas zu, kommt das teuer zu stehen.»

«Sie würden wahrscheinlich die Sechste Flotte rüberschicken», kommentierte Jago.

«Sehr witzig.»

«Was soll ich also tun?»

«Bleiben Sie ihnen auf den Fersen. Das heißt, Sie sorgen dafür, daß ihnen nichts passiert. Gibt es irgendwo eine undichte Stelle, so stopfen Sie sie einfach wieder zu. Unter gar keinen Umständen dürfen sie an irgend jemand herankommen, der ihnen weiterhelfen kann, das ist Ihre Aufgabe.»

«Verstehe. Im Klartext heißt das, wenn die beiden auf eine Spur stoßen, habe ich sicherzustellen, daß niemand redet.»

«Stimmt genau. Und jetzt machen Sie sich auf die Socken. Das Ziel kennen Sie ja.»

Sean und Ida saßen in der Küche; Sarah wartete in dem kleinen Wohnzimmer. Auf der Anrichte standen mehrere Fotografien, die meisten zeigten Egan. Als Junge, stocksteif und linkisch mit Schulkrawatte und Blazer, mit einem Ehepaar, offensichtlich seinen Eltern, und dann in Uniform, sehr attraktiv, SAS-Abzeichen am Barett, Pilotenabzeichen, Ordensbänder. Eins war vor den Toren von Buckingham Palace aufgenommen, vermutlich nach einer Ordensverleihung: Egan in Paradeuniform, auf der einen Seite Ida in Hut und Sonntagsstaat und auf der anderen ein Mann, bei dem es sich nur um Jack Shelley handeln konnte.

Keine ausgesprochen massige Erscheinung, aber unverkennbar kraftstrotzend. Das Gesicht durchaus freundlich, liebenswürdig, voll animalischer Vitalität, doch das Lächeln wirkte irgendwie spöttisch, verächtlich. So lächelte ein Mann, der sich herzlich wenig aus seinen Mitmenschen machte, befand Sarah.

Sie öffnete eine Tür, die in den Barraum führte. Nach der Sperrstunde brannte nur die Notbeleuchtung, sie verharrte reglos, atmete den Geruch nach abgestandenem Bier und Tabaksrauch und hörte durch die Küchentür Idas Stimme, den lauten Aufschrei, das erstickte Schluchzen.

Sarah ging zurück ins Wohnzimmer und entdeckte ein weiteres Foto auf dem Kaminsims – wiederum Egan in Uniform und ein hübsches junges Mädchen, offenbar Sally: Klein, dunkelhaarig, das sympathische Gesicht, im Halbprofil, blickte zu Egan auf, ganz Liebe und Hingabe.

Die Küchentür öffnete sich, Egan und Ida kamen herein. Das Gesicht der alten Frau war vom Weinen verquollen. Als sie Sarah mit dem Foto in der Hand sah, nahm sie es ihr weg.

«Sally, Schätzchen», klagte sie und schaute Sarah an. «Ich bin nie dahintergekommen, was eigentlich passiert ist, was schiefging. Eben war sie noch in der Schule, siebzehn, das ganze Leben lag vor ihr. Sie hat sich über Nacht verändert. Wurde ein völlig anderer Mensch. Alkohol, Drogen, dann hat die Polizei sie verhaftet, weil sie auf den Strich ging. So 'ne Schande. Selbst Jack schien sie nicht mehr in der Hand zu haben.»

«Reg dich nicht auf, Ida», beschwichtigte sie Egan. «Mach dir eine Tasse Tee und leg dich hin. Wir verabschieden uns jetzt.»

«Jack war nicht etwa ehrlich besorgt, der wollte bloß den Schein wahren», fuhr Ida fort. Und zu Sarah gewandt: «Sie gehörte nämlich nicht zur Familie.»

Sie setzte sich, das Foto an die Brust gedrückt, und Egan nahm Sarah beim Arm. «Gehen wir.» Sie verließen den Raum und schlossen geräuschlos die Tür hinter sich.

Sie stiegen in den Mini Cooper, und er brauste los in Richtung Fluß, bog nach ein paar Minuten in eine schmale, von alten viktorianischen Lagerhäusern gesäumte Straße ein. Er hielt am Ende eines Piers mit Blick auf ein altes Dock und den Fluß.

«Hangman's Wharf. Hier lebt er. Er hat eine Wohnung im obersten Stockwerk des Lagerhauses dort.»

«Sind Sie sicher, daß er daheim ist?»

«Wenn nicht, probieren wir's in seinem Club. ‹Jack's Place› heißt er. Sehr vulgäres Publikum. Schließt wieder eine Ihrer Bildungslücken. Haben Sie den Umschlag?»

«Ja.» Sie reichte ihn herüber.

«Gut. Spart Zeit. Sie bleiben hier. Ich muß zuerst mit ihm reden.»

Egan stieg aus und entfernte sich. Sie sperrte die Wagentüren zu und wartete. Die Stille ringsum zerrte an ihren Nerven. Eine Sirene heulte auf, als ein Schiff vorbeifuhr. Hinter ihr ging Jago die Straße hinauf und bezog in einem dunklen Torweg seinen Beobachtungsposten, wobei er sich seltsamerweise als Beschützer fühlte.

Egan fuhr in dem alten Lastenaufzug nach oben, keine Kabine, lediglich eine offene Plattform. Als er das Dachgeschoß erreichte, erwartete ihn bereits ein Mann Mitte Vierzig, mit verschränkten Armen, mindestens einsachtzig groß, schlotternder Anzug, hartes, grobknochiges Gesicht, klobige Pranken. Er war offensichtlich auf alles gefaßt, doch dann malte sich ungläubiges Staunen in seinen Zügen.

«Du bist es, Sean. Ein gerngesehener Gast.»

Der Aufzug hielt mit einem Ruck. «Hallo, Tully, wie geht's, wie steht's?»

«Prima, Sean, einfach super.» Er umarmte ihn stürmisch. «Is ja 'ne Ewigkeit her. Jack redet ununterbrochen von dir. Du hast ihn schwer gekränkt, wie du nur mit Ida zur Ordensverleihung ins Schloß gegangen bist.»

«Ich hab ihn beim letztenmal mitgenommen, stimmt's nicht? Ist noch jemand hier?»

«Gordon. Du erinnerst dich doch an Gordon Varley? Er ist jetzt als Fahrer bei Jack. Der hat ihn zum Chauffeurskurs bei Rolls-Royce geschickt.»

«Das alte Lied», bemerkte Egan. «Alles immer noch auf Hochglanz poliert. Wo ist Jack?»

«Drüben am anderen Ende. Der wird ganz weg sein.»

Er öffnete eine Tür und geleitete ihn in einen Korridor. Ein dunkelhäutiger Mulatte, eine kleinere Ausgabe von Tully, erschien in der Küchentür. Er war in Hemdsärmeln und trocknete einen Teller ab.

«Heiliger Strohsack, du bist's, Sean», rief er verblüfft.

«Hallo, Gordon. Schöner bist du auch nicht gerade geworden», warf Egan im Vorbeigehen hin.

Sie betraten einen riesigen Raum, der ursprünglich das gesamte Obergeschoß des Lagerhauses ausgemacht hatte. Reihen von Eisenträgern stützten die weißgetünchte Decke ab. Den Dielenboden hatte man abgeschliffen, dann abgebeizt und versiegelt. Überall lagen teure chinesische Teppiche, und auf der rechten Seite stand ein fast zwei Meter hoher Buddha aus Bronze, in weißes Licht getaucht, in einer Nische. Das chinesische Element überwog eindeutig – überall Skulpturen, Gerätschaften, seidene Wandbehänge, Lackschirme in Elfenbein und Schwarz am anderen Ende, wo sich die Sitzgruppen befanden, mehrere niedrige Rundsofas um einen riesigen schwarzen Lacktisch.

Leise Musik erklang, ein Hornkonzert von Mozart. Jack Shelley saß an einem schwarzen Schreibtisch mit Goldintarsien. Er war in Hemdsärmeln und trug eine Hornbrille; er ackerte sich durch einen Berg von Papieren, und die Zahlen auf dem Bildschirm neben ihm änderten sich laufend.

«Sieh mal, wer da ist, Jack», sagte Tully.

Shelley blickte hoch. Er erstarrte, nahm dann die Lesebrille ab. «Nett von dir, nach so langer Zeit mal wieder vorbeizuschauen.» Er nickte Tully zu. «Warte in der Küche, Frank.»

Tully verzog sich mit dröhnenden Schritten. Egan nahm sich eine Zigarette aus einem Kästchen auf dem Schreibtisch. «Du weißt doch, wie das ist, Jack.»

Als er nach dem Feuerzeug griff, packte ihn Shelley beim Handgelenk. «O nein, mein Sohn, das läßt du gefälligst bleiben, bei mir wird nicht gepafft. Mit 'ner Kugel in der Lunge, soll das ein Selbstmordversuch sein?»

«Und du versuchst immer noch, mir Vorschriften zu machen, Jack.» Egan befreite sich aus der Umklammerung und zündete die Zigarette an. «Schlimmer als mein alter Hauptfeldwebel.»

«Jock White? Der Halunke lebt immer noch. Hat sich 'ne alte Farm zugelegt in so 'nem gottverlassenen Moor hinter Gravesend.»

«Ich weiß», bestätigte Egan.

«Du wärst glatt imstande, ihn zu besuchen, aber mich nicht, dein eigen Fleisch und Blut, stimmt doch? Nicht mal angerufen hast du seit deiner Entlassung aus dem Krankenhaus. Das ist einfach nicht in Ordnung, Sean. Ich bin schließlich dein Onkel. Dein einziger Verwandter.»

«Du vergißt Ida.»

Shelley lachte. «Na ja, die kann man auch verdammt leicht vergessen, stimmt doch?»

Egan schüttelte den Kopf. «Du änderst dich auch nie, Jack. Immer noch das großkotzige Ekel.» Er nahm den Umschlag aus seinem Blouson. «Da, lies das, dann reden wir darüber.»

Er warf den Umschlag auf den Schreibtisch und schlenderte zu den Fenstern hinüber. Der Blick auf die Themse war prachtvoll und verfehlte nie die Wirkung auf ihn. Shelley hatte die Türen, die auf die ehemalige Ladefläche führten, verglasen lassen, und Egan öffnete sie, trat hinaus und stellte sich ans Geländer.

Nach einer Weile gesellte sich Shelley zu ihm. Mit düsterer Miene schwenkte er die Unterlagen. «Ein aufgelegter Schwindel, gar kein Zweifel, aber was hast du damit zu tun?»

«Der Junge hatte eine Stiefmutter, Sarah Talbot. Amerikanerin, gerade aus New York angekommen. Ich helfe ihr.»

«Du hilfst ihr?» Shelley war fassungslos. «Und warum nicht ihr Mann, verdammt noch mal? Wieso drückt der sich?»

«Er ist auf den Falklands gefallen.»

«Verflucht und zugenäht!» Jack stampfte auf. «Er ist also auf den Falklands gefallen. Was hat ein Yankee da unten verloren, frage ich dich?»

«Er war Colonel in der britischen Armee und kein Yankee.»

«Auch das noch. Es wird ja immer schöner. Aber warum ausgerechnet du?» Er hielt die Papiere hoch. «Das ist Sache der Justiz, nicht deine. Belaste dich nie mit den Sorgen fremder Leute. Wie oft hab ich dir das gesagt?»

«Bei dem Jungen wurden Spuren einer Droge namens *burundanga* gefunden.»

«Nie davon gehört», brummte Shelley.

«Es gibt sie aber. Das Teufelszeug macht aus Menschen wandelnde Tote, echte Zombies. Die kann man dann mühelos ins Jenseits befördern, ohne jedes Risiko. Eric Talbot war einer dieser Fälle. Außerdem wurden in den letzten zwölf Monaten mehrere andere in Paris registriert und vier in Ulster, alle IRA.»

«Paris, Ulster, die gottverdammte IRA?» Shelley wurde immer aufgeregter. «Und eine Droge, die sich wie eine neue Sorte von koffeinfreiem Kaffee anhört. Trotzdem bleibe ich dabei – was geht das dich an?»

«Und ein Fall in London», fuhr Egan fort. «Ein junges Mädchen, in der Themse bei Wapping ertrunken, mit dem Namen Sally Baines Egan.»

Shelley erstarrte, stierte ihn mit zusammengebissenen Zähnen düster an, machte kehrt und warf die Unterlagen im Wohnraum auf den Schreibtisch. Nach einer Weile legte er sie sorgfältig zurück in den Umschlag, den er Egan aushändigte. Er setzte sich an den Schreibtisch. Offenbar hatte er sich wieder gefaßt.

«Bist du da ganz sicher? Ich meine, woher weißt du das?»

«Von meinem ehemaligen Boß, Colonel Villiers. Die Fakten waren die ganze Zeit im Computer gespeichert! Es hat sie bloß vorher niemand richtig verstanden. Nur ein kleingedruckter Vermerk, weiter nichts, wenn du mir folgen kannst.»

«Kleingedruckt?» Shelleys Gesicht war furchteinflößend. «Die Schweinehunde, die dahinterstecken, mache ich fertig, bis auf den letzten Mann, und ich sag dir was, mein Sohn. Die sterben einen langsamen, qualvollen Tod. In meinem Privatbereich dulde ich keine krummen Touren, da kommt mir niemand in die Quere. Sally war vielleicht nicht mit mir verwandt, aber mit dir. Und du bist alles, was ich habe.» Er erhob sich, ging zu einem Getränkeschränkchen und schenkte sich aus einer geschliffenen Karaffe ein Glas Brandy ein. Er kippte ihn hinunter und wandte sich zu Egan, die Karaffe in der Hand.

«Nein danke.»

«Ich nehme noch einen.» Shelley goß sich einen zweiten Brandy ein.

«Was hast du nun vor?» erkundigte sich Egan.

«Ich mache das überall in London publik. Ich setze die alte Firma darauf an. Eine Menge Leute schulden mir einen Gefallen, auch ein paar in der Chefetage von Scotland Yard. Ich werde herausfinden, wer diese Schweinehunde sind, und ihnen die verdammten Hände abhacken lassen, und das ist erst der Anfang. Und wenn ich zehnmal mit Bankpräsidenten bei ‹L'Escargot› lunche, bin ich doch immer noch Jack Shelley. Ich bin nach wie vor der Boß, vergiß das ja nicht.»

«Wann hätte ich das je?» konterte Egan.

«Behandle mich nicht so von oben herab, Freundchen, du hast mehr von mir, als du ahnst. Und jetzt erzähl mir was über die kleine Talbot.»

«Die ist kein kleines Mädchen, sondern 'ne echte Lady.»

«Was du nicht sagst?» Shelley grinste. «Gefällt mir. Hat 'n bißchen Klasse, stimmt's?»

«Große Klasse, Jack, außerdem schwerreich. Ihr Vater hat ihr halb Fort Knox hinterlassen. Dazu hochintelligent. Sie ist Maklerin in Wall Street und 'ne wichtige Persönlichkeit, Jack. Hat einflußreiche Freunde, bis rauf ins Weiße Haus.»

«Tatsächlich?» Shelley nahm sein Jackett von der Stuhllehne und zog es an. Er rückte seine Krawatte zurecht. «Ich kann's kaum abwarten. Wann kann ich sie sehen?»

«Sie sitzt jetzt unten in meinem Wagen.»

«Unten?» wiederholte Shelley entgeistert. «In deiner jämmerlichen Blechkiste? Meine Güte, dazu hab ich dich nun auf die Public School geschickt, um dich zum Gentleman zu erziehen. Ich geb's auf. Ehrlich.»

Er stürmte hinaus, rief im Vorbeigehen durch die Küchentür: «He, ihr Lahmärsche, setzt euch in Bewegung!»

Tully und Varley kamen angelaufen, Varley zog sich hastig die Jacke an. Gemeinsam stiegen sie in den Aufzug und fuhren nach unten.

«Ich wollte vorhin gerade in den Club und dort einen Happen essen», sagte Shelley zu Egan. «Wir könnten uns ja dort treffen, die Lady fährt mit mir im Rolls. Du kannst hinterherkommen.»

«Abwarten, was sie dazu sagt», meinte Egan.

«Ich weiß genau, was sie dazu sagt, wenn sie auch nur einen Funken Verstand hat.»

Unten verließen sie den Aufzug, Varley eilte hinüber zu dem weißen Rolls-Royce und setzte sich ans Steuer. Die anderen strebten zum Mini Cooper. Sarah sah sie kommen, öffnete die Tür und stieg aus.

«Mrs. Talbot.» Shelley streckte ihr beide Arme entgegen und ergriff ihre Hand. «Es ist mir eine große Freude, glauben Sie mir. Ich muß mich für meinen Neffen entschuldigen, daß er Sie hier so allein sitzen gelassen hat. Ich dachte, ich hätte ihm

Manieren beigebracht, aber diese jungen Leute heutzutage...»
Er zuckte die Achseln.

«Das ist vollkommen in Ordnung, Mr. Shelley.»

Shelley zeigte sich beeindruckt. «Sean hat mich jedenfalls über alles informiert, und ich möchte nicht, daß Sie sich Sorgen machen. Ich werde das persönlich aufklären, lassen Sie mir nur ein paar Tage Zeit.»

«Phantastisch.»

«Genug davon. Ich habe nicht weit von hier einen kleinen Club, dort wollte ich eine Kleinigkeit essen.» In diesem Moment traf der Rolls-Royce ein. «Ich dachte mir, vielleicht würden Sie lieber in einem anständigen Auto fahren. Mein Neffe kann uns ja in seiner Sardinenbüchse folgen.»

«Das ist wirklich nicht nötig.»

«Ich bestehe aber darauf.» Er geleitete sie zum Rolls und öffnete die Tür zum Fond.

Tully vertraute Sean an: «Er war mächtig stolz auf dich, Sean, wo du doch 'n Held bist und so. Die Orden...»

«Davon bin ich überzeugt», erwiderte Egan.

«Los, Frank, beweg dich.» Tully flitzte hinüber und stieg vorn ein. «Bis nachher!» rief Shelley, winkte Sean zu und ließ das Fenster hoch.

Egan schaute dem Rolls nach, der die Straße hinauffuhr und um die Ecke bog. Ringsum herrschte Totenstille. Er ging zu seinem Wagen, wollte die Tür öffnen, hielt inne – sein sechster Sinn meldete sich. Ihm war, als lauerte etwas dort im Schatten, eine absurde Vorstellung. Zu lange in Belfast gewesen, dachte er, stieg ein und fuhr los. Eine Sekunde später schlüpfte Jago aus dem Torweg und hastete über die Straße.

Bei «Jack's Place» handelte es sich ebenfalls um ein umgebautes Lagerhaus am Fluß, nicht allzuweit entfernt. Der Parkplatz befand sich auf dem Hof, wo früher entladen wurde. Der Rolls-Royce stand bereits dort, als Egan eintraf, und er parkte daneben. Er ging die Straße entlang zum Vordereingang, über dem der Name in altmodischen roten Leuchtbuchstaben deutlich zu lesen war. Eine Menschenschlange wartete auf Einlaß – an der Spitze vier junge Männer in modischen Maßanzügen.

Einer darunter trug eine goldene Rolex und protzte mit einem Diamanten im linken Ohr. Er legte sich mit dem Türsteher an, einem freundlichen Riesen mit zweieinhalb Zentner Lebendgewicht namens Sammy Jones, der in seiner Freizeit auch als Ringer im Fernsehen auftrat.

«Wie lange soll das denn noch dauern?» fragte er.

«Sie müssen warten, Mann», entgegnete Sammy Jones und lächelte strahlend, als Egan die Schlange umging. «Hallo, Mr. Egan, schön, Sie zu sehen. Treten Sie doch näher.»

«Wieso wird mit dem 'ne Ausnahme gemacht?» wollte der Mann mit der Rolex wissen.

«Ich benutze Rasierwasser, kein Parfüm», erklärte Egan. «Sie sollten's mal damit versuchen.» Und als der andere wutschnaubend vorpreschen wollte, verschwand er schon im Eingang.

Nach Egans Beschreibung hatte Sarah weit Schlimmeres erwartet. Die Inneneinrichtung im Stil der dreißiger Jahre war erstklassig, die Decke aus Spiegelglas, die Cocktailbar mit Wandleuchtern aus Kristall und hohen Lederhockern bildschön, und die Kellner trugen weiße Spenzer wie Stewards.

Sie und Shelley saßen in einer Ecknische, an die Rückwand gelehnt stand Tully mit verschränkten Armen. Shelley hatte Einzug gehalten wie ein ungekrönter König, dauernd mußte er innehalten, um Hände zu schütteln. Was sie am meisten überraschte, war der zur Schau gestellte Reichtum. Alle waren teuer gekleidet, wobei manche Frauen entschieden des Guten zuviel getan hatten.

Der Oberkellner eilte geschäftig herbei. «Henri, das ist Mrs. Talbot, eine ganz spezielle Freundin», erklärte Shelley. «Wir fangen mit einer Flasche Krug an, ohne Jahrgang.» Er wandte sich zu ihr. «Bester Champagner der Welt, der Krug ohne Jahrgang. Irgendein Spezialverfahren. Wie wär's mit 'ner Kleinigkeit zu essen?»

«Lieber nicht. Ich habe keinen Hunger.»

«Unsinn, Sie müssen was in den Magen kriegen. Bringen Sie uns ein paar Sandwiches mit Räucherlachs, Henri, und Pastete oder sonst irgendwas.»

«Selbstverständlich, Mr. Shelley.»

«Und für Frank einen großen Scotch.»

Ein Weinkellner servierte den Krug im Kühler. «Gefällt's Ihnen?» erkundigte sich Shelley. «Das Lokal, meine ich?»

«Faszinierend.»

«Ich habe denselben Knaben genommen, der meine Wohnung eingerichtet hat. Die müssen Sie sich bei Gelegenheit anschauen. Ein bißchen überkandidelt, aber Sie wissen ja, wie Schwule sind. Als Innenausstatter jedenfalls einfach unschlagbar. Das Lokal soll aussehen wie in einem Film mit Fred und Ginger, hab ich ihm erklärt, und genau das hat er mir geliefert. Vor dem Krieg hatten sie im *Ritz* so 'ne Bar. Die hat er kopiert, behauptet er zumindest.»

«Vielleicht hat er die Geschichte auch bloß erfunden, um dich bei Laune zu halten, Jack», mischte sich Tully ein.

«Trink du deinen Scotch und verschone uns mit deinen Sprüchen.» Shelley grinste. «Er hat was gegen Schwule. Will immer nur das Schlechteste annehmen. Haben Sie auf die Band geachtet? Ich wollte keine Disco. Bei dem Krach versteht man ja nicht mal seine eigenen Gedanken.»

Sie blickte hinter sich zu dem Trio auf dem winzigen Podium, das die stilgerechte musikalische Untermalung lieferte, und sah im gleichen Moment Egan den Raum betreten. Mit seinen Jeans und dem schwarzen Blouson wirkte er ziemlich exotisch, so daß die Leute ihm neugierig nachstarrten, als er sich den Weg durch die Menge bahnte.

«Du meine Güte, schau dich doch nur an», empfing ihn Shelley. «Angezogen wie zur Arbeit auf dem Markt in Covent Garden.»

Egan angelte sich die Champagnerflasche, goß ein Glas voll und setzte sich. «Ich fühl mich wohl, und das ist die Hauptsache.»

«Er hat die Geschäftsanteile geerbt, die ich seiner Mutter übertragen hatte, Mrs. Talbot. Drei Millionen Pfund. Würden Sie das für möglich halten? Rührt keinen Penny an. Und wenn ich mal abkratze...» Er zuckte die Achseln. «Vorläufig hab ich ja nicht die Absicht, aber dann kriegt er mindestens zwanzig dazu.»

Henri servierte die Sandwiches höchstpersönlich, und Egan bediente sich. «Wie ich sehe, hast du heute wieder die übliche exklusive Gesellschaft hier versammelt. Manchester Charlie Ford da drüben haut ja kräftig auf die Pauke. Stimmt's, daß er und seine Kumpane letzte Woche das Ding mit dem Geldtransport in Pimlico gedreht haben?»

«So heißt es.» Shelley zuckte die Achseln. «Auf die altmodische Tour. Kerle wie Charlie werden's nie lernen. Strumpfmasken, abgesägte Schrotflinten und Geldtransporter bringen einen früher oder später garantiert fünfzehn Jahre nach Parkhurst.» Er versetzte Sarah einen leichten Rippenstoß und verkündete mit einem gewissen stolzen Unterton: «Hier finden Sie heute ein paar der bekanntesten Ganoven von London. Sie kommen alle her. Hierher oder in Seans Pub.»

An der Bar gab es plötzlich Wirbel. Egan erkannte den Mann mit der goldenen Rolex und seine drei Freunde wieder, die laut nach dem Kellner schrien.

«Wer zum Teufel ist das?» erkundigte sich Shelley.

«Ein gewisser Tiller, Bert Tiller», erklärte Tully. «Ein Zuhälter. War früher in Soho, aber das Geschäft blüht, und er erweitert. Die andern sind Freunde von ihm. Der Rothaarige heißt Brent. Die übrigen kenne ich nicht.»

«So was habe ich nicht mal mit der Feuerzange angefaßt, diesen Abschaum. Frauen kaputtmachen, das letzte», ereiferte sich Shelley. «Rauschgift und Frauen, damit hab ich in meinem ganzen Leben noch nicht einen Penny verdient.»

«Zu deiner Zeit hast du immerhin ein paar Leute im North Circular Road ganz schön geleimt», bemerkte Egan.

«Das ist was anderes – da ging's ums Geschäft. Wenn du nur 'ne Pfeife in der Tasche hast und so tust, als wär's 'ne Knarre, kommst du nicht weit.» Er verschränkte die Arme und starrte zu der geräuschvollen Gruppe hinüber. «Seht euch doch nur diesen Zuhälter an mit seiner goldenen Uhr und dem Anzug von Armani, dafür hat er vermutlich massenweise Fünfzehnjährige mit Lustgreisen verkuppelt. Am liebsten würde ich den ordentlich in die Mangel nehmen.»

Tiller drehte sich um und begegnete Shelleys finsterem Blick. Das Lachen blieb ihm im Halse stecken, dann sagte er etwas zu seinen Freunden, die daraufhin ebenfalls die Köpfe wandten und in Gelächter ausbrachen. Tully richtete sich auf, und Shelley hob die Hand. «Laß sein, Frank. Nicht jetzt.»

«Bitte entschuldigen Sie mich eine Minute.» Sarah stand auf, überquerte die Tanzfläche und ging die Stufen neben der Bar zur Toilette hoch. Tiller und seine Kumpane verstummten und ließen sie nicht aus den Augen. Als sie die Tür hinter sich zumachte, ertönte abermals wieherndes Gelächter.

«Das geht zu weit!» Egan schenkte sein Glas voll und leerte es in einem Zug.

«Los, Frank», zischte Shelley. «Ich glaube, du mußt denen eine kleine Abreibung verpassen.»

Sarah kam aus der Damentoilette und wollte die Stufen hinuntergehen. Tiller packte sie beim Arm, beugte sich zu ihr und flüsterte ihr etwas ins Ohr. Sie versuchte, ihm ins Gesicht zu schlagen, aber er hielt sie lachend fest. Und dann war Egan zur Stelle, noch vor Frank. Er holte einfach aus, versetzte Tiller einen Handkantenschlag in die rechte Kniekehle, so daß er das

Gleichgewicht verlor und rücklings auf die Tanzfläche fiel. Die Menge wich rasch zurück, Tiller wollte aufstehen, da erschien Shelley, trat kräftig zu und bohrte ihm den Absatz in den Handrücken.

«Kein Muckser, sonst brech ich dir deine dreckigen Finger.»

Sarah lief die Treppe hinunter, und Egan zog sie hinter sich. Tully, in Wartestellung, schlenkerte die Arme und hielt die drei anderen an der Bar in Schach. Dann tauchte Sammy Jones auf, zusammen mit Varley, der einen Baseballschläger schwang.

Shelley nahm den Fuß von der Hand, Tully zerrte Tiller hoch und drehte ihm einen Arm hinter den Rücken. Shelley tätschelte ihm die Wangen. «Jetzt mach, daß du nach Hause kommst wie ein braver Junge, und untersteh dich, hier wieder aufzukreuzen, sonst» – er gab Tiller wieder einen Klaps auf die Wange – «garantier ich dir, daß du sechs Monate an Krükken humpelst.» Er nickte seinen Leibwächtern zu. «Raus mit dem Gesocks.»

Es bildete sich eine Menschengasse, als Tully, Jones und Varley die vier aus dem Lokal trieben; danach setzte die Musik wieder ein, und die Leute begannen zu tanzen.

«Nehmen Sie Platz, Mrs. Talbot», bat Shelley. «Das in meinem eigenen Laden und ausgerechnet bei Ihnen! Eine Affenschande!»

Am Tisch merkte sie, daß ihre Hand heftig zitterte und sie um ein Haar den Champagner verschüttet hätte. Sie stellte das Glas behutsam hin. «Ich glaube, es reicht für einen Tag, ich möchte nach Hause.»

«Selbstverständlich», sagte Egan.

«Ich bringe Sie in meinem Wagen heim», warf Shelley ein. «Nein, ich bestehe darauf.» Und als Tully zurückkam: «Du holst mit Varley den Rolls. Wir sind gleich soweit.»

Sie wollte keine weitere Auseinandersetzung und verließ

das Lokal hinter Shelley; Egan folgte ihnen dicht auf. Es regnete wieder, und Sammy Jones sagte: «Warten Sie hier. Ich sag ihnen, sie sollen den Wagen vorfahren, Mr. Shelley.»

«Lohnt nicht», entgegnete dieser. «Gib uns einen Schirm.»

Er spannte ihn auf und trat, Sarah untergehakt, auf die Straße, während Egan sich von Sammy verabschiedete.

Shelley und Sarah waren schon auf halber Strecke zum Parkplatz, als ihnen plötzlich Tiller mit einem seiner Kumpane aus einem Torweg entgegentrat. Gleichzeitig kamen Brent und der vierte im Bunde hinter ihnen eine Kellertreppe hoch.

Shelley sagte gelassen: «Aha, gleich im Quartett? Das sieht euch ähnlich.» Mit lauter Stimme rief er: «Frank, wo bist du?» Dabei machte er den Regenschirm zu, benutzte ihn als Stoßwaffe zu einem Ausfall und traf Tillers Begleiter unter dem Kinn. Der stürzte, verzweifelt an seinem Kragen zerrend, zu Boden.

Egan kam geräuschlos angerannt, versetzte Brent einen Fußtritt in die Kniekehle, packte ein Handgelenk, drehte ihm den Arm auf den Rücken, schubste ihn dann durch die Gittertür, so daß er kopfüber die Kellertreppe hinunterfiel. Der vierte Halbstarke wich in Panik zurück, rannte um sein Leben, um Tully und Varley, die herbeistürmten, zu entkommen.

Tiller hingegen zeigte keine Spur von Furcht, sondern zog einfach ein Rasiermesser und öffnete es. «Jack Shelley, der allmächtige Boß», spottete er. «Los, zeig, was du drauf hast.»

Shelley winkte Tully und Varley beiseite. «Laßt ihn.»

Im selben Moment zückte Tiller die Klinge und schlitzte Shelleys Ärmel auf. Der trat einen Schritt zurück und prüfte den Schaden. «Du mieser kleiner Schmarotzer. Dafür hab ich bei ‹Gieves and Hawkes› ’nen Tausender bezahlt. Du hast ihn ruiniert.»

Sein Fuß schnellte vor und traf Tiller unter der Kniescheibe. Er knickte langsam zusammen, und Shelley rammte ihm das Knie ins Gesicht, packte gleichzeitig sein Handgelenk und drehte ihm den Arm hoch, so daß Tiller das Rasiermesser fallen ließ; dann zerrte Shelley ihn zum Kellergitter und preßte seine Handfläche auf eine der Eisenspitzen.

«Na, du Luder, fühlst du dich immer noch so stark?»

Sarah schrie auf. «Nein! Mr. Shelley, bitte tun Sie's nicht!» Er drehte sich zu ihr um, starrte sie mit verglastem Blick an. «Bitte!» wiederholte sie.

Er nickte und schleuderte Tiller zu Tully und Varley hinüber. «Na gut, schafft ihn mir aus den Augen. Gebt ihm einen Tritt in den Hintern und sorgt dafür, daß er sich verzieht.» Er wandte sich an Egan. «Bring die Lady nach Hause. Es tut mir aufrichtig leid, Mrs. Talbot. Das hat ja direkt an 'ne heiße Nacht in Belfast erinnert.»

Egan legte ihr den Arm um die Schulter. Sie überholten Tully und Varley, die Tiller mit dem Kopf nach unten über die Straße schleiften, stiegen in den Mini Cooper und fuhren rasch davon.

In der Lord North Street angekommen, nahm Egan den Hausschlüssel entgegen und sperrte auf. Sarah wirkte erschöpft und traurig.

«Der Abend hatte es in sich», bemerkte er.

«Ein Alptraum.»

«Ich hab Sie ja gewarnt, worauf Sie sich da einlassen.» In der Vorhalle blieben sie kurz stehen. «War Ihnen das eine Lehre?»

«Nein, Sean, ich muß weitermachen. Jetzt noch mehr als früher.»

«Sie Dickschädel. Sie sind unbelehrbar, was?» Und dann hatte er einen Einfall. «Heute abend wurde Ihnen ein Schulbeispiel von Gewalttätigkeit demonstriert, aber wie würden Sie darüber denken, selbst in Aktion zu treten?»

«Was meinen Sie damit?»

«Könnten Sie jemand erschießen, wenn Sie es müßten?»

«Keine Ahnung.» Sie war ausgelaugt, unfähig, einen klaren Gedanken zu fassen. «Ich weiß es wirklich nicht.»

«Na ja. Morgen ist Samstag. Ich nehme Sie mit zu einem Freund von mir. Jock White, mein ehemaliger Hauptfeldwebel. Er hat einen Hof im Flachmoor, flußabwärts hinter Gravesend. Macht Überlebenstraining. Da wird sich zeigen, was Sie drauf haben.» Er zuckte die Achseln. «Das hilft, die Zeit zu überbrücken, während Onkel Jack irgendwas auszugraben versucht.»

«Ich tue alles, was Sie sagen.»

«Gehen Sie zu Bett.» Er lächelte. «Ich hole Sie morgen ab, aber nicht zu früh.» Er machte die Tür zu und ging die Treppe hinunter zu seinem Wagen.

Jago hörte wenige Minuten später das Band ab und setzte sich dann mit Smith in Verbindung. Sie sprachen über den Verlauf des Abends.

«Jetzt müßte sie doch eigentlich die Nase voll haben», meinte Smith. «Mit der ersten Maschine nach Hause und so.»

«Die nicht», entgegnete Jago. «Eine Lady mit Schneid und Energie. Was ist mit dem Hof bei Gravesend, soll ich hinfahren?»

«Na klar.»

«Dann wird's Zeit, daß ich den Wagen wechsle. Reine Vorsichtsmaßnahme. Besorgen Sie einen Landrover oder was ähnliches für morgen früh. Die Ausrüstung kann ich in ein paar Minuten installieren.»

«Ich kümmere mich darum», erklärte Smith.

Danach war die Leitung tot. Jago zog den Vorhang ein wenig zur Seite und spähte zu ihrem Haus hinüber. Im Schlafzimmr brannte Licht. Dann wurde es gelöscht.

«Schlaf gut und tief, Schätzchen», flüsterte er. «Du hast's verdient.»

Egan fuhr in den Hof neben «The Bargee» und schaltete die Scheinwerfer aus. Als er aus dem Mini Cooper kletterte, entdeckte er hinten im Hof eine Limousine. Plötzlich flammten die Scheinwerfer auf, und Tony Villiers stieg aus.

«Sean.» Er nickte. «Wie geht's?»

«Ganz ordentlich. Was verschafft mir die Ehre?»

«Sie hat Sie also ausfindig gemacht?»

«Stimmt.»

«Halten Sie sie bei Laune, Sean, weiter nichts. Ich möchte unter keinen Umständen, daß sie in irgend etwas hineingezogen wird. Kapiert?»

«Sie hat mir von Sally erzählt. Von dem, was Sie durch den Computer erfahren haben.»

«Das war eine vertrauliche Mitteilung. Mehr gibt's nicht, und vergessen Sie eines nicht, Sergeant. In den ersten sechs Monaten nach Ihrer Entlassung stehen Sie noch unter Kriegsrecht. Außerdem rangieren Sie im Bedarfsfall als erste Reserve. Bei Ihrer Dringlichkeitseinstufung kann ich Sie jederzeit nach Belieben zurückholen.»

«Colonel Villiers, warum scheren Sie sich nicht zum Teufel?» Egan öffnete die Tür und ging ins Haus.

Villiers stand ein Weilchen da und lächelte dann widerstrebend. «Das ist mein Sean, wie er leibt und lebt», sagte er leise.

7

Als sie am nächsten Vormittag kurz vor zwölf aufbrachen, war Sarah wieder wohlauf und erstaunlich heiter. Anscheinend kamen sie überhaupt nie aus der Stadt heraus, was sie verblüffte.

«London hört wohl nie auf», bemerkte sie.

«Das sieht nur so aus.» Sean grinste. «Jetzt haben wir's bald hinter uns. Da kommt schon Dartford.»

Ehe sie sich's versah, hatten sie Dartford passiert und Gravesend erreicht. Hinter Gravesend gelangten sie in eine andere Welt. Eine trostlose Landschaft – ebene grüne Felder, von Sümpfen unterbrochen, die sich flußabwärts dahinzogen.

«Ich weiß nicht recht, ob mir das gefällt», sagte Sarah. «Seltsam, eine solche Gegend so nahe bei London zu finden.»

«Ja, hier hat man das Gefühl, daß alles fast unverändert geblieben ist.»

Von der Flut gespeiste Wasserläufe und Schlammflächen breiteten sich aus, und in der Ferne sah sie große Schiffe in Richtung Meer fahren. An verschiedenen Stellen wucherte das Schilf fast mannshoch. Sie fuhren über eine schmale Straße, die mehr an einen Damm erinnerte, kamen dann durch ein kleines Dorf namens Marton, wo es einen Campingplatz gab.

«Wer um alles in der Welt verbringt hier freiwillig seinen Urlaub?» fragte sie.

«Vogelbeobachter. Naturfreunde. Die Gegend trifft genau

ihren Geschmack. Der Strand von Cannes ist nicht jedermanns Sache.»

Jago, vierhundert Meter hinter ihnen, lächelte leicht. «Meine schon, alter Freund. Du brauchst mir nur die Gelegenheit zu geben.»

Er fuhr einen grünen Landrover, Reuse und Angelrute auf dem Rücksitz sowie eine Reisetasche aus Segeltuch. Er trug einen zerknautschten Tweedhut, einen grünen Parka sowie wasserdichte hohe Gamaschen und Stiefel. Neben ihm auf dem Beifahrersitz lagen Zeiss-Gläser.

Gleich hinter Marton war rechts auf einem hölzernen Schild zu lesen: «All Hallows Farm», und man konnte die ganze Anlage bereits deutlich durch die Bäume sehen: ein weiträumiges Haus mit angebauten Stallungen und Scheunen rund um einen Hof, auf den man durch einen Torbogen in der Mauer gelangte. Egan und Sarah fuhren hinein.

«Jock?» rief Egan und hupte.

Keine Antwort. «Was für ein herrliches Anwesen», sagte Sarah. «Es scheint sehr alt zu sein.»

«Einiges stammt aus dem 16. Jahrhundert. Ein Familienbesitz. Jocks Frau hatte ihn geerbt. Sie starb vor ein paar Jahren. Er hat nach dem Falklandkrieg seinen Abschied genommen und sich hier niedergelassen.» Er klopfte, ohne Erfolg. «Mal sehen, ob wir ihn irgendwo finden.»

Sie gingen einen Weg entlang, der durch Bäume und ein kleines Tal führte. Unten plätscherte ein Bach. Es war unwahrscheinlich ruhig und idyllisch.

«Zauberhaft», meinte Sarah.

«Sicher, nur das Wasser dürfen Sie keinesfalls trinken.» Er wies auf den Bach.

«Warum denn nicht?»

«Probieren Sie's mal, dann merken Sie's sofort. Das ist hier ein Salzsumpf.»

Sie folgten nun einem mit hohem Schilf bestandenen Pfad.

«Sie kennen demnach Jock White schon lange?» erkundigte sie sich.

«Seitdem ich zum SAS versetzt wurde. Wir haben zusammen in Oman, auf Zypern, in Irland und dann auf den Falklandinseln gedient.»

«Wie alt ist er?»

«Angeblich sechzig, aber ich denke, er hat das ewige Leben. Er war im Koreakrieg dabei, Gott behüte, auf Borneo, in Aden. Ach ja, und in Vietnam, zum australischen SAS abkommandiert.» Er streifte sie mit einem Seitenblick. «Wußten Sie, daß Villiers in Vietnam war?»

«Nein, keine Ahnung.» Sie war betroffen.

«Ja, es gibt kaum einen Ort, wo der SAS nicht aufkreuzt. Aber um auf Jock zurückzukommen, er gibt hier Kurse für Überlebenstraining, an denen jeder Lernwillige teilnehmen kann.»

«Das alles hört sich nicht nach einem Durchschnittsmenschen an, sondern nach etwas ganz Besonderem.»

«Das ist er auch. Im Regiment war er eine Legende, nein, mehr als das – ein Held.»

Eine rauhe Stimme mit einem Anflug von schottischen Kehllauten ertönte: «Glauben Sie ihm kein Wort, Mädchen, er war immer groß im Übertreiben.»

Als sie sich umdrehten, kam ein Hüne aus dem Schilf, mit zerzaustem grauen Haar, weißem Bart, in Tarnjacke, Cordhose und Gummistiefeln, eine Schrotflinte unter den Arm geklemmt. Das Schilf bewegte sich, und ein gelber Labrador tauchte auf, eine Hündin, der man ansah, daß sie kürzlich Junge geworfen hatte. Sie jaulte, sprang hin und her und begrüßte Egan stürmisch.

Er kauerte sich neben sie und streichelte sie. «Hallo, da bist du ja, so ein lieber Hund!» Und zu Sarah gewandt: «Das ist Peggy, eine reine Wonne, und das da ist Jock White.» Er blickte zu ihm hoch. «Wenn er in South Armagh aufkreuzte, hat die

IRA jedesmal den Laden dichtgemacht und sich den Winter über nach Florida abgesetzt.»

«Ein frecher Teufelskerl», sagte Jock. «War er schon immer. Sie sind in schlechter Gesellschaft, Mädchen.»

«Jetzt nicht, Mr. White.» Sie ergriff seine Hand. «Ich bin Sarah Talbot.»

«Also die gefällt mir, Sean. Endlich hast du mal was richtig gemacht. Gehen wir ins Haus und trinken 'ne Tasse Tee. Sie bleiben doch, versteht sich?»

«Das hatten wir gehofft.»

«Prima.» Der Hüne zog ihren Arm durch den seinen, und sie traten den Rückweg an.

Jago passierte Marton bis zu dem Wegweiser nach All Hallows, wo er wendete und zurückfuhr. Hinter der Autowerkstatt im Dorf gewahrte er einen kleinen Wohnwagenparkplatz. Ein alter Mann in Overall und Stoffmütze stand auf einer Trittleiter und lackierte einen der Wohnwagen. Als Jago hereinkam, drehte er sich um und musterte ihn.

«Womit kann ich dienen?»

«Sind Sie der Besitzer?»

«Wenn Sie's so nennen wollen.»

«Hätten Sie zufällig einen Wohnwagen zu vermieten?»

Der Alte legte den Pinsel quer über die Farbdose und stieg von der Leiter. «Für wie lange?»

«Bis heute abend – vielleicht auch bis morgen.»

Der Alte spähte auf den Rücksitz des Landrovers. «Sie sind Angler?»

«Eigentlich Vogelbeobachter.»

«Auch gut, zu fischen gibt's hier in der Gegend sowieso nicht viel.» Er wandte sich um, kratzte sich am Rücken. «Na, dann suchen Sie sich mal einen aus. Um diese Jahreszeit kommt sonst niemand her. Zehn Pfund für die Nacht, einschließlich Gasflasche.»

«Ausgezeichnet.» Jago holte die Reisetasche und das Angelgerät aus dem Landrover.

«Die Werkstatt gehört auch mir. In dem Laden daneben haben wir das meiste vorrätig. Ihr Name?»

«Mackenzie.» Jago lächelte charmant und folgte ihm zum nächstgeparkten Wohnwagen.

Die Decke im Wohnzimmer war so niedrig, daß Jock White beinahe mit dem Kopf anstieß, der Kamin mannshoch. Ein paar Sessel, eine alte Bettcouch, eine Anrichte, darauf Fotos aus der Militärzeit, überall Bücher – ein kunterbuntes Durcheinander und überaus wohnlich.

Jock White, die Stahlbrille auf der Nasenspitze, hockte auf der Fensterbank und studierte die Unterlagen zu Erics Tod. Die Flügelfenster standen offen, Sarah saß im Garten, einen Korb voll junger Hunde neben sich, davor Peggy als Wache. Egan lümmelte sich am Kamin, rauchte eine Zigarette und hustete immer wieder heftig.

«Willst du dich umbringen oder was, Kleiner?»

Egan zog die Schultern hoch. «Hör auf damit, Jock, es ist doch letztlich alles eins. Du weißt ja, wieviel Schrott ich mit mir rumschleppe.»

«Was macht das Knie?»

«Ich schwindele mich so durch.»

Jock seufzte, nahm die Brille ab und hielt die Schriftstücke hoch. «Eine schmutzige Geschichte.»

«Das kann man wohl sagen.»

Jock blickte hinaus zu Sarah. «Eine Klassefrau wie sie sollte sich nicht auf so was einlassen.»

«Sie ist eisern entschlossen», entgegnete Egan. «Hat sich in die Sache verbissen. Will mit ihnen abrechnen, Auge in Auge.»

Jock White schüttelte den Kopf. «Und warum hast du sie nun hergebracht?»

«Wir haben ein freies Wochenende, während die Hilfstruppen meines Onkels sehen, ob sie irgendwas ausgraben können. Ich dachte, vielleicht interessiert sie dein Überlebenstraining.» Er stand auf und legte ein Holzscheit nach. «Übrigens – sie hat noch nie abgedrückt. Für mich wäre sie dazu auch gar nicht imstande, wenn's hart auf hart kommt.»

Der alte Mann nickte. «Du hast es immer noch faustdick hinter den Ohren, Kleiner. In Wirklichkeit meinst du doch, ich soll's ihr austreiben, indem ich sie da durchtreibe.»

«Genau.»

«Du warst von jeher ein harter Bursche. Ich mache jetzt einen Spaziergang mit ihr. Du bleibst hier und kümmerst dich um deine Angelegenheiten.»

Er zog die Jacke über und stapfte nach draußen. «Na, Mädchen, wie wär's, wenn wir beide ein bißchen frische Luft schnappten?»

«Gern, Jock.»

Sie gingen durch die Gartentür und wanderten zwischen Bäumen an einem Bach entlang. «Das mit Ihrem Sohn tut mir leid», begann er.

Sie schwieg und betrachtete ihn forschend. «Sie sind der erste, der ihn so nennt. Die meisten bezeichnen ihn als meinen Stiefsohn.»

«Es kommt nicht immer auf die Blutsverwandtschaft an, sondern auf die innere Einstellung. Ich habe das Gefühl, er hätte für Sie auch nicht wichtiger sein können, wenn er Ihr eigenes Fleisch und Blut gewesen wäre.»

«Das ist mit das Netteste, was mir je ein Mensch gesagt hat.»

«Ich hab Ihren Mann gekannt», erzählte er. «Er war mein Kommandeur, damals in Aden. Da gab es ein Viertel, den sogenannten Krater, das von marxistischen Guerillas kontrolliert wurde. Als sie einige von unseren Leuten aus dem Hinterhalt überfielen, rückte er mit einem Zug an, um sie rauszuholen. Er hatte ein Offiziersstöckchen in der Rechten, weiter nichts. Ich seh ihn heute noch vor mir, vorneweg an der Spitze, wie auf einem Sonntagsspaziergang, präsentierte er sich als Zielscheibe.»

«Am Ende haben sie ihn tatsächlich erwischt, stimmt's?» Er warf ihr einen ratlosen Blick zu, merkte dann, worauf sie hinauswollte. «So kann man es wohl auch sehen.»

«Ich habe Soldaten nie begriffen. Meine erste Liebe wurde in Vietnam getötet. Es erscheint einem jedesmal so stupide, so sinnlos.»

«Manchmal ist es aber notwendig, mein Kind. Das Kunststück besteht darin, alles andere auszuschalten, nur hier und jetzt, außerhalb der Zeit zu leben. Zu handeln, als gäbe es sonst nichts auf der Welt. Keinen Anfang, kein Ende...»

Jago, weit entfernt auf einem Deich, beobachtete sie durch ein Zeiss-Glas. Als er sie zusammen mit White sah, empfand er unbändige Wut, daß ein anderer ihr nahe sein durfte, er dagegen nicht. Einen Augenblick lang erfaßte ihn ein Gefühl von Einsamkeit und Verlassenheit.

«Fang jetzt bloß nicht an, weich zu werden, alter Knabe», sagte er leise.

«Ist das schön hier.» Sarah schaute leicht fröstelnd über die Salzsümpfe.

«Die Gegend war seit der Römerzeit für manche eine Freistätte», erklärte Jock. «Dann kamen Angelsachsen her. Geächtete, von den Normannen verfolgt. Jahrhunderte später waren es Schmuggler, denen die Zöllner im Nacken saßen. Ein bißchen was davon gibt es auch heute noch.»

«Das spürt man. Ein Schattenreich. Eine tote Welt.»

«Keine Rede davon, Mädchen. Hier herrscht Leben. Krebse in den Wasserläufen, Fische in den Flüssen, Brachvögel, Rotschenkel und Wildgänse fliegen jeden Winter von Sibirien bis hierher. Alles, was der Mensch zum Überleben braucht, ist hier vorhanden.»

«Und das ist Ihr Unterrichtsfach?»

«Wenn Sie so wollen. Mit dem, was ich meinen Schülern beibringe, könnten sie die schlimmsten Katastrophen überleben, außer sie gehören zu den Lebensverneinenden – arme, bedauernswerte Geschöpfe, die ohne Dach über dem Kopf, ohne Milch und Brötchen, frei Haus geliefert, die Hände in den Schoß legen und sterben würden.»

Sie lachte. «Zu denen rechnen Sie mich?»

Er winkte mit der Hand. «Das Schilfrohr, richtig verflochten, bietet eine hervorragende Bleibe und Schutz gegen jedes Wetter. Fast jedes Lebewesen in diesem Sumpfgebiet ist eßbar. Insekten haben einen hohen Proteingehalt. Krähen, Igel.» Er bückte sich und holte aus dem Morast am Wegrand eine dicke Kröte. «Ein Leckerbissen, Mrs. Talbot. Hätten Sie Lust darauf? Oder auf getrocknete Würmer? Reines Protein in Hülle und Fülle.»

Die schiere Häßlichkeit der Kröte faszinierte sie. «Na, ich glaube nicht, daß Würmer auf der Speisekarte von ‹The Four Seasons› viel Anklang fänden.»

«Was ist denn das?»

«Mein Lieblingsrestaurant in Manhattan.» Sie berührte die Kröte vorsichtig mit einem Finger. «Tatsächlich ist sie viel zu niedlich, um verspeist zu werden.»

«Ich habe den Verdacht, Sie könnten für mich zur Anfechtung werden, Sarah Talbot.» Er setzte die Kröte behutsam in den Morast zurück. «Los, wir kehren jetzt um.»

Sie nahm seinen Arm. «Ich glaube, Sie haben mit Sean gesprochen. Und ich denke, Sie versuchen, mich von der ganzen Geschichte abzubringen.»

«Irrtum, Mädchen. Mir geht es darum, zu verhindern, daß Sie sich in etwas verrennen, daß Sie Ihr Leben zerstören in einem finsteren Labyrinth, für nichts und wieder nichts.»

«Mir bleibt keine Wahl. Wenn ich nichts unternehme, verliere ich womöglich den Verstand.»

«Das verstehe ich.» Er seufzte tief. «Und solange Sie hier sind, könnten wir auch die Zeit nutzen, finde ich. Mit etwas Glück wird dieser Halunke Shelley in ein bis zwei Tagen die richtigen Lösungen präsentieren, und Sie können heimfahren.»

«Warten Sie's ab», erwiderte sie und erkannte im gleichen Moment voller Entsetzen, daß sie das gar nicht wollte. Mein Gott, Sarah, dachte sie, was geschieht mit dir?

Eine der Scheunen war zu einer Art Sporthalle mit säuberlich gekalkten Wänden umgewandelt worden. Es gab Kletterstangen, Scheibenhanteln fürs Gewichtheben und von den Deckenbalken herunterhängende Seile. In der Mitte lagen mehrere Judomatten. Sarah trug einen Trainingsanzug, Jock White ein altes Sweatshirt und Shorts. Egan rekelte sich auf einer Bank, wie üblich in Blouson und Jeans, und sah ihnen zu.

«Karate und Judo, im Grunde jeder Selbstverteidigungssport, erfordern eine sehr lange Lernzeit – zu lange. Jemand wie Ihnen kann ich vier bis fünf Möglichkeiten beibringen, sich gegen Angriffe zur Wehr zu setzen, das ist alles.»

«Gestern abend in der Untergrundbahn haben mich ein paar Punks bedroht.»

«Was ist passiert?»

«Ein Mann hat eingegriffen und zwei von ihnen niedergeschlagen.»

«Und weiter?»

«Keine Ahnung. Ich bin getürmt.»

«Er muß was auf dem Kasten gehabt haben», meinte Jock. «Aber so jemand wird Ihnen höchstwahrscheinlich nie wieder über den Weg laufen, denn meistens hilft Ihnen in solchen Fällen kein Mensch. Im Gegenteil, alle verdrücken sich schleunigst.»

«Was tue ich dann also?»

«Sie müssen so gemein und niederträchtig wie nötig reagieren. Der Typ Mann, der Sie überfällt, greift zunächst vielleicht nur nach Ihrer Handtasche, hat aber letztlich Vergewaltigung im Sinn. Deshalb benutzen Sie Fingernägel, Bleistiftabsätze, drücken ihm den Daumen ins Auge – jedes Mittel ist recht.»

«Gut, und womit fange ich an?»

«Unter uns Erwachsenen – die empfindlichste Stelle beim Mann sitzt zwischen den Beinen. Ein kräftiger Tritt in die Schamgegend ist nicht zu übertreffen. Los, versuchen Sie's mal bei mir mit einem Kniestoß.»

«Ich glaube, das könnte ich nicht.»

«Und ob Sie das können! Ich trage da nämlich einen Schützer, während einer, der auf Vergewaltigung aus ist, gleich zur Sache kommen würde.» Und schon packte er zu. «‹Zier dich nicht, Puppe, sei ein bißchen nett zu mir›, würde er sagen. Er rechnet nicht damit, daß eine attraktive Frau wie Sie aggressiv reagieren könnte – darin liegt seine Schwäche.» Sie keuchte jetzt, von seiner enormen Kraft erdrückt. «Mach schon, ramm ihm das Knie in die Eier!» brüllte er, zog sie noch dichter heran, so daß sie seinen heißen Atem auf ihrem Gesicht spürte.

Einen Augenblick lang erfaßte sie panische Angst, als sie sich aus der Umklammerung zu befreien suchte, und dann wallte etwas anderes in ihr auf, eine rasende Wut, ein blinder Haß auf alles Männliche. «Du Schwein!» schrie sie und stieß ihm mit aller Kraft das Knie zwischen die Beine, prallte schmerzhaft gegen den Plastikschützer.

«Fabelhaft.» Er hielt sie lachend an den Schultern. «Perfekt. Genau ins Schwarze getroffen. Er liegt auf dem Rücken, und Sie sind auf und davon.»

«Ich hätte es nicht für möglich gehalten, daß ich so was tun könnte», japste sie, noch immer unter Adrenalineinwirkung.

«Das kann jeder. Das ist der Überlebenstrieb, Mädchen. Da spricht nur noch der reine Instinkt und die Bereitschaft, mit allen erforderlichen Mitteln zu kämpfen. Das sitzt in uns allen, bei den meisten tief verborgen, es muß nur herausgelockt werden. Jetzt das Ganze noch mal.»

Sie arbeiteten mindestens eine halbe Stunde an dieser einen simplen Technik. Dann führte Jock White sie einen Schritt weiter.

«Körperlich sind Sie einem Mann niemals gewachsen. Das ist eine Tatsache, also gilt für Sie immer, die richtige Methode anzuwenden. Sie haben zum Beispiel längere Fingernägel. Wenn er Sie nun mit den Armen umklammert, packen Sie seine Unterlippe mit beiden Händen, graben die Nägel tief ein, machen dann eine Drehbewegung, als ob Sie etwas zerreißen. Glauben Sie mir, die Schmerzen sind höllisch und betäuben ihn garantiert so lange, bis Sie Ihr Fahrrad bestiegen haben.» Er lächelte. «In diesem Fall würde ich es begrüßen, wenn Sie mich behutsam anfassen.»

Sie schaffte es sekundenschnell, daß er vor Schmerz aufbrüllte. Egan applaudierte. «Du hast es mit einem Naturtalent zu tun, Jock.»

«Halt die Klappe!» Jock zuckte zusammen. «Sachte, Mädchen, nicht so grob. Ich bin auch nicht mehr der Jüngste.»

Sie übte ungefähr zwanzig Minuten, ehe er zufrieden war. «Wie schon gesagt, als Frau können Sie sich jeden Versuch ersparen, ihm einen Kinnhaken oder so was zu verpassen. Aber wenn Sie die Faust ballen und den mittleren Knöchel scharf vorspringen lassen, können Sie überall höchst schmerzhafte Schläge landen.» Sie machte es ihm nach. «Ausgezeichnet. Damit trifft man anscheinend jedesmal den Nerv, unterm Kinn, an der Kehle, an den Schläfen. Ach ja, auch unter der Nase. Die Scheidewand ist sehr empfindlich. Kommen Sie hierher.»

Er stand hinter dem wuchtigen Punchingball und hielt ihn fest. «Ballen Sie beide Fäuste und schlagen Sie zu.»

Sarah griff vehement an. Egan stand gähnend auf. «Ich leg mich jetzt hin.»

«Faulpelz!» brummte Jock.

«Gute Nacht, Sean», rief Sarah ihm nach.

Egan überquerte den Hof, blieb stehen und atmete die salzige Luft ein. Es war Halbmond, eine sternklare Nacht, ganz still, nur in der Ferne Hundegebell. Zum erstenmal seit Jahren spürte er wieder Leben in sich, ein merkwürdiges, irgendwie unbehagliches Gefühl. In der Scheune erklang Gelächter, dem er kurz lauschte. Sie amüsierte sich köstlich, gar keine Frage. Die Dinge entwickelten sich keineswegs so, wie er es erwartet hatte, aber das konnte eben vorkommen. Er ging hinein und schloß die Tür.

Jago lag im hohen Gras neben dem Damm. Er hatte Kopfhörer auf und das Empfangsgerät aus dem Landrover neben sich. Er konnte die Kampflaute in der Scheune deutlich hören, jedes Knurren, jedes Stöhnen, Sarahs erregtes Lachen.

«Gut so, Mädchen, fester», sagte Jock. «Schlag fester zu.»

Und Jago mußte ebenfalls lachen. «Gib's ihm, Sarah.» Er rollte sich auf den Rücken und schaute zum Mond empor. «Ist das eine Frau», murmelte er. «Was für eine fabelhafte, außergewöhnliche Lady.»

«Wir bleiben eine Stunde», erklärte Sean. «Keine Bewegung, bis ich's Ihnen sage. Er ist der Feind und wird sich anschleichen. Sie würden ihn doch gern schlagen, stimmt's?»

«O ja.»

Das war tags darauf, kurz vor zwölf. Sie trug eine alte Fallschirmjägerbluse, die Jock ihr geliehen hatte, Jeans und Stiefel. Sie waren im Sumpf, tief im Ried, etwa einen halben Meter in Schlamm und Wasser eingesunken. Ihr war kalt, sehr kalt, und dann begann es zu allem Überfluß auch noch zu regnen.

«Er kommt», flüsterte Egan.

Er trug wie sie eine alte Feldbluse, die Kapuze über den Kopf gezogen. Vorsichtig teilte er das Schilf, und sie sah Jock White herannahen, eine Schrotflinte im Arm. Eine Minute war er da, und dann verschwand er einfach wieder spurlos.

«Wohin ist er denn gegangen?» flüsterte Sarah.

«Er versucht, uns aus der Deckung hervorzulocken. Folgen Sie mir, machen Sie mir alles genau nach.»

Sie krochen durch das Schilf, ließen sich über den Rand eines Dammes in einen schmalen Fluß hinuntergleiten, der sich im Ried verlief. «Das ist der Durchgang», erklärte Egan. «Wie ein unterirdischer Tunnel.»

Sie folgte ihm, watete durch eiskaltes Wasser und Morast, manchmal bis zum Hals. Es stank grauenhaft, und einmal flitzte direkt vor ihr eine Wasserratte vorbei. Sie brauchte ihre ganze Selbstbeherrschung, um den Aufschrei zu unterdrücken. Und dann, nach einer Ewigkeit, hielt Egan inne.

«Beinahe geschafft. Wir dürften beim Hauptdamm rauskommen, den überqueren wir dann und gehen durch den Wald nach Hause, das Teewasser kocht schon, wenn er zurückkommt. Übernehmen Sie die Führung, ich folge.»

Sie erkundete das Terrain durch die letzte Schilfbarriere, ihr Kopf tauchte vorsichtig aus dem Wasser auf, und dann entdeckte sie Jock White. Er saß direkt über ihr am Rand des Dammes und stopfte sich eine Pfeife. «Na, da sind Sie ja», begrüßte er sie. «Was hat Sie so lange aufgehalten?»

Gegen Abend überkam sie eine seltsame Unruhe. Egan war nach Marton gegangen, um Zigaretten zu holen. Er rauchte mehr, wie sie feststellte. Vermutlich ihr Einfluß, aber es war ihre einzige schlechte Angewohnheit und ihr einziges Zugeständnis an ihre zermürbende Situation. Jock schlief friedlich vor dem Kamin, Peggy und ihre Jungen zu seinen Füßen.

Sarah blickte hinaus. Es begann zu dämmern, noch eine Stunde bis zur Dunkelheit. Impulsiv öffnete sie die Tür, trat ins Freie und überquerte den Hof. Sie trug einen alten Trainingsanzug und Turnschuhe. Sie ging durch das Gehölz, begann zu rennen, sobald sie den Damm oben erreichte.

Jago hatte seinerseits einen Spaziergang unternommen; er

entdeckte die Gestalt in der Ferne, griff zum Zeiss-Glas und erkannte Sarah auf Anhieb. Er setzte seinen Weg in einigem Abstand von ihr fort, beobachtete, wie sie von einem schmalen Damm zum nächsten abbog. Er blieb stehen, um sie wieder ins Blickfeld zu holen, dabei schwappte ihm plötzlich Wasser über die Füße. Er drehte sich um und erkannte, daß die Flut schnell hereinkam, sich in einer Welle stromaufwärts bewegte und das Sumpfland überspülte.

Er spurtete los, von einem Damm zum nächsten, wobei die meisten schon etliche Zentimeter unter Wasser standen, bis er den Rand des Sumpfes erreichte und auf den Hauptdamm kraxelte. Er drehte sich rasch nach allen Seiten um, entdeckte aber keine Spur von Sarah.

In dem Augenblick befand sie sich gut zweihundert Meter weiter in Richtung Flußmündung, wo es einige hochgelegene Stellen gab und damit einigermaßen festen Grund. Nur wenn sie aus dem Ried kam, stand sie knietief im Wasser.

Sie drehte sich um, sah, mit welcher Geschwindigkeit die Flut den Sumpf überspülte, erkannte ihre prekäre Lage und rannte los, so schnell sie konnte. Sie mußte an Jock denken, an seine Worte über Notfälle. Weit und breit niemand, auf den man sich verlassen konnte. Nur man selbst. Sie durfte nicht in Panik geraten, das wäre reine Zeitverschwendung. Nur immer in Bewegung bleiben, versuchen, sich an den unter Wasser gerade noch erkennbaren Deichkämmen zu orientieren.

Sie war mittlerweile fast am Hauptdamm angelangt, da begann es zu regnen, ein riesiger grauer Vorhang, der die Sicht fast auf Null reduzierte und sie einschloß. Oben schien sich etwas zu bewegen, ein Phantom, eine Sinnestäuschung, sie konnte es nicht mit Sicherheit sagen, und dann ging sie unter, würgte, kämpfte um ihr Leben.

Etwas fiel ihr ins Gesicht, der Ärmel von einem Parka, sie ergriff ihn, strampelte, blickte hoch und sah einen Mann, der sich über den Deichrand beugte, mit leichenblassem Gesicht, in dem die Narbe deutlich hervortrat.

«Braves Mädchen, festhalten, ja nicht loslassen, Sarah!»

Sie mühte sich ab, ging abermals unter, spürte, wie die Strömung an ihren Füßen riß, und dann hatte sie den Ärmel sicher gepackt und hielt ihn fest umklammert, während er sie langsam und vorsichtig auf den Damm heraufzog.

Sie drehte sich um, sah zu ihm hoch, und da erinnerte sie sich. «Ich kenne Sie doch. Sie sind der Mann aus der Untergrundbahn.»

«Hervorragend beobachtet.» Jago rollte seinen Parka zusammen.

Und dann erbrach sie sich vehement, auf Hände und Knie gestützt, das Salzwasser drehte ihr den Magen um. Als sie endlich aufhörte, war sie allein, nur das Schilf, das im Wind rauschte, der Regen, der jetzt etwas nachgelassen hatte, die Dunkelheit, die hereinbrach.

Sie setzte sich in Bewegung, hielt im Zwielicht nach ihrem Retter Ausschau und hörte eine Stimme rufen: «Sarah?»

Peggy war als erste bei ihr und sprang aufgeregt schnüffelnd an ihr hoch. Egan und Jock tauchten Sekunden später auf.

«Sind Sie in Ordnung?» erkundigte sich Egan. «Als Jock aufwachte und merkte, daß Sie weg waren, hat er durchgedreht. Die Gezeiten hier sind berüchtigt. Sie machen das Sumpfland zur Todesfalle.»

Jock zog seine Jacke aus und legte sie ihr um die Schultern. «Meine Güte, Mädchen, Sie sind ja patschnaß. Was ist denn passiert?»

«Die Flut hat mich erwischt, ich bin beinahe ertrunken, und dann ist ein Mann auf dem Damm aufgetaucht wie ein Geist. Der hat mich rausgeholt.» Sie rang nach Luft, zitterte vor Kälte. «Er hat mir das Leben gerettet. Dann wurde mir schlecht, und als ich wieder hochsah, war er verschwunden.»

«Das macht doch keinen Sinn», meinte Egan.

«Es klingt noch absurder, wenn ich Ihnen sage, daß es derselbe Mann war, der mich vorletzte Nacht in der Untergrundbahn gerettet hat.»

Egan wandte sich an Jock: «Tony Villiers. Der und kein anderer.»

«Das sehe ich auch so.»

«Ich verstehe nicht«, sagte Sarah.

«Der Mann ist jetzt zweimal aufgetaucht. Das kann nur einen Grund haben – er ist Ihnen gefolgt, was wiederum heißt, daß Villiers einen von seinen Agenten in Group Four damit beauftragt hat.»

«Der Teufel soll ihn holen», zischte Sarah.

«Immer mit der Ruhe, Mädchen, ich kenne Colonel Villiers», besänftigte Jock sie. «Hab jahrelang unter ihm gedient. Ein nobler Mensch. Alles, was er tut, geschieht aus Sorge um Sie.»

Auf dem Rückweg meinte Egan: «Zugegeben, möglicherweise hat der Colonel überhaupt nichts damit zu schaffen. Wahrscheinlich war es Ferguson, dieser alte Halunke. Ist ja im Grunde auch belanglos. Ich kriege schon raus, was da läuft. Ich werde sogar herausfinden, wer Ihr geheimnisvoller Freund und Wohltäter ist. Schließlich haben Sie's ihm zu verdanken, daß Sie zweimal mit heiler Haut davongekommen sind.»

«Ja, schon gut, aber jetzt möchte ich weiter nichts als ein schönes heißes Bad», erklärte Sarah. «Also bringen Sie mich bitte auf dem schnellsten Weg ans Ziel.»

Nach dem Abendessen gingen sie in den alten Weinkeller hinunter, den Jock zum Schießstand umfunktioniert hatte. Auf einem Zeichentisch lagen mehrere Schußwaffen, Ohrenschützer und Ladestreifen. Die Zielscheiben, Pappkameraden in Uniform, standen am anderen Ende vor einem Wall aus Sandsäcken.

Egan zündete sich eine Zigarette an und hockte sich auf die

Tischkante, schlenkerte mit einem Bein. «Haben Sie überhaupt schon mal mit einer Handfeuerwaffe geschossen?»

«Noch nie, und ich bin gar nicht sicher, ob ich's könnte.»

«Das brächten Sie bestimmt zustande, jeder kann das. Die Frage lautet vielmehr: Könnten Sie jemand erschießen, wenn Sie's müßten?»

Er zeigte auf die erste Waffe, ein ziemliches Ungetüm, wie sie fand. «Browning, 9 mm, halbautomatisch. Vom SAS bevorzugte Handfeuerwaffe.» Er nickte Egan zu. «Mein Kumpel dort benutzt sie im Gemenge lieber als eine Maschinenpistole. In den Händen eines guten Schützen eine wahrhaft tödliche Waffe.»

Sie nahm die kleinere Handfeuerwaffe auf. «Und die hier?»

«Walther PPK, halbautomatisch. Für Frauen nicht gerade ideal, würde ich sagen. James Bond benutzt sie. Sie läßt sich spielend in Ihrer Handtasche unterbringen und stoppt garantiert jeden Mann auf der Stelle.» Sorgfältig zeigte er ihr, wie man sicherte und entsicherte, ließ sie dann laden und entladen, bis sie es im Schlaf konnte. «Und jetzt halten Sie die Waffe so, wie ich's Ihnen vormache, beide Augen geöffnet, schauen Sie am Lauf entlang auf den Soldaten in der Mitte und drücken ab.»

Sie gehorchte, hielt die Walther in beiden Händen, das Abfeuern ging überraschend schnell und leicht, und die Detonation wurde durch die Ohrenschützer gedämpft. Trotzdem konnte sie nicht verbergen, daß ihre Hände zitterten, daß ihr der Schweiß über das Gesicht strömte, daß ihr speiübel war.

Jock zog den Pappkameraden nach vorn. Kein einziger Treffer. «Machen Sie sich nichts draus», tröstete er sie. «Die meisten Leute schaffen es nicht, mit einer Handfeuerwaffe ein Scheunentor zu treffen. Probieren Sie's noch mal.»

Wieder diese niederschmetternden Symptome von Furcht und Abscheu, und kein besseres Resultat. «Reine Zeitverschwendung, Jock», meinte Egan. «Sie hat keinen Sinn dafür.»

«Können Sie's denn besser?» fragte sie wütend.

Er nahm den Browning, schraubte einen Schalldämpfer auf die Mündung, ließ den Arm vorschnellen, scheinbar ohne zu zielen. Drei dumpfe Schläge, und bei jedem der drei Pappkameraden war das Herz von einem Loch durchbohrt.

«Ich möchte Ihnen etwas zeigen.» Er nahm Sarah beim Arm und führte sie durch den Schießstand. «Heben Sie den Arm und berühren Sie das Ziel zwischen den Augen.» Sie tat es. «Und nun drücken Sie ab.»

«Was?» fragte sie zurück, und plötzlich war ihre Hand verschwitzt, als sie den Griff der Walther umspannte.

«Abdrücken, habe ich gesagt.»

Sie gehorchte. Zwischen den Augen erschien ein Loch.

«Daran müssen Sie sich in Zukunft halten. Sie müssen so dicht herangehen.» Egan kehrte zum Tisch zurück und legte den Browning ab. «Da hast du's, Jock, sie kann's mit jedem von uns aufnehmen, wenn's darum geht, einem Mann den Schädel wegzupusten.»

Sie war hundemüde und schlief fast auf der Stelle ein, nachdem sie sich zu Bett gelegt hatte. Sie schreckte auf, als ihr jemand den Mund zuhielt und Egans Stimme ihr ins Ohr flüsterte: «Keinen Muckser, stehen Sie auf, und ziehen Sie den Trainingsanzug an.»

«Was ist denn los?» fragte sie.

Er legte den Finger auf die Lippen. «Keine Widerrede, machen Sie schon.»

In Sekundenschnelle war sie angezogen und ging zu ihm an die Tür, die er einen Spaltbreit geöffnet hatte. Da bemerkte sie, daß er in der Rechten den Browning hielt, mit aufgeschraubtem Schalldämpfer.

«Sean, was ist passiert?»

Er reichte ihr die Walther PPK. «Hier, die werden Sie brauchen. Jemand hat Jock umgebracht.»

Sie konnte es nicht fassen. «Das ist doch nicht möglich.»

«Ich hab ihn eben im Wohnzimmer gefunden. Kein schöner Anblick. Wir müssen schleunigst raus hier.»

Er öffnete die Tür und ging die Treppe hinunter, sie schlich wie betäubt hinterher. Die Wohnzimmertür stand ein Stück offen. Sie hörte Peggy winseln. Als sie den Raum betrat, sah sie Jock vor dem Kamin auf dem Rücken liegen, das Gesicht blutüberströmt, die Augen starr, der Hund beschnüffelte ihn verängstigt.

Ihr drehte sich der Magen um, und Egan zerrte sie grob weg. «Tun Sie genau, was man Ihnen sagt, wenn Sie heil hier rauskommen wollen.»

Er öffnete die Hintertür, führte sie über den Hof in die Garage und klemmte sich hinter das Steuer des Mini Coopers. Als sie auf den Beifahrersitz geklettert war, drehte er den Zündschlüssel um. Es rührte sich nichts.

«Zwecklos», flüsterte er. «Man hat uns reingelegt. Versuchen wir's mit Jocks altem Kombi.»

Sie stiegen aus und gingen zur nächsten Scheune. Sarah wartete draußen, während Egan sich ans Steuer setzte. Die roten Bremslichter brannten, obwohl der Motor nicht ansprang, dann schaltete er die Scheinwerfer an, und die Strahlen fielen durch die offene Tür auf die drohende schwarze Gestalt mit der Strumpfmaske über dem Gesicht und der Schrotflinte in der Hand.

Als der Mann schoß, sprang Egan mit einem Satz aus dem Wagen, schob Sarah an die Wand und feuerte zurück. Er stieß sie zur Rückseite der Garage und machte die Tür zur Sporthalle auf. «Schnell da rein, Sarah.»

Sie lief durch die Sporthalle, Egan hinter ihr. Licht flammte auf. Eine weitere Salve aus der Schrotflinte streckte Egan nieder, der Browning schlitterte über den Fußboden.

Sarah drehte sich um. Der Mann in Schwarz verharrte kurz in der Tür, kam dann auf sie zu. Sie kauerte neben Egan. Sein

Blouson war blutig. Er raunte ihr zu: «Erschießen Sie ihn, Sarah. Knallen Sie das Schwein ab.»

Sie hob die Hand, in der sie die Walther hielt, aber sie konnte nicht abdrücken; so einfach war das. Der Mann stand über ihr und brachte langsam die Schrotflinte in Anschlag. Sie ächzte, ihr Arm sank herab.

Plötzlich nahm ihr Egan die Walther aus der Hand und feuerte dreimal in Kernschußweite, doch der Mann in Schwarz ging nicht zu Boden. Statt dessen zog er sich die Strumpfmaske vom Gesicht, und Jock White blickte zu ihr herab.

«Begreifen Sie's jetzt, Sarah Talbot?» fragte er ernst.

Es regnete wieder am nächsten Morgen, als sie und Egan abfuhren. Jock und Peggy begleiteten sie nach draußen. «Ich nehme an, Sie fanden das sehr unfair von uns?» erkundigte sich Jock.

«Eigentlich nicht. Sie haben mir eine Lektion erteilt. Sie haben mir bewiesen, daß ich außerstande bin abzudrücken.»

«Ein Souvenir.» Er zog die Walther aus der Tasche. «Damit Sie für den Fall der Fälle einen Trumpf in petto haben.»

Sie zögerte, verstaute dann die Waffe in ihrer Handtasche und küßte ihn zum Abschied auf beide Wangen. «Sie sind ein großartiger Mensch, Jock White.»

«Ich müßte zwanzig Jahre jünger sein, Mädchen.»

«Das wäre zuviel des Guten.»

Sie stieg ein, und Jock beugte sich zum Fenster hinunter.

«Du hast gesagt, du kriegst raus, was Villiers vorhat. Du weißt doch, daß Alan Crowther voriges Jahr aus dem Ministerium ausgeschieden ist?»

«Alan Crowther ist genau derjenige, an den ich gedacht habe.» Egan grinste. «Du bist ein Prachtskerl, alter Gauner», doch das ging im Lärm unter, als er den Motor hochjagte und davonbrauste.

Jago parkte auf dem Damm und hörte in seinem Landrover mit. Er ließ sie abfahren, ließ sich drei Minuten Zeit, ehe er ihnen folgte, Alan Crowther? Das klang interessant. Er fing leise zu pfeifen an.

8

«Wer ist dieser Crowther?» erkundigte sich Sarah. «Wie paßt der ins Bild?»

«Alan? Das ist ein bemerkenswerter Typ», erwiderte Sean. «Stammt aus Yorkshire, hat eine Deutsche geheiratet. Seine Frau war nicht nur Jüdin, sondern auch noch Marxistin, also ging er mit ihr in die DDR, in ihre Heimatstadt Dresden. Er wurde dort Professor an der Technischen Universität. Sein Fachgebiet war die Entwicklung von Computern mit begrifflichem Denkvermögen.»

«Eine große Herausforderung.»

«Die Japaner sind nahe dran. Alle Welt arbeitet intensiv auf eine Computergeneration hin, die fähig ist, selbständig zu denken. Jedenfalls war Alan bei den Kommunisten nicht sonderlich glücklich. Er meinte, wenn London für Marx gut genug war, so sollte es das auch für ihn sein. Er wandte sich an oppositionelle christliche Gruppen; die gaben die frohe Botschaft an unsere Leute weiter.»

«Die ihn mit offenen Armen aufnahmen?»

«Genau.» Egan nickte. «Er und seine Familie wurden in einem Viehtransporter an einem kleinen Grenzübergang hinausgeschmuggelt, wo man die Wachposten bestochen hatte. Im letzten Augenblick, als der Laster sich Richtung Bundesrepublik in Bewegung setzte, ballerte jemand los. Alans Frau und seine beiden Söhne wurden getötet.»

«Mein Gott, wie gräßlich! Aber er hat überlebt?»

«So könnte man es wohl nennen. Seine Lehrtätigkeit hat er an den Nagel gehängt und in der Computerabteilung von DI5 den Forschungssektor übernommen. Er ist natürlich ein Genie, auf ihn trifft das Wort wirklich zu.»

«Und er ist immer noch dort?»

«Nein. Voriges Jahr hat er herausgefunden, daß die unselige Sache mit dem Maschinengewehrfeuer auf den Lastwagen, der ihn aus der DDR herausbringen sollte, das Werk eines Doppelagenten namens Kessler war Er hat Crowther und dessen Familie verraten, um seine eigenen Spuren zu verwischen. Alan entdeckte nun, daß unsere Leute darüber genau Bescheid wußten, aber zehn Jahre den Mund gehalten hatten, weil Kessler für uns immer noch von Nutzen war.»

«Das Abscheulichste, was ich je gehört habe.»

«Alan dachte haargenau gleich. Er hat einfach seinen Hut genommen. Es gab mächtigen Stunk, nicht nur weil er einsame Spitze ist, sondern auch wegen seiner umfassenden internen Kenntnisse.»

«Und er wird uns helfen?»

«Ich denke schon. Er hat ein Haus in Camden am Kanal. Wir fahren direkt dorthin, aber vorher möchte ich noch ein paar Anrufe erledigen.»

«Und ich sollte mich besser mal im Büro melden. Die müssen glauben, ich wär gestorben.»

Er steuerte eine Tankstelle an, stieg aus und ging zu einer Telefonzelle. Sarah dehnte und streckte sich ein paarmal, bevor sie ihm folgte. Sie betrat die benachbarte Telefonzelle und meldete das Gespräch mit Dan Morgan an; während die Verbindung hergestellt wurde, konnte sie einige Satzfetzen von nebenan mithören.

«Jack, bist du's? Hier spricht Sean. Hast du schon was rausgefunden?»

Shelley saß im weißen Bademantel am Schreibtisch, das Haar

noch feucht vom Duschen. Er leerte die Kaffeetasse und drückte auf einen Knopf. «Noch gar nichts, mein Sohn, aber es ist doch erst Montagmorgen, Gott behüte. Scotland Yard macht am Wochenende den Laden dicht, in jeder Hinsicht, aber irgendwo weiß irgendwer irgendwas, und den oder die finden wir irgendwie. Wir bleiben in Verbindung.»

Villiers befand sich in Fergusons Wohnung am Cavendish Square, als Egan in der Zentrale von DI5 anrief. Das Gespräch wurde durchgestellt, und Villiers, an Fergusons Schreibtisch stehend, nahm es entgegen.

«Wer ist der Typ, von dem Sie Sarah beschatten lassen?» fragte Egan.

«Erklären Sie das näher», forderte Villiers.

«Er kam ihr neulich abends in der Untergrundbahn in Chalk Farm zu Hilfe, als sie von ein paar Skinheads belästigt wurde. Hat zwei von denen niedergeschlagen. Dann hat er sie gestern aus dem Sumpf bei Jock Whites Grundstück gezogen, als sie von der Flut erwischt wurde.»

«Wie sieht er aus?»

«Laut Sarah mittelgroß, gutaussehend, redegewandt, reaktionsschnell, durchtrainiert, bärenstark, kurz – ein As. Er hat die Skinheads regelrecht das Fürchten gelehrt, sagt sie. Ach ja, ein besonderes Kennzeichen – eine Narbe vom linken Augenwinkel zum Mund. Er muß neu sein. Ich dachte, ich kenne alle Ihre Leute in Group Four.»

«Das dachte ich auch, Sean. Bedaure – da kann ich nicht helfen.»

«Sie sind ein verdammter Lügner», konterte Egan.

Villiers legte den Hörer auf. Der Brigadier sah ihn fragend an. «Worum ging's denn?»

Villiers erklärte es ihm. «Haben Sie etwas damit zu tun, Sir?»

«Mein lieber Tony, ich spiele zwar gelegentlich mit gezinkten Karten, aber doch nicht in einem solchen Fall.»

«Wer kann es dann sein?»

«Ihr Schutzengel, wie es sich anhört. Trotzdem wäre es nützlich zu wissen, wer er ist. Versuchen Sie, ob Sie mit der Personenbeschreibung über Computer etwas herausbringen können. Mal sehen, wen er so ausspuckt.»

«Die berühmte Stecknadel im Heuhaufen, Sir.»

«Unsinn. Nicht zu fassen, was diese Computer in zwei bis drei Tagen ans Licht fördern. Geben Sie die Einzelheiten telefonisch durch, damit wir weiterarbeiten können.»

Als sie die Themse auf der Waterloo Bridge überquerten, sagte Sarah: «Ich hab über unseren geheimnisvollen Mann nachgedacht. Wenn er nicht bei Tony ist, wie steht's dann mit Ihrem Onkel?»

Egan schüttelte den Kopf. «Seien Sie hübsch logisch. Jack hat Sie erst nach dem Zwischenfall in der Untergrundbahn kennengelernt.»

«Sie haben recht. Blöd von mir. Warum haben Sie ihn Ihrem Onkel gegenüber nicht erwähnt, als Sie mit ihm sprachen?»

«Ich muß ihm doch nicht alles auf die Nase binden. Keinerlei zwingende Gründe, es lohnt sich immer, mit irgendwas hinterm Berg zu halten. Eins steht jedenfalls fest – der Kerl gehört zu Group Four. Villiers lügt. Es ist durchaus einleuchtend, daß er jemand beauftragt, ein Auge auf Sie zu haben.»

Er steuerte den Mini Cooper in eine Seitenstraße nahe bei Camden Lock und bog dann abermals ein in eine Straße namens Water Lane. Sie war von viktorianischen Terrassenhäusern gesäumt und vollgeparkt. Egan stellte den Wagen auf einem winzigen Fahrweg beim letzten Haus ab, das den Kanal überblickte.

«Hier ist es!» Er stieg aus, ging zur Tür und klopfte.

Ein Mann öffnete, hochgewachsen, schmächtig, um die Sechzig, eisengraues Haar und ergrauender Bart. Er trug eine blau-weiße Fliege und eine marineblaue Strickweste mit Schalkragen. In der linken Armbeuge hielt er eine dunkelbraune Birmakatze.

Er lächelte erfreut. «Sean, mein lieber Junge.» Er wollte ihn umarmen, die Katze immer noch fest an sich gedrückt. «Wo hast du denn die ganze Zeit gesteckt?»

«Ach, überall und nirgends. Ich möchte dich mit Mrs. Sarah Talbot aus New York bekannt machen.»

«Freut mich sehr, Mrs. Talbot.» Er hatte einen leichten Yorkshireakzent und eine sehr angenehme Stimme. «Und das ist Samson, der schwächlichste, dümmste Kater der Gegend, daher der Name.»

«Alan, wir brauchen deine Hilfe», erklärte Egan.

«Dafür hat man ja seine Freunde», antwortete Crowther. «Wollt ihr nicht reinkommen?»

Jago hatte den Landrover weiter unten in der Straße geparkt und das meiste mitgehört. Danach rief er Smith an, der sich binnen zehn Minuten meldete.

«Wie ist das Wochenende verlaufen?» erkundigte sich Smith.

«Bestens. Sie haben die Zeit damit verbracht, sie auf Selbstverteidigung zu trimmen. Um ein Haar wäre sie im Sumpf ertrunken, als die Flut sie erwischte. Zum Glück war ich zur Stelle und konnte sie gerade noch rechtzeitig rausfischen.»

«Sie hat Sie gesehen?»

«Nur kurz.»

«Das schmeckt mir nicht.»

«Sie können nicht beides haben, alter Junge. Schließlich sollte ich doch auf Ihren ausdrücklichen Wunsch dafür sorgen, daß ihr oder Egan nichts zustößt. Als wichtige Tatsache wäre noch zu erwähnen, daß ich nach Egans Überzeugung eine von Villiers' Kreaturen aus Group Four sein muß.»

«Das ist immerhin ein Pluspunkt, schätze ich. Wo sind Sie jetzt?»

«Water Lane, Camden. Sie besuchen dort Alan Crowther, der in DI5 für Computerforschung zuständig war. Ich werde eine Weile mithören und Sie anrufen, falls sich etwas Neues ergibt.»

Er legte den Hörer auf, setzte sich zurück und stellte das Radio an.

Alan Crowthers Wohnzimmer war ziemlich klein, die Einrichtung vorwiegend viktorianisch; an den Wänden hingen zwei Gemälde von Atkinson Grimshaw, beide in den 1870ern entstanden. Das eine stellte das Embankment bei Nacht dar, das andere, ebenfalls ein Nachtstück, die Tower Bridge im Mondschein und eine Schonerbark, flußabwärts fahrend.

«Die sind wirklich hervorragend», bemerkte Sarah.

Crowther, der auf einer Couch am Fenster saß und die Papiere aus dem Umschlag las, antwortete nicht. Endlich blickte er auf, erst zu Egan, der ihm gegenüber Platz genommen hatte, dann zu Sarah. Sein Gesicht war traurig. «Es tut mir leid, Mrs. Talbot, aufrichtig leid.»

«Derart pure Niedertracht ist schwer zu begreifen», sagte sie.

«Nicht für mich, leider.» Er wandte sich an Egan. «Was ist also passiert? Erzähl mir alles.» Egan schilderte den Verlauf der letzten paar Tage. Als er geendet hatte, fragte Crowther: «Und was willst du von mir?»

«Die Leute meines Onkels tun, was sie können, aber dir wäre es vielleicht möglich, das Verfahren etwas abzukürzen.»

«Und wie sollte das geschehen?»

«Nebenan in deinem Arbeitszimmer hast du eins der besten privaten Computersysteme Londons. Wozu bist du König der Hacker? Dring in die Zentraldatenbank von Group Four ein. Probier sämtliche Kniffe und hol alles raus, was sie an Informationen über diesen Fall gespeichert haben. Es könnte Einzelheiten geben, die Villiers zurückhält.»

«Ferguson», korrigierte ihn Crowther. «Tony ist ein guter Mann, Sean, aber er muß tun, was man von ihm verlangt – wie wir alle.»

«Du nicht», widersprach Egan. «Du hast ihnen den Kram hingeschmissen.»

«Da gibt's noch den Official Secrets Act. Wer so was macht, hätte eine schwere Strafe zu erwarten, gelinde gesagt.»

«Ich kenne mich aus mit Computern», erklärte Sarah. «Ich hätte es für unmöglich gehalten, überhaupt in ein solches Hochsicherheitssystem reinzukommen. Selbst wenn Sie das schaffen, würde dann nicht das Alarmsystem ausgelöst?»

«Sicher.» Er nickte. «Doch da gibt es Mittel und Wege.»

«Er hat ihnen das ganze verdammte System aufgebaut. Nach allem, was die Schweine dir angetan haben, Alan, schuldest du ihnen gar nichts.» Egan beugte sich vor, sah ihn beschwörend an. «Deine Familie. Muß ich dich daran erinnern?»

«Nein. Aber das Kaddisch für sie habe ich vor langer Zeit gesprochen. Das Leben geht weiter, mein junger Freund.» Er wandte sich Sarah zu. «Meine Frau war Jüdin, und daher wurden auch meine beiden Söhne jüdisch erzogen.»

Plötzlich empfand Sarah Widerwillen bei der ganzen Sache. «Es tut mir leid, Mr. Crowther. Das ist alles ganz falsch. Sie haben genug durchgemacht. Warum sollten Sie sich mit meinen Angelegenheiten befassen?» Sie wandte sich an Egan: «Gehen wir.»

«Nein, warten Sie», bat Crowther. «Edmund Burke hat einmal gesagt, für den Sieg des Bösen sei nur eins erforderlich – daß nämlich die Guten nichts dagegen unternehmen.» Er stand auf. «Wer bin ich, um Edmund Burke zu widersprechen? Kommen Sie nach nebenan.»

Die deckenhohen Wandregale des Arbeitszimmers waren mit Büchern angefüllt, und auf einer Seite stand eine Computeranlage vom gleichen hohen Standard wie alles, was Sarah hier gesehen hatte. «Das ist phänomenal», flüsterte sie.

«Zum größten Teil ein Eigenprodukt.» Er ließ sich an einem Terminal nieder. «Setzt euch da drüben hin und haltet den Mund. Das dauert sicher ein Weilchen.»

Die beiden gehorchten. Es war sehr still, nur das schwache Summen der Anlage, das kaum hörbare Geräusch der Tasten. Nach ungefähr fünf Minuten brummte er zufrieden. «Ich bin drin. Schauen wir mal, was sie zu bieten haben.»

Eric Talbots Name erschien auf dem Bildschirm, das Dossier und dann die mit dem Fall zusammenhängenden Fakten: das *burundanga*, die Namen der anderen Opfer in Paris, Sally und danach ein Zusatz über die toten IRA-Schützen in Ulster.

«Irgendwelche Informationen über die Täter?» erkundigte sich Egan.

Crowther schüttelte den Kopf. «Nein, nur die Angabe, daß sie nicht zur UVF gehört haben sollen. Möglicherweise Red Hand of Ulster oder irgendeine andere Extremistengruppe.»

«Bist du sicher, daß es keine geheimen Daten gibt, die unter einem anderen Code gespeichert sind?»

«Bestimmt nicht.» Crowther machte weiter und lehnte sich schließlich zurück. «Da hast du's – die einzige interessante Information, die nicht in dem von Villiers übermittelten Material erwähnt ist. Greta Markovsky. Studentin in Cambridge, einundzwanzig Jahre alt. Heroinsüchtig. Außerdem von der Polizei als Dealerin verdächtigt. Offenbar eng befreundet mit Ihrem Stiefsohn.»

Egan studierte die Angaben auf dem Bildschirm. «Seht euch das an! Sie und Egan wurden bei der Rauschgiftrazzia letztes Jahr auf derselben Party verhaftet.»

«Wo ist sie jetzt?» fragte Sarah.

«In Grantley Hall, etwas außerhalb von Cambridge. Eine Entziehungsanstalt. Sie ist bei einer Nervenärztin in Behandlung, bei Dr. Hannah Gold», erläuterte Crowther.

«Ob sie uns helfen könnte?» wollte Sarah von Egan wissen.

«Es gibt nur einen Weg, das herauszufinden.» Und zu

Crowther gewandt, sagte er: «Alan, du bist ein Schatz. Wir fahren los. Die nächste Station heißt Cambridge.» Er nahm Sarah beim Arm und schob sie zur Tür. «Ich melde mich.»

«*Masel-tow!*» rief Alan Crowther ihnen nach.

Jago war bereits unterwegs. Als Greta Markovskys Name fiel, hatte er sofort bei Smith angerufen. Innerhalb von Minuten klingelte das Autotelefon.

«Wir stecken in der Klemme», berichtete Jago. «Sie sind auf Greta Markovsky gestoßen.»

«Wie haben sie denn das geschafft?»

«Crowther ist in den Computer von Group Four reingekommen. In dem war sie gespeichert. Patientin in Grantley Hall außerhalb von Cambridge.»

«Ich wünsche nicht, daß sie redet.»

«Wird sie nicht. Ich bin schon unterwegs und habe einen Vorsprung vor den beiden.»

Jago legte den Hörer auf, nahm bei der nächsten Kurve den Zubringer zur Autobahn und fuhr in rasantem Tempo nach Norden.

Als der Mini Cooper in die Kentish Town Road einbog, sagte Sarah: «Ich hab nachgedacht. Was ist, wenn man uns nicht mit ihr sprechen läßt?»

«Das wird sich dann schon herausstellen», meinte Egan. «Zunächst müssen Sie zusehen, wie weit Sie mit Ihrem transatlantischen Charme bei dieser Dr. Gold kommen. So von Frau zu Frau.»

Er konzentrierte sich aufs Fahren. Sie machte die Handtasche auf, stöberte nach dem Zigarettenetui und geriet an die Walther. Ihre Hand umschloß den Griff. Ein sonderbares Gefühl. Sie erschauerte, nahm eine Zigarette heraus, lehnte sich zurück und rauchte nervös.

Jago fuhr die Strecke nach Cambridge in Rekordzeit durch und hielt nur einmal am Stadtrand an, um in einem kleinen Blumenladen ein Dutzend rote Rosen zu kaufen. Er wählte eine Begleitkarte mit dem Aufdruck «Gute Besserung» und fügte handschriftlich hinzu: «Für Greta mit herzlichen Grüßen». Für das Ganze brauchte er nicht mehr als drei Minuten.

Er fand Grantley Hall ohne Schwierigkeiten, ein Landsitz auf einem weitläufigen Grundstück, zu dem man über eine Zufahrt gelangte. Er stellte den Landrover auf einem Parkplatz neben dem Gebäude ab, zog den Parka aus, rollte die Hemdsärmel hoch, nahm eine Sonnenbrille aus dem Handschuhfach und setzte sie auf. Mit dem Rosenstrauß in der Hand ging er durch den Portikus ins Haus. Er gelangte in eine riesige, kühle Halle, schwarz und weiß gekachelt, vor ihm lag eine geschwungene Treppe, links ein Korridor und rechts ebenso. Ein Pförtner mit Schirmmütze und blauer Uniform blickte fragend hinter einem Schreibtisch auf.

Jago näherte sich ihm fröhlich. «Bankhouse Flowers. Haben Sie hier eine Miss Greta Markovsky?» erkundigte er sich mit betontem Cockneyakzent.

Der Pförtner überflog die vor ihm liegende Liste. «Markovsky. Ja, hier haben wir sie. Zimmer fünfzehn, zweiter Stock.»

«Was soll ich tun, sie nach oben bringen?» fragte Jago.

«Unterstehen Sie sich, Freundchen. Das is 'ne geschlossene Abteilung. Meistens Junkies. Die sind so mit Stoff vollgepumpt, daß er ihnen zu den Ohren rauskommt.»

«Tatsächlich?»

Eine Krankenschwester in weißer Tracht führte eine hagere, grauhaarige Frau im Morgenmantel die Treppe hinunter. «Lassen Sie ihn hier. Ich sehe zu, daß sie ihn kriegt.»

«Das ist ein Angebot.» Jago legte den Rosenstrauß auf den Schreibtisch, warf einen Blick nach links und entdeckte am Ende des Korridors eine Tür. «Bis zum nächstenmal dann.»

Der Pförtner war bereits wieder in seine Zeitschrift vertieft. Jago ging hinaus, über den Parkplatz und zur Seitenfront herum. Die Mauer war mit eisernen Feuerleitern bestückt, aber er fand die Tür, die er suchte. Er öffnete sie, schlüpfte hinein und stand nun am Ende des Korridors, der von der Halle abging. Rechts von ihm war eine Treppe, die früher wahrscheinlich vom Personal benutzt wurde. Er steuerte darauf zu, bemerkte dann eine angelehnte Tür. Ein Wäschezimmer. Neben Laken, Bezügen und Handtüchern lag dort auch ein Stapel weißer Kittel, säuberlich gefaltet.

«Sehr aufmerksam», sagte er leise, zog einen über, verließ den Raum und eilte die Treppe zum zweiten Stock hinauf.

Die Tür oben führte in einen langen Korridor. Von ferne ertönte leise Musik, sonst herrschte völlige Ruhe. Er schritt unbeirrt voran, hielt nur einmal an einem kurzen Seitengang inne, der zu einer Glastür mit der Aufschrift «Notausgang» führte. Er öffnete sie rasch, stand auf einem Stahlsteg, beugte sich über das Geländer und sah fünfundzwanzig Meter unter sich den gepflasterten Hof.

Er kehrte zurück auf den Korridor und gelangte zu Zimmer fünfzehn, aus dem ersticktes Schluchzen drang. Jago holte tief Luft, schob den Riegel zurück und trat ein.

Die junge Frau, die in der Ecke kauerte, trug einen weißen Leinenkittel und war barfüßig. Den Kopf hatte sie auf die Knie gelegt, das lange dunkle Haar hing lose herunter. Als er sich neben sie kniete, hob sie langsam den Kopf. Hohläugig, durchsichtig, nur noch Haut und Knochen.

«Greta?» fragte er sanft.

Sie befeuchtete die ausgedörrten Lippen. «Wer sind Sie?» flüsterte sie heiser.

«Ich will Sie nach Hause bringen, Liebes.» Er hob sie hoch.

«Nach Hause?»

«Ja, hier lang. Ich zeig's Ihnen.» Jago legte den Arm um sie, führte sie auf den Korridor und schloß die Tür hinter sich.

Nach ein paar Schritten dirigierte er sie in einen Seitengang und öffnete die Tür zur Feuerleiter. «Da hinaus, Liebes.»

Sie betrat den Steg, blieb stehen, ihr Kittel flatterte im Wind. «Mir wird schlecht», stöhnte sie.

Er stand hinter ihr, die Arme um sie gelegt, und küßte sie zärtlich auf den Nacken. «Ich weiß, Liebes, gleich wird dir besser.»

Er schob sie nach vorn, legte eine Hand zwischen ihre Schulterblätter und stieß sie über das Geländer Als sie in fünfundzwanzig Metern Tiefe im Hof aufschlug, war er bereits drinnen auf dem Rückweg. Er raste die Hintertreppe hinunter, immer zwei Stufen auf einmal nehmend, zog den weißen Kittel aus, hängte ihn im Vorbeilaufen an einen Kleiderhaken und war draußen.

Irgendwo auf der Rückseite des Gebäudes ertönte lautes Schreien. Eine Alarmglocke schrillte, als er sich hinter das Steuer des Landrovers klemmte und sich über die lange Zufahrt entfernte, wobei er das Tempo erst erhöhte, als er auf die Hauptstraße einbog. Er angelte nach einer Zigarette, zündete sie an und wählte dann mit ebenso ruhiger Hand die Kontaktnummer.

Nach einer Weile rief Smith zurück. «Wie ist's gelaufen?»

«Wie geschmiert. Hätte gar nicht besser sein können.»

«Sind Sie sicher?»

«Sie kennen doch die alte Redensart? Tote Vögel singen nicht.» Als er den Hörer auflegte, sah er auf der Gegenfahrbahn den Mini Cooper. Er senkte den Blick, bis er ihn passiert hatte, und verfolgte ihn dann im Seitenspiegel.

«Zu spät, Sarah», murmelte er, «entschieden zu spät», und fuhr nach Cambridge hinein.

Als Egan und Sarah Talbot durch den Haupteingang Grantley Hall betraten, rollten drei Krankenschwestern eine mit einem Laken verhängte Liege durch den Korridor, der eine Ärztin im weißen Kittel, ein Stethoskop um den Hals, folgte. Sie war etwa Mitte Dreißig, dunkelhaarig, mit Nackenknoten. Der ein wenig strenge Eindruck wurde durch die Brille mit Goldrand noch unterstrichen.

«OP 1», sagte sie. «Und lassen Sie sie dort bis zur Ankunft der Polizei.» Sie ging zum Schreibtisch, nahm einen Füllfederhalter aus der Tasche und machte einen Vermerk auf dem Krankenblatt, das sie bei sich hatte.

«Was kann ich für Sie tun?» fragte der Pförtner die beiden Besucher.

«Ist Dr. Gold im Hause?» erkundigte sich Sarah.

Die Frau am Schreibtisch drehte sich um. «Ich bin Hannah Gold.»

«Mein Name ist Egan. Und dies ist Mrs. Sarah Talbot. Wir hätten Sie gern wegen Greta Markovsky gesprochen.»

«Da sind Sie zwanzig Minuten zu spät dran», erklärte der Pförtner kurz angebunden.

«Nicht sehr komisch, Alfred», wies ihn Dr. Gold zurecht. «Kommen Sie bitte mit.» Sie ging den Korridor hinunter, öffnete die Tür zu einem Büro und setzte sich hinter den Schreibtisch. «Nehmen Sie bitte Platz. Was kann ich für Sie tun?»

«Es handelt sich um Greta Markovsky. Könnten wir sie vielleicht sehen?» fragte Sarah.

«Das haben Sie bereits, fürchte ich», entgegnete Dr. Gold. «Sie lag auf der Tragbahre, die eben in der Halle an Ihnen vorbeikam.»

«Was ist denn passiert?» erkundigte sich Sarah bestürzt.

«Anscheinend hat jemand vergessen, die Tür zu verriegeln. Das muß natürlich noch genau untersucht werden. Sie ist vom Notausgang im zweiten Stock auf den Hof gestürzt. Das einzig Gute dabei ist, daß sie sofort tot war.»

«War es ein Unfall oder Selbstmord?» fragte Egan.

«Das werden wir jetzt nie mehr mit Gewißheit erfahren. Sie

war sehr krank. Es ist durchaus möglich, daß sie einfach das Gleichgewicht verloren hat, als sie sich auf den Steg wagte, und über das Geländer fiel. Vielleicht ist sie da oben schwindlig geworden. Andererseits ist Selbstmord bei diesem Patiententyp keineswegs ungewöhnlich. Sie hat schon am ersten Abend hier versucht, sich die Pulsadern aufzuschneiden.» Sie nahm die Brille ab und putzte sie mit einem Tuch. «Darf ich mich nach dem Grund für Ihr Interesse erkundigen?»

Sarah sah Egan an. Er nickte, daraufhin nahm sie den Umschlag aus der Tasche und reichte ihn weiter. Hannah Gold las die Berichte rasch durch. Ihre Miene blieb unbewegt, als sie die Papiere wieder in den Umschlag steckte und ihn über den Schreibtisch schob.

«Es bestand eine Verbindung zwischen Ihrem Stiefsohn und Greta, wollen Sie darauf hinaus?»

«Sie standen voriges Jahr zusammen vor Gericht unter Anklage in einem Rauschgiftverfahren», erläuterte Sarah.

«Aber das ist doch zweifelsfrei Sache der Polizei?»

«Natürlich», wiegelte Egan ab. «Es geht eben nur sehr schleppend voran, und Mrs. Talbot möchte sich begreiflicherweise Klarheit verschaffen. Sie hat gehofft, von Greta Markovsky Aufschluß über ein paar offene Punkte zu erhalten.»

«Es tut mir leid», sagte Dr. Gold. «Selbst wenn ich etwas wüßte, dürfte ich nicht darüber sprechen. Die ärztliche Schweigepflicht.»

«Natürlich.» Sarah stand auf. «Das verstehe ich durchaus.»

«Ich begleite Sie hinaus.» Hannah Gold geleitete sie über den Korridor und blieb auf den Stufen zum Haupteingang stehen. «Hören Sie, Mrs. Talbot, es ging Greta sehr schlecht, und sie hatte eine enorme Überdosis Heroin im Körper, als sie hier ankam. Sie war konfus, redete viel unzusammenhängendes Zeug. Über ihre Kindheit, ihre Mutter, in der Richtung. Zu allem Überfluß war sie auch noch von ihrem Vater mißbraucht worden.»

«Wie schrecklich.»

«Was ich Ihnen erzählen kann, hilft leider nicht weiter. Den Namen Eric Talbot hat sie in keiner unserer Sitzungen erwähnt. Ich habe meine schriftlichen Aufzeichnungen. Und ich würde mich daran erinnern.»

Sarah schüttelte den Kopf. «Vielen Dank, Sie waren sehr entgegenkommend.»

«Es tut mir leid, Mrs. Talbot. Leid um Greta und sehr leid für Sie.» Sie blieb stehen und schaute ihnen bis zum Parkplatz nach.

Sie stiegen in den Mini Cooper. «Das wär's dann wohl?» meinte Egan.

«Ja. Ganz eindeutig. Wieder eine Sackgasse. Zurück nach London, Sean.» Sie lehnte sich im Sitz zurück und schloß die Augen.

Bei ihrer Rückkehr in die Lord North Street regnete es, ein stetiger, kalter Novemberregen. Jago, bereits wieder in seiner Wohnung, sah sie ankommen und hineingehen. Er ließ sich in einem Sessel am Fenster nieder, wo er beobachten und mithören konnte.

«Ich mach uns Tee», sagte Sarah matt und verschwand in der Küche.

Egan stand am Erkerfenster. Er zündete sich eine Zigarette an, hustete ein wenig, schlenderte dann zum Arbeitstisch. Erics blaues, ledergebundenes Tagebuch lag auf dem Stapel obenauf. Er setzte sich auf die Fensterbank und begann, die Seiten durchzublättern, versuchte hier und da, einen der in gestochener Handschrift aneinandergereihten Sätze zu entziffern. Er erstarrte, schaute ungläubig auf die Seite vor ihm und stand auf. Im gleichen Augenblick erschien Sarah mit dem Tablett.

«Was gibt's denn?» erkundigte sie sich, als sie das Tablett abstellte.

«Sie steht hier, auf dieser Seite. Sehen Sie selbst.» Egan reichte ihr das Tagebuch. «Greta Markovsky.»

Sie nahm es mit einem Anflug von Verwunderung entgegen. Sie hatte es bisher noch nicht gründlich durchgelesen; dazu war sie viel zu verstört gewesen. Doch nun machte sie sich daran. In dem Moment läutete es an der Haustür, Egan schaute hinaus – Jack Shelley, einen hellbraunen Mantel um die Schultern gehängt, der Rolls-Royce parkte am Bordstein.

Jago war in die Küche gegangen, um Kaffee zu kochen, und kam rechtzeitig ans Fenster zurück, um Shelley das Haus betreten zu sehen. Er stellte den Kaffee rasch hin und drehte das Empfangsgerät auf volle Lautstärke.

In der Diele sagte Shelley zu Sean: «Ich dachte, ich komm mal auf einen Sprung vorbei und erkundige mich nach dem Stand der Dinge. Wir treten immer noch auf der Stelle.»

«Wir nicht», erwiderte Sean. «Wir haben rausgefunden, daß Eric 'ne Freundin hatte, Rauschgifthändlerin, die letztes Jahr mit ihm in 'ner Drogensache vor Gericht stand. Eine gewisse Greta Markovsky. Wir wollten sie in einem Rehabilitationszentrum für Suchtkranke außerhalb von Cambridge aufsuchen.»

«Na und?» drängte Shelley.

«Sie hat sich umgebracht. Ist von einem Steg am Notausgang zur Feuerleiter runtergestürzt. Wir haben eben ihren Namen in einem Tagebuch gefunden, das der Junge hinterlassen hat.»

«Ein Tagebuch?»

«Er hat eins geführt, auf lateinisch. Das war sein Studienfach in Cambridge.»

«Latein, das hat uns gerade noch gefehlt», kommentierte Shelley. «Da brauchen wir ja irgendso 'nen Steißtrommler.»

«Zufällig hat Mrs. Talbot Latein und Griechisch als Hauptfach in Radcliffe studiert.»

Sie gingen ins Wohnzimmer. Sarah, am Fenster, blickte auf, ganz blaß vor Aufregung. «Da steht alles drin», erklärte sie. «Die kleinste Kleinigkeit.»

Mit zitternden Händen legte sie das Tagebuch hin. Shelley umarmte sie. «Setzen Sie sich erst mal, und lassen Sie sich Zeit. Dann können Sie uns ja alles erzählen.»

«Greta Markovsky hat ihn als Rauschgiftkurier angeworben, ihm einen falschen Paß auf den Namen George Walker verschafft. Sie war für einen Mann tätig, den sie Mr. Smith nennt.»

Shelley runzelte die Stirn. «Der Name sagt mir gar nichts. Fahren Sie weiter.»

«Eric sollte nach Paris fahren. Treffpunkt war ein Café an der Seine bei der Rue de la Croix, ‹La Belle Aurore› heißt es.»

«Dort wurde er zuletzt lebend gesehen», bemerkte Sean. «Das stand in dem französischen Untersuchungsbericht. Es wird von einer Marie Sowieso geführt. Sie hat ihm einen Schnaps spendiert und ihn mit ein paar Adressen für ein Nachtquartier losgeschickt.»

«Was in dem Bericht nicht erwähnt wird, ist, daß er nach einer gewissen Agnes fragen sollte. Er sollte sagen, daß Mr. Smith ihn geschickt hat.»

Nach kurzem Schweigen sagte Shelley düster: «Das wär's dann, nächste Station Paris.»

«Sie meinen, daß Sie mit uns kommen wollen?» fragte Sarah.

«Versuchen Sie's mal, mich daran zu hindern.» Er schien jetzt von einer fast animalischen Vitalität erfüllt. «Übrigens habe ich ein paar nützliche Kontakte drüben. Hab ein Jahr in Paris verbracht, liegt lange zurück. Damals gab's hier Ärger, der ausgebügelt werden mußte.» Egan wollte etwas einwenden, doch Shelley ließ ihn nicht zu Wort kommen. «Keine Widerrede. Schließlich brauchen wir drüben schon mal ein paar Schießeisen. Man kriegt doch so was nicht durch den Zoll.» Er sah auf die Uhr. «Na schön, ich fahr jetzt zurück ins Büro. Und Sie packen lieber Ihre Reisetasche.» Er klopfte ihr auf die Schulter. «Keine Bange, wir deichseln das schon.»

Er gab Egan einen Wink, ihm nach draußen zu folgen. Sobald sie den Raum verlassen hatten, nahm Sarah die Walther aus ihrer Handtasche. Damit kam man auf keinen Fall durch den Zoll, Shelley hatte ganz recht. Sie wog sie in der Hand und verspürte einen gänzlich unerwarteten Nervenkitzel. Wütend auf sich selbst ging sie zum Sekretär, öffnete eine Schublade und legte die Walther hinein. Seltsam, das war wie ein Versuch, sie vor sich selbst zu verstecken.

Shelley machte die Haustür auf und ging hinunter zu seinem Rolls-Royce. Varley saß vorn. Shelley wandte sich an Sean: «Steig ein, nur ein Minute.»

«Gut.»

Sie installierten sich auf dem Rücksitz, und Shelley drückte auf den Knopf für die Trennscheibe. «Ich bin mir nicht sicher, ob sie mitkommen sollte, aber sie würde wohl Krach schlagen, wenn wir sie daran zu hindern versuchen.»

«Darauf kannst du Gift nehmen.»

Shelley griff zum Autotelefon und wählte seine Nummer. Frank Tully meldete sich prompt. «Ich bin auf dem Heimweg, Frank», sagte Shelley. «Ruf bei British Airways an und buche drei Plätze für den Flug nach Paris.»

«Für welchen, Jack?» erkundigte sich Tully.

«Woher soll ich das wissen? Rechne rund zwei Stunden für die Strecke nach Heathrow und such dann 'ne passende Maschine aus. Und pack mir 'ne Reisetasche mit Nachtzeug und so. Dann nimmst du dir das schwarze Buch aus der obersten Schreibtischschublade, das mit den speziellen Adressen. Da steht ein gewisser Pierre Dupont drin und eine Pariser Nummer. Ruf ihn an. Er spricht Englisch. Sag ihm, Jack Shelley kommt heut nacht vorbei und erwartet 'ne komplette Ausrüstung. Ich bin in zwanzig Minuten da.»

Er legte den Hörer auf. «Dir macht das richtig Spaß, stimmt's?» fragte Sean.

«Stimmt haargenau, mein Sohn. Wir werden diese Schweine

erwischen. Jetzt zisch ab. Ich erwarte dich und die Lady in Heathrow.»

Als das Telefon klingelte, nahm Jago sofort ab. «Was tut sich?» fragte Smith.

Jago informierte ihn rasch und präzise: das Tagebuch und was es enthüllt hatte, Jack Shelley, alles. «Mir scheint, wir stecken tief in der Scheiße, wie die Amerikaner zu sagen pflegen, Alter.»

«Nicht, wenn wir einen kühlen Kopf behalten. Von Heathrow gehen massenhaft Maschinen nach Paris. Sie fliegen mit British Airways, sagten sie. Das ist Terminal 4.»

«Stimmt.»

«Sie nehmen die Air France. Die starten von Terminal 2, richtig? Sie sind in einer Stunde dort. Sie können Valentin und Agnes von Heathrow aus anrufen. Warnen Sie die beiden, was sie erwartet.»

«Und was ihnen passiert, wenn sie nicht spuren», ergänzte Jago.

«Die tanzen nicht aus der Reihe, da ist zuviel für sie drin», meinte Smith.

«Wünschen Sie immer noch, daß ich die Talbot und Egan mit Glacéhandschuhen anfasse?»

«Unbedingt.»

«Ich könnte Shelley für Sie umlegen», schlug Jago munter vor. «Ich finde, der wächst sich zu 'ner regelrechten Landplage aus.»

«Werden Sie nicht kindisch. Wenn Sie Jack Shelley abknallen, haben wir die halbe Londoner Unterwelt auf dem Hals, darauf können Sie Gift nehmen. Er ist schließlich eine nationale Institution.»

«Von mir aus, aber vielleicht könnt ich ihn bloß so 'n bißchen anschießen. Um die anderen zu ermuntern. Heißt es nicht so bei den Franzosen?»

«Handeln Sie nach Ihrem Gutdünken, und bringen Sie's glatt über die Bühne. Da steckt wieder 'ne saftige Prämie für Sie drin.»

«Musik in meinen Ohren», erwiderte Jago. «Profitgier, gemeine Profitgier, wie meine alte schottische Nanny zu sagen pflegte. Die ist noch mal mein Tod.»

Er hängte ein. Binnen drei Minuten war er auf dem Weg in die Tiefgarage. Als er mit dem Spyder auf die Straße einbog, parkte der Mini Cooper immer noch vor Sarah Talbots Haus, und er grinste im Vorbeifahren.

Als Sarah die Treppe herunterkam, telefonierte Egan mit Alan Crowther und informierte ihn über den neuesten Stand der Dinge. «Soll ich irgendwas für dich tun?» fragte Crowther.

«Ja, zapf sämtliche wichtigen Systeme an, die dir einfallen. Nicht nur DI5, auch die zentrale Datenbank von Scotland Yard. Stell fest, ob's da irgendwas über diesen Mr. Smith gibt.»

«Nicht gerade aufschlußreich, so ein Allerweltsname.»

«Aber ein sehr außergewöhnlicher Mann, der ihn trägt, wenn mich nicht alles täuscht. Ich muß losrennen, Alan.» Er legte auf und sagte zu Sarah: «Auf geht's. Diesmal sieht's wirklich so aus, als ob wir vorankommen.»

9

In Paris saß Jago mit Valentin und Agnes im Hinterzimmer von
«La Belle Aurore». «Das könnte Ärger geben», meinte Valentin. «Großen Ärger.»

«Nicht, wenn man's richtig anpackt», widersprach Jago. «Sie
haben nur eine neue Information, die sie vorher nicht kannten.
Daß der Junge hier aufkreuzte und sagte, Mr. Smith habe ihn
geschickt, und daß er nach Agnes gefragt hat. Sie ahnen nicht
mal, daß du überhaupt existierst, Valentin.»

«Und was schlägst du nun vor?»

«Sehen wir uns doch mal unsere Karten an. Da haben wir
Agnes, eine vorbestrafte Prostituierte, die brav alles tut, was ihr
Zuhälter sagt.»

«Kapier ich nicht.»

«Immer mit der Ruhe.» Jago schlug eine Ausgabe vom *Paris
Soir* auf. «Hier, auf der vierten Seite, steht ein Artikel über die
gerichtsmedizinische Untersuchung von einem gewissen
Henri Leclerc, vor einer Woche bei einer Schießerei mit der
Polizei tödlich getroffen.»

Valentin lachte rauh. «Das Schwein hab ich bestens gekannt.»

«Hier steht, daß Leclerc ein berüchtigter Gangster war mit
einem langen Vorstrafenregister – bewaffneter Raubüberfall,
Rauschgifthandel und organisierte Prostitution. Sogar seine
Adresse in Montmartre ist angegeben.»

«Aber was hat das mit uns zu tun?» fragte Agnes.

«Du warst eins von seinen Pferdchen, verstehst du denn nicht? Er hat dir gesagt, du sollst an dem bewußten Abend hier auf einen Jungen namens George Walker warten, der sich als von dem mysteriösen Mr. Smith geschickt ausweist. Daraufhin solltest du dem Jungen Leclercs Adresse geben und ihn ziehen lassen.» Jago zuckte die Achseln. «Das war dein ganzer Anteil an der Geschichte. Ende. Zufällig hat Leclerc unter seinen *poules* gerade dich ausgesucht, ihm diese kleine Gefälligkeit zu erweisen, und wir wissen ja alle, daß ihr Weiber immer das tut, was man von euch verlangt.»

Agnes starrte ihn ehrfürchtig an. «Toll. Das haut einen glatt um.»

«Einverstanden?» fragte Jago mit einem Blick auf Valentin.

Der nickte bedächtig. «Agnes hat recht. Das haut hin.»

«Na klar. Unsere Freunde jagen irgendwelchen Hirngespinsten nach und landen unweigerlich in einer Sackgasse, weil Leclerc tot ist.» Er erhob sich. «Also dann bis später. Ich hab 'ne Menge zu erledigen.» Damit verließ er das Lokal.

«Schafft das nun die Sache aus der Welt?» fragte Agnes.

«Von wegen.» Valentin goß sich noch einen Kognak ein und schaute finster drein. «Wenn da irgendwas schiefläuft, Agnes, stehen wir beide im Regen, nicht unser superschlauer Freund. Der ist dann längst über alle Berge.» Er rieb sich das Stoppelkinn. «Nein, es ist besser, wenn wir die ein für allemal loswerden. Nicht erst lange herummurksen.»

«Aber wie machen wir das?» flüsterte sie.

Er überlegte eine Weile. «Na, wie wär's damit? Wenn sie hier aufkreuzen, erzählst du ihnen von mir. Du sagst, du hast den Jungen an dem Abend zu mir nach Hause geschickt.»

«In die Mühle? Zu Fournier?»

«Genau. Ich warte dort mit ein paar Kumpeln und allem, was man so braucht, versteht sich. Unsere lieben Gäste aus London werden so fix bedient, daß sie's gar nicht mehr mitkriegen.»

«Das wird Jago aber nicht passen.»

«Jago kann mich mal ... Den knöpfen wir uns auch noch im richtigen Augenblick vor.»

«Und Smith?»

«Der braucht irgendwen in Paris, wie gehabt, oder nicht? Und wir haben jetzt ein As im Ärmel, von dem er und Jago nichts ahnen. Wir wissen Bescheid über den Laden in Kent, diesen Deepdene Garden of Rest.»

Sie nickte bedächtig. «Raffiniert, Valentin. Das muß dir der Neid lassen.»

«Na logisch. Alles hängt jetzt nur davon ab, daß du eine Superschau abziehst, wenn sie aufkreuzen, und das bringst du im Bett doch schon seit Jahren mit Erfolg, *chérie*.» Er küßte sie, höchst zufrieden mit sich. «Mit Marie reden wir nachher. Jetzt sei hübsch brav und hol mir noch einen Kognak.»

Kurz vor sieben bog das Taxi vom Flughafen in die Rue de la Forge ein und hielt vor einem großen Geschäft. Die Schaufenster waren erleuchtet, und hinter den Gittern konnte man ausgewählte Antiquitäten bewundern. Auf dem Schild über der Tür stand in Schwarz und Gold nur: «Pierre Dupont».

Sie stiegen aus, und Shelley gab dem Fahrer eine Handvoll Francnoten. *«Bonne chance»*, rief er ihm nach, als das Taxi davonbrauste. «Ja, das ist's.» Er betrachtete das Schild. «Pierre Dupont, Antiquitätenhändler *extraordinaire*, unter anderem», kommentierte er.

«Von Antiquitäten versteht er etwas», stellte Sarah fest, als sie das Schaufenster inspizierte.

«Es gibt nichts, womit der Kerl sich nicht auskennt. Hier lang.» Shelley führte sie in ein Seitengäßchen und klingelte auf halbem Weg an einer Tür. «In seiner Jugend war er Scharfschütze bei der Union Corse, einer Art französischer Mafia, die in Marseille operiert. Dann ging ihm ein Licht auf. Er merkte, daß er Köpfchen hatte, ihr versteht schon?»

Aus der Sprechanlage ertönte eine Stimme: «*Qui est là?*»
»Jack Shelley, du alter Gauner.»

Die Tür wurde geöffnet. Vor ihnen stand ein ziemlich klein geratener Mann, mit stark sonnengebräuntem Gesicht, gestutztem Schnurrbart, dunklem, welligem Haar. Er trug eine Smokingjacke aus schwarzem Samt und gleichfarbige Hosen.

«Jack, sei mir willkommen. Du bist ein gerngesehener Gast, nur leider ein viel zu seltener.» Sein Englisch war makellos. «Du siehst fabelhaft aus.» Er umarmte Shelley, küßte ihn auf beide Wangen.

«Hör auf mit dem französischen Schmus. Außerdem weißt du, was ich von Knoblauch halte. Das ist mein Neffe, Sean, und Mrs. Talbot.»

Dupont ergriff ihre Hand. «Sehr erfreut, Madame.»

«Seien Sie wachsam», riet Shelley ihr. «Ich kenne keinen Mann, bei dem in Gegenwart von Frauen so leicht die Sicherung durchbrennt.»

Sie durchquerten den Laden, eine wahre Fundgrube – vom echten Samuraischwert bis zu Louis-quatorze-Möbeln.

«Wieso siehst du jetzt eigentlich jünger aus als bei unserem letzten Treffen vor zehn Jahren?» fragte Shelley, als sie ein elegantes Wohnzimmer betraten, das zugleich als Büro diente.

«Da sind einmal die Bräunungsstudios beteiligt, und mein Haar profitiert jetzt, offen gestanden, mehr von chemischen Erzeugnissen als von Mutter Natur. Doch zur Sache. Was brauchst du genau?»

«Zunächst mal ein Auto.»

«In der Garage steht ein Citroën, den kannst du benutzen.»

«Ferner das nötige Werkzeug für den Jungen und mich. Wir müssen nämlich geschäftlich ein ernstes Wort mit einigen deiner Landsleute reden, und wenn ich da zwei Finger in der Tasche ausstrecke, dürfte das wohl kaum überzeugend wirken.»

«Kein Problem.» Dupont hängte ein Ölgemälde von der

Wand ab, hinter dem ein Safe versteckt war. Rasch stellte er die Zahlenkombination ein, öffnete ihn und stöberte darin herum. Als er sich wieder umdrehte, hielt er zwei Faustfeuerwaffen, die er auf den Schreibtisch legte. «In Ordnung?»

Shelley nahm die erste, einen Smith-&-Wesson-.38er-Revolver. «Perfekt. Ich hab schon immer gern Cowboy und Indianer gespielt. Und was ist das da?»

Egan wog die mit schwarzem Metall beschichtete Automatik in der Hand. «Makarow. Gehört in den meisten osteuropäischen Armeen zur Standardausrüstung. Kein Wunderwerk der Technik, aber sie tut's.»

«Prima.» Shelley schob den Revolver in die Tasche seines Regenmantels.

«Hier lang.» Dupont führte sie durch die Küche und dann ein paar Stufen hinunter in eine Tiefgarage, wo ein Renault und ein schwarzer Citroën standen. «Soll ich mitkommen, Jack?»

«Nein, du hältst dich da raus und statt dessen die Stellung, in der Preislage.» Er wandte sich an Sarah. «Hat wohl keinen Sinn, wenn ich Sie bitte hierzubleiben?»

«Was meinen Sie?»

Er zuckte die Achseln. «Okay, aber bleiben Sie im Hintergrund und mischen Sie sich nicht ein.» Er hielt ihr die Fondtür des Citroëns auf. «Die Sache ist ernst, Mrs. Talbot. Wer da rangeht, braucht harte Bandagen, keine Samthandschuhe. Kapiert?»

«Alles klar, Mr. Shelley.»

«Hoffentlich.» Er nickte Sean zu. «Auf geht's.»

Sie ließen den Citroën auf der anderen Seite des kleinen Kais und gingen hinüber zum «La Belle Aurore». Durch die Fenster fiel Licht auf das feuchte Pflaster. Sie schauten hinein – das Lokal war leer, bis auf die fette Marie hinter der Theke.

«Na schön, spazieren wir hinein», sagte Shelley. «Und denken Sie an meine Worte, Mrs. Talbot. Benehmen Sie sich.»

Er machte die Tür auf und trat zuerst ein. «Guten Abend.» Er nickte, und Sarah und Egan nahmen auf den Barhockern Platz. «Sprechen Sie Englisch, Madame?»

«Aber ja, Monsieur.»

«Na schön, ich finde, das ist eine Grundvoraussetzung für Europäer, wo wir doch jetzt alle zum Gemeinsamen Markt gehören. Und während Sie über diese Weisheit nachdenken, können Sie uns drei Pernods einschenken und sich anhören, was meine Freunde hier zu sagen haben.»

Sie runzelte wachsam die Stirn, stellte dennoch drei Gläser, einen Krug Wasser und eine Flasche Pernod auf die Theke. «Ich verstehe nicht, Monsieur.»

Sarah begann: «Vorige Woche wurde die Leiche eines jungen Engländers hier in der Seine gefunden. Im gerichtsmedizinischen Untersuchungsbericht wird die Aussage des Streifenpolizisten erwähnt, daß er ihn hier hereingehen sah.»

Egan fuhr fort: «Bei Ihrer polizeilichen Vernehmung erklärten Sie, daß der Junge einen kranken Eindruck machte und ein Nachtquartier suchte. Sie gaben ihm einen Drink und ein paar Adressen und schickten ihn wieder fort.»

«Das stimmt, Monsieur, eine schreckliche Tragödie. Ich erinnere mich deutlich.» Sie zuckte die Achseln. «Aber ich hab der Polizei alles gesagt, was ich wußte.»

«Interessant. Ich habe im Polizeibericht nachgelesen. Da ist alles, was er bei sich hatte, genau aufgelistet. Irgendwelche Adressen waren nicht erwähnt. Ich finde das sonderbar.» Er wandte sich an Shelley. «Findest du das nicht auch sonderbar?»

«Nein. Nicht sonderbar. Ich finde das verdammt unglaubwürdig. Ich meine, da kommt der Junge um Mitternacht her, angetörnt und so krank, daß Sie ihm einen Drink spendieren. Er fragt Sie um Rat, wo er ein Bett für die Nacht kriegen könnte, und da erwarten Sie von mir, daß ich Ihnen glaube, Sie hätten ihm die Adressen nicht aufgeschrieben?»

«Bitte, Monsieur», stammelte sie.

«Außerdem haben Sie der Polizei verschwiegen, daß der Junge Ihnen ein Paßwort genannt hat», hielt Egan ihr vor. «Er sagte, daß ihn Mr. Smith geschickt hat, und wollte mit Agnes sprechen.»

«Agnes?» flüsterte sie.

«Genau die», bekräftigte Shelley. «Sehr gefragtes Mädchen, diese Agnes, 'ne richtige Zugnummer, und jetzt würden wir sie gern mal kennenlernen.»

«Ich kenne niemand, der so heißt.»

Shelley zog den Revolver hervor und zeigte ihn ihr. «Ich könnte Ihnen ja erzählen, daß ich Ihnen, wenn Sie nicht in fünf Sekunden mit der vollen Wahrheit über diese Schlampe Agnes rausrücken, 'ne Kugel durchs linke Knie verpasse, aber Munition ist teuer.» Er steckte ihn wieder in die Tasche. «Also müssen wir eine Alternative suchen.»

Er langte hinüber, packte sie beim Haar und zerschmetterte mit der andern Hand die Pernodflasche an der Thekenkante. Als er sie hochhielt, waren die scharfzackigen Scherben nur wenige Zentimeter von ihrem Gesicht entfernt.

Sie schrie auf. «Nein, Monsieur!»

Sarah Talbot zog ihn am Ärmel. «Mr. Shelley, um Gottes willen!»

«Sie halten sich da raus!» knurrte er.

Marie brach vollends zusammen. «Ich hole sie, Monsieur. Ich hole sie ja. Sie ist im Hinterzimmer.»

«Na, was hab ich euch gesagt?» Shelley stellte die zerbrochene Flasche wieder hin und sah Sarah und Egan herausfordernd an. «In diesem Leben braucht man weiter nichts als ein bißchen Vernunft.»

Valentin, der hinter dem Vorhang an der Rückwand stand, und einen Arm um Agnes' Taille gelegt hatte, flüsterte, als Marie sich näherte: «Du weißt, was du zu tun hast, *chérie*. Mach deine Sache gut. Bis bald.» Und damit verschwand er durch die Seitentür.

Marie kam durch den Vorhang und blieb abwartend stehen. Agnes nickte. Daraufhin watschelte Marie zurück an die Bar. Agnes folgte, eine Hand in die Hüfte gestützt, Minirock, schwarzer Plastikregenmantel – ein provozierender Auftritt.

«Monsieur?» wandte sie sich an Shelley. «Sie wollten mich sehen?»

«Sie sind Agnes?» fragte Sarah.

«Allerdings, Madame.»

«Vorige Woche erschien hier spätabends ein junger Engländer unter dem Namen George Walker.»

Agnes zuckte die Achseln. «Kann sein – kann auch nicht sein. Ich erinnere mich wirklich nicht.»

«Sie ist so lange auf den Strich gegangen, daß sie dabei den letzten Rest von Verstand verloren hat.» Shelley packte sie am Arm. «Mich linkst du nicht, du kleine Schlampe. Er sollte sagen, daß er von Mr. Smith kommt, und nach Agnes fragen.»

«Erzähl's ihm, *chérie*, um deinetwillen!» drängte Marie. «Der Kerl ist eine Bestie.»

«Von mir aus. Aber erst loslassen.» Agnes wich zurück und rieb sich den gequetschten Arm. «Keine Ahnung, wer Mr. Smith ist. Ich schaffe an für einen Zuhälter, der heißt Valentin. Der hat mir gesagt, ich soll an dem Abend hiersein, wenn der Junge kommt. Ich sollte ihn zu Valentin schicken, und das ist alles, was ich weiß.»

«Wohin?» fragte Egan.

«Auf die andere Seite vom Kai, ein Stückchen am Fluß lang. Da ist 'ne alte Mühle, heißt Fournier. Valentin hat dort ein Büro. Er wickelt da seine Geschäfte ab.»

«Was für welche?» erkundigte sich Shelley.

«Keinen Schimmer. Geklaute Autos ab und zu.»

«Na toll.» Er wandte sich an Egan und Sarah. «Also los, machen wir einen Besuch bei dieser Ratte, diesem Valentin.» Er packte Agnes beim Arm. «Und du, Schätzchen, darfst mitkommen und dir den Spaß anschauen.»

Jago, auf seinem Beobachtungsposten draußen, hatte Valentin aus der Seitentür von «La Belle Aurore» herauskommen und über den Kai davoneilen sehen.

«Ach herrje», murmelte er. «Das stand nicht im Drehbuch.»

Als die anderen auftauchten, mit Shelley, der Agnes' Arm fest umschlossen hielt, und die gleiche Richtung einschlugen, schüttelte er den Kopf, wartete einen Moment, bevor er ihnen folgte. Er wurde also hintergangen, aber das hatte er schließlich einkalkuliert.

«Armer alter Valentin», sagte er leise, «was bist du doch für ein Dummkopf.»

Ein Vergnügungsdampfer, mit bunten Lichtergirlanden geschmückt, fuhr vorbei, Gelächter schallte über den Fluß. Die alte Fourniermühle war acht Stockwerke hoch und stark baufällig, die Fenster mit Brettern vernagelt, die Farbe abgeblättert. Das Gebäude wirkte irgendwie bedrohlich.

«Ich hab's mir durch den Kopf gehen lassen», sagte Shelley zu Egan. «Läuft alles 'n bißchen zu glatt, findest du nicht?» Er wandte sich Agnes zu. «Durchaus möglich, daß dieses kleine Miststück hier es auf die krumme Tour versucht.»

«Nein, Monsieur, ich schwör's», versicherte Agnes angsterfüllt.

«Na schön, ich werde mich von hinten hineinschleichen.» Egan wandte sich an Sarah: «Wenn Jack recht hat, sollten Sie vielleicht besser hier warten.»

«Andererseits würde sich meiner Meinung nach jeder, wer auch immer drin ist, in Sicherheit wiegen, wenn ich doch mit reingehe.»

«Hab ich's dir nicht gesagt, mein Sohn, sie ist auf Draht.» Shelley schob Agnes vor sich her über die Straße zum Eingang.

In die große Tür war eine kleine Pforte eingelassen, die wohl den Arbeitern den Zutritt erleichtern sollte. Agnes öffnete sie, und er ging mit Sarah hinter ihr hinein.

Egan schlich das Seitengäßchen entlang und zog eine waagrecht angebrachte Feuerleiter hinunter. Er kletterte rasch nach oben, wo er im dritten Geschoß ein zerbrochenes Fenster entdeckte. Er langte nach innen, schob den Riegel hoch und stieg ein. Jago, im dunklen Gäßchen verborgen, beobachtete ihn und folgte dann nach.

Egan befand sich in einem riesigen Lagerraum voller Packkisten. Er öffnete die gegenüberliegende Tür und passierte einen staubigen Durchgang. Im Hauptraum unten brannte eine einzige Glühbirne. Er machte mehrere Kraftfahrzeuge aus und eine Leiter, die zu einer Glaskabine führte, wo Valentin an einem Schreibtisch saß und arbeitete.

Shelley und die beiden Frauen tauchten in dem Lichtkreis auf, und gleichzeitig vernahm Egan ein Flüstern, eine schwache Bewegung auf der dunklen Galerie ein Stockwerk tiefer. Er drehte sich um, eilte die Treppe hinunter und verharrte. «Mach dich fertig, Jules», flüsterte jemand.

Agnes rief: «Valentin, bist du da?»

Auf der Galerie befanden sich zwei Männer. Der eine hielt eine Uzi-Maschinenpistole, der andere eine abgesägte Schrotflinte. Egan schlüpfte hinter den mit der Uzi und versetzte ihm einen wuchtigen Handkantenschlag in den Nacken. Der Mann ging ächzend zu Boden.

Der andere fragte: «Jules, bist du da?»

Egan machte ein leises Geräusch, sagte jedoch nichts, und als der Mann dicht genug herankam, trat er ihn in den Unterleib und stieß ihm das Knie ins Gesicht.

Jago, einen Treppenabsatz höher im Dunkeln, aber auf der anderen Seite des Hauptraums, hatte alles wahrgenommen. «Bravo, alter Junge», flüsterte er. «Hervorragende Technik.»

Unten kam Valentin aus seinem Büro und die Stufen hinunter. «Na, was haben wir denn hier?» fragte er und kitzelte Agnes unter dem Kinn. «Was führst du im Schilde?»

«Was wir hier haben, du dreckiger Zuhälter», fuhr ihn Shelley an, «das sind eine Reihe von Dingen, für die ich eine Erklärung von dir verlange – so über Agnes hier, einen Gentleman namens Mr. Smith und einen jungen Engländer, der sich George Walker nannte und den Agnes zu dir weitergeschickt hat, wie sie mir sagt.»

Valentin tätschelte ihr die Wangen. «Du bist schon wieder ungezogen gewesen, *chérie*. Darüber reden wir später ein Wörtchen.»

«Der einzige, mit dem du über irgendwas redest, bin ich», wies ihn Shelley zurecht. «Ich und mein Freund hier.» Er zog den Smith & Wesson aus der Tasche.

Valentin lachte. «Da sind Sie falsch gewickelt, Monsieur. Ich gebe hier die Befehle, nicht Sie. Meine Freunde und ich, um genau zu sein.» Er blickte hoch und pfiff. «Jules? Charles?»

Egan tauchte aus dem Dunkel auf und durchquerte den Raum. «Ich glaube, er meint die beiden Männer, die er da oben mit der Uzi und der Schrotflinte postiert hatte. Die machen im Augenblick ein Nickerchen.»

Valentin drehte sich um und wollte die Treppe hinaufstürmen, doch Shelley packte ihn am Handgelenk und zerrte ihn zurück. «Dreckskerl!» knurrte er und bohrte ihm die Mündung des Revolvers in den Rücken. «Wer ist Smith? Spuck's aus, sonst puste ich dir das Rückgrat weg.»

«Nein, Monsieur!» schrie Agnes. «Bitte nicht. Er weiß wirklich nicht, wer Smith ist. Den kennt keiner von uns. Wir verhandeln mit Jago. Nur mit Jago.»

«Wer ist Jago?» fragte Egan.

«Der Teufel, Monsieur. Er erledigt immer alles für Smith.»

Und dann hatte Egan eine abenteuerliche Idee. «Er ist sehr britisch, stimmt's? Gutaussehend? Eine Narbe, quer über die Wange?»

«Stimmt genau, Monsieur.»

«Der Mann aus der Untergrundbahn», sagte Sarah.

«Und von All Hallows. Man hat uns anscheinend gut beschattet.» Er wandte sich an Agnes. «Was ist mit dem Jungen passiert?»

Sie zögerte. Shelley rammte ihr den Revolverlauf unters Kinn. «Raus mit der Sprache, oder du kannst dir deine Ausflüchte für Petrus aufsparen.»

In ihrer Panik nahm sie Zuflucht zur Wahrheit. «Valentin hat ihn in der Seine ertränkt.»

«Nachdem er ihn betäubt hat? Mit der Spezialdroge?»

Sie holte tief Luft. «Ja.»

Sarah wandte sich ab. «Und es gab noch andere?» fragte Egan.

Sie nickte zögernd. «Ja, mehrere.»

«Ich habe nicht übel Lust, ihm jetzt gleich das Gehirn wegzublasen», erklärte Shelley und richtete die Waffe auf Valentin.

«Bitte, Monsieur, tun Sie ihm nichts. Wenn Sie ihn am Leben lassen, kann ich Ihnen was sehr Interessantes erzählen.»

«Und das wäre?» fragte Egan.

«Wir mußten immer ein Bestattungsunternehmen in Kent anrufen, es hieß Hartley Brothers.»

«Das war fingiert», sagte Egan.

«Ich weiß, Monsieur, aber einmal lief der Anrufbeantworter im Hintergrund weiter, während unser Mann mit uns sprach. Valentin hat die Ansage auf dem Band mitgehört: ‹Deepdene Garden of Rest›.» Sie machte ihre Handtasche auf und entnahm ihr ein Stück Papier. «Sehen Sie, Monsieur, ich hab's aufgeschrieben und auch die Nummer.»

Die Pistole, die Jago über dem Geländer hielt, war nur eine .22er-Sportwaffe, ein Colt Woodsman, aber in den Händen eines erfahrenen Scharfschützen reichte das vollauf. Er schoß Valentin in die rechte Schläfe und tötete ihn auf der Stelle.

Egan schlug Agnes nieder und stieß Sarah Talbot zurück ins Dunkel. Shelley kauerte sich hin und ballerte wild nach oben.

Jago murmelte: «Nur ein kleiner Kratzer, alter Knabe. Um

dir Manieren beizubringen.» Er zielte sorgfältig und schoß ihn in die linke Schulter.

Shelley verlor das Gleichgewicht und fiel nach hinten ins Dunkel. Er schob eine Hand in die Jacke und zog sie blutverschmiert wieder heraus. «Meine Güte, Sean, ich bin getroffen!» stellte er erstaunt fest.

«Raus hier!» befahl Egan. «Wir haben gekriegt, was wir wollten.» Er zerrte Shelley auf die Beine und schob ihn zur Tür. «Los, ab mit Ihnen, Sarah.»

Er drehte sich um und griff nach Agnes, die ihn wegstieß. «Nein, lassen Sie mich.»

Sie kroch zu Valentin, kauerte wimmernd über ihm. Egan schlüpfte durch die Pforte und folgte den anderen zum Citroën. Sarah hatte Shelley auf dem Rücksitz untergebracht. Egan setzte sich ans Steuer und fuhr los.

«Wohin?» erkundigte er sich.

«Zu Dupont», erwiderte Shelley. «Ich brauch 'nen Verband. Dann nichts wie Richtung Charles de Gaulle und zurück nach London.» Er zuckte zusammen. «Mann, tut das weh.»

«Das ist immer so», bemerkte Egan.

«Meinen Sie, es war dieser Jago?» fragte Sarah.

«Könnte sein. Gleich nach der Rückkehr werde ich Alan Crowther dransetzen. Ich möchte wirklich zu gern wissen, wer der Gentleman ist.»

Schritte näherten sich, und Agnes sah Jago vor sich, den Colt in der herabhängenden Rechten.

«Du hast ihn umgebracht.»

«Was hast du ihnen erzählt?»

«Nichts.»

«Lüg nicht, Herzblatt. Ich hab Egan sagen hören: ‹Wir haben gekriegt, was wir wollten.›» Er schüttelte den Kopf. «Mach jetzt keine Dummheiten.»

«Es war Valentin, nicht ich. Wie er mit dem Mann bei

Hartley Brothers gesprochen hat, da hat er im Hintergrund 'ne Bandansage gehört. Deepdene Garden of Rest...»

«Und du hast's ihnen erzählt?»

Sie nickte. «Ich hab gedacht, er bringt Valentin um.» Sie blickte zu ihm hoch. «Dabei hast du's getan.»

«Tja, so geht's eben. Du hättest dich nicht drauf einlassen dürfen.» Er wandte sich zum Gehen, hielt inne. «Ich hab ja was vergessen...»

«Ja, Monsieur?»

Als sie aufschaute, schoß er ihr zweimal ins Herz. Sie fiel rücklings auf Valentin. Jago schob die Waffe in die Tasche seines Burberry. «Armes, dämliches Hürchen.» Er drehte sich um und verschwand durch die Pforte.

Der Arzt, den Dupont gerufen hatte, schnitt Shelleys blutverkrustetes Hemd auf und tat sein möglichstes. Schließlich meinte er kopfschüttelnd: «Zum Entfernen der Kugel benötigt man einen Operationssaal, Monsieur.»

«Kommt nicht in Frage. Sie verbinden mich und geben mir noch 'ne Spritze gegen die Schmerzen. Mit der Operation können wir bis London warten. Ich kenne einen guten Arzt. Ein Inder namens Aziz. Hat 'ne Klinik für Alkoholiker aus der Schickeria in der Bell Street. Der kriegt das schon hin.»

«Sind Sie sicher, Mr. Shelley?» fragte Sarah.

«Ich will nur zurück nach London, Kindchen, mehr nicht.» Er grinste. «Französische Ärzte waren noch nie mein Fall. Alles Quacksalber. Such mir jetzt 'n frisches Hemd und 'ne Jacke raus, Pierre, und bring uns schleunigst weg hier.»

Anderthalb Stunden später erwischten sie auf dem Flugplatz Charles de Gaulle noch die Maschine von British Airways. Jago hatte weniger Glück. Er verpaßte den letzten Flug der Air France nach London um zwanzig Minuten. Ihm blieb nichts anderes übrig, als bis zum nächsten Morgen zu warten.

Er beschloß, einen Platz zu buchen, solange noch Betrieb herrschte, und ging zum Air-France-Schalter. Dort eröffnete ihm die junge Angestellte: «Sie könnten noch heute abend fliegen, Sir, falls Sie das wünschen. Die Maschine hat Verspätung. Eine kleine technische Panne. Mit etwas Glück dürfte es maximal eine Stunde dauern.»

Jago sah auf die Uhr. Um eins in Heathrow. Mit seinem charmantesten Lächeln sagte er: «Das ist ja wunderbar, Mademoiselle. Wie ihr Franzosen das bloß immer schafft, Schwierigkeiten zu meistern.»

Errötend reichte sie ihm das Ticket. Das war wirklich Glück, dachte er im Weggehen. Es bestand eine gute Chance, daß die anderen noch in Paris waren, doch selbst wenn Shelley transportfähig sein sollte und sie die letzte Maschine von British Airways erreicht hatten, bliebe ihm, Jago, reichlich Zeit, sich mit Bird und seinem schwarzen Freund zu befassen.

Er suchte ein Telefon und wählte die Nummer in Kent. Bird war am Appart. «Ja?»

«Hier spricht Jago. Ich bin in Paris und komme um eins in Heathrow an. Ich werde direkt weiterfahren zu Ihnen.»

«Gewiß, Mr. Jago. Irgendwelche Schwierigkeiten?»

«Gott bewahre. Bloß was Geschäftliches. Mr. Smith dachte, Sie würden sich das vielleicht gern von mir persönlich näher erklären lassen. Sie warten doch auf mich?»

«Selbstverständlich.»

Bird hatte im Arbeitszimmer mit Albert Schach gespielt und schon voller Vorfreude ans Bett gedacht, als das Telefon klingelte. Er legte den Hörer auf.

«Was wollte er denn?» erkundigte sich Albert.

«Er kommt aus Paris. Ich soll auf ihn warten. Was Geschäftliches, hat er gesagt.»

«Mist! Ich wollte ins Bett gehen», maulte Albert.

«Kannst du aber nicht, Herzchen, also sei ein lieber Junge und bring mir 'nen Scotch, wir spielen noch eine Partie.»

Auf dem Weg zur Abflughalle pfiff Jago leise vor sich hin. Es hätte gar nicht besser laufen können. Als er den Flugsteig passierte, lächelte er.

Die Klinik in der Bell Street befand sich in St. John's Wood, diskret untergebracht in einem ehemaligen stattlichen viktorianischen Wohnsitz mit parkähnlichem Garten. Dr. Aziz wohnte auf dem Grundstück und war vom Nachtportier aus dem Bett geholt worden, als sie kurz vor Mitternacht eintrafen. Nach einer schnellen Untersuchung nahm er unverzüglich den operativen Eingriff vor. Egan und Sarah warteten im Arbeitszimmer des Arztes und tranken Tee. Der hektische Ablauf und die Strapazen hatten ihre Spuren in Sarahs Gesicht hinterlassen.

«Sie sehen ziemlich erschöpft aus», bemerkte Egan.

«Bin ich auch. Sie offenbar nicht. Sie sind genau wie Ihr Onkel. Sie scheinen förmlich aufzublühen.»

Die Tür öffnete sich, und Dr. Aziz, ein hochgewachsener, blutleerer Inder, trat ein. Er legte Egan die Kugel hin. «Ich hab sie rausgeholt. Kein Problem.»

Egan betrachtete sie prüfend. «Kaliber 22. Interessant. Wahrscheinlich ein Woodsman. Eine richtige Scharfschützenwaffe.» Er fixierte Aziz. «Kommt er wieder in Ordnung?»

«Ein paar Tage Ruhe, das ist alles, was er braucht, aber das wird teuer, Mr. Egan. Für mich ist dies ein hohes berufliches Risiko.»

«Sie werden angemessen entschädigt. Können wir ihn sehen?»

«Ich habe nichts dagegen, aber er braucht Schlaf. Machen Sie's kurz.»

Er führte sie hinaus und über den schwach erleuchteten Korridor an mehreren Türen vorbei und öffnete schließlich eine am anderen Ende. Shelley lag, von Kissen gestützt, im Bett, die Augen geschlossen; in dem abgedunkelten Raum brannte nur die Nachtbeleuchtung.

«Er schläft», flüsterte Sarah. «Die Narkose wirkt noch, vermute ich.»

«Ich durfte ihn allerdings nur örtlich betäuben», erklärte der Arzt.

Ohne die Augen zu öffnen, ergänzte Shelley: «Stimmt genau. Man kann ja nie wissen, was man unter Vollnarkose schwatzt.» Er sah sie jetzt an. «Ich werde allmählich zu alt für solche Mätzchen. Was habt ihr jetzt vor?»

Egan streifte Sarah mit einem Seitenblick. «Sie muß sich gründlich ausschlafen. Ich bringe sie in die Lord North Street. Morgen ist auch noch ein Tag. Mal sehen, ob wir dieses Deepdene ausfindig machen können.»

«Halt mich auf dem laufenden.»

Shelley schloß die Augen, und Sarah ergriff seine Hand. «Mr. Shelley?» Er schaute sie an. «Vielen Dank», sagte sie.

Er lächelte. «Keine Ursache, Kindchen. Marsch, ab ins Bett.»

Er machte die Augen wieder zu. Aziz nickte, und sie schlichen leise hinaus.

In der Lord North Street sperrte Egan die Haustür auf und folgte Sarah ins Haus. Sie wandte sich zu ihm. «Sie sehen völlig erschöpft aus», sagte er. «Sie haben Schlaf nötig.»

«Ich weiß. Ich fühle mich miserabel.»

«Ich hab Sie davor gewarnt.»

«Würden Sie mir einen Gefallen tun?»

«Jeden.»

«Bleiben Sie die Nacht hier. Es stehen vier Schlafzimmer zur Auswahl.»

«Die Couch reicht mir völlig.» Er lächelte. «Man schläft fabelhaft auf so 'ner Couch, vor allem, wenn sie breit genug ist.»

«Okay.» Impulsiv ging sie auf ihn zu und küßte ihn auf die Wange. «Danke, Sean. Danke für alles.» Und sie drehte sich um und ging nach oben.

Er machte sich Tee in der Küche, und während er wartete, bis das Wasser kochte, zog er den Zettel heraus, den ihm Agnes mit der Nummer der fiktiven Firma Hartley Brothers gegeben hatte. An der Wand war ein Telefon. Er nahm ab und verlangte die Auskunft.

Er nannte die Nummer. «Das ist ein Anschluß in Kent, stimmt's?»

«Richtig, Sir.»

«Deepdene Garden of Rest. Wären Sie wohl so freundlich, mir die Adresse rauszusuchen?»

Die Telefonistin war in wenigen Sekunden wieder am Apparat. «Ich hab's. Deepdene Garden of Rest, Maltby, bei Rochester.»

«Vielen Dank.»

Er legte den Hörer auf, tat einen Teebeutel in einen Becher und übergoß ihn mit kochendem Wasser, verrührte etwas Milch und ging ins Wohnzimmer. Während er den Tee trank, überlegte er. Sarah war für die Welt gestorben und würde vermutlich zwölf Stunden schlafen, er dagegen brauchte nichts dergleichen. Es war genau ein Uhr nachts, überzeugte er sich. Maltby, bei Rochester. Um diese Zeit konnte er das in einer Stunde schaffen.

Geräuschlos verließ er das Haus, öffnete den Kofferraum des Mini Cooper und klappte das Werkzeugfach auf, das auch einen Browning enthielt. Er versteckte ihn in seinem Blouson, klemmte sich hinters Steuer und fuhr durch die stillen Straßen davon.

10

In Paris gab es eine weitere Verspätung, nicht erheblich, aber sie hatte zur Folge, daß Jago erst um halb zwei in Heathrow landete. Da er nur Handgepäck bei sich hatte, ging er direkt durch, holte den Spyder und war binnen zehn Minuten unterwegs.

Egan fuhr zur gleichen Zeit durch Rochester. Da die Straßen um diese Stunde leer waren, konnte er ungehindert mit Höchstgeschwindigkeit dahinrasen. Er fand Maltby auf seiner Karte, acht Kilometer jenseits von Rochester, gelangte jedoch unverhofft noch vor der Ortschaft ans Ziel. Auf der rechten Straßenseite verkündete ein eindrucksvolles Schild: «Deepdene Garden of Rest and Crematorium». Außerdem verhieß es Öffnungszeit rund um die Uhr, also genau das, was er unter den gegebenen Umständen brauchte. Er kurvte mit dem Mini Cooper durch das Tor auf die Zufahrt.

Asa Bird, der endlosen Warterei auf Jago überdrüssig, war hinuntergegangen in den Arbeitsraum. Es gab einiges vorzubereiten. Für den Vormittag waren zwei Trauerfeiern angesetzt, daran anschließend die Einäscherung. Ferner eine Einbalsamierung, die er stets persönlich vornahm; er war stolz auf sein fachmännisches Geschick, besonders in schwierigen Fällen, und dazu zählte dieser zweifellos – ein junger Mann mit schweren

Gesichtsverletzungen nach einem tödlichen Autozusammen-
stoß.

Bird zog eines der Kühlfächer heraus und untersuchte die
Leiche, als Albert mit einer Tasse Tee erschien. «Er sieht
schlimm aus, Mr. Bird», bemerkte er.

«Nicht mehr, wenn ich ihn zurechtgemacht habe. Wachs
und Schminke können wahre Wunder vollbringen, wir müssen schließlich an die Angehörigen denken. Ich finde, seine
arme Mutter hat schon genug gelitten. Sie muß ihn nicht so
sehen.»

«Sie sind ein guter Mensch, Mr. Bird», bestätigte ihm Albert.

«Ich versuche, mein Bestes zu tun, Albert. Wir wollen jetzt
die Öfen kontrollieren. Ich möchte keinesfalls, daß morgen
etwas schiefläuft.»

Sie gingen durch eine Hintertür zu einer riesigen Scheune
hinüber, die man zu einem Krematorium umgebaut hatte. Albert öffnete die Tür, knipste das Licht an und betrat als erster
das kleine Podest, von dem acht oder neun Stufen in den
Hauptraum hinunterführten. Es war alles überaus ordentlich:
weiß gestrichene Wände, eine elektronische Anlage und zwei
schwarze Öfen mit Glastüren.

Bird ging hinunter, drückte auf einen Knopf, heizte erst den
einen und dann den zweiten an. «Ausgezeichnet», lobte er.

In dem Augenblick läutete es am Eingang. «Jago», sagte
Albert.

Bird nickte. «Laß ihn rein. Ich empfange ihn im Arbeitszimmer.» Sie gingen hinaus.

Bird hatte sich gerade in seinem Arbeitszimmer am Schreibtisch niedergelassen, als Albert erschien. «Wo ist er?» fragte
Bird stirnrunzelnd.

«Es ist gar nicht Jago, sondern ein Kunde. Ein Mr. Brown.
Seine Mutter ist gerade gestorben, sagt er.»

Bird sah auf die Uhr. Viertel nach zwei. «Eine unchristliche

Zeit hat sie sich dafür ausgesucht, das kann man wohl behaupten.»

«Wir werben mit Öffnungszeit rund um die Uhr», betonte Albert.

«Schon gut», entgegnete Bird ungeduldig. «Führ ihn rein. Bringen wir's schnell hinter uns.» Albert wandte sich zur Tür und zögerte. «Na, was gibt's noch?» fragte Bird.

«An dem ist irgendwas nicht koscher. Ich weiß nicht genau, was, aber da ist der Wurm drin.»

Bird runzelte die Stirn und nickte bedächtig. «Na schön, Albert, in fünf Minuten rufst du vom Büro aus an. Ich komm dann rüber, und wir besprechen die Sache.»

Albert ging hinaus. Bird saß da, trommelte mit den Fingern auf der Schreibtischplatte. Die Tür öffnete sich, und Albert führte Egan herein.

«Mr. Brown.»

Albert verschwand, Egan kam auf ihn zu und schüttelte ihm die Hand. «Es ist sehr freundlich von Ihnen, mich zu so einer unmöglichen Zeit zu empfangen, Mr. Bird.»

«Nicht der Rede wert, Mr. Brown, nehmen Sie doch bitte Platz.» Bird wies auf einen Stuhl. «Was kann ich für Sie tun?»

«Meine Mutter war längere Zeit krank. Sie wohnt auf der anderen Seite von Rochester. Ich wurde telefonisch verständigt, daß es rasch mit ihr zu Ende ging, da bin ich auf dem schnellsten Weg von Schottland hergekommen. Als ich vor einer Stunde zu Hause eintraf, war sie gerade entschlafen.»

«Mein Beileid.» Bird nickte. «Aber uns allen schlägt einmal die Stunde, Mr. Brown, so ist das nun mal im Leben eingerichtet. Nun möchten Sie uns die weitere Regelung übertragen.»

«Die Sache ist die, ich bin als Ingenieur im Erdölgeschäft tätig und sollte morgen in den Irak fliegen. Ich kann es um einen Tag verschieben, aber damit hat sich's. Zum Glück hat ein Nachbar meiner Mutter von Ihnen gesprochen – daß Sie ganz in der Nähe sind und rund um die Uhr dienstbereit.»

«Der Tod, Mr. Brown, ist über Zeit und Raum erhaben», belehrte ihn Bird salbungsvoll und zückte den Füller. «Nur ein paar erforderliche Angaben.»

«Eigentlich habe ich schon vorher von Ihrem Unternehmen gehört. Ein Geschäftsmann, den ich in London kennenlernte, hat mir davon erzählt. Wie war doch gleich der Name?» Egan zog die Stirn kraus. «Ach ja, richtig, Smith. Das war's. Mr. Smith.»

Der Füller schwebte über dem Formular, das Bird vor sich liegen hatte. Jetzt deponierte er ihn sorgfältig auf dem Schreibtisch und erhob sich. «Smith? Nein, da klingelt bei mir nichts. Ob Sie mich wohl einen Augenblick entschuldigen würden?»

Er eilte nach nebenan in das kleine Büro, wo Albert ihn erwartete. «Na, wie steht's?» erkundigte sich Albert.

Bird legte den Finger auf den Mund, nahm ein Bild von der Wand und schaute durch den Spiegel in sein Arbeitszimmer, wo Egan in Windeseile die Schreibtischschubladen inspizierte. «Du hattest recht, Albert, an dem ist was nicht koscher.»

«Was machen wir nun?» fragte Albert.

«Ich fordere ihn zu einer Besichtigung auf. Wenn wir ins Krematorium kommen, wartest du hinter der Tür und verpaßt ihm ein ordentliches Ding, Albert, aber laß ihm noch die Kraft, mir zu sagen, wer er ist.»

«Und dann?»

«Das kommt drauf an. Notfalls mußt du den Ofen anheizen, wer weiß? Und jetzt ab mit dir.»

Bird folgte ihm nach draußen, zögerte vor dem Arbeitszimmer, rüttelte am Türknopf und trat ein. Egan saß auf dem Stuhl, wie er ihn verlassen hatte.

«Mir ist was eingefallen, Mr. Brown. Wo Sie doch so unter Zeitdruck sind, könnte ich Ihnen ja gleich mal unsere Einrichtungen zeigen. Sie wünschen vermutlich eine Feuerbestattung, oder?»

«Ich denke schon.»

«Sehr vernünftig. Asche zu Asche, wie das Gebetbuch sagt.» Bird öffnete die Tür und ging voran. «Einen passenden Sarg können wir nachher aussuchen.»

«Vielen Dank.»

Ein feiner Sprühregen schimmerte silbrig im Laternenschein, als Bird die Tür zum Hof öffnete. Er nahm einen Schirm aus dem Eckständer. «Das Krematorium ist leider auf der anderen Hofseite.»

Er hielt den Schirm über sie, wobei sich ihre Arme leicht berührten und er ein wenig zitterte; das allein hätte schon ausgereicht, Egan zu alarmieren, wäre er nicht ohnehin auf irgendeine Aktion gefaßt gewesen.

Bird ließ den Schirm sinken und machte die Tür auf. «Nach Ihnen.»

«Aber nicht doch, Mr. Bird, nach Ihnen.» Egan versetzte Bird einen so heftigen Stoß, daß er die Stufen hinunterstolperte, sich ans Geländer klammerte und schließlich vollends hinunterpurzelte. Im gleichen Augenblick schmetterte Egan die Tür gegen die Wand, so daß sie Albert, der mit einem Schlagholz dahinterstand, mit aller Wucht ins Gesicht knallte und ihm das Nasenbein brach. Egan wiederholte das Ganze, Albert heulte auf und ließ das Schlagholz fallen.

Bird versuchte aufzustehen und sackte neuerlich zusammen. «Mein Gott, ich glaub, ich hab mir den Knöchel gebrochen.»

Als Egan die Tür zurückzog, kam Albert zum Vorschein – auf den Knien, schluchzend, das hübsche Gesicht verunstaltet, blutverschmiert. Egan griff zur Tür, als wolle er noch einmal zuschlagen, und Bird schrie entsetzt auf.

«Nicht – bitte nicht!»

Egan stieg die Treppe hinunter und zog den Browning. «Ich bring ihn um, wenn's sein muß. Das liegt ganz bei Ihnen.»

«Wer sind Sie? Was wollen Sie?»

«Informationen. Sie geben sie mir, und Ihr Freund ist aus

dem Schneider. Wenn nicht...» Egan zuckte die Achseln. «Sie haben die Wahl.»

Birds gehetzter Blick wanderte hin und her. Egan spannte den Hahn seines Browning. Bird kreischte: «Na schön, was Sie wollen.»

«Ausgezeichnet.» Egan zündete sich eine Zigarette an. «Ich weiß alles über Hartley Brothers, über Ihre Aktivitäten, die mit Heroin vollgestopften Leichen aus Frankreich. Ich weiß auch, daß Sie für Smith arbeiten. Das stimmt doch?»

«Ja.» Bird nickte beflissen.

«Wer ist er?»

«Ich weiß es nicht.»

Egan hob den Browning, ging die Stufen zurück, zerrte Alberts Kopf hoch und hielt die Mündung dagegen.

Bird schrie gellend auf: «Das ist die reine Wahrheit, bei Gott. Ich weiß nicht, wer er ist.»

«Wie wickeln Sie dann die Geschäfte ab?»

«Man setzt sich mit ihm über eine Nummer mit Anrufbeantworter in Verbindung. Direkt kann man ihn telefonisch nie erreichen. Früher oder später ruft er dann zurück.»

«Und Sie haben ihn nie gesehen?»

«Nein, nur Jago, den Mann, der alles für ihn erledigt. Er ist ein paarmal hiergewesen.» Bird erwog kurz, Egan mitzuteilen, daß Jago jeden Moment erwartet wurde. Andererseits – wenn dieser im richtigen Augenblick erschien, wäre das für Egan höchst bedauerlich. Somit dürfte es am besten sein, darüber Stillschweigen zu bewahren.

«Geben Sie mir eine Beschreibung von Jago.»

«Ein echter Gentleman. Ehemaliger Offizier. Der Sprache nach Absolvent einer Public School.»

«Und eine Narbe vom linken Augenwinkel zum Mund?»

«Stimmt. Dann kennen Sie ihn also?»

«Nicht direkt.» Egan blickte zu ihm hinunter, und Bird bemühte sich, einschmeichelnd zu lächeln. Egan hob die

Stimme, verlieh ihr einen drohenden Ton. «Wissen Sie, was ich denke? Daß Sie meine kostbare Zeit vergeuden, und das paßt mir nicht. Paßt mir überhaupt nicht.»

Er packte den halb bewußtlosen Albert beim Schopf, hob den Revolver abermals, und Bird schrie: «Ich hab Ihnen alles gesagt. Ich bin Smith nie begegnet, und Jago sehe ich nur hin und wieder, und ich kann ihn lediglich über Smith erreichen.»

«Niemand sonst? In der gesamten Organisation? Erwarten Sie etwa, daß ich Ihnen das abnehme?»

«Es ist die Wahrheit», rief Bird und stockte dann. «Moment mal. Etwas hab ich vergessen.»

«Sie sollten sich besser daran erinnern.»

«Voriges Jahr hat Smith uns einmal beauftragt, einen Koffer voll Heroin in einem Gepäckschließfach auf der King's Cross Station zu deponieren. Albert hat das erledigt, aber dieser dumme Kerl konnte es nicht lassen, noch eine Weile dort herumzulungern. Er sah, wer den Koffer abgeholt hat, und erkannte ihn auch.»

«Wer war's?»

«Ein Mann namens Frasconi – Daniele Frasconi. Sein Bild war letztes Jahr in sämtlichen Zeitungen. Damals fand ein Riesenprozeß statt, bei dem es um den Rauschgifthandel in London ging. Die Mafia Connection, so nannte man's und ließ durchblicken, daß Frasconi ein großer Macher war. Jedenfalls ist er davongekommen. Zeugen verschwanden spurlos oder änderten ihre Aussage. Das Übliche.»

«Was haben Sie dann getan?»

«Getan?» wiederholte Bird. «Was konnten wir denn tun? Genau das hab ich auch dem dämlichen Kerl da gesagt. Diese Leute lassen nicht mit sich spaßen. Bei denen gehört Mord mit zum Geschäft.» Er zog ein Taschentuch heraus und wischte sich das Gesicht ab. «Ich vermute, bei Ihnen verhält es sich genauso, Mr. Brown.»

«Das hatten wir schon.»

192

Er drehte sich auf dem Absatz um, ging die Stufen hinauf, stieg über Albert hinweg und steckte den Browning wieder ein, während er im Regen den Hof überquerte. Er bog um die Ecke des Gebäudes, erreichte den Parkplatz und rutschte hinter das Steuer des Mini Cooper. Frasconi – Daniele Frasconi. Das war ein Fingerzeig, aber wohin führte er? Es gab nur einen Menschen, der ihm das schnell beantworten konnnte: Alan Crowther.

Als er in die Hauptstraße einbog und Gas gab, kam ihm der Spyder entgegen. Jago erkannte den Mini Cooper sofort und fuhr weiter, die sich entfernenden Schlußlichter im Rückspiegel beobachtend. Mit einem raschen Blick hatte er festgestellt, daß nur eine Person im Wagen saß, bei der es sich um Egan handeln mußte. Seltsamerweise kam bei Jago ein Gefühl der Bewunderung auf.

«Eins muß ich dir lassen, alter Junge», flüsterte er vor sich hin. «Wenn du aktiv wirst, tust du's wirklich zügig.» Er schaltete herunter und passierte den Haupteingang.

Bird rappelte sich hoch und schaute, auf das Geländer gestützt, nach oben zu Albert. «Alles in Ordnung, Schatz?»

Albert ächzte, seine Lider flatterten. Bird humpelte zu einem Ausguß in der Ecke, drehte den Hahn auf und befeuchtete einen Lappen. Als er sich umdrehte, stand Jago in der Tür, die Hände tief in den Taschen des marineblauen Burberry vergraben – eine höchst bedrohliche Erscheinung. Bird ließ sich stöhnend an dem kleinen Tisch vor den Öfen auf einen Stuhl nieder.

«Bei Ihnen ist's ja hoch hergegangen», bemerkte Jago und beugte sich zu Albert hinunter, um ihn zu untersuchen. «Armer Kerl, sein gutes Aussehen ist flöten, und das war ja nun mal neben seinem Hintern alles, was er zu bieten hatte.» Er zündete sich eine Zigarette an und lehnte sich ans Geländer. «Mein Freund Egan ist also hiergewesen?»

«Brown, Mr. Jago», korrigierte Bird beflissen. «Der Name war Brown.»

«Nein, Egan», beharrte Jago. «Vier- bis fünfundzwanzig, schlank, hartes Gesicht, schwarze Lederjacke, Jeans?»

«Das ist er», nickte Bird.

«Was haben Sie ihm erzählt?»

Bird markierte Verblüffung. «Ihm erzählt, Mr. Jago?»

«Keine Mätzchen», riet Jago geduldig. «Er ist doch nicht zum Zeitvertreib hergekommen. Sondern um Sie auszufragen nach Leichen aus Paris, nach Eric Talbot, Mr. Smith und höchstwahrscheinlich nach mir. Also was haben Sie ihm erzählt?»

«Aber was hätte ich ihm denn erzählen können, Mr. Jago?»

Jago zerrte Albert auf die Füße, hielt ihn einen Moment fest und stieß ihn dann rücklings die Stufen hinunter. Er fiel ungeschickt, und es knirschte dumpf, als er mit dem Schädel auf die Fliesen schlug. Jago kam die Stufen hinunter und versetzte ihm einen Tritt in die Rippen.

Bird schrie auf. «Nein, tun Sie ihm nicht weh! Ich will reden. Ich sag Ihnen alles.»

Er begann loszuschwatzen, die Worte sprudelten nur so aus ihm heraus, als er wiederholte, was er Egan erzählt hatte. Schließlich schluchzte er leise vor sich hin.

Jago blickte auf Albert hinunter und stieß ihn mit dem Fuß an. «Ich frag mich, wie oft er das getrieben hat – herumlungern und den Schnüffler spielen?»

«Nur das eine Mal, Mr. Jago, ich schwör's.»

«Aber einmal reichte, weil er dabei Daniele Frasconi gesehen hat, und der ist nun wirklich ein sehr bedeutender Mann. Und jetzt weiß unser Freund Egan Bescheid, und das wird Mr. Smith nicht gefallen. Es wird ihm ganz und gar nicht gefallen.» Er bückte sich, um Albert genauer zu untersuchen, richtete sich dann wieder auf. «Für ihn hat es freilich nicht mehr viel zu bedeuten. Er ist tot.»

«Albert!» wimmerte Bird. Er stand auf, verlor das Gleichgewicht und kippte um. Er blieb einen Moment liegen und kroch dann zu dem Chauffeur hin.

Jago ging zu den Öfen hinüber und drückte die Startknöpfe, worauf sie sofort aufflammten. Er wartete ein bis zwei Sekunden, bis die Gasflammen hoch aufzüngelten, und öffnete dann die beiden Glastüren. Sofort schlugen Flammen heraus, und an den gestrichenen Wänden ringsum bildeten sich Blasen.

Bird schrie: «Nein, Mr. Jago, das dürfen Sie nicht tun. Das gibt ein Unglück.»

Jago ignorierte ihn, nahm einen Kanister Spiritus vom Ecktisch, durchquerte geschwind den Raum, und während er die Stufen hinaufging, schraubte er die Verschlußkappe des Kanisters auf.

Blankes Entsetzen malte sich jetzt in Birds Gesicht, er versuchte aufzustehen, stolperte und fiel quer auf Albert. «Um Gottes willen, nein!»

Jago leerte den Kanister über das hölzerne Geländer und die Stufen, warf ihn dann nach unten und entzündete ein Streichholz. Alles brannte sofort lichterloh. Bird kreischte laut, als die Flammen ein Hosenbein erfaßten, und versuchte sie vergebens auszuschlagen. Hinter ihm loderte die ganze Wand und die Decke, in den Öfen bullerte siedende Hitze.

«Wir sehen uns in der Hölle wieder, alter Freund», rief Jago und schloß die Tür hinter sich. Eine Minute darauf kurvte er mit dem Spyder auf die Straße nach Rochester.

Er sah auf die Uhr – Punkt drei – und überlegte, was Egan wohl als nächstes unternehmen würde; doch das ließe sich bald genug herausfinden, wenn er in die Lord North Street zurückkehrte. Und am Morgen mußte er Smith aufs laufende bringen. Er hatte ihm eine Unmenge zu berichten. Über die Sache mit Frasconi würde er sicherlich außer sich sein, da dadurch die gesamte Verbindung mit Sizilien gefährdet war. O ja, Smith würde das kein bißchen gefallen. Aus irgendeinem Grund amüsierte das Jago ungemein, er lehnte sich zurück, ein leichtes Lächeln um die Lippen, und konzentrierte sich aufs Fahren.

Egan beschloß, schnurstracks zu Alan Crowther zu fahren anstatt in die Lord North Street. Crowther litt unter Schlaflosigkeit und arbeitete häufig die Nacht durch, wie er wußte, doch als er kurz vor vier vor dem Haus in Water Lane hielt, war alles dunkel. Er stieg aus und läutete – ohne Erfolg. Er probierte es noch ein paarmal, ging dann zur Rückseite, fand den Zweitschlüssel für die Hintertür, den Crowther stets an einer bestimmten Stelle im Steingarten versteckte.

In der Küche war es warm. Er knipste das Licht an, setzte Wasser auf und machte sich eine Tasse Tee. Wo immer Crowther auch stecken mochte, er dürfte bald zurückkommen, denn er fuhr niemals weg, machte nie Urlaub. Egan ging ins Wohnzimmer, trank seinen Tee, legte sich dann mit verschränkten Armen auf die Couch und schlief nach einer Weile ein.

Ein Geräusch an der Haustür weckte ihn. Er schwang die Beine von der Couch und stellte mit einem Blick fest, daß es fünf Uhr war. Alan Crowther kam herein, doch ein Alan Crowther, den Egan noch nie gesehen hatte. Er trug eine dunkle Wollmütze, bis an die Augen heruntergezogen, einen dicken Pullover, blauen Parka, Jeans und Schnürstiefel, über den Schultern einen kleinen Rucksack.

«Sean, mein Gott, hast du mich erschreckt», begrüßte er ihn.

«Entschuldige. Ich bin mit dem Zweitschlüssel reingekommen. Ich mußte dich unbedingt sehen. Aber was hat das alles zu bedeuten? Wo zum Teufel bist du gewesen in diesem Aufzug?»

«Du hast mein finsteres Geheimnis entdeckt.» Crowther zog die Lederhandschuhe aus, nahm den Rucksack ab und schälte sich aus dem Parka. «Komm mit in die Küche. Ich bin ganz durchfroren und habe das dringende Bedürfnis, literweise heißen Kaffee in mich hineinzuschütten.»

In der Küche setzte er die Kaffeemaschine in Betrieb und

rieb sich die Hände. «Eine erfolgreiche Nacht. Ich war in Birmingham und zurück. Natürlich mit der Bahn, die einzig mögliche Art zu reisen.»

«Mit dem Zug?»

«Nicht, wie du meinst.» Er setzte sich an den Tisch und lachte. «Wenn man in mein Alter kommt, möchte man irgendwas anderes, aber was? Das ist die Frage. Zu spät, um fliegen zu lernen oder die Eigernordwand zu besteigen.»

«Na und?»

«Ich bin ein Güterzugtramp, Sean. Vor einem Jahr hab ich in einem Pub in Camden einen Knaben kennengelernt, der mich darauf gebracht hat. Ein Architekt.» Er lächelte. «Wir springen auf Güterzüge auf, bloß für den Nervenkitzel. Natürlich immer nachts.»

«Du mußt übergeschnappt sein», sagte Egan ungläubig.

«Wenn ja, befinde ich mich in guter Gesellschaft. Wir sind keine Rowdys, Sean. Zu meinen Kollegen, wenn ich sie so nennen darf, gehören Wirtschaftsprüfer, Finanzfachleute aus der City, zwei Ärzte und mindestens ein Professor von der University of London.»

Er holte sich den Kaffee. «Solche Leute? Aber warum bloß?» fragte Egan.

«Nervenkitzel, mein Junge, damit ködern wir sie. Gefahr, Erregung. Auf einen fahrenden Zug bei Dunkelheit aufzuspringen, wenn er aus dem Güterbahnhof hinter Paddington oder Victoria Station hinausrollt, ist nicht gerade einfach. Das erfordert Mut und starke Nerven.»

«Verrückt.» Egan schüttelte den Kopf. «Du mußt verrückt sein.»

«Heute nacht war es eine kurze Fahrt, weil ich noch zurückwollte, aber ich hab die ganze Strecke bis Glasgow immerhin in einem Ford Escort auf einem offenen flachen Güterwagen gesessen. Ein tolles Gefühl von Freiheit, vor allem, wenn du durch einen hell erleuchteten Bahnhof donnerst. Und aufpassen mußt du wie ein Schießhund bei diesem Unternehmen. Nach Liverpool wimmelt es nur so von Halbstarken, die Autoradios klauen wollen, und das bedeutet Bahnpolizei, da mußt du schon auf Draht sein.»

«Verrückt», wiederholte Egan.

«Unsinn. Das Beste, was mir je passiert ist. Aber wie steht's mit Paris?»

Egan brachte ihn auf den neuesten Stand. «Hinter allem steckt also eindeutig Smith», schloß er. «Hast du während meiner Abwesenheit irgendwas über ihn rausgekriegt?»

«Gar nichts. Na ja, es gibt jede Menge von Gaunern namens Smith, in sämtlichen Spielarten, aber keinen einzigen, der ins Bild paßt.» Crowther zuckte die Achseln. «Das ist natürlich nicht verwunderlich, oder? Schließlich ist Smith nicht sein richtiger Name, das ist doch wohl klar.»

«Womit uns zwei Anhaltspunkte bleiben. Jago und Daniele Frasconi. Können wir mal probieren, ob du fündig wirst?»

Sie gingen ins Arbeitszimmer. Crowther stellte sich den Kaffee in Reichweite und machte sich ans Werk. «Ich fange mit Frasconi an. Das dürfte einfach sein. Mit seinem Leumund haben die ihn in Scotland Yard doch garantiert in ihrer Datenbank.» Nach zwei Minuten nickte er zufrieden. «Ich bin drin.» Die Fakten begannen sich vor ihnen auszubreiten. «Meine Güte, das ist ja wie eine Fortsetzung von *Der Pate*.»

Die Frasconis waren eine mächtige Mafiafamilie mit Sitz in Palermo, kontrolliert von Zwillingsbrüdern, Daniele und Salvatore, fünfunddreißig Jahre alt. Die Haupteinnahmen der Familie stammten aus dem Rauschgifthandel. Zur Zweigstelle in London gehörten zwei Kasinos und die Beteiligung an einer Kette von Wettbüros. Außerdem besaßen sie drei Hotels.

«Alles Fassade, eine Waschanlage für die Gelder aus dem Drogenhandel.»

«Scheint so, als ob Daniele hier das Ganze dirigiert hat, bis er letztes Jahr vom Rauschgiftdezernat geschnappt wurde», meinte Crowther. «Er hat die gegen ihn erhobene Anklage Punkt für Punkt widerlegt, bis auf einen. Tätliche Beleidigung eines Polizeibeamten. Hat sechs Monate im Armley-Gefängnis in Leeds abgebrummt und ist nach seiner Entlassung nach Sizilien zurückgekehrt.»

«Das hätt ich gern ausgedruckt», bat Egan.

«Klar.»

Der Drucker fing zu rattern an. «Und nun zu Freund Jago», sagte Egan.

«Ich bleibe erst mal bei Scotland Yard.» Crowther machte sich an die Arbeit. Nach einer Weile lehnte er sich zurück. «Nur drei – ein ungewöhnlicher Name, verstehst du. Ein Einbrecher in Cardiff, ein zu lebenslänglich verurteilter Mörder im Durham-Gefängnis und ein ehemaliger Buchhalter aus der City, der momentan in Parkhurst fünf Jahre wegen Unterschlagung absitzt. Kein Anlaß zum Jubeln.»

«Auf ein Neues», sagte Egan. «Was wissen wir über ihn? Ehemaliger Militär, wenn mich nicht alles täuscht. Den die meisten in unserer klassenbesessenen Gesellschaft als Gentleman bezeichnen würden. Einsame Spitze, wenn's Scherereien gibt und gezielt gehandelt werden muß. Narbe auf der linken Wange.»

«Einer von dem Kaliber könnte sich doch nach der Army ohne weiteres für eine Söldnerlaufbahn entschließen», meinte Crowther.

«Das ist eine Idee. Du könntest es mal mit bekannten Söldnertruppen versuchen. Ich brauche eine Tasse Tee. Während ich sie aufbrühe, mache ich dir frischen Kaffee.»

Als er zur Tür ging, fragte Crowther: «Sagtest du nicht, daß du ihn Villiers gegenüber erwähnt hast?»

«Ja, aber da dachte ich noch, er gehört zu seinen Leuten in Group Four.»

«Du kapierst nicht, worauf ich hinauswill.» Crowther kratzte sich am Kopf. «Du weißt jetzt, daß Jago nicht für

Fergusons Haufen arbeitet, während Villiers das bereits wußte, als du ihm eben das vorwarfst. Wie ich unseren Tony kenne, läßt er das nicht auf sich beruhen, sondern möchte genau wie du unbedingt rauskriegen, wer der geheimnisvolle Mann mit der Narbe ist. Er wird seine eigenen Nachforschungen angestellt haben.»

«Das ist einleuchtend.» Egan nickte. «Also wieder mal Group Four. Sieh nach, was die rausgefunden haben.»

Er goß seinen Tee auf und schenkte Crowther eine Tasse frischen Kaffee ein, als er dessen Triumphschrei hörte. Er brachte alles herein, und Crowther blickte hoch, über das ganze Gesicht strahlend.

«Hier ist es. Ein Zusatz. Die Kennzeichnung bedeutet, daß er in den letzten zwölf Stunden einprogrammiert wurde. Tony muß eine ganze Batterie von Computern auf die Sache angesetzt haben. Jago ist ein Pseudonym. Sonst paßt alles wie angegossen.»

Ein Computerbild aus der Stammrolle zeigte Jago mit der Narbe. «Wie du siehst, hat er die erwischt, als sein Regiment bei der UN-Friedenstruppe im Libanon war.» Crowther trank einen Schluck Kaffee.

«Harry Andrew George Evans-Lloyd», sagte Egan. «Dienstgrad mit Patent, Captain. Militärverdienstkreuz in Irland, Grund nicht angegeben.»

«Ausstoß aus der Army», fügte Crowther hinzu. «Vier auf einen Streich. Allerdings keine Fliegen wie beim tapferen Schneiderlein im Märchen, sondern vier IRA-Schützen, die der liebe Captain Evans-Lloyd mit Schüssen in den Hinterkopf umlegte.»

«Und waren sie, was sie zu sein schienen?» wollte Egan wissen.

«Und ob. Nicht gerade leicht für seinen alten Herrn. Pensionierter Generalmajor, lebt noch. Schau dir an, wo sich sein Sohn weiterhin mit Ruhm bekleckert hat. Selous Scouts in

Rhodesien, Kommandotruppe für die Südafrikaner in Angola.»

«Im Klartext Todesschwadron», kommentierte Egan.

«Dann dieses schmutzige Geschäft im Tschad», fuhr Crowther fort. «Aber in den letzten drei bis vier Jahren nichts.»

«Nichts bekannt, meinst du», verbesserte Egan. «Druck mir das bitte auch aus.»

Crowther setzte sich zurück. «Was wirst du nun machen? Zu Villiers gehen? Immerhin weißt du im Augenblick mehr als seine Leute.»

«Keine Ahnung. Das liegt ganz bei Mrs. Talbot, jedenfalls aus meiner Sicht.» Egan nahm die Ausdrucke und faltete sie zusammen. «Ich mach mich jetzt auf den Weg. Ich kann dir gar nicht genug danken, Alan.»

«Nicht der Rede wert, aber sei wachsam. Ich weiß nicht, was Villiers vorhat in Sachen Jago, wenn wir ihn weiter so nennen wollen, doch denk dran, Sean, der Mann ist hochgefährlich.»

«Tu ich.»

Crowther lachte in sich hinein, als er ihn zur Tür begleitete. «Der große Jack Shelley liegt flach mit einer Kugel im Rücken, wirklich urkomisch. Geschieht ihm recht, wenn er sich in seinem Alter auf solche Spielchen einläßt.»

«Genauso albern wie du in deinen Jahren als Güterzugtramp», konterte Egan und ging hinaus in die Kälte.

Es war inzwischen sechs Uhr, die Straßen begannen sich zu beleben, als er in Richtung «The Bargee» fuhr. Er parkte im Hof, benutzte den Kücheneingang und schlich leise nach oben. Idas Tür war nur angelehnt; sie atmete schwer im Schlaf. Er machte ihre Tür zu und ging in sein Zimmer, duschte und rasierte sich, zog frische Unterwäsche, Hemd und Jeans an und machte sich wieder auf den Weg.

Ida tauchte auf. «Du bist's, Sean. Ich war schon in Sorge, wo du dauernd auf Achse bist. Du sitzt doch nicht irgendwie in der Tinte, oder?»

«In der Tinte?» Er grinste. «Seit wann spricht man so von einer attraktiven Frau? Mach du dir um mich keine Sorgen.» Damit verschwand er.

Sie legte sich wieder hin, konnte jedoch nicht schlafen. Eine halbe Stunde wälzte sie sich rastlos hin und her, dann ging sie nach unten, setzte Wasser auf und machte Toast. Es klopfte an der Küchentür. Als sie öffnete, stand Tony Villiers vor ihr.

«Hallo, Ida, ich weiß, es ist früh am Morgen, aber ich dachte, ich könnte Sean hier antreffen.»

«Kommen Sie rein, Colonel Villiers. Sie haben ihn gerade verpaßt. Eine Tasse Tee? Er ist ganz frisch.»

Sie schenkte ihm ein. «Er war also letzte Nacht zu Hause?» fragte Villiers.

Sie war sofort auf der Hut. «Klar war er hier», beteuerte sie.

Er lächelte. «Zum Glück, Ida, weiß nur ich zufällig, daß er nicht hier war.»

«Wollen Sie damit sagen, daß er in Schwierigkeiten ist?»

«Nein, aber er könnte welche bekommen.» Er entnahm seiner Brieftasche eine Karte und legte sie auf den Kaminsims. «Da steht meine Telefonnummer drauf, Ida, ein Anschluß, über den Sie mich überall, Tag und Nacht, erreichen können. Sollten Sie mich brauchen, sollten Sie etwas zu berichten haben, wissen Sie, was Sie tun müssen...»

Er ging hinaus. Sie saß am Tisch, rührte geistesabwesend in ihrem Tee herum und brach plötzlich in Tränen aus.

Jago, der neben dem Fenster, in eine dicke Wolldecke eingewickelt, ein paar Stunden geschlafen hatte, wachte um sieben auf und blickte hinunter in die Lord North Street. Noch immer keine Spur von dem Mini Cooper und kein Lebenszeichen im Haus. Er sah nochmals auf die Uhr und rief Smith an.

Er war in der Küche beim Kaffeekochen, als dieser sich meldete. «Wo sind Sie?» fragte er.

«Wieder in London, in der Wohnung.»

«Was war in Paris los?»

«Das ist eine lange Geschichte.»

«Schießen Sie los. Ich hab noch nicht gefrühstückt.»

Jago goß sich Kaffee ein und trank ihn, während er berichtete. Als er fertig war, meinte Smith lapidar: «Nicht gut.»

«Wieso nicht? Valentin und die dämliche kleine Hure aus dem Weg geräumt. Jack Shelley auf dem Rücken in einem Krankenhausbett. Bird und sein Freund eingeäschert. Sämtliche Wege blockiert, bis auf Frasconi, und da stehe ich Ihnen ganz zur Verfügung.»

«Daniele Frasconi ist nach Palermo zurückgekehrt und gedenkt dort zu bleiben. In London ist ihm das Pflaster zu heiß geworden. Mrs. Talbot und Egan würden keinen halben Tag überdauern, wenn sie sich hinwagten. Sie kennen doch die Mafia.»

«Was ist nun das Problem?»

«Sie und ich. Sie und Egan wissen jetzt von unserer Existenz.»

«Ja, alter Knabe, aber der Witz dabei ist, daß ihnen das überhaupt nichts nützt, weil wir ja beide ein Doppelleben führen. Sie machen sich zuviel Gedanken.» Jago lachte. «Und nun frühstücken Sie. Ich halte Sie auf dem laufenden.»

Er hängte das Küchentelefon ein und holte das Toastbrot aus dem Schrank. Gleich darauf hörte er Stimmen in der Anlage im Wohnzimmer und sauste hin. Sarah sprach mit Egan. Jago schaute hinaus – der Mini Cooper parkte vor dem Haus. Er holte den Kaffee aus der Küche und ließ sich damit nieder. Plötzlich erstarrte er.

«Evans-Lloyd, das ist sein richtiger Name», sagte Egan.

Sarah saß im Morgenrock auf der Fensterbank und las die Ausdrucke, machte gelegentlich ihre Bemerkungen dazu. Nach der Lektüre stellte sie kopfschüttelnd fest: «Ich verstehe diesen Mann nicht. Er ist ein Killer, das wissen wir, und doch hat er mir zweimal entscheidend geholfen. Warum?»

«Vielleicht stehen Sie nicht auf seiner Liste», meinte Egan. «Wenn er der Profi ist, für den ich ihn halte, dann gehört alles zum Geschäft. Er bekommt seine Aufträge und wird dafür bezahlt, nicht mehr und nicht weniger. Er sieht sich nicht als Mörder im kriminellen Sinn, sondern vielmehr als gedungenen Mörder.»

«Wollen Sie mir ernstlich einreden, daß da ein Unterschied besteht?»

«Nehmen Sie zum Beispiel die Assassinen, auf arabisch Haschischraucher, ein Ende des 11. Jahrhunderts in Persien gegründeter islamischer Geheimbund, der seine Liebe auch mit Mordanschlägen durchzusetzen suchte. Sie töteten für jeden, der sie für ihre Dienste bezahlte; sobald sie das Blutgeld genommen hatten, gab es für die echten Assassinen kein Zurück. Sie führten den Mordauftrag aus, was immer geschehen mochte, selbst wenn es sie das Leben kostete.»

«Und Sie meinen, das gilt genauso für Jago?»

«Für einen seines Schlages ist es gewissermaßen Ehrensache. Der einzige Stolz, der ihm geblieben ist.»

Sie nickte. «Lassen wir ihn mal vorerst beiseite. Was ist mit Daniele Frasconi?»

«Der ist in Palermo und kommt nicht zurück.»

«Dann könnten wir ja hinfahren.»

Egan schüttelte den Kopf. «Das ist eine andere Welt. Dort ist bei allen wichtigen Dingen immer noch die Mafia ausschlaggebend. Wenn Sie Leuten wie den Brüdern Frasconi irgendwie in die Quere kommen, findet man Sie – wenn überhaupt – als Leiche im Rinnstein.»

«Einen Augenblick.» Sie ging zum Sekretär und öffnete eine Schublade. Neben der Walther PPK von Jock White lag die Visitenkarte, die Rafael Barbera ihr im Flugzeug gegeben hatte. Sie kam zurück und reichte sie Egan. «Lesen Sie das.»

«Vito Barbera, Grosvenor Apartments, South Curzon Street.» Er war sichtlich verwirrt. «Ich verstehe nicht ganz.»

«Ich habe Verbindungen zur Mafia, Sean, und zwar auf höchster Ebene. Haben Sie schon mal von Don Rafael Barbera gehört?»

«Ja», bestätigte er zurückhaltend. «Er ist Mafia-Boß in ganz Sizilien. Capo, der oberste Chef.»

«Woher wissen Sie das?»

«Weil ich in Sizilien eingesetzt war. Ich dürfte das nicht mal andeutungsweise erwähnen – es ist ein Verstoß gegen die Sicherheitsbestimmungen –, aber ich wollte vor allem deshalb nicht für Ferguson und Group Four arbeiten, weil ich vom SAS zu ihnen abgestellt wurde, kurz bevor ich auf die Falklands ging. Abstellung nach Sizilien.»

«Was haben Sie dort gemacht?»

«Das würde ich an Ihrer Stelle nicht fragen. Sagen wir, das bringt uns wieder auf die Assassinen, und lassen wir's dabei.»

«Ich habe Barbera auf dem Herflug kennengelernt», beharrte sie. «Ich war völlig durcheinander. Wir sprachen über Eric. Er war freundlich und verständnisvoll.» Sie hielt die Karte hoch. «Das ist sein Enkel, Vito Barbera. Er leitet das Familienunternehmen in London, Kasinos, Wettbüros, Restaurants. Kein Rauschgift.»

«Wer sagt das?»

«Don Rafael, und ich glaube ihm. Er flog gleich weiter nach Palermo, aber er sagte mir, daß er mit seinem Enkel über mich sprechen wollte. Daß er ihn bitten würde, mir auf jede erdenkliche Weise behilflich zu sein.» Sie war jetzt fest entschlossen. «Ich beabsichtige, Vito Barbera aufzusuchen, Sean. Wenn Sie nicht mitkommen wollen, gehe ich allein.»

Sie standen sich Auge in Auge gegenüber, und dann klingelte es an der Haustür, Egan schaute aus dem Fenster und sah Ferguson und Villiers auf der Treppe stehen.

11

Egan öffnete. Villiers stürmte mit hochrotem Kopf an ihm vorbei. «Ich hab Sie wie eine Stecknadel gesucht.»

Ferguson folgte und begrüßte ihn strahlend: «Guten Morgen, Sean.»

«Was ist denn in ihn gefahren?» erkundigte sich Egan, als er die Tür zumachte.

«Er ist nicht erfreut, nein, ganz und gar nicht erfreut», erwiderte Ferguson. «Seiner Meinung nach führen Sie die Lady direkt in die Schußlinie, während Sie doch eigentlich ihren überschäumenden Tatendrang zügeln sollten. Und wenn ich ehrlich bin, so muß ich sagen, daß ich seine Auffassung teile.»

Er ging ins Wohnzimmer, Egan folgte ihm. Villiers las Sarah die Leviten. «Wir haben in unserem Computer ein sogenannt vernetztes Suchprogramm eingespeichert. Wenn wir deinen Namen eingeben, ruft es sämtliche Daten ab, die andere Computer über dich gespeichert haben. Kreditkarten, in welchen Restaurants du ißt, wo du einkaufst. Eine unschätzbare Hilfe, dir auf der Spur zu bleiben.»

«Merkwürdig», konterte Sarah, «ich dachte immer, die Gestapo hätte seit 1945 ausgedient.»

«Meine liebe Mrs. Talbot, wir wollen doch nur Ihr Bestes, das müssen Sie einsehen», erklärte Ferguson. «Tony findet, daß dieser junge Idiot» – er streifte Egan mit einem Seitenblick – «sich zu sehr von Ihrem Engagement mitreißen läßt.»

«Der Computer hat ermittelt, daß ihr beide gestern mit British Airways nach Paris geflogen seid», sagte Villiers. «Mit Jack Shelley.»

«Sie sind kurz vor Mitternacht überstürzt zurückgekommen und haben Mr. Shelley in eine Rehabilitationsklinik für Alkoholiker in St. John's Wood eingeliefert», warf Ferguson lächelnd ein. «Mr. Shelleys Aktivitäten sind mir seit Jahren geläufig, er mag alle möglichen anderen Schwächen haben, und die nicht zu knapp, doch keinesfalls ein Alkoholproblem, das kann ich Ihnen versichern.»

«Das verwirrte uns, so daß wir in der Klinik Erkundigungen einzogen», fuhr Villiers fort. «Oh, sehr diskret, versteht sich. Der gute Dr. Aziz hat keinerlei Verdacht.»

«Aber was wir herausfanden, bestätigte unsere Vermutung, daß Sie einen stürmischen Abend in Paris verbracht haben, Mrs. Talbot, wenn das Mr. Shelley einen Schultersteckschuß eingetragen hat», bemerkte Ferguson.

«Ich habe dazu nichts zu sagen», erklärte Sarah.

Villiers wandte sich wütend an Egan. «Worauf wollen Sie hinaus? Daß sie umgebracht wird, oder was?» Er zog ein weißes Blatt Papier aus der Tasche und entfaltete es. «Der Mann mit der Narbe aus der Untergrundbahn, von dem Sie annahmen, er arbeite für mich, was nicht der Fall ist. Wir haben gründlich in sämtlichen Richtungen recherchiert, und dies sind die Daten, die der Computer gesammelt hat.»

Er reichte ihm den Ausdruck, ein Faksimile dessen, was Egan von Crowther erhalten hatte. Er gab vor, es zu lesen, und händigte es dann Sarah aus. «Captain Harry Evans-Lloyd.» Sie wandte sich an Egan. «Jago?»

«Jago?» wiederholte Villiers. «Wovon redest du?»

«Unter diesem Namen tritt er anscheinend auf», erläuterte Egan mit einem Blick auf Sarah, die nickte. «Er fungiert als Kontaktmann für jemand, den wir nur als Mr. Smith kennen.»

«Smith?» Ferguson zog die Stirn kraus. «Kenn ich nicht.»

«Es gibt ihn aber», beharrte Sarah. «Er steckt hinter allem.»

Ferguson knöpfte den Mantel auf und setzte sich. «Ich halte es für eine gute Idee, wenn Sie uns erzählen, was eigentlich gelaufen ist.»

«Übernehmen Sie das, Sean», meinte Sarah. «Ich sehe keinen Grund, irgendwelche wesentlichen Fakten zurückzuhalten.» Doch etwas in ihrem Blick warnte ihn, das wörtlich zu nehmen.

Egan gab eine knappe Zusammenfassung: Jagos Auftritt, nicht nur in der Untergrundbahn, sondern auch in All Hallows; der gescheiterte Besuch bei Greta Markovsky; die Entdeckung von Erics Tagebuch. Alan Crowther und seine Rolle in dem Fall erwähnte er mit keiner Silbe, sondern begann gleich mit einem Bericht über die Pariser Ereignisse. Bevor er zu Agnes mit ihren Enthüllungen über Deepdene Garden of Rest kam, fiel ihm Sarah ins Wort.

«Na, Tony, es muß dir doch Genugtuung bereiten, wenn du siehst, daß wir die weite Reise für nichts und wieder nichts gemacht haben.»

«Tja... Nur zu eurer Information: Nachdem wir feststellten, daß Shelley verletzt war, rief ich einen Freund von mir in Amt Fünf an. Das ist eine wichtige Abteilung im französischen Nachrichtendienst. Ich bat ihn, bei der Polizei festzustellen, ob es vorige Nacht in Paris irgendwo eine Schießerei gegeben hatte.» Er holte ein kleines Notizbuch heraus. «Claude Valentin, achtunddreißig, ein rundum übler Bursche, erschossen. Seine Freundin dito. Eine registrierte Prostituierte namens Agnes Nicole. Ich würde sagen, dafür war unser Freund Jago verantwortlich.»

«Ein höchst gefährlicher Mensch», bemerkte Ferguson.

Villiers bohrte bei Egan nach. «Agnes und dieser Valentin haben Ihnen also überhaupt nichts erzählt.»

Sarah reagierte prompt: «Dazu hatten sie keine Gelegenheit mehr. Es ging alles so wahnsinnig schnell.»

Egan griff den Wink auf. «Die Wahrheit werden wir jetzt nie erfahren, aber ich glaube, irgendwie müssen sie versucht haben, Jago aufs Kreuz zu legen, das heißt, wenn es Jago war. Dann begann die Schießerei, von oben. Jack wurde getroffen. Ich wollte Mrs. Talbot schleunigst da rausbringen.»

Ferguson stand auf, knöpfte den Mantel zu. «Ich bin überzeugt, Mrs. Talbot, Sie sehen jetzt ein, daß man solche Dinge viel besser den Fachleuten überläßt.»

«Und Jago?» fragte Egan. «Was ist mit ihm? Werden Sie ihn festnehmen?»

«Zuerst müssen wir ihn finden», entgegnete Ferguson. «Und Freund Smith. Aber andererseits beinhaltet die Affäre auch Sicherheitsaspekte, wie ich schon sagte. Deshalb wäre es nicht wünschenswert, wenn die Herren vom Rauschgiftdezernat in Scotland Yard da rumholzen würden.» Er wandte sich zu Villiers. «Wir werden uns jetzt verabschieden, Tony.»

Er ging hinaus. «Was wirst du nun tun, Sarah? Heimfliegen?» erkundigte sich Villiers.

«Ich werde es mir überlegen, Tony.» Sie küßte ihn auf die Wange. «Mach dir meinetwegen keine Sorgen.»

«Ich tu's aber.»

Der Brigadier saß bereits hinten in dem schwarzen Daimler, als Villiers nachkam. Ferguson klopfte an die Trennscheibe, und der Chauffeur startete. «Was halten Sie davon, Sir?» fragte Villiers.

«Nun, sie haben uns nicht alles gesagt. Das war offensichtlich. Meiner Schätzung nach haben sie noch einen weiteren Anhaltspunkt.»

«Was machen wir nun?»

«In diesem Stadium sollen sie ruhig am Ball bleiben. Wir werden die Lage überwachen. Das könnte uns ans gewünschte Ziel führen, Tony.» Villiers machte ein finsteres Gesicht, und der Brigadier lachte. «Mein lieber Tony, Sie können ihr nicht ewig das Händchen halten. Jetzt aber zurück an die Arbeit.»

«Das war reichlich abgefeimt», meinte Egan. «Kein Wort über Bird und Deepdene.»

«Weil dadurch die Verbindung zu den Frasconis rausgekommen wäre, und das möchte ich nicht, noch nicht. Ich möchte selbst mit Vito Barbera verhandeln. Sehen, was er zu sagen hat. Machen Sie mit, Sean?»

«Ach, was soll's, warum nicht? Wo wir's schon so weit geschafft haben...»

«Ich zieh mich an.»

Als sie an der Tür war, sagte er: «Da ist noch eine Sache.»

«Was denn?»

«Agnes lebte noch, als wir die Mühle verließen, was heißt, daß Jago sie nach unserem Weggang umgelegt haben muß.» Egan schüttelte den Kopf. «Ein mieses Schwein.»

«Ich weiß, ich weiß», seufzte sie und eilte nach oben.

Jago erreichte Smith wiederum innerhalb von Minuten. «Keine guten Nachrichten, fürchte ich», schloß er seinen Bericht.

«Die Untertreibung des Jahrhunderts», brummte Smith. «Zuerst einmal kennt Group Four Ihre Identität.»

«Kein Problem», entgegnete Jago. «Sie haben keine Großfahndung vor, mit meiner Visage an der Wand in jedem Polizeirevier. Hier geht es um Sicherheitsinteressen, soweit die Sache für sie von Belang ist, und zwar wegen der Verbindung mit Irland. Es lohnt sich nie, sich mit diesen Leuten einzulassen, das hab ich Ihnen vorher gesagt. Zu sprunghaft.»

«Aber irgendwer wird nach Ihnen suchen. Die Talbot kennt Sie von Angesicht, die übrigen haben ein Foto.»

«Also greife ich zu Kostüm und Maske, alter Freund.» Jago lachte. «Das hab ich schon öfter getan, glauben Sie mir – oder lieber meinem anderen Ich? Das gibt es in mehrfacher Ausführung, fest verschlossen in meinem alten schwarzen Schminkkasten. Ich war ein großer Verlust für das Staatstheater.»

«Aber Ferguson und Villiers wissen jetzt von *meiner* Existenz. Sie denken bestimmt, daß sie mich über Sie finden werden.»

«Und das ist eben der Witz dabei, Alter. Nicht mal ich habe die leiseste Ahnung, wer Sie sind, es sei denn, Sie wollen das Geheimnis enthüllen.» Er zuckte zusammen, als er Sarahs Stimme im Lautsprecher hörte. «Ich muß gehen, sie brechen gerade auf.»

Er veränderte sein Erscheinungsbild, vertauschte den gewohnten blauen Burberry gegen eine karierte Sportjacke, Halstuch, eine dunkle Sonnenbrille und eine Kamera über der Schulter. Er eilte in die Garage und stieg in den Spyder. Als er hinausfuhr, traten Sarah und Egan aus dem Haus und setzten sich in den Mini Cooper. Sie starteten, und Jago folgte.

Das «Flamingo» in der Corley Street war nicht das bedeutendste Kasino der Familie Barbera. Außerdem war es das kleinste und bescheidenste und hatte nie den Luxus der größeren Etablissements nachzuahmen versucht, aber Vito Barbera hatte eine Schwäche dafür. Als er vor nunmehr fünfzehn Jahren nach London gekommen war, um die Sprache und das Metier zu erlernen, hatte er hier als Manager angefangen.

Der Hauptspielsaal war mit erlesenem Geschmack eingerichtet: dicke Teppiche, Wandgemälde, die Garibaldis Marsch auf Rom darstellten. Es gab die verschiedenen Spieltische und eine Bar in Onyx und Kristall, um die sich Tische gruppierten.

Vito Barbera saß in Hemdsärmeln an der Bar, dunkel, vital, sehr attraktiv, das Gesicht von klassischem Ebenmaß, das griechische Erbe Siziliens verratend. Er prüfte die Abrechnungen vom Vortag, neben sich ein Glas Champagner mit Orangensaft. Durch die Tür am anderen Ende des Saales kam einer der Portiers herein.

«Eine Dame und ein Herr möchten Sie sprechen, Sir, eine Mrs. Talbot.» Er legte eine Karte auf die Bar. «Sie bat mich, Ihnen das zu geben, Sir.»

Vito betrachtete die Karte, runzelte die Stirn, dann erinnerte er sich. «Natürlich, führen Sie die Lady herein.»

Der Portier verschwand und kehrte mit Sarah Talbot und Egan zurück. Vito kam auf sie zu, um sie zu begrüßen. «Mr. Barbera, ich bin Sarah Talbot, und das ist Sean Egan. Ich nehme an, Ihr Großvater hat mit Ihnen über mich gesprochen?»

«Allerdings, Mrs. Talbot.» Er küßte ihr die Hand. «Ich habe genaue Anweisungen bekommen, das können Sie mir glauben. Ich soll alles tun, was in meinen Kräften steht, um Ihnen behilflich zu sein.» Er ging wieder hinter die Bar. «Aber zuerst leisten Sie mir bitte Gesellschaft bei einem Glas – ein Sizilianer trinkt nicht gern allein.»

Er goß frischen Orangensaft und Champagner in zwei Gläser. Sarah nahm auf einem Barhocker Platz. «Das ist sehr liebenswürdig.»

Er prostete ihr ernst zu. «Und wie kann ich Ihnen dienlich sein?»

Sie setzte ihn mit wenigen Worten ins Bild.

Barberas Gesicht wurde hart. «Nun verstehe ich, warum mein Großvater Sie zu mir schickte. Was genau also kann ich für Sie tun?»

«Wir wissen jetzt etwas mehr als anfangs», erläuterte Egan. «Der Mann, der hinter dem Ganzen steckt, der große Unbekannte, wird Smith genannt. Sagt Ihnen der Name was?» Vito schüttelte den Kopf. «Oder Jago, hilft das irgendwie weiter? Das ist der Mittelsmann.»

«Nein, beide Namen sagen mir gar nichts.»

«Versuchen wir's doch mal mit Frasconi – Daniele Frasconi», warf Sarah ein.

Vito Barberas Augen funkelten unheilverkündend. «Frasconi?»

«Er hat offenbar im Londoner Rauschgifthandel schwer mitgemischt, stimmt das?» fragte Egan.

Vito nickte. «Er hätte zwanzig Jahre kriegen sollen, aber

seine Leute haben die Zeugen bearbeitet. Er hat kurz wegen tätlicher Beleidigung gesessen und ist dann nach Hause zurückgekehrt. Aber wie ist er in diese Sache verwickelt?»

«Anscheinend besteht eine Verbindung zwischen den Frasconis und Smith», erklärte Egan. «Wir wissen, daß Daniele Frasconi letztes Jahr von einem der Handlanger von Smith einen Koffer voll Heroin übernommen hat.»

Während einer kurzen Pause schenkte sich Barbera noch ein Glas Champagner ein und trank es langsam. «Ich will es Ihnen erklären», begann er. «Daheim ist mein Großvater Capo der Mafia von ganz Sizilien, die Nummer eins, aber das paßt einigen nicht.»

«Den Brüdern Frasconi?» mutmaßte Egan.

«Genau. Mein Großvater hat sich nie die Hände mit Drogen schmutzig gemacht und wird es auch niemals tun. Er ist ein altmodischer Mensch. Die Frasconis wiederum...» Vito zuckte die Achseln. «Im vorigen Jahr haben sie drei Mordanschläge auf ihn verübt. Am Schluß wird er Sieger sein, keine Frage. In New York hat er sie auch abserviert, aber eine schwierige Situation ist es jedenfalls.»

Er stockte. «Noch etwas?» fragte Egan.

«Ich weiß nichts über diesen Smith», antwortete Vito. «Da muß ich meinen Großvater konsultieren. Was mich interessiert, sind die Todesfälle in Ulster, die Sie erwähnten.»

«Wieso?» erkundigte sich Sarah.

«Daß drüben Terroristen auf beiden Seiten in den Rauschgifthandel verwickelt sind, ist allgemein bekannt. Aber es gab Gerüchte, die Frasconis hätten eine Zeitlang eine irische Connection gehabt. Die Anwendung dieser Droge *burundanga* und jetzt die Verbindung zwischen Smith und den Frasconis hier in London – das spricht für sich selbst.»

«Was schlagen Sie als nächstes vor?» fragte Egan.

«Ich rufe meinen Großvater an, rede mit ihm, und wir unterhalten uns dann am Nachmittag noch einmal.»

«Hier?» erkundigte sich Sarah.

«Warum denn nicht? Ich hab noch einiges zu erledigen, aber gegen drei könnte ich zurück sein.»

«Ausgezeichnet.» Sarah und Egan erhoben sich, und Vito Barbera begleitete sie hinaus.

«Machen Sie sich keine Sorgen, Mrs. Talbot.» Er ergriff ihre Hand. «Meinem Großvater fällt ganz bestimmt etwas dazu ein.»

«Was nun?» fragte Sarah, als sie losfuhren.

«Ich dachte, wir könnten mal nach Jack sehen, und dann vielleicht eine Kleinigkeit essen. Irgendwie die Zeit ausfüllen, bis wir wieder zu Barbera gehen.»

«Meinen Sie wirklich, daß Don Rafael helfen kann?»

«Es würde mich nicht wundern. Ich habe den festen Eindruck, daß er sich damit zugleich selber helfen würde.» Er hielt vor der Klinik in der Bell Street.

Als sie ausstiegen, parkte Jago ein paar Meter entfernt und wartete.

Shelley saß, in Kissen gelehnt, im Bett, aß Weintrauben und schaute sich im Fernsehen einen Zeichentrickfilm an. «Das ist alles, was sie einem vormittags bieten», beschwerte er sich.

«Auf dem anderen Kanal läuft regelmäßig das Studienkolleg», entgegnete Egan.

«Sehr witzig. Na, was gibt's Neues?»

Sarah und Egan berichteten abwechselnd, und danach gab Shelley seinen Kommentar ab: «Also niemand hat die leiseste Ahnung, wer dieser Smith ist, aber bei Jago liegt der Fall anders. Den ausfindig zu machen, dürfte ihnen anhand dieser Informationen spielend gelingen.»

«Da bin ich nicht so sicher», widersprach Egan. «Er ist mit allen Wasser gewaschen, und möglicherweise wollen sie ihn nicht gerade jetzt schnappen. Die Sicherheitsinteressen.»

«Die sollen sich zum Teufel scheren mit ihren dämlichen abgekarteten Spielchen! Für John le Carré wäre das ein gefundenes Fressen. Ich denke, diese Typen meinen es verdammt ernst.» Er schüttelte den Kopf. «Also Smith sagt mir gar nichts, aber dafür Frasconi. Miese Schweine. Dieser Widerling Daniele kann von Glück sagen, daß er wieder in Sizilien gelandet ist. Dort wird er auch bleiben, was freilich heißt – für uns unerreichbar.»

«Und Barbera?» fragte Sarah.

«Dem Alten bin ich nie begegnet, aber Vito ist mir gelegentlich über den Weg gelaufen. Wir sind nie aneinandergeraten. Seriöse Geschäftsleute, genau wie ich, alles strikt legal, keine krummen Touren.»

Aziz erschien. «Ich denke, das reicht jetzt. Er braucht Ruhe.»

«Quatsch. Was ich brauche, ist eine knusprige Krankenschwester», konterte Shelley. Er rief Sarah und Egan nach: «Haltet mich auf dem laufenden.»

Sie aßen in einem italienischen Restaurant in der Fourth Street. Jago hatte sich aus einem Schnellimbiß in der Nähe ein Sandwich geholt, das er nun verzehrte, während er mit Smith telefonierte.

«Hat Barbera irgendwas über Sie in der Hand?» fragte Jago.

«Meines Wissens gar nichts.»

«Aber da ist doch noch die Verbindung zu Frasconi. Was ist, wenn er davon gehört hat? Und der Zusammenhang mit Irland?»

«Tja, das wäre nicht gut.»

«Gemacht», sagte Jago. «Ich kümmere mich darum.»

Sarah und Egan warteten ein paar Meter vom «Flamingo» entfernt im Mini Cooper. «Es könnte etwas bringen – irgendeine Lösung», meinte Sarah.

«Vielleicht», erwiderte Egan. «Abwarten.» Und dann tauchte Vito Barbera auf.

«Da ist er», sagte Sarah, und sie stiegen aus.

Ein gelber Lastwagen der British Telecom brauste um die Ecke, donnerte auf den Bürgersteig und schleuderte Barbera in die Luft. Der Laster fuhr rückwärts, und Barbera versuchte aufzustehen. Unfaßbar – der Laster kam wieder mit Karacho auf ihn zu und schmetterte ihn in die Gitterstäbe, setzte zurück auf die Straße und raste davon. Von überall stürzten Leute herbei, und als Sarah und Egan erschienen, hatte sich bereits eine kleine Menschenmenge versammelt.

«Er ist tot!» sagte jemand.

Sarah ging einen Schritt näher, und Egan zog sie weg. «Nein, lassen Sie's!» flüsterte er. «Wir können da gar nichts machen.»

Er führte sie über das Trottoir zum Mini Cooper. Sie sackte auf dem Sitz zusammen, das Gesicht in den Händen bergend.

Jago stellte den gestohlenen Laster ein paar Straßen weiter ab, lief mehrere hundert Meter zu seinem Spyder zurück und fuhr los. Als er in der Lord North Street eintraf, parkte der Mini Cooper bereits vor dem Haus. Er brachte den Spyder in die Garage und stürmte hinauf in seine Wohnung, um mitzuhören.

«Das wär's also», sagte Egan.

Sarah trank langsam ihren Tee. «Nein, nicht was mich betrifft. Wir können nach Sizilien fahren. Don Rafael aufsuchen. Er hat eine Villa außerhalb von Bellona, die Gegend nennt sich Cammarata.»

«Die schlimmste in Sizilien. Jede Menge dürre Täler, weit und breit nichts als Berge und sengende Sonne. Die italienische Armee hatte dort einmal zehntausend Mann zusammengezogen, die Salvatore Giuliano, den Robin Hood von Sizilien, schnappen sollten und es nicht geschafft haben. Am Ende mußten sie seinen besten Freund dazu bringen, ihn zu verraten.» Er schüttelte den Kopf. «Das ist nicht drin. Ich würde vieles für Sie tun, aber ich weigere mich, Sie nach Sizilien zu bringen.» Er stand auf. «An Ihrer Stelle würde ich früh zu Bett gehen. Versuchen Sie, ein bißchen zu schlafen. Ich komme dann morgen früh wieder vorbei.»

«Ist gut», sagte sie apathisch.

Auf dem Weg zur Haustür meinte er: «Wenn Sie einen Reserveschlüssel haben, könnte ich mir selber aufmachen. Falls Sie noch schlafen sollten.»

«Natürlich.» Sie gab ihm einen. «Also dann bis morgen.»

Egan verabschiedete sich, und sie ging in die Küche, brühte frischen Tee auf und setzte sich an den Tisch. Sie hielt die Tasse mit beiden Händen und dachte nach.

Jago sah Egan wegfahren. «Arme Sarah», sagte er. «So ein Jammer.»

Er ging ins Schlafzimmer, pfiff vergnügt vor sich hin, duschte und zog sich um. Er brauchte dringend eine ordentliche Mahlzeit. In der Nähe gab es ein französisches Restaurant, das man zu Fuß erreichen konnte; er hatte dort schon gegessen, und jetzt war die Gelegenheit günstig, sich zwei bis drei Stunden freizunehmen. Aus dem Haus gegenüber kam kein Laut. Er kontrollierte, ob das Empfangsgerät eingeschaltet war, und ging hinunter.

Sarah schenkte sich eine zweite Tasse Tee ein und fühlte sich etwas ruhiger. Sie war nicht böse auf Egan, sondern konnte ihn durchaus verstehen. Das hatte alles Hand und Fuß, war hieb- und stichfest, nur hatte sie keinerlei Interesse an logischen Schlußfolgerungen. Sie holte sich das Telefonbuch, fand die gewünschte Nummer und rief die Flugauskunft in Heathrow an.

«Kann ich heute abend nach Palermo fliegen?» erkundigte sie sich.

«Leider nicht direkt. Die Flüge nach Palermo gehen über Mailand oder Rom. Es gibt einen Direktflug nach Catania, aber das liegt auf der anderen Seite der Insel. Und außerdem wäre der Start erst morgen.»

«Nein, das ist nicht gut.»

Am anderen Ende der Leitung hörte man gedämpfte Stimmen, und dann war die Frau wieder am Apparat. «Eben hat mich meine Kollegin daran erinnert, daß wir eine Chartermaschine direkt nach Palermo haben. Sie startet um sechs in Gatwick. Für die Fahrt dorthin bleibt Ihnen ja nicht viel Zeit, aber es sind noch Plätze frei. Ich könnte einen für Sie buchen.»

«Tun Sie das bitte. Wann kommen wir an?»

«Um neun Uhr unserer Zeit. Der Flug dauert drei Stunden. Dort ist es dann zehn, Sie verlieren also eine Stunde.»

Sarah machte den Flug fest und bestellte telefonisch ein Taxi. Sie ging nach oben, zog sich um, packte ein paar Sachen in eine Reisetasche, Paß, Reiseschecks und was sie sonst noch brauchte, und eilte hinunter. Im Flur schrieb sie rasch ein paar Zeilen für Egan und hinterließ sie deutlich sichtbar auf der Kommode. Als sie auf die Straße trat, fuhr das Taxi vor.

Egan aß in einem kleinen Café in der Nähe von Piccadilly, war jedoch nicht besonders hungrig. Er parkte den Wagen und wanderte eine Weile durch die Straßen. Sein Knie schmerzte, ein deutliches Zeichen von Überanstrengung. Er ging in einen Pub, bestellte einen Scotch und setzte sich. Er hatte recht, das wußte er genau. Alles, was er Sarah Talbot erläutert hatte, war plausibel, doch war ihm dabei nicht wohl, und der Gedanke, daß sie allein in dem Haus in der Lord North Street saß, erschien ihm unerträglich. Er trank seinen Scotch aus und verließ das Lokal.

Sobald er mit dem Reserveschlüssel aufgesperrt hatte, wurde ihm die Stille bewußt, und er entdeckte die Nachricht. Er las sie, zutiefst erschrocken, und rief sofort bei Alan Crowther an.

«Was nun?» fragte Crowther, nachdem Egan ihn kurz informiert hatte.

«Zapf den Computer von British Airways an. Stell fest, ob sie Sarah Talbot für irgendeinen Flug nach Italien oder direkt nach Palermo gebucht haben.»

Crowther brauchte knapp eine Minute. «Sie fliegt mit einer Chartermaschine ab Gatwick. Was hat sie denn bloß vor?»

«Einen Selbstmordversuch», entgegnete Egan. «Ich muß schleunigst auch rüber, Alan.»

«Wie willst du das bewerkstelligen, mein Sohn? Du bist doch nicht Ikarus.»

«Könnt ich aber werden. Group Four hat in Walsham bei Canterbury rund um die Uhr einen Lear Jet in Bereitschaft, der sofort starten kann, überallhin.»

«Ja, aber nur mit persönlicher Genehmigung von Ferguson», gab Crowther zu bedenken.

«Die du ihnen geben kannst. Über den Computer von Group Four, für dich doch ein Kinderspiel. Streng geheim, persönlicher Befehl, Sergeant Sean Egan zu erwarten und ihn unverzüglich nach Palermo, Sizilien, zu fliegen.»

Crowther fing an zu lachen. «Du bist verrückt.»

«Ja, aber wirst du's tun?»

«Warum nicht? Das Gesicht von Ferguson möchte ich sehen, wenn er dahinterkommt – ein Bild für Götter.»

«Gut. Aber das ist noch nicht alles. Direkte Anweisung an Marco Tasca in Palermo, den dortigen Verbindungsmann von Group Four. Er soll mich erwarten und die Cessna in Bereitschaft halten. Sag ihm, es handelt sich um eine Wiederholung der Sache Angelo Stefano, und er soll für die erforderliche Ausrüstung sorgen. Und dann teilst du ihm noch mit, daß diesmal Bellona das Ziel ist. Die Villa von Rafael Barbera.»

«Was um alles in der Welt hast du vor?» erkundigte sich Crowther.

«Hab keine Zeit für lange Erklärungen. Ich brauche eine

Stunde nach Walsham. Vergewissere dich, daß sie alles für mich parat haben, wenn ich komme.» Er knallte den Hörer auf die Gabel und hastete hinaus.

«Ich hab's gerade erst festgestellt», sagte Jago. «Ich war zum Essen aus. Ich dachte, sie wollte sich früh hinlegen.»

«Das spielt jetzt keine Rolle», entgegnete Smith. «Sie hat zum letztenmal ihren Kopf riskiert. Ich hab die Nase voll. Ich ruf die Frasconis an. Sagen Sie ihnen, sie sollen sie in Empfang nehmen.»

«Sie wollten doch nicht, daß ihr etwas zustößt, das haben Sie ausdrücklich erklärt», erinnerte Jago ihn.

«Na ja, es handelt sich hier um ein anderes Land.»

«Und Egan?»

«Kann ruhig sein Glück versuchen, bei den Leuten hat er sehr geringe Chancen, glauben Sie mir. Von jetzt ab können Sie alles mir überlassen. Mrs. Talbot ist endgültig erledigt.» Die Leitung war tot, und Jago stellte überrascht fest, wie sehr ihm das Ganze mißfiel. Es war ihm zutiefst zuwider.

«Endgültig erledigt, ist sie das wirklich?» murmelte er und rief in Heathrow an. Man konnte ihm bestenfalls einen späten Flug nach Rom anbieten; dort hätte er frühmorgens Anschluß nach Palermo.

Er ging ins Schlafzimmr, holte seinen zweiten Koffer aus dem Kleiderschrank, öffnete ihn und entnahm ihm eine große schwarze Blechschachtel. Sie enthielt eine komplette Schminkausstattung für Schauspieler und ein Sortiment an Haarfärbemitteln. Ferner mehrere Pässe: britische, amerikanische, schwedische. Die jeweiligen Fotos waren echt, zeigten ihn jedoch in zweckentsprechender Verkleidung. Er wählte einen britischen Paß auf den Namen Charles Henderson, Theaterdirektor, und machte sich ans Werk, wobei er mit den Haaren anfing.

Salvatore Frasconi stand gerade unter der Dusche, als Smith anrief, und nahm das Gespräch im Hauptwohnraum der Villa entgegen, in einen weißen Bademantel gehüllt, um den Hals ein Handtuch. Sein Zwillingsbruder Daniele hörte auf dem Nebenanschluß mit.

Als Smith geendet hatte, erklärte Salvatore ruhig: «Überlassen Sie das mir. Die macht Ihnen keinen Ärger mehr, auch dieser Egan nicht. Mein Wort darauf.»

Er legte den Hörer hin und begann, sich das Haar zu trocknen. «Was hältst du davon?» fragte Daniele.

Salvatore ging auf die Terrasse hinaus – auf der einen Seite lag der Monte Pelegrino, der ganze Bereich von Palermo, die Bucht, auf der anderen lief eine große Fähre ein. Daniele folgte ihm nach draußen.

Salvatore kämmte sich sorgfältig. «Offen gestanden bin ich an der Frau und dem Engländer gar nicht so besonders interessiert, sondern an ihrer Verbindung zu der alten Spinne Barbera. Die Situation enthält ungeahnte Möglichkeiten.»

Auf dem Tisch stand eine Flasche Zibibbo im Kühler, der Wein von der Insel Pantellaria mit dem würzigen Anisgeschmack. Salvatore schenkte zwei Gläser ein und reichte das eine seinem Bruder. «Die Nachricht von Vitos Tod wird Barbera inzwischen bekommen haben», meinte er. «Das dürfte ihm schwer zusetzen, so daß er nicht auf der Hut ist.»

«Glaubst du?»

«Sicher, er ist zwar ein alter Mann, aber eins steht fest: Nach allem, was Smith mir gesagt hat, wird er die Frau empfangen, wenn sie ihn aufsucht. Und das eröffnet eben interessante Möglichkeiten.»

«Zum Beispiel?»

«Seine Villa außerhalb von Bellona. Elektronische Alarmanlagen, elektrisch geladener Drahtzaun auf der Mauer.»

«Ich weiß. Eine Festung, aber das hatten wir doch alles schon. Unmöglich, da reinzukommen.»

«Nicht für die Frau.»

Daniele machte ein verdutztes Gesicht, und Salvatore erklärte ungeduldig: «Sie braucht einen Wagen und einen Fahrer, um hinzukommen. Allein findet sie Barberas Haus nie. Wir brauchen lediglich dafür zu sorgen, daß sie am Flughafen unseren Wagen und unseren Fahrer nimmt. Ein Kinderspiel. Die anderen Fahrer werden tun, was man ihnen sagt, weil sie im Geschäft bleiben wollen. Unser Mann fährt sie nach Bellona, und wir schicken einen Schlägertrupp hinterher.»

«Und dann?»

«Man muß ihn reinlassen, damit er sie vors Haus fahren kann. Sie bleibt, er verabschiedet sich. Auf dem Weg nach draußen erledigt er den Torwächter, und unsere Jungen gehen rein.»

«Verstehe.» Daniele nickte. «Aber vielleicht möchte sie den Besuch heute abend gar nicht mehr machen. Vergiß nicht, die Fahrt dauert zwei Stunden. Sie wäre erst kurz vor Mitternacht dort.»

«Paß auf, selbst wenn sie in einem Hotel übernachten und erst morgen fahren will, kommt's auf dasselbe raus, oder?» Salvatore schüttelte den Kopf. «Ich schließe diese Möglichkeit jedenfalls aus. Wenn Smith die Wahrheit sagt, ist die Frau verrückt. Sie wird's kaum abwarten können und den Don unbedingt heute abend sehen wollen.»

«Perfekt, Salvatore», lobte Daniele. «Einfach brillant.»

«Versteht sich, und ich will dir noch etwas verraten, Daniele. Ich mache dir ein hübsches Geschenk. Du darfst mit den Jungen die Festung stürmen und den alten Schweinehund aus dem Weg schaffen.» Salvatore stand auf, stellte sich an die Balustrade und blickte auf den Hafen hinunter. «Ein wahrer Segen, daß du mich hast, um auf dich aufzupassen, Kleiner. Und jetzt schenk mir noch ein Glas Wein ein.»

Und Daniele, um ganze dreißig Minuten jünger, gehorchte eilfertig wie immer.

Der Flugplatz in Walsham, von Group Four und dem SAS gewöhnlich für Geheimoperationen benutzt, stammte aus dem Zweiten Weltkrieg; damals waren auf dem Horst vor allem die Flying Fortresses der amerikanischen Luftwaffe stationiert, was die Länge der einzigen Startbahn erklärte. Seitdem wurde der Flugplatz stillschweigend aufrechterhalten und von der Landbevölkerung als eine Art Forschungseinrichtung hingenommen.

Das sorgfältig ausgewählte Personal rekrutierte sich aus der RAF, und als Egan am Tor ankam, mußte er den Mini Cooper zurücklassen und wurde von einem Sergeant die letzte Strecke in einem Landrover gefahren. Der Lear Jet wartete auf dem Vorfeld am Kontrollturm.

Der diensthabende Offizier, ein Major, unterhielt sich mit einem jungen Mann im Fliegerdreß. «Sergeant Egan?» begrüßte ihn der Major. «Sie wurden uns bereits angekündigt. Eilauftrag, wie?»

Egan zeigte seinen Paß und den SAS-Sonderausweis vor. Ein Glück, daß er weitere sechs Monate rechtmäßig als aktiver Soldat galt, wie ihn Villiers erinnert hatte, und der Sonderausweis sich daher noch in seinem Besitz befand.

Der Major händigte ihm die Papiere wieder aus. «Bestens. Das ist Harry Grant, der Kopilot.»

Bei den hier eingesetzten Piloten handelte es sich durchweg um freiberufliche, hochqualifizierte Fachkräfte, wie Egan wußte. Grant und Egan schüttelten sich die Hand. «Es kann losgehen. Mein Kumpel hat schon alles warmlaufen lassen.»

Sie kletterten hinein, und er schloß die Tür. «Wie lange brauchen wir?» erkundigte sich Egan.

«Zwei Stunden mit der Maschine, wenn die Windvorhersage stimmt. Machen wir Aufenthalt?»

«Allerdings.»

«Wie lange?»

«Laut Plan vierundzwanzig Stunden, aber halten Sie sich

ständig in Bereitschaft, um sofort starten zu können, falls erforderlich.»

«Wird gemacht. Schnallen Sie sich bitte an.»

Egan gehorchte und lehnte sich bequem zurück. Dafür würde er verdammt teuer bezahlen, wenn Ferguson und Tony dahinterkamen, doch das kümmerte ihn nicht. Er schloß die Augen, als die Maschine abhob, und überlegte sich den nächsten Schritt. Er rief sich seinen letzten Besuch in Sizilien, nur zwei Monate vor Ausbruch des Falklandkrieges in Erinnerung. Es war wieder so ein Auftrag gewesen für die Abteilung, die keine schmutzigen Tricks scheute: die Sache Stefano.

Angelo Stefano, in Dublin geborener Italiener und als Meisterschütze bei der IRA, dessen letztem Coup acht britische Soldaten bei Sprengstoffanschlägen in den Straßen von South Armagh zum Opfer gefallen waren, war vor der Rache des SAS nach Sizilien geflohen, wo er sich in dem Bergdorf Massama in der Cammarata verkrochen hatte. Es war unmöglich, ihn dort zu fassen, denn jeder Schäfer auf jedem Berggipfel war alarmbereit wie ein Wachhund.

Marco Tasca, Verbindungsmann von Group Four in Palermo und erfahrener Pilot, hatte Egan bei Nacht in die Cammarata geflogen. Egan war aus etwa zweihundertfünfzig Meter Höhe mit dem Fallschirm abgesprungen, hatte Stefano überrumpelt, als dieser im Morgengrauen die Schafe auf der Bergwiese oberhalb vom Hof seines Onkels hütete, und ihn getötet – was ihm nichts weiter ausgemacht hatte. Stefano war ein tollwütiger Hund und verdiente nichts anderes.

Das Problem bestand natürlich immer darin, mit heiler Haut davonzukommen. Ihm war damals ein Zufallstreffer beschieden. Stefano hatte zum Schafehüten ein Motorrad benutzt, ein Montessa-Geländefahrzeug, wie es heutzutage bei vielen Schafhirten für Bergwiesen in Gebrauch ist. Damit erreichte er den Flugplatz in Punta Raisi und verließ Sizilien unbeschadet.

Er war gespannt, ob er diesen Auftritt wiederholen konnte,

besonders mit dem lädierten linken Knie. Doch das lag im Ratschluß der Götter.

Jagos Haar war jetzt viel heller, nahezu strohfarben. Beim Fönen kämmte er es sorgfältig aus der Stirn zurück. Das Spezialgel zur Sofortbräunung, mit dem er sich das Gesicht eingerieben hatte, entfaltete bereits seine Wirkung: Die Haut war jetzt dunkel getönt und die Narbe vollständig verschwunden. Er wählte einen blonden Schnurrbart, klebte ihn behutsam an und stutzte ihn ein wenig. Die blaue Hornbrille, die er aussuchte, war leicht getönt. Er rückte sie zurecht und verglich sein Spiegelbild mit dem Paßfoto. Ein erstaunlicher Effekt. Mehr als zufriedenstellend.

Er hatte es jetzt eilig, räumte alles auf und zog sich dann das karierte Sportsakko mit Flanellhose an. Er nahm nur eine Reisetasche und einen leichten hellbraunen Regenmantel mit. Bei den heutigen Sicherheitsvorkehrungen auf den Flugplätzen war an eine Schußwaffe natürlich gar nicht zu denken, also würde er ein wenig nackt und bloß in Palermo ankommen. Doch diese Hürde ließe sich an Ort und Stelle überwinden. Er eilte die Treppe hinunter.

12

Die Maschine aus London landete zehn Minuten zu früh in
Punta Raisi. Sarah ging vor den übrigen Passagieren, lauter
Touristen, durch die Sperre und zeigte ihren Paß vor.

Der Beamte war die Höflichkeit in Person. Er prüfte ihren
Paß und versah ihn mit einem Stempel. «Willkommen in Sizilien, Mrs. Talbot. Sind Sie geschäftlich hier oder privat?»

«Wohl eher geschäftlich», erwiderte Sarah und fügte, halb-
wegs wahrheitsgemäß, hinzu: «Ich besuche Freunde. Ein To-
desfall in der Familie.»

«Wie traurig. Mein Beileid, Signora.»

Er gab ihr den Paß zurück, und als sie sich entfernte, nickte
er einem kleinen Mann in gelbbraunem Anzug zu, der an der
Wand lehnte und eine Illustrierte las. Der Mann eilte vor Sarah
durch die Halle und durch die Glastüren hinaus zum Taxistand. Die Fahrer hatten sich zusammengeschart, rauchten und
schwatzten. Der Mann im gelbbraunen Anzug machte ein
Zeichen, woraufhin einer aus der Gruppe auf ihn zuschlen-
derte, ein junger, muskulöser Bursche in kurzärmeligem weißen Hemd, mit dunklem, lockigem Haar, das sich unter einer
Tweedmütze hervorringelte.

«Ist sie da, Bernardo?» fragte er.

«Als erste abgefertigt. Sie hat kein Gepäck. Gutaussehend.
Bei der kannst du Dollars absahnen, Nino. Die Frasconis werden sich sehr dankbar zeigen.»

«Kannst dich auf mich verlassen, Bernardo.»

Als Bernardo sich entfernte, tauchte Sarah vor der Eingangshalle auf und blickte sich zögernd um. Nino kam auf sie zu.
«Kann ich behilflich sein, Signora?» fragte er auf italienisch.

«Ich spreche nicht Italienisch», erwiderte sie.

«Aha, Amerikanerin», sagte er auf englisch und nahm die
Mütze ab. «Ich habe drei Jahre in New York gelebt. Mein
Onkel hat ein Resaurant in Manhattan. Kennen Sie Man-
hattan?»

Er griff bereits nach ihrer Reisetasche. «O ja, ich kenne
Manhattan, das kann man wohl sagen», entgegnete sie und hielt
die Tasche fest.

«Wohin wollen Sie, nach Palermo? Ich bringe Sie zu einem
guten Hotel.»

«Nein. Ich möchte in ein Dorf namens Bellona.»

Er gab sich überrascht. «He, das ist ganz schön weit, Lady.
Bellona liegt bei Monte Cammarata. Siebzig, vielleicht auch
achtzig Kilometer.»

«Wie lange würde das dauern?»

«Die Hauptstrecke ist okay, aber mit den Nebenstraßen ins
Bergland ist das so 'ne Sache.» Er zuckte die Achseln. «Zwei
Stunden. Ja, ich bring Sie in zwei Stunden hin, für hundert
Dollar.»

«Man merkt, daß Sie in New York gelebt haben», meinte sie.
«Also gut, fahren wir.» Und sie gab ihm die Reisetasche.

«Sie werden es nicht bereuen. Ich hab 'nen tollen Wagen für
Sie. Klimaanlage. Sehen Sie selbst.» Sie überquerten die Straße
zum Taxistand. Er blieb neben einem schwarzen Mercedes
stehen und öffnete die Tür. «Mein Name ist Nino, Signora.
Nino Scacci.»

«Ich heiße Talbot.» Als er sich hinter das Lenkrad klemmte,
fügte sie hinzu: «Sie kennen Bellona?»

«Freilich. Ich bin schon dort gewesen.»

«Dann kennen Sie auch das Haus von Don Rafael Barbera?»

Er schnellte herum. «Fahren wir dahin? Sind Sie mit Don Rafael befreundet?»

«Ja.»

«Das hätten Sie mir gleich sagen sollen. Für Sie hätte ich's für fünfzig Dollar gemacht.»

«Machen Sie sich deswegen keine Gedanken, Nino, Geschäft ist Geschäft. Und jetzt fahren wir endlich los.»

Auf der anderen Straßenseite beobachtete Daniele Frasconi die Szene vom Rücksitz einer Alfa-Romeo-Limousine. Er sah sehr flott aus in einer Modelljacke aus weichem schwarzen Leder und weißem Seidenschal. Der Mann im gelbbraunen Anzug, Bernardo, saß vorn neben dem Fahrer, einem harten Burschen in Jeansjacke.

«Zischen wir ab.» Daniele beugte sich vor und legte dem Fahrer die Hand auf die Schulter. «Und denk dran, Cesare, nicht zu dicht heran.» Er lachte. «Schließlich wissen wir ja alle, wohin 's geht.»

Trotz des hellen Mondscheins war es eine Hauptstraße wie überall auf der Welt, mit dichtem Verkehr. «Schade, daß wir die Strecke nicht bei Tag fahren», meinte Nino. «Dann könnten Sie wenigstens was von der Gegend sehen, besonders, wenn wir ins Bergland raufkommen.»

«Es soll dort sehr heiß sein.»

«Manchmal wie in der Sahara. Im Frühjahr ist's besser. Da können Sie die Orangenhaine kilometerweit riechen. Die Bergwiesen sind mit Blumen übersät. Mohnblumen, Schwertlilien, all so was, aber die Leute sind arm hier – wirklich arm. Sie denken, Sie kennen Armut von New York her? Das ist gar nichts dagegen, glauben Sie mir.»

«Und die Mafia? Ist die immer noch so mächtig und einflußreich?»

«Aber sicher. Die Mafia treffen Sie überall an. Bei der Polizei, in den Gewerkschaften, sogar in der Aristokratie. Wenn Sie hier im Geschäft bleiben wollen, kriegt die Mafia automatisch ihren Anteil.» Er schüttelte den Kopf. «Da ändert sich nichts.» Plötzlich ging ihr der letzte Satz unaufhörlich im Kopf herum. Da ändert sich nichts. Er hatte recht – das geschieht nie. Es bleibt alles so, wie es ist. Sie dachte darüber nach, schloß die Augen und schlief ein.

Der Lear Jet rollte auf den Privatflugzeugen vorbehaltenen Teil von Punta Raisi, und als sich die Tür öffnete, sah Egan Marco Tasca auf sich zukommen. Ein kleiner, dunkelhaariger Fünfziger, der ständig fröhlich lächelte, ehemals Jagdflieger in der italienischen Luftwaffe. Er hatte seinen Abschied genommen, um im nigerianischen Bürgerkrieg für Biafra zu fliegen, und das nicht des Geldes wegen, sondern weil er leidenschaftlich an die Sache geglaubt hatte. Ferguson hatte ihn nach dieser unglückseligen Episode angeworben. Da die Bekämpfung des internationalen Terrorismus seinem Land ebenso zugute kam wie England, drückte der italienische Geheimdienst bei Marcos Aktivitäten ein Auge zu.

Als Egan die Treppe hinunterkam, schloß Marco ihn in die Arme. «He, Sean Egan, schön, dich zu sehen», begrüßte er ihn auf italienisch.

Egan antwortete in raschem, fließendem Italienisch: «Ganz meinerseits, Marco.»

Harvey Grant, der Kopilot des Lear Jet, tauchte oben auf der Treppe auf, und Marco sagte auf englisch: «Ich habe veranlaßt, daß Sie und Ihr Kollege die Besatzungsquartiere in der Haupthalle benutzen können. Man erwartet Sie dort. Außerdem habe ich veranlaßt, daß die Maschine aufgetankt wird.»

«Prima.» Grant lächelte Egan zu. «Viel Glück, worum's auch geht. Machen Sie's gut, ich beneide Sie nicht.»

Marco führte Egan über das Vorfeld zum Standplatz der Cessna. Sie gingen in den Hangar, Marco schloß eine Bürotür auf und knipste das Licht an.

«Ich konnte es ja kaum glauben, als die Anweisung durchkam. Barberas Haus in Bellona.» Er schüttelte den Kopf. «Jedenfalls hab ich einen Freund in der Mafia-Abteilung im Polizeipräsidium angerufen. Er hat mir das hier durch einen seiner Motorradfahrer geschickt. Natürlich hat er keine Ahnung, wofür ich's brauche.»

Es handelte sich um drei Luftaufnahmen von der Villa Barbera aus sehr geringer Höhe. Ein alt wirkendes, im traditionellen Stil erbautes Gebäude, das sich, in Palmen und andere üppige subtropische Gewächse eingebettet, über einen offenen Abhang erstreckte. Der gesamte Komplex war von einer hohen Mauer umschlossen.

«Wie du siehst, liegt die Zufahrtstraße zweihundert Meter im Freien; auf der Mauer befindet sich ein elektrisch geladener Drahtzaun, dazu elektronische Warnanlagen. Entgegen der weitverbreiteten Meinung keine Hunde. Anscheinend haßt Don Rafael Hunde wie andere Leute etwa Katzen. Was ist eigentlich los, Sean? Was hast du mit Don Rafael zu tun? Er dürfte doch sicher nicht das Zielobjekt sein?»

«Hört sich an, als ob du ihn magst», erwiderte Egan, während er ein anderes Foto betrachtete, diesmal aus größerer Höhe aufgenommen; es zeigte die Villa, darüber die Bergkette, unten im Tal das Dorf Bellona.

«Ich habe große Achtung vor ihm», entgegnete Marco. «Wie die meisten Menschen.»

«Und die Frasconis?»

Marco breitete die Hände aus. «Schund, im Vergleich zu dem Alten. Sie haben ein paarmal versucht, ihn fertigzumachen. Ohne Erfolg, und sie werden's meiner Meinung nach auch nie schaffen.»

«Sein Enkel Vito ist vor wenigen Stunden in London ermordet worden.»

«Heilige Mutter Gottes!» Marco bekreuzigte sich. «Die Frasconis?»

«Indirekt. Jemand, mit dem sie gemeinsame Geschäftsinteressen hatten.»

«Der Don wird dafür einen furchtbaren Preis fordern.»

«Davon bin ich überzeugt. Wie lange brauchen wir bis Bellona, wenn wir jetzt losfliegen?»

«Fünfzehn Minuten.» Marco zuckte die Achseln. «Vielleicht zwanzig. Die Nacht ist günstig, Vollmond, aber, Sean, du hast doch nicht etwa vor abzuspringen? Das wäre zu schwierig für mich beim Anflug, wegen des Bergrückens hinter dem Haus.»

«Hauptsache, du bringst mich hin, mehr will ich nicht. Eine Frau ist gerade unterwegs dorthin, vielleicht schon da, was weiß ich? Ein Lamm unter Wölfen, Marco.» Er grinste. «Sie braucht mich.»

«Okay, dann wollen wir mal.» Marco trat an einen anderen Tisch, auf dem ein Browning mit Schulterhalfter, ein Schalldämpfer, ein Armalite-Gewehr und ein Fallschirm, Standardausführung der britischen Armee, lagen. «Alles vorhanden, glaube ich.»

Egan zog die Jacke aus, schnallte das Schulterhalfter um und schlüpfte wieder in die Jacke. Dann half ihm Marco in die Fallschirmausrüstung. Egan machte sie geschwind fest, wobei ihm die Erfahrung von über hundert Absprüngen im Lauf der Jahre zugute kam. Er nahm das Armalite-Gewehr.

«Okay, Marco, wir sind soweit.» Gemeinsam verließen sie den Hangar und eilten hinüber zur Cessna.

Sarah wurde jäh aufgeweckt, als Nino rief: «Wir sind da, Signora – Bellona.»

Sie war wie benebelt, riß sich aber zusammen und sah, daß sie durch enge Dorfstraßen fuhren, mit unverhältnismäßig groß wirkenden Häusern. Sie kamen auf einen Platz – auf der einen Seite eine Kirche, auf der anderen eine Weinschenke, zwischen den Bäumen Lichtgirlanden, Musikklänge, tanzende Menschen.

«Sieht nach 'ner Hochzeitsfeier aus», bemerkte Nino.

Lachende Kinder rannten neben dem Wagen her. Er gab Gas, und sie ließen das Dorf hinter sich und fuhren zwischen Pinien einen steilen Abhang hinauf. Als sie den Wald passiert hatten, sahen sie die Villa, von Mauern umgeben, zweihundert Meter vor sich im Mondschein.

Nino hielt an den vergitterten Toren. Aus dem Pförtnerhaus, in dem Licht brannte, kam ein Mann im dunklen Cordanzug mit einer Uzi-Maschinenpistole.

«Was wünschen Sie?» fragte er auf italienisch. «Keine Besucher!»

Nino stieg aus und trat ihm, durch das Gitter getrennt, entgegen. «Ich hab eine Lady vom Flugplatz hergefahren, die den Don aufsuchen will. Eine amerikanische Lady. Signora Talbot.» Der Pförtner fixierte Sarah argwöhnisch. «Sie rufen besser den Don an. Wenn Sie sie wegschicken, läßt er Sie rädern. Sie ist nämlich 'ne Freundin von ihm.»

Der Pförtner ging in seinen Dienstraum, und sie sahen ihn durch die Fenster telefonieren. Er sprach kurz und legte auf. Die elektronisch betriebenen Tore begannen sich zu öffnen, und er eilte hinaus.

«Sagen Sie der Lady, daß es mir leid tut», wandte er sich an Nino. «Sie sollen sie direkt zum Haus rauffahren, hat der Don gesagt.»

Nino steuerte den Mercedes durch die üppige Vegetation. Eine Wolke trieb über den Mond, und irgendwo in der Dunkelheit war ein Flugzeug zu hören. Einen Augenblick lang schien das Geräusch über ihnen die Nacht zu füllen, dann verebbte es in Richtung Norden.

Der Mercedes fuhr vor der Villa vor. Rafael Barbera stand oben auf den Verandastufen. Er trug einen grauen Anzug und stützte sich schwer auf einen Stock. In der Linken hielt er eine dicke Zigarre. Ein massiger Mann in einem erstklassigen schwarzen Anzug hatte sich hinter ihm aufgepflanzt.

«Mrs. Talbot! Was für eine wunderbare Überraschung. Ich freue mich riesig.» Er steckte die Zigarre in den Mund und ergriff ihre Hand.

«Ich mußte Sie einfach sehen, Don Rafael. Es handelt sich um Ihren Enkel Vito.»

«Aber ich weiß das von Vito, Mrs. Talbot. Ein Geschäftspartner in London hat mich angerufen. Ein tödlicher Verkehrsunfall, wie er mir sagte.»

«Ich habe es gesehen, Don Rafael. Ich war dort. Es war kein Unfall.»

Er ließ sich nichts anmerken, sondern nahm nur ihren Arm. «Wieviel hat dieser Gauner für das Taxi verlangt?»

«Hundert Dollar.»

«Ein Dieb.» Er wandte sich an den Mann hinter ihm. «Jacopo, gib ihm fünfundzwanzig und schick ihn seiner Wege.»

«Ist mir eine Ehre, Don Rafael.» Nino umklammerte nervös seine Mütze. «Eine große Ehre.»

Der Don und Sarah betraten eine weiträumige, kühle Halle, durchquerten ein Vestibül und gelangten auf eine Terrasse an der Rückseite mit Blick auf den Garten.

«Heute abend habe ich nur Jacopo bei mir», erklärte Barbera. «Das übrige Personal ist bei einer Hochzeitsfeier im Dorf. Ich vermute, sie bleiben die ganze Nacht dort.»

«Don Rafael», sagte sie. «Ihr Enkel wurde ermordet. Kaltblütig ermordet, weil er mir zu helfen versuchte.»

Er entgegnete ruhig: «Erzählen Sie mir alles, Mrs. Talbot. Alles, was Sie wissen.»

Nino hupte, als er sich dem Ausgang näherte. Der Pförtner drückte den Knopf, und die Tore öffneten sich langsam. Nino hielt an und schaute aus dem Fenster, eine Zigarette zwischen den Lippen. «He, haben Sie ein Streichholz?»

Der Pförtner kam heran, nahm ein Feuerzeug aus der Westentasche und betätigte es. Im gleichen Augenblick zückte Nino eine Beretta mit Schalldämpfer. Er schoß dem Pförtner zwischen die Augen, der mit Wucht zurückgeschleudert wurde und gegen die Mauer prallte, dann manövrierte Nino den Mercedes ein Stückchen weiter vorwärts, so daß sich das Tor nicht schließen konnte, und blinkte mit den Scheinwerfern.

Daniele, neben dem Alfa in den Pinien postiert, sah das Signal und grinste aufgeregt. «Er hat's geschafft. Gehen wir!»

Er rannte den Weg entlang durch das freie Gelände auf die Villa zu und zog dabei einen .45er-Colt Automatic aus dem Schulterhalfter. Bernardo trug eine Schmeisser-Maschinenpistole bei sich und Cesare eine abgesägte Schrotflinte, die Lupara, das Markenzeichen eines echten Mafioso, eines Mannes, der den Mumm hat, sich weit vorzuwagen.

Sie kamen zum Tor. «Er hat sie ins Haus gebracht», empfing sie Nino. «Ich hab außer ihm bloß noch einen Mann gesehen. Die andern sind vielleicht bei der Feier im Dorf.»

«Gut!» grinste Daniele. «Hast deine Sache prima gemacht. Du bleibst hier und hältst dich bereit. Wenn wir abhauen, dann mit Karacho.»

Er schlich die Zufahrt hinauf und verschwand zwischen den Palmen, die beiden anderen folgten ihm. Nino zündete sich nervös eine Zigarette an und setzte sich ans Steuer. Er hörte nichts, nur das Rascheln der Palmen im Wind, und dann berührte etwas Kaltes, Hartes seine Schläfen, und eine leise Stimme sagte: «Wenn du einen Muckser machst, puste ich dir das Gehirn weg. Und jetzt steig aus.»

Was die Conquest für dieses Unternehmen besonders geeignet machte, war die Airstair-Tür, die einen glatten Ausstieg ermöglichte. Die Schwierigkeit bereitete der Bergrücken hinter der Villa. Das gab Marco nur einen kurzen Anflug in zweihundertfünfzig Meter Höhe, mit gedrosseltem Motor – lediglich ein paar Sekunden, bevor er ihn wieder hochjagen mußte zum Steilflug.

Er blickte über die Schulter in die Kabine, wo Egan neben der Tür kauerte, und brüllte: «Es ist soweit, Sean. Du hast nur die eine Chance. Zähl bis zehn!»

Egan begann zu zählen, die Hände an die Tür gestemmt, ein Fuß auf der obersten Stufe, das Armalite baumelte von seinem Hals. Das Gelände unten, die Villa, der Bergabhang waren deutlich im Mondschein zu erkennen, doch dann verdeckte eine Wolke den Mond, es wurde stockfinster, und er tauchte kopfüber in die Dunkelheit. Als die Conquest in Schräglage nach Steuerbord gebracht wurde, traf der Nachstrom ihn mit solcher Wucht, daß er herumgedreht wurde, wobei die Schlinge des Armalite über seinen Kopf rutschte und die Waffe in der Dunkelheit verschwand.

Er zog an der Reißleine, und gleich darauf knackte es, als die khakifarbene Seide sich über seinem Kopf entfaltete. In zweihundertfünfzig Meter Höhe bleiben einem Fallschirmspringer dreißig Sekunden, bis er am Boden landet. Egan zählte bereits und starrte hinunter in die Finsternis; er hatte keinen Verpackungssack an einer Leine, der zuerst aufschlug und ihn vorwarnte.

Im allerletzten Augenblick lachte ihm das Glück. Die Wolke zog vorbei, so daß er nun im hellen Mondschein den Orangenhain am Hang auf der einen Seite der Villa unmittelbar unter sich sah. Es blieb ihm Zeit, an der Leine zu ziehen und die Richtung zu ändern, so daß er ein paar Meter vom Rand des Orangenhains entfernt in der Wiese landete.

Er ließ sich geschickt ausrollen, kam auf die Füße und entledigte sich der Ausrüstung. Dann testete er sein Knie und stellte erleichtert fest, daß alles tadellos zu funktionieren schien. Er stieg durch den Orangenhain abwärts und erklomm die Mauer neben der Villa. Der elektrische Zaun oben war deutlich sichtbar, er lief daran entlang, hielt ständig Ausschau nach einem Ast auf der anderen Seite, den er ergreifen könnte.

An der Ecke blieb er stehen und wich zurück, als er Daniele

Frasconi und seine zwei Kumpane zum Tor rennen sah, um sich kurz mit dem Mann zu unterhalten, der neben dem Mercedes stand. Sie gingen weiter, und der Mann zündete sich eine Zigarette an und setzte sich ans Steuer. Egan nahm seinen Browning heraus. Er langte durchs Fenster und drückte dem Fahrer die Mündung an die Schläfe.

«Wenn du einen Muckser machst, puste ich dir das Gehirn weg. Und jetzt steig aus.»

Das war kein Sizilianer. Das Italienisch war zu rein, so wie es in Rom gesprochen wird, aber der drohende Ton genügte, um Nino widerstandslos gehorchen zu lassen. Er stieg mit erhobenen Händen aus. Egan durchsuchte ihn fachmännisch und fand die Beretta. Er steckte sie in die Jacke und sah an Nino vorbei auf die Leiche des Pförtners.

«Der Hintermann ist Frasconi, stimmt's?»

«Bitte, Signor, ich bin nur ein Taxifahrer», protestierte Nino.

Egan schlug ihm ins Gesicht, packte ihn dann beim Schopf und drückte ihm die Mündung des Browning unters Kinn. «In einer halben Sekunde mußt du dich auf immer von deinem Gehirn trennen.»

«Also gut, Signor. Ich arbeite für die Frasconis, aber ich bin nichts weiter als ein Taxifahrer. Sie haben mir befohlen, eine Frau in Punta Raisi abzuholen und herzubringen.»

«Und du hast es gemacht?»

«Ja, Signor. Eine amerikanische Lady. Sie ist drinnen bei Don Rafael.»

Egan wies mit dem Kopf auf den toten Pförtner. «Und das ist dein Werk?»

«Ich hatte keine andere Wahl, Signor. Sie haben mich gezwungen, Daniele und seine Männer. Ich mußte es tun, sonst hätten sie mich umgelegt. Es war die einzige Möglichkeit für sie, reinzukommen.»

Egan versetzte ihm einen Hieb über den Schädel, und Nino ging zu Boden wie von einer Axt gefällt. Egan langte in den

Mercedes, drückte die Hupe eine Weile herunter und rannte dann sehr schnell die Zufahrt hinauf.

Jacopo servierte Sarah und Don Rafael auf der Terrasse frischen Kaffee, als am Tor die Hupe schrillte. Don Rafael stellte stirnrunzelnd die Tasse hin. «Was ist das?»

Eine Sekunde später ertönte Egans Stimme: «Sarah, hier spricht Sean Egan. Warnen Sie Don Rafael. Daniele Frasconi und zwei seiner Männer sind irgendwo im Garten.»

Ohne Zögern zog Don Rafael sie zu Boden; und Jacopo ließ sich auf ein Knie nieder und holte einen Revolver aus dem Gürtelhalfter. In der nächsten Sekunde eröffnete Bernardo im Gebüsch das Feuer auf die Terrasse.

Egan stürmte durch das Unterholz, sah Bernardo im Gebüsch kauern, Cesare neben ihm. Er lief auf sie zu, schoß Bernardo zweimal in den Rücken – und dann versagte sein Knie, das Bein knickte unter ihm zusammen, als er zu Boden ging. Cesare drehte sich mit erhobener Schrotflinte um. Im selben Augenblick richtete sich Jacopo auf der Terrasse auf und schoß ihn in den Hinterkopf. Mit einem Satz schwang er sich über die Balustrade ins Unterholz und kauerte sich neben Egan.

«Alles in Ordnung, Mr. Egan?» rief Don Rafael.

Egan probierte vorsichtig sein Knie aus, und als er feststellte, daß es zu funktionieren schien, stand er auf. «Mir geht's bestens. Einer ist noch übrig.»

Jacopo betrachtete die beiden Leichen. «Das wird wohl Daniele sein, Don Rafael!»

«Dann wollen wir doch mal sehen, ob wir ihn aufscheuchen können.» Es war kaum zu glauben, aber Don Rafael erhob sich und schob sich die Zigarre wieder zwischen die Lippen. «Wo steckst du, Frasconi? Hast du Angst, einem alten Mann gegenüberzutreten?»

Am anderen Ende der Terrasse, gut dreißig Schritte entfernt, schlüpfte Daniele Frasconi aus dem Gebüsch und ballerte wild drauflos, eine Kugel drang in die Balken neben dem Fenster und zersplitterte das Holz. Egan riß den Arm hoch und feuerte zweimal. Frasconi wurde auf den Rücken geschleudert, seine Beine zuckten noch etwas, und dann lag er still.

Jacopo näherte sich der Leiche, ließ sich neben ihr aufs Knie nieder und untersuchte sie. Er blickte hoch. «Zwei Schüsse ins Herz, kein Fingerbreit dazwischen. Ein Meisterstück», fügte er bewundernd hinzu.

Sarah stand auf, kreidebleich und zitternd. «Wie sind Sie hergekommen, Sean?»

«Man könnte sagen, ich bin einfach hereingeschneit.»

«Mr. Egan, wie unglaublich das Wunder auch sein mag, das Sie hergebracht hat, so bleibt doch die Tatsache unbestritten, daß ich Ihnen mein Leben verdanke. Unter den gegebenen Umständen müssen wir als erstes darauf anstoßen, also kommen Sie bitte herein.»

Nino Scacci drohte der Schädel zu bersten, er war völlig verängstigt; trotzdem bahnte er sich vorsichtig den Weg durch die Sträucher, ein bis zwei Minuten, nachdem die Schießerei verstummt war. Er fand die Leichen von Bernardo und Cesare als erste. Aus dem Haus drang Gelächter. Er ging weiter und sah zu seinem Schrecken unter dem anderen Ende der Terrasse die Leiche von Daniele Frasconi liegen.

Nino kroch rasch davon und lief dann die Zufahrt hinunter. Den Mercedes zu nehmen, war sinnlos. Sie würden ihn abfahren hören und ihm nachjagen. Er lief die zweihundert Meter bis zu dem Pinienwäldchen und fand den Alfa darin geparkt. Zum Glück steckte der Zündschlüssel. Er ließ den Motor an.

Er fuhr durch das Dorf, wo die Feier noch in vollem Gange war, und raste in einem angesichts der Straßenverhältnisse geradezu mörderischen Tempo weiter, bis er eine halbe Stunde später auf die Hauptstraße einbog, die von Agrigent nach

Palermo führt. Auf der gegenüberliegenden Seite war ein Café, das rund um die Uhr geöffnet war. Er ging hinein und fand ein Telefon.

«Du kannst unmöglich nach Bellona zurück, man würde dich sofort entdecken», sagte Salvatore Frasconi. Er stand am offenen Flügelfenster seines Schlafzimmers, ein Handtuch um die Hüften geschlungen. «Bleib, wo du bist. Wer Bellona verläßt, hat keine andere Wahl, er kommt genau dort auf die Hauptstraße.»

«Okay, Don Salvatore. Ich werde tun, was Sie sagen.»

«Sobald du die Frau und diesen Engländer oder auch Don Rafael selbst unterwegs nach Palermo siehst, rufst du mich an.»

Frasconi legte den Hörer auf und blickte hinaus aufs Meer. Die junge dunkelhaarige Frau, die nackt im Bett saß, fragte: «Was ist denn, Salvatore? Was ist passiert?»

«Sie haben Daniele umgebracht.» Seine Stimme klang gequält.

«Heiliger Himmel!» Sie bekreuzigte sich. «Wer war's?»

«Don Rafael Barbera und seine Leute.»

«Was hast du nun vor?»

Frasconi drehte sich um, sein Gesicht war furchterregend. «Was denkst du wohl?»

Don Rafael stand vor dem Kamin, Egan und Sarah saßen gegenüber auf einer Couch. «Ich werde Ihnen jetzt genau erzählen, was ich Vito am Telefon gesagt habe. Alles, was ich weiß.»

«Wir wären Ihnen dafür sehr dankbar», erwiderte Sarah.

«Keine Ursache. Damit trage ich nur etwas von meiner Dankesschuld ab. Wie ich Ihnen schon bei unserer letzten Begegnung im Flugzeug sagte, Mrs. Talbot, habe ich mich nie mit Rauschgifthandel abgegeben. Tatsächlich mache ich es denen, die ihn betreiben, so schwer, wie ich nur kann.»

«Den Frasconis zum Beispiel?» fragte Egan.

«Genau. Ich bin jahrelang in einen Kampf mit der Familie Frasconi verstrickt gewesen. Ich habe sie in New York vernichtet, ihr Geschäft in London ruiniert. Sie haben versucht, mich umzubringen, jedesmal ohne Erfolg und dank Ihnen, Mr. Egan, heute abend wiederum. Ich befinde mich kurz vor dem Ziel. Nur Salvatore steht mir bis zur völligen Vernichtung der Familie Frasconi noch im Wege.» Er lachte. «Wie in einer griechischen Tragödie.»

«Was ist mit Smith?» erkundigte sich Sarah. «Sagt Ihnen der Name etwas?»

«O ja. Mehrere Mitglieder der Familie Frasconi haben das Menetekel an der Wand gesehen und sich an mich gewandt. Es gibt kaum etwas, das ich über ihr Unternehmen nicht weiß. Der Name Smith ist häufig gefallen. Sie machen sehr viele Geschäfte mit ihm, das steht fest, aber seine Identität bleibt für mich genauso ein Geheimnis wie für Sie.»

«Noch eine Sackgasse», bemerkte Egan.

«Nicht ganz. Sie erwähnten eine irische Verbindung. Dazu kann ich Ihnen sagen, daß einer meiner Informanten von den Frasconis als Kurier nach Ulster benutzt wurde.»

«Das ist interessant», meinte Egan. «Wissen Sie Näheres?»

«O ja.» Barbera ging zum Schreibtisch, öffnete ihn und nahm ein Dossier heraus. Er überflog einige Blätter. «Sie kennen Ulster, Mr. Egan?»

«Das kann man wohl sagen.»

«Es gibt einen Ort an der Küste namens Ballycubbin, ein Fischerdorf. Es liegt südlich von Donaghadee.»

«Ich kenne die Gegend gut», erklärte Egan.

«Ein paar Kilometer außerhalb von Ballycubbin befindet sich ein Landsitz. Er heißt Rosemount und gehört einem irischen Aristokraten. Sein Name ist Sir Leland Barry.»

«Und wie bringt uns das weiter?» erkundigte sich Egan.

«Dieser Sir Leland ist ein erbitterter Gegner der IRA-Aktivisten. Er kontrolliert eine extremistische protestantische Gruppe, die Sons of Ulster. Ich denke, Sie werden feststellen, daß diese Söhne von Ulster für die vier von Ihnen erwähnten Todesfälle verantwortlich waren. Ihr Einstieg in den Drogenhandel diente dazu, ihre Aktivitäten zu finanzieren.»

«Und die Frasconis waren in die Sache verwickelt?» fragte Sarah.

«Wie ich Ihnen sagte, hat ihr Kurier Sir Leland des öfteren aufgesucht. Er hörte, wie der Name Smith mehrmals erwähnt wurde. Sie hängen alle zusammen, die Frasconis, die Sons of Ulster und unser mysteriöser Mr. Smith in London.»

«Na, das ist schon was.» Egan wandte sich an Sarah. «Endlich ein wirklicher Fortschritt.»

Sie erhob sich und sagte zu Barbera: «Ich kann Ihnen gar nicht genug danken.»

Er ergriff ihre Hand. «Jacopo wird Ihnen Ihre Zimmer zeigen. Morgen früh kann er sie nach Punta Raisi zu Ihrem Flugzeug bringen. Am Tor steht ein tadelloser Mercedes, sagt er. Den können Sie benutzen.»

«Und Salvatore Frasconi?» fragte Egan.

«Den können Sie mir überlassen, Mr. Egan.» Don Rafael lächelte düster. «Alle Schulden werden beglichen, glauben Sie mir.»

Jago erwischte die Frühmaschine von Rom nach Punta Raisi und fuhr um 8 Uhr 30 mit dem Taxi nach Palermo. Sein Italienisch war nicht fließend, aber durchaus annehmbar, und er begann ein Gespräch mit dem Fahrer, dem er zuvor eine Zwanzigdollarnote zugesteckt hatte.

«Ich befinde mich in einer mißlichen Lage, mein Freund.»

«Und worum geht es, Signor? Vielleicht kann ich Ihnen behilflich sein?»

«Ich bin geschäftlich hier und in diesem speziellen Fall gezwungen, erhebliche Beträge mit mir rumzuschleppen. Mir wäre offen gestanden wohler, wenn ich eine Pistole in der Tasche hätte.»

«Dafür ist eine Genehmigung erforderlich, Signor. Von der Polizei.»

«Leider ist meine Zeit knapp bemessen. Ich frage mich, ob Sie vielleicht eine Idee hätten?»

Er reichte dem Chauffeur noch einen Zwanzigdollarschein, den dieser bereitwillig akzeptierte. «Wenn ich's mir recht überlege, Signor, kenne ich da einen Pfandleiher namens Buscotti, der könnte möglicherweise helfen. Gelegentlich versetzen Leute Waffen genauso wie Schmuck.»

«Würde Signor Buscotti eine Genehmigung verlangen?»

«Nein, Signor.» Der Fahrer lachte. «Aber ich denke, vielleicht verlangt er statt dessen einen Fünfzigdollarschein.»

Zehn Minuten später setzte er Jago vor Buscottis Leihhaus ab und wartete draußen. Jago kehrte erstaunlich rasch zurück, um einhundertfünfzig Dollar ärmer, eine halbautomatische Beretta-Compact-Pistole in seiner Reisetasche.

«Alles okay, Signor?» erkundigte sich der Fahrer.

«Könnte gar nicht besser sein. Kennen Sie die Villa von Don Salvatore Frasconi?»

Der Chauffeur drehte sich überrascht nach hinten um. «Sie sind ein Freund von Don Salvatore, Signor?»

«Wir haben gemeinsame geschäftliche Interessen. Fahren Sie mich jetzt hin.» Damit lehnte er sich zurück.

Salvatore frühstückte auf der Terrasse, als das Mädchen Jago hereinführte. Salvatore schnalzte mit den Fingern, und der Mann im schwarzen Anzug, der hinter ihm stand, trat vor. «Durchsuch ihn, Paolo.»

Paolo tastete Jago von oben bis unten ab und zog sich befriedigt zurück. «Ich muß schon sagen, alter Junge, ist das wirklich notwendig?» fragte Jago in seinem besten britischen Tonfall.

«Sie kommen von Smith, behaupten Sie? Ihr Name?»

«Im Paß steht Henderson, aber Ihr Bruder Daniele wird mich aus seiner Londoner Zeit als Jago in Erinnerung haben.»

«Daniele ist tot.» Salvatore bestrich ein Brötchen mit Butter. «Also was wünschen Sie?»

«Zunächst mein aufrichtiges Beileid zu Ihrem Verlust. Er war ein großartiger Mensch. Zweitens handelt es sich um die Talbot. Mr. Smith hat seine Meinung geändert. Er möchte keinesfalls, daß ihr etwas zustößt.»

«Das bleibt ihm unbenommen», entgegnete Salvatore. «Sie und dieser englische Freund von ihr tragen eine unmittelbare Verantwortung für den Tod meines Bruders. Deshalb ist das jetzt meine Sache. Sie gehören mir. Sie werden heute nach Palermo zurückfahren, das müssen sie zwangsläufig, wenn sie die Insel verlassen wollen, und wenn sie...» Seine dunkel umschatteten Augen funkelten wild.

Jago erhob sich lächelnd. «Nun ja, dies ist eine völlig veränderte Situation. Ich bin sicher, daß Mr. Smith dafür Verständnis aufbringt. Ich werde Ihre Zeit nicht länger in Anspruch nehmen.»

Er entfernte sich rasch und ging zum Taxi zurück. Der Fahrer empfing ihn bekümmert: «Aus bestimmten Gründen bezweifle ich, Signor, ob Sie tatsächlich ein Freund der Frasconis sind. Kann ich mein Geld bekommen und weiterfahren?»

«Erst wenn Sie mich zum nächsten Autoverleih gebracht haben», beschied ihn Jago.

In fünf Minuten erreichten sie eine entsprechende Firma, weitere fünfzehn Minuten waren für die benötigten Papiere erforderlich, so daß er dreißig Minuten nach seinem Gespräch mit Frasconi in einem roten Ford auf der anderen Straßenseite gegenüber der Villa saß.

Nino, der auf dem Parkplatz neben dem Café an der Kreuzung wartete, wurde sein Auftrag dadurch erleichtert, daß Egan,

Sarah und Jacopo in seinem eigenen Mercedes auftauchten und auf die Hauptstraße abbogen. Nino stürzte zum Telefon.

In seiner Villa hörte sich Salvatore den Bericht an und sah auf die Uhr. «Okay, sie dürften schätzungsweise in einer Stunde und fünfzehn Minuten hier vorbeifahren. Du bleibst ihnen auf den Fersen. Wir werden sie irgendwo in Palermo abfangen. Halt dich bereit.»

«Ja, Don Salvatore.» Nino legte auf, rannte hinaus zum Alfa und brauste hinterher.

Salvatore wandte sich an Paolo: «Sie kommen, Paolo, sie sind unterwegs. Jetzt bin ich dran.» Und er ging ins Schlafzimmer und zog sich um.

Fünfzehn Minuten später fuhr er in einem blauen Maserati, den Paolo steuerte, durch das Haupttor der Villa. Als sie auf die Straße einbogen, startete Jago den Ford und folgte ihnen.

«Zumindest fliegen Sie stilvoll zurück», sagte Egan zu Sarah. Er saß vorn neben Jacopo, der fuhr, Sarah auf dem Rücksitz.

«Ferguson dürfte doch mittlerweile höchstwahrscheinlich entdeckt haben, daß sein kostbarer Lear Jet abgehauen ist, meinen Sie nicht auch?» fragte sie.

«Ich könnt's mir vorstellen.» Egan schaute aus dem Fenster. Sie befanden sich mitten in Palermo auf dem Weg in Richtung Hafen.

«Demnach wäre wohl unzweifelhaft mit einem Empfangskomitee zu rechnen», bemerkte Sarah.

«Eine logische Schlußfolgerung, würde ich sagen», pflichtete Egan bei.

«Was werden sie tun? Sie verhaften?»

«Abwarten.»

«Und informieren wir sie über Ballycubbin und die Sons of Ulster?»

«Auch das werden wir abwarten müssen.»

Sie durchquerten eine ruhige Straße – rechts von ihnen Lagerhäuser, jenseits der Hafen –, als plötzlich ein blauer Maserati daherbrauste und vor ihnen anhielt, so daß Jacopo scharf bremsen mußte. «Idiot!» knurrte er. Ein Mann lehnte sich aus dem Beifahrerfenster und schoß auf sie.

«Mein Gott, das ist Frasconi!» Jacopo riß das Steuer herum und dirigierte den Mercedes in eine Seitenstraße, die zwischen hohen Lagerhäusern zum Hafen hinunterführte.

Egan drehte sich um und sah nicht nur den Maserati ihnen folgen, sondern auch einen Alfa, und in dem Moment entdeckte Jacopo fluchend am Ende der Straße eine Mauer. Er bog ab in einen engen Torweg, der sie auf ein verlassenes Dock brachte. Als er in raschem Tempo am anderen Ende anlangte, ging es nirgends weiter, nur eine dunkle Einfahrt links, für die er sich wohl oder übel entscheiden mußte.

Es war ein riesiges Gebäude, düster und unheimlich, in der Mitte verlief ein breiter, mit grünem Wasser gefüllter Kanal, der früher offenbar für den Bootsbau benutzt wurde. Der Mercedes brauste zum anderen Ende. Als Jacopo erkannte, daß es keinen Ausgang gab, entschloß er sich zu einem geradezu atemberaubenden Wendemanöver und kurvte in rasantem Tempo den gleichen Weg zurück.

Der Maserati und der Alfa blockierten beide den Weg, und Salvatore sprang heraus, eine Beretta in der Hand, und feuerte zweimal. Eine Kugel durchschlug die Windschutzscheibe des Mercedes und traf Jacopo zwischen den Augen. Der Mercedes geriet ins Schleudern, schlingerte über das Dock und stürzte in den Kanal. Egan blieb kaum Zeit, sein Fenster hochzukurbeln, als der Mercedes vornüber etwa zwölf Meter tief absank und auf dem Grund liegenblieb. Sarah erstarrte, als das Wasser sie zu umspülen begann.

«Keine Panik!» sagte Egan. «Warten Sie, bis das Wasser das Dach erreicht, dann versuchen Sie, die Tür zu öffnen. Sie werden sehen, das geht mühelos. Lassen Sie sich langsam nach oben treiben. Ich komme gleich hinterher.»

Er hatte den Browning in der Hand. Als das Wasser Sarah bis ans Kinn reichte, wollte sich ihrer Kehle ein Schrei entringen, doch sie unterdrückte ihn und holte tief Luft. Das Wasser überflutete ihren Kopf, und sie versuchte es mit der Tür, die sofort aufging. Sie kletterte hinaus und trieb durch das grüne Wasser nach oben, registrierte die verzerrten Umrisse der drei Männer, die am Rande des Docks warteten. Sie kam an die Oberfläche und blickte in Salvatores haßerfüllte Augen, neben ihm Paolo mit einer Waffe, auf der anderen Seite Nino.

«Miststück!» zischte Salvatore und zielte sorgfältig.

Und dann tauchte Sean Egan neben ihr auf, den Browning mit beiden Händen ausgestreckt. Er feuerte zweimal ab, einmal auf Nino, den er in die Kehle traf, der zweite Schuß erwischte Paolo etwas über dem linken Auge, und dann hatte der Revolver Ladehemmung.

Salvatore, die Augen von rasender Wut erfüllt, hob die Beretta. Auf einmal kreischten Bremsen, und ein Ford Escort kam schleudernd hinter ihm zum Halt. Jago sprang auf der anderen Seite heraus. «Frasconi!» rief er.

Salvatore drehte sich halb herum, und Jago feuerte dreimal auf ihn, so daß er über den Rand des Docks ins Wasser geschleudert wurde. Dort trieben Sarah und Egan. Jago näherte sich der Kante. Sie schaute hinauf in das gebräunte Gesicht mit dem blonden Haar und Schnurrbart, der Sonnenbrille. Irgend etwas weckte eine schwache Erinnerung, ohne daß sie es genauer definieren konnte, bis er sprach.

«Ich weiß nicht recht, Sarah, aber Sie haben wirklich einen sonderbaren Hang zum Wasser, stimmt's nicht?» Er schüttelte den Kopf. «Also Sarah, an Ihrer Stelle würde ich schleunigst heimfliegen.»

Er verschwand. Sie hörten den Motor anspringen und den Ford davonfahren. «Jago!» sagte Sarah. «Das war Jago, Sean, nur irgendwie anders. Der Mann ist ein echter Zauberkünstler.»

Egan ergriff ihren Arm und zog sie zu einer Leiter. «Mir ist's gleich, was er ist; sein Rat jedenfalls ist goldrichtig.»

Er half ihr die Leiter hinauf. Wenige Sekunden später saßen sie im Maserati und rasten auf schnellstem Weg zum Flugplatz Punta Raisi.

13

Es war kurz nach zehn, als der Lear Jet bei seiner Ankunft in Walsham zum Haupthangar rollte. Grant öffnete die Tür, und Sarah ging die Treppe hinunter. Unten stand Tony Villiers. Fergusons schwarzer Daimler parkte ein paar Meter entfernt.

«Ich kann dir alles erklären, Tony», begann sie und beobachtete gespannt seine Reaktion. «Ist Brigadier Ferguson im Wagen?»

«Nein, er ist in seiner Wohnung. Ich soll dich zu ihm bringen.» Auf dem Weg zum Daimler wandte sich Villiers an Egan. «Ich hab mich heute früh mit Marco in Palermo in Verbindung gesetzt.»

«Lassen Sie uns eins klarstellen, Colonel», entgegnete Egan. «Marco trifft keinerlei Schuld. Er erhielt einen Einsatzbefehl, korrekt verschlüsselt, mit der richtigen Sicherheitseinstufung, und hat ihn vorschriftsmäßig ausgeführt.»

«Sieht ganz so aus.» Villiers folgte Sarah in den Wagen, und Egan ließ sich ihnen gegenüber auf dem Klappsitz nieder. «Marco hat mir berichtet, daß die Brüder Frasconi nicht mehr unter uns weilen.»

«Hab ich auch gehört», bestätigte Egan.

«Ich habe Sie gut geschult, Sean.»

Egan schüttelte den Kopf. «Rechnen Sie nicht alles mir als Verdienst an. Jago erschien auf der Bildfläche. Ehrlich gesagt – dank ihm sind wir überhaupt mit heiler Haut davongekommen. Er hat Salvatore Frasconi erledigt, als es ganz übel aussah.»

«Interessant ist dabei eins», warf Sarah ein. «Er hatte sein Äußeres völlig verändert. Ich hab ihn nicht wiedererkannt, bis er geredet hat.»

«Wenn er heute nach London zurückfliegt, können Sie ihn ohne weiteres schnappen.»

«Das bezweifle ich.» Villiers schüttelte den Kopf. «Nicht wenn er so gut verkleidet ist, wie Sarah es schildert. Ein sehr einfallsreicher Mensch, unser Freund Jago.»

Er wirkte sonderbar gedämpft, so daß Sarah fragte: «Stimmt etwas nicht, Tony?»

«Na ja, eigentlich...» Er nahm ihre Hand. «Sir Geoffrey, Erics Großvater, ist gestern früh gestorben.»

«O nein!» Der Schmerz überwältigte sie; sie schloß die Augen und wandte sich ab, sah alles wieder vor sich. Ihre Trauung damals in Stokeley, anschließend der Empfang in der Halle, Edward in Paradeuniform, Eric, von der Schule für diese besondere Gelegenheit beurlaubt, und Sir Geoffrey, der so glücklich schien.

«Ich bin so froh, daß er zu krank war, um Erics Tod zu erfassen», sagte sie schließlich.

«Ich habe die Vorkehrungen für die Beisetzung bereits getroffen», berichtete Villiers. «Hoffentlich hast du nichts dagegen?»

«Wie sollte ich? Immerhin bist du jetzt das Familienoberhaupt. Keine Talbots mehr...» Sie war nahe daran, die Fassung zu verlieren. «Wann ist die Beerdigung?»

«Heute nachmittag um drei.»

«In Stokeley?»

«Selbstverständlich.»

Sie erklärte es Sean: «Stokeley Hall liegt in Essex, am Crouch. Bei günstiger Verkehrslage nur eine Autostunde von London. Eine andere Welt.» Ihre Stimme klang brüchig. «England, wie es einmal war. Die Talbots haben dort fünfhundert Jahre gelebt – bis jetzt, nun gibt es keinen mehr von ihnen.» Sie kehrte beiden den Rücken zu und begann hemmungslos zu weinen.

Zu dieser Zeit traf Jago auf dem Flugplatz Leonardo da Vinci in Rom ein. Egan und Sarah Talbot würden mit dem Lear Jet rasch wieder in England sein, soviel stand fest, und das hieß, daß er eine Weile ohne Kontakt zu ihnen wäre. Nicht ganz, natürlich, denn das Gerät, das er in seiner Wohnung auf Empfang gestellt hatte, würde alles aufzeichnen, was sich in dem Haus in der Lord North Street zutrug. Das war wenigstens etwas.

Mehr Sorgen machte ihm seine gegenwärtige Lage. Sarah Talbot das Leben zu retten, war eines, wie ein aufgeblasener Schauspieler zu agieren, etwas ganz anderes. Er hatte sich selbst enttarnt. Sicher, es war unwahrscheinlich, daß sie eine sehr genaue Beschreibung zu geben vermochte, aber Villiers und die Leute von Group Four wären alarmiert, und das konnte genügen.

Er studierte die elektronische Abflugtafel und schmunzelte, weil die Situation so lächerlich einfach war. Es gab von British Airways einen Direktflug nach Glasgow, Start mittags, Ankunft 16 Uhr 30. Und von Glasgow nach London bestand Pendelverkehr, so daß er jederzeit eine Maschine bekommen konnte.

Er ging zum Schalter, buchte, holte sich an der Bar ein Glas Weißwein und suchte sich eine Telefonzelle, um Smith anzurufen. Dann wartete er, trank genüßlich den Wein und rauchte eine Zigarette. Es dauerte fünfzehn Minuten, bis Smith zurückrief.

«Was treiben Sie denn in Rom?»

«Ich warte auf ein Flugzeug. Bin auf dem Rückweg.»

«Sie waren in Sizilien?»

«Stimmt», bestätigte Jago.

«Ich hab Ihnen doch gesagt, Sie sollen sich da raushalten.»

«Tja, ich hab mir das genau überlegt und kam zu dem Schluß,

daß es in Anbetracht sämtlicher Umstände vernünftiger wäre, in der Nähe zu sein, falls ich gebraucht würde.»

«Und wurden Sie gebraucht?»

«Leider nein. Salvatore Frasconi hat meine Dienste rundweg abgelehnt. Er war ganz versessen darauf, sie alle umzulegen – Barbera, Egan und Sarah Talbot.»

«Und was ist passiert?»

Wie jedesmal wenn er schlechte Nachrichten für Smith hatte, stellte Jago fest, daß er sich köstlich amüsierte. «Die Frasconis sind dahin, das ist der bedauerliche Tatbestand. Die Leichen von Daniele und zwei weiteren Männern fand man in einem Straßengraben außerhalb von Bellona. Das hab ich auf dem Weg zum Flugplatz im Radio gehört. Egan hat Salvatore umgebracht», log Jago und fügte fröhlich hinzu: «Die Damen in Palermo werden sich heute nacht vor Schmerz an die Brust schlagen.»

«Ihr Sinn für Humor wird eines Tages Ihr Tod sein», bemerkte Smith. «Wo sind Egan und die Talbot jetzt?»

«Fliegen in ihrem Lear Jet auf Kosten des Steuerzahlers dahin, zurück ins gute alte England.»

«Und Sie?»

«Ich komme erst heute abend an, es ist ziemlich schwierig mit den Anschlußflügen. Übrigens ist da noch ein Punkt, den ich meiner Meinung nach ansprechen sollte.»

«Der wäre?» fragte Smith.

«Die Frage, was Barbera ihnen – wenn überhaupt – erzählen konnte.»

«Nicht das Schwarze unterm Nagel, er wußte nämlich gar nichts.»

«Reden wir doch Klartext», entgegnete Jago. «Den irischen Teil haben Sie immer selber gehandhabt, mich nie in den Ablauf eingeweiht. Ich hab keine Ahnung, mit wem Sie es dort zu tun haben, aber ich weiß genau, daß die Frasconis mit einbezogen waren. Liege ich soweit richtig?»

«Na, und wenn es so wäre?»

«Ein alter Fuchs wie Barbera hätte es sich zur vordringlichsten Aufgabe gemacht, soviel wie nur möglich über die Geschäftsinteressen der Frasconis herauszufinden. Er muß Leute in ihre Organisation eingeschleust haben. Und garantiert haben sich auch Leute von den Frasconis auf seine Seite geschlagen. Unter diesen Umständen können Sie meiner Meinung nach keineswegs sicher sein, daß er nichts über Ihre Verbindungen in Ulster wußte.»

«Da könnten Sie recht haben», gab Smith zu.

«Hatten sie beispielsweise direkte Verbindungen mit den Leuten in Ulster? Ist jemand dort gewesen?» fragte Jago.

Es herrschte drückendes Schweigen, ehe Smith antwortete: «Ja, sie waren tatsächlich drüben.»

«Dann würde ich die in Ulster vorwarnen, nur für den Fall, daß Egan und Sarah Talbot ebenfalls dort aufkreuzen.» Um noch eine letzte Prise Salz in die Wunde zu streuen, fügte er hinzu: «Noch schlimmer wäre es natürlich, wenn unser reizendes Pärchen sich entschließen sollte, bei Ferguson und Villiers zur Abwechslung mal mit der vollen Wahrheit rauszurücken. Dann hätten Ihre Freunde die Royal Ulster Constabulary und die Army am Hals.»

«Klarer Fall. Ich kümmere mich darum. Rufen Sie mich heute abend an, sobald Sie zurück sind.»

Sir Leland Barry schoß Tontauben auf dem Rasen von Rosemount, seinem herrlichen, alten, georgianischen Haus außerhalb von Ballycubbin. Der dreiundsiebzigjährige pensionierte Richter am High Court war eine distinguierte Erscheinung, makellos gekleidet – Reithosen, spiegelblanke braune Reitstiefel, braune Tweedjacke und passende Mütze. Sein Haar und der säuberlich gestutzte Schnurrbart waren schlohweiß.

«Fertig!» rief er.

Der Wildhüter, der neben der Wurfanlage kauerte, betätigte

den Hebel, und zwei Tontauben wurden in die Luft geschleudert. Sir Leland traf die linke, während er die rechte verfehlte. «Verflixt!» brummte er.

Hinter ihm kam der Butler mit dem Telefon über den Rasen. «Ein Anruf, Sir, aus London.»

«Wer ist es?» erkundigte sich Sir Leland.

«Ein Mr. Smith, Sir.»

Sir Leland reichte ihm das Schrotgewehr. «Halten Sie das.» Er nahm das Telefon und ging zur Grabenmauer hinüber, um sich anzulehnen. «Barry am Apparat.»

«Wir könnten Ärger kriegen», eröffnete ihm Smith.

«Berichten Sie.»

Smith schilderte die Situation in wenigen kurzen Sätzen. Als er geendet hatte, meinte Barry: «Kein Problem. Wenn dieser Egan und die Frau auftauchen, wird man sich mit ihnen befassen.»

«Und die Sicherheitskräfte?» fragte Smith.

«Mein lieber Junge», erwiderte Sir Leland geduldig, «die Sicherheitskräfte stellen für mich keine Bedrohung dar. Tatsächlich ist es genau umgekehrt, also regen Sie sich nicht auf. Sie können die Sache getrost mir überlassen.»

Er ging zurück, gab dem Butler das Telefon und verlangte seine Schrotflinte zurück. Er lud sie und nickte dem Wildhüter zu. Als er diesmal schoß, lösten sich beide Tontauben ganz einwandfrei in eine Staubwolke auf.

Ferguson, die Teetasse in der Hand, wandte sich vom Fenster ab und trank einen Schluck. Villiers stand vor dem Kamin, Sarah und Egan saßen sich gegenüber.

«Ein bemerkenswerter Mann, dieser Jago», meinte Ferguson. «Zu allem Überfluß scheint er sich auch noch in den Mann mit den tausend Gesichtern zu verwandeln.» Er leerte die Tasse. «Natürlich gibt es da einen interessanten Punkt.»

«Und der wäre, Sir?» fragte Egan.

«Er besitzt offenbar ein unglaubliches Geschick, Ihnen überallhin zu folgen.» Er reichte Sarah die Tasse. «Ich hätte gern noch einen Schluck.» Er wandte sich zu Egan. «Was nun Sie betrifft, so beeindrucken mich Ihre jugendlichen Heldentaten nicht sonderlich. Wir haben im Lauf der Jahre weiß Gott genug Geld für Ihre Schulung ausgegeben, aber es bleibt die wesentlich ernstere Frage, wie Sie in unser Computersystem eindringen konnten.»

«Erwarten Sie wirklich, daß ich darauf antworte?»

«Hören Sie auf, Sean», mischte sich Villiers ein. «Es gibt nur einen Menschen, der dazu imstande ist, und den kennen wir alle. Alan Crowther.»

«Eine üble Geschichte.» Ferguson trank einen Schluck frischen Tee. «Vor allem für Alan. Ein sehr gewichtiger Verstoß gegen den Official Secrets Act, unter anderem.»

«Das ist doch Unsinn», protestierte Sarah. «Unsere Geschäftspartner haben in ihren Büros in der Cannon Street eines der ausgeklügeltsten Computersysteme in London. Selbstverständlich haben sie mir während meines Aufenthaltes hier völlig freie Hand gelassen, ihre Anlagen zu benutzen. Ich bin in Ihr System eingedrungen, Brigadier.»

«Tatsächlich, Mrs. Talbot?»

«Ich könnte heutzutage in den Finanzkreisen von Wall Street nicht lange bestehen ohne qualifizierte Computerkenntnisse. Das würde ich mit Vergnügen unter Beweis stellen», fügte sie hinzu.

«Ich glaube kein Wort davon», erklärte Villiers.

«Aber Tony, soll das etwa heißen, daß Sie der Lady mißtrauen?» Ferguson wandte sich an Sarah. «Das spielt jetzt keine Rolle, meine Liebe. Viel interessanter wäre es, zu erfahren, was Sie überhaupt in Sizilien herausgefunden haben.»

Sie sah Egan fragend an. «Ich denke, wir sollten jetzt Farbe bekennen. Das ist zu wichtig, um weiter damit hinterm Berg zu halten, aus vielen Gründen.»

Sie holte tief Luft. «Na gut. Bevor wir hinfuhren, wußten wir, daß die treibende Kraft hinter allem dieser Smith ist, Identität unbekannt. Jago ist seine rechte Hand.»

«Und die Frasconis?» fragte Ferguson. «Wo bleiben die?»

«Smith und die Frasconis haben sich gemeinsam ganz groß im Rauschgifthandel betätigt, aber darüber hinaus existiert noch eine irische Verbindung, die offenbar direkt in Zusammenhang steht mit den von einer protestantischen Extremistengruppe getöteten vier IRA-Mitgliedern.»

«Heißt das, Sie wissen, wer sie sind?»

«Ja.» Sie nickte. «Ein Mann, der ursprünglich bei den Frasconis als Kurier nach Ulster angestellt war, ist zu Barbera übergelaufen. Er hat Don Rafael alles erzählt.»

«Und?»

«Es waren die Sons of Ulster», warf Egan ein.

«Tatsächlich?» Ferguson wandte sich an Villiers. «Über die sind wir doch genau im Bilde, oder?»

«Ich glaube, sie waren in letzter Zeit nicht sehr aktiv», antwortete Villiers.

Ferguson nickte. «Noch was?»

«O ja. Der Mann an der Spitze.»

Ferguson runzelte die Stirn. «Bei den Sons of Ulster?»

Sie nickte. «Ja. Sir Leland Barry. Er operiert von Rosemount aus, einem Haus außerhalb von einem Dorf an der Küste namens Ballycubbin.»

Schweigen. Ferguson und Villiers sahen sich stumm an, dann ging der Brigadier zum Schreibtisch und setzte sich. «Das ist hochinteressant.»

«Was werden Sie nun in der Sache unternehmen?» erkundigte sich Sarah.

Ferguson fixierte Villiers. «Versuchen Sie's, ihr die Ulster-Politik mit all ihren Komplikationen zu erklären. Vielleicht hört sie auf Sie.»

«Sir Leland Barry vertritt eine der ältesten Familien in Ulster», begann Villiers. «Er ist der fünfte Baronet. Im Zweiten Weltkrieg hat er sich als Offizier bei den Ulster Rifles große Verdienste erworben. In späteren Jahren hat er sich als Barrister in London ebenso wie in Irland sogar noch mehr ausgezeichnet. Einmal war er Parlamentsabgeordneter in Stormont.»

«Für die Ulster Union, vermute ich?» fragte Egan.

«Eine andere Partei könnte für ihn wohl kaum in Betracht kommen», erwiderte Ferguson. «Er ist schließlich Protestant.»

«Wie auch immer», sagte Villiers, «Sir Leland Barry ist ein entschiedener Verfechter der protestantischen Sache. Er hat viele Jahre als Richter amtiert und war in dieser Eigenschaft ein bevorzugtes Ziel für die IRA. Im März 1982 versuchten sie, ihn umzubringen. Ein Sprengstoffanschlag, als sein Wagen durch Fermanagh fuhr. Er wurde nicht schwer verletzt, aber seine Frau fand den Tod.»

Wiederum Schweigen. Dann fuhr Ferguson fort: «Vor drei Jahren hängte er den Richterberuf an den Nagel. Seither wurde er in den Rang eines Großmeisters der Orange Lodge erhoben. Er steht sich ausgezeichnet mit der Regierung und hat den Sicherheitsdiensten in einer Anzahl von Fällen unschätzbare Hilfe geleistet.»

«Vor mehreren Jahren leitete er eine Untersuchung gegen gewisse Offiziere der Royal Ulster Constabulary, denen Fehlverhalten vorgeworfen wurde», ergänzte Villiers. «Seine Ermittlungen bescheinigten ihnen eine blütenreine Weste.»

«Weißer als weiß», bestätigte Ferguson. «Ich brauche wohl kaum zu erwähnen, daß ihn das in RUC-Kreisen recht beliebt gemacht hat.»

Sarah starrte sie bestürzt an. «Ich verstehe wohl nicht, was Sie mir da sagen, oder vielleicht möchte ich es auch gar nicht.»

Egan gab ihr darauf die Antwort. «Es ist wirklich ganz einfach. Was sie Ihnen klarzumachen versuchen, ist, daß er aus Sicherheitsgründen ungestraft davonkommt. Die Tatsache, daß er, laut unserer Information, zudem ein Terrorist ist, gilt als lästiger Schönheitsfehler, mehr nicht.»

«Sie gehen zu weit, Sergeant», wies ihn Ferguson scharf zurecht.

«Wieso? Weil er die Wahrheit sagt?» Sarah schüttelte den Kopf und erklärte mit erhobener Stimme: «Ich kann das nicht glauben.»

Villiers unterbrach sie. «Tut mir leid, Sarah, es hängt wesentlich mehr daran, als du dir vorstellst.»

«Sie müssen einfach Vertrauen zu uns haben, Mrs. Talbot», fügte Ferguson hinzu.

Sarah setzte ihre Tasse vorsichtig ab und stand auf. «Sie werden nichts unternehmen, stimmt's?»

Ferguson entgegnete kalt: «Mrs. Talbot, hier ist Schluß. Von nun an ist dies Sache der Sicherheitsorgane, nicht Ihre. Aufgrund meiner Befugnisse könnte ich Sie in die Vereinigten Staaten deportieren lassen. Diesen Weg wünsche ich nicht einzuschlagen. Ich warne Sie jedoch in aller Form vor jedem Versuch, das Land zu verlassen und nach Ulster zu fahren.» Und zu Villiers gewandt sagte er: «Sie sorgen dafür, daß Mrs. Talbots Name auf die schwarze Liste gesetzt wird für sämtliche Verbindungswege nach Irland, zur See und in der Luft.»

«Sehr wohl, Sir.»

«Und am besten, Sie schließen diesen jungen Narren gleich auch mit ein.» Ferguson richtete sich nun an Egan. «Sie wissen genau, daß Sie nach wie vor der Militärgerichtsbarkeit unterstehen. Ich könnte Sie vor ein Kriegsgericht stellen, aber das widerstrebt mir zutiefst. Sie sind ein hervorragender Soldat, Egan, und ich bin altmodisch genug, um zu glauben, das sollte noch etwas gelten. Sie haben der Königin treu gedient.»

«Großer Gott», sagte Sarah Talbot angewidert. «Nichts wie weg hier!» Und sie ging entschlossen zur Tür.

«Begleiten Sie sie, Sean», drängte Villiers. «Wir sehen uns auf der Beerdigung.»

«Haben Sie wirklich ernsthaft vor, nach alldem sich dort blicken zu lassen?» Egan schüttelte den Kopf. «Sie sind ganz schön kaltschnäuzig, Colonel, das kann ich Ihnen flüstern.» Und damit folgte er Sarah.

«Mein Gott, Leland Barry Chef der Sons of Ulster. Meinen Sie, das stimmt?» fragte Villiers.

«Ich sehe keinen Grund, daran zu zweifeln. Ich konnte den Mann noch nie ausstehen. Das Problem ist natürlich: Was kann man da machen? Die dortigen Verhältnisse sind ja nicht gerade normal zu nennen, Tony.»

«Ich weiß ja, Sir.»

«Nun denn.» Ferguson erhob sich und kam hinter dem Schreibtisch hervor. «Seien Sie nicht zu verzagt. Es findet sich immer ein Weg. Zunächst machen wir einen Sprung zum Cavendish Square, und Sie buddeln alles aus, was wir über die Sons of Ulster haben. Das dürfte die Zeit bis zur Beisetzung gerade ausfüllen.»

«Sie gedenken hinzufahren, Sir?»

«O ja, Tony», nickte Ferguson auf dem Weg zur Tür. «Nicht aus den üblichen Gründen des Anstands und Mitgefühls, wie ich zu meiner Schande gestehen muß, sondern weil ich unbedingt noch einmal mit Mrs. Talbot reden muß oder, genauer gesagt, weil ich vermute, daß sie mich dringend sprechen will.»

Egan setzte Sarah in der Lord North Street ab und fuhr ins «Bargee». Ida und der Schankkellner wollten gerade für die Mittagskundschaft öffnen. Als Egan hereinschaute, kam sie sofort zu ihm.

«Alles in Ordnung, Sean? Wo bist du gewesen?»

«Ich war geschäftlich unterwegs.»

«Ich hol dir was zu essen. Der Betrieb ist ja noch ruhig.»

«Nein, danke. Ich muß mich umziehen. Ich gehe zu einer Beerdigung.»

Er eilte nach oben, nahm einen dunkelblauen Kammgarnanzug, ein weißes Hemd und eine dunkle Krawatte aus dem Kleiderschrank. Er duschte und zog sich um, und als er hinunterkam, war sie immer noch in der Küche.

«Du siehst sehr fesch aus», lobte sie und rückte die Krawatte zurecht. «Hast du mit Jack gesprochen?»

«Ich hatte seit gestern keine Gelegenheit dazu.»

«Er hat mich gegen Morgen aus der Klinik angerufen. Hörte sich nicht so doll an.»

«Ich kümmere mich darum.» Er küßte sie auf die Stirn. «Ich muß weg, Ida.»

Sie stand in der Tür, sah ihn wegfahren, machte dann zu und ging langsam in die Bar zurück.

Als Sarah im schwarzen Samtkostüm die Treppe hinunterkam, telefonierte Egan mit der Klinik in St. John's Wood. Er legte auf, als sie das Zimmer betrat.

«Wie steht's?» erkundigte sie sich.

«Könnte schlimmer sein. Anscheinend hat er in der Nacht Fieber gekriegt. Aziz stellte eine kleine Wundinfektion fest, er kam noch mal unters Messer, Aziz hat die Wunde aufgemacht und wieder zugenäht.»

«Haben Sie mit Ihrem Onkel gesprochen?»

«Nein, er liegt wieder in seinem Bett, unter Beruhigungsmitteln.» Sie trat ans Fenster und blickte hinaus. «Höchste Zeit, wir müssen los», sagte er.

Sie fragte, ohne sich umzuschauen: «Sie werden nichts unternehmen, oder?»

«Das glaube ich nicht», erwiderte er. «Ich glaube, da ist mehr dran, als sie uns erzählen. Mehr an Sir Leland Barry.»

«Ja, den Eindruck hatte ich auch.» Sie drehte sich um und lächelte verkrampft. «Also fahren wir.» Mit raschen Schritten durchquerte sie den Raum und ging voran nach draußen.

Als sie die alte, normannische Kirche hinter dem Sarg verließen, begann es zu regnen. Der Kirchenvorsteher förderte mehrere Schirme zutage, die offenbar für solche Fälle bereitstanden. Villiers spannte einen auf und hielt ihn über Sarah.

«Es regnet immer bei Beerdigungen», äußerte sie bedrückt. «Wie kommt das?»

Villiers legte ihr den Arm um die Schultern. «Jetzt dauert's nicht mehr lange.»

Hinter ihnen teilten sich Ferguson und Egan einen Schirm. Die Haushälterin von Stokeley und drei Bedienstete folgten, und eine Handvoll Dorfbewohner bildete den Abschluß.

Sarah wandte sich zu Villiers und musterte ihn mit einem verkniffenen Lächeln. «Wir müssen uns jetzt angewöhnen, dich mit Sir Anthony anzureden, stimmt's? Sir Tony klingt nicht ganz passend.»

Dazu fiel ihm beim besten Willen nichts ein, und sie wanderten stumm weiter durch den Friedhof zur eingezäunten Familiengrabstätte der Talbots. Das Grab war ausgehoben, zwei Totengräber standen in respektvoller Entfernung unter den Bäumen bereit.

Es gab keinen Grabstein für ihren Mann, denn man hatte ihn, wie bei der britischen Armee üblich, auf den Falklandinseln bestattet, wo er gefallen war. Kein Stein auch für Eric, nur noch Asche. Sie stand da, starr, empfindungslos, als der Sarg herabgelassen wurde.

Der Kirchenvorsteher hielt einen Schirm über den Pfarrer, um dessen Gewand vor dem Regen zu schützen, doch die Worte, die gesprochen wurden, waren sinnloses Geschwafel, nichts Einprägsames, Nachwirkendes. Und dann stand sie am Grab, bückte sich, um ein wenig feuchte Erde aufzunehmen. Als diese auf den Sarg polterte, war es, als lichte sich der Nebel in ihrem Kopf.

Dies hier ist unabänderlich, dachte sie, und es ist sinnlos, mich dagegen aufzulehnen, genauso wie es sinnlos war, mich gegen Edwards Tod aufzulehnen. Aber Erics Tod war anders. Eric ist ein anderer Fall.

Sie wußte nun, daß sie es nicht auf sich beruhen lassen durfte, niemals. Mechanisch schüttelte sie dem Pfarrer die Hand, nahm sein Beileid entgegen und ging zum Wagen. Villiers eilte ihr nach.

«Oje, das gibt Ärger, befürchte ich», bemerkte Ferguson.

«Was zum Teufel haben Sie denn erwartet?» fragte Egan, als sie den beiden folgten.

Villiers versuchte, mit ihr zu reden, als sie zu ihnen stießen. Sie ignorierte ihn und wandte sich an Ferguson, ihr Gesicht war rot angelaufen, die Augen funkelten. «Ich frage Sie noch einmal, Brigadier: Gedenken Sie etwas wegen Sir Leland Barry zu unternehmen?»

«Ich meine, in dem Fall mehr als genug getan zu haben», entgegnete er ernst.

«Na schön.» Sie wandte sich an Egan. «Fahren wir.»

Sie stieg in den Mini Cooper, Egan setzte sich ans Steuer. Als er den Motor anließ, bückte sich Ferguson zum Fenster hinunter und ermahnte sie: «Machen Sie keine Dummheiten, Mrs. Talbot. Sie werden merken, daß es für Sie unmöglich ist, von hier nach Ulster zu gelangen, glauben Sie mir.»

Egan fuhr weg. «Verdammt, Brigadier, ich kann das nicht mit ansehen», sagte Villiers leise.

«Sorgen Sie dafür, daß sie von einem erstklassigen Mann beschattet wird», schärfte ihm Ferguson ein, als sie zum Daimler gingen. Sie stiegen ein und fuhren los. «Können wir denn gar nichts wegen Barry unternehmen?»

«Sie kennen die Lage dort, Tony, die Schwierigkeiten. Er hat sich zu gut verschanzt.» Ferguson zuckte die Achseln. «Nein, *wir* könnten gar nichts tun. Sie natürlich ja, davon bin ich felsenfest überzeugt.»

«Wie kann sie das? Alle Flugplätze blockiert, sämtliche Fähren für sie unzugänglich?»

«Ach, der junge Sean findet schon einen Weg. Sie wissen doch, wie einfallsreich der Bursche ist. Deshalb möchte ich ja, daß er für mich arbeitet.»

«Sie wußten, wie Sarah reagieren würde. Sie haben mit voller Absicht so mit ihr gesprochen.»

«Wut, das ist es, was sie brauchte, und jetzt ist sie allerdings sehr wütend.» Villiers wandte sich ab, seine Kehle war wie zugeschnürt. «Keine Bange, Tony. Wenn Ihr Mann sie unter Kontrolle hält, sind wir dabei, sobald sie aufbricht. Es ist dann Ihre Sache, ihr dicht auf den Fersen zu bleiben.» Er fügte ungeduldig hinzu: «Verstehen Sie denn nicht? Auf diese Weise kriegen wir zumindest eine gewisse Chance in Sachen Barry, und das ist besser als gar keine.»

«Mein Gott! Ich traue meinen Ohren nicht.»

«Sehen Sie mich nicht so an, Tony, benehmen Sie sich wie ein Erwachsener. Bei diesem Geschäft müssen Sie sich gelegentlich die Hände schmutzig machen, um Resultate zu erzielen. Das wissen wir beide, also Schluß mit dem Unsinn.» Damit lehnte er sich zurück und schloß die Augen.

«Hören Sie...» begann Egan, als er auf die Hauptstraße einbog, doch sie gebot ihm mit einer Handbewegung Schweigen.

«Sie sollen nicht reden, Sean, sondern nur fahren.»

Sie kurbelte das Fenster herunter, ließ es trotz des Regens offen und rauchte auf der ganzen Strecke zurück nach London eine Zigarette nach der anderen, während Egan sich durch den Berufsverkehr quälte, bis sie endlich in der Lord North Street landeten.

Er stellte den Motor ab. «Möchten Sie, daß ich mit reinkomme?»

«Unbedingt.» Sie ging die Treppe hinauf, schloß auf, und er folgte ihr ins Wohnzimmer. Sie drehte sich zu ihm um. «Sie sind vielleicht an die hirnrissigen Touren Ihres Geheimdienstes gewöhnt, aber ich nicht.» Sie war wütend. «Ihr Onkel war jahrelang nichts weiter als ein Gangster, ein Ganove und hat mehr für mich getan, mir mehr geholfen, sogar sein Leben riskiert.»

«Ich weiß», unterbrach sie Egan. «Beruhigen Sie sich.»

«Beruhigen? Sean, sie haben uns auf die schwarze Liste gesetzt, uns den Weg nach Ulster versperrt, und Barry kommt mit allem davon.» Sie bebte vor Wut. «Also gut, ich schaffe es, und wenn ich nach Irland schwimmen muß.»

«Hoffen wir, daß Ihnen das erspart bleibt», sagte er ruhig.

Sie war wie vom Donner gerührt, starrte ihn ungläubig an. «Sie meinen, Sie wollen mir helfen?»

«Das ist schon zur Gewohnheit geworden. Zu spät, jetzt damit aufzuhören. Ziehen Sie sich um, und dann machen wir uns auf den Weg. Mal sehen, was Alan Crowther zu bieten hat.»

Alan Crowther setzte sich zurück und betrachtete kopfschüttelnd den Bildschirm. «Kein Wunder, daß sie nicht an ihn rankommen können. Im Lauf der Jahre hat er reichlich Pluspunkte gesammelt – Beziehungen bis rauf zur Downing Street, die Unterstüztung der Orange Lodge und die Verehrung von RUC.»

«Es muß doch noch mehr vorhanden sein», meinte Egan.

«Ja, es gibt vertrauliche Sekundärdaten», erwiderte Crowther. «Einen Augenblick Geduld, bis ich drin bin.» Er manipulierte geschickt und nickte dann. «Seht euch das bitte mal an!»

«Was ist das?» fragte Sarah und beugte sich vor.

«Bringen wir's auf einen einfachen Nenner: Er ist ein hinterhältiges Schwein, ein gemeiner Betrüger, der ohne jeden Skrupel notfalls auch seine eigenen Leute ans Messer liefert.»

«Ich versteh nicht ganz», sagte sie.

«Die Protestanten sind genauso in Parteien gespalten wie die republikanische Bewegung», erläuterte Egan. «Ulster Defence Association, UVF, extremistische Gruppen wie die Red Hand of Ulster und Barrys eigener Haufen, die Sons of Ulster. Da hat's dauernd Machtkämpfe gegeben.»

«Dem hier zufolge hat er andere protestantische Extremisten verpfiffen, wenn's ihm gerade in den Kram paßte», ergänzte Crowther.

«Er hat sogar seine eigenen Leute an die IRA verraten.»

«Und das mehrmals, und seht euch an, in wie viele Morde er verwickelt war und was für schmutzige Tricks er benutzte.» Crowther schüttelte den Kopf. «Kein Wunder, daß er Schutz genießt, abgeschirmt wird. Die würden es nicht wagen, ihn in einer öffentlichen Verhandlung vor Gericht zu stellen.»

«Und Ferguson und Tony sind darüber im Bilde?» fragte Sarah.

Egan nickte. «Aber das heißt nicht, daß sie mit Barry irgendwie konform waren oder sich an seinen Machenschaften beteiligt haben.»

«Er hat recht», bestätigte Crowther. «Dieses Sekundärmaterial stammt meistenteils aus anderen Quellen – dem Computer der irischen Abteilung von DI5 und der RUC-Akte über geheime Verbindungen.»

«Und die arbeiten mit einem solchen Mann zusammen?» fragte Sarah. «Kollaboration mit Erpressung, Verrat, Mord?»

«Der Zweck heiligt die Mittel – für manche gilt das eben als Glaubenssatz», erklärte Egan. «Das da drüben ist ein schmutziger Kleinkrieg. Wenn Sie einiges von dem wüßten, was ich getan habe...» Er wandte sich leise fluchend ab, sah ihr dann direkt ins Gesicht. «Verdammt noch mal, nein! Für alles, was ich getan habe, gab es immer einen Grund. Aber das da...» Er zeigte mit einer hilflosen Geste auf den Bildschirm.

«Und Ferguson und Tony?»

«Ich kenne die beiden seit Jahren. Tony ist einer der härtesten Burschen, denen ich je begegnet bin, ehrlich. Was Ferguson angeht – nun, ich hab etliche Winkelzüge von ihm miterlebt, aber verglichen mit Barry ist er eine zweite Mutter Teresa.»

«Noch etwas, und das ist nicht im Computer gespeichert», betonte Crowther. «Die Morde an den vier IRA-Schützen, bei denen *burundanga* angewandt wurde, gehören auch noch in Barrys Leistungsbilanz.»

«Ferguson und Tony sind wahrscheinlich durch die Situation genauso frustriert wie jeder von uns», meinte Egan.

Sarah holte tief Luft. «Okay. Wie komme ich nach Ulster, Sean?»

«Lassen Sie das erst mal beiseite. Weswegen wollen Sie dorthin?»

«Um Sir Leland Barry gegenüberzutreten.»

«Zu welchem Zweck?» Egan spreizte die Hände. «Ich meine, Sie können ihn ja nicht erschießen. Sie sind außerstande abzudrücken. Das hat Jock White bewiesen. Oder wollen Sie, daß ich ihn für Sie erschieße?»

«Nein. Ich erwarte das ebensowenig von Ihnen, wie ich noch auf Gerechtigkeit hoffe. Aber ich halte es für wahrscheinlich, daß von allen Leuten, mit denen wir es zu tun hatten, Sir Leland Barry das Geheimnis von Smith' Identität am ehesten kennen dürfte.»

«Das stimmt», bestätigte er. «Ich kann Ihnen nicht widersprechen. Die einzige Schwierigkeit besteht darin, wie man das Schwein dazu kriegt, das Maul aufzumachen.»

Sarah lächelte. «Ich bin sicher, Sie finden den angemessenen Weg, ihn zu überzeugen. Wie üblich. Und wie gelangen wir nun nach Ulster?»

«Zu Wasser», erwiderte er schlicht.

«Mach keine Witze», wies ihn Crowther zurecht. «Sie haben sämtliche Fähren gesperrt.»

«Ich rede doch nicht von Fähren», versetzte Egan. «Ich spreche von einer Motorjacht, etwa neun Meter lang, macht rund fünfzehn Knoten, ausgerüstet für Hochseefischerei. Von der Sorte, wie sie begeisterte Fischer für eine Woche chartern.»

«Weiter», drängte Sarah.

«Gleich außerhalb von Heysham gibt's eine Bootswerft. Das liegt in Morecambe Bay an der Küste von Lancashire. Eine hübsche, glatte Route um die Nordspitze der Isle of Man zur Küste von Ulster. Direkt bis Ballycubbin. Die Bootswerft gehört einem ehemaligen Maat der Royal Navy namens Webster – Sam Webster. Er dürfte jetzt um die Siebzig sein. Sein Laden ist zwar 'ne ziemliche Bruchbude, aber auf ihn kann man sich verlassen. Ich hab schon früher mit ihm gearbeitet.»

«Wird er helfen?»

«Er wird nicht abkaufen, daß wir auf eine Vergnügungstour gehen, wenn Sie das meinen. Andererseits wird er seine Gedanken für sich behalten, wenn ich ihm genügend Geld anbiete. Das müßte allerdings in bar sein.»

«Zu Hause im Arbeitszimmer liegen mindestens tausend Pfund in Zehnern und Fünfzigern im Safe», antwortete sie. «Dazu eine noch größere Summe in Reiseschecks.»

«Die kennt er nicht. Zunächst müssen wir das Problem lösen, wie wir zu ihm kommen. Wir werden nämlich von einem roten Lieferwagen beschattet, der draußen auf der Straße parkt. Nehmen Sie dazu die Fernmeldetechniker im Kabelkanal am anderen Straßenende, dann wissen Sie, daß Fergusons Jungen ein wachsames Auge auf uns haben. Ich gehe jede Wette ein, daß draußen auf der Rückseite auch noch jemand rumlungert.»

Crowther sah auf die Uhr. Es war kurz nach sechs. «Ich hab 'ne ganz hübsche Idee. Wie wär's, wenn ihr beide dem Club der Güterzugtramper beitretet – umsonst? Hättet ihr dazu Lust?»

«Soll das ein Witz sein?» fragte Egan.

«Keine Spur. Güterzugfahrpläne sind neuerdings mein Hobby. Einer fährt um 19 Uhr 30 ab Victoria Station nach Schottland. Er hält gewöhnlich um 23 Uhr 30 auf dem Güterbahnhof in Lancaster. Wie weit ist es von dort nach Heysham?»

«Elf bis zwölf Kilometer, glaub ich.»

«Na prima. Ich begleite euch. Bring euch die Kniffe bei. Der

Ausflug wird mir guttun. Um o Uhr 30 geht dann wieder ein Güterzug nach London zurück. Gegen fünf bin ich zu Hause.»

«Güterzugtrampen – was heißt das?» erkundigte sich Sarah.

«Er erklärt es Ihnen, solange ich weg bin», erwiderte Egan. «Ich möchte Webster in Heysham anrufen, aber nicht von hier aus. Meiner Meinung nach zapfen die Fernmeldetechniker im Kabelkanal am Ende der Straße das Telefon an. Und außerdem will ich das Bargeld in Ihrem Haus holen, wenn Sie mir genau sagen, wo ich den Safe finde und wie die Kombination ist.»

Sie gab ihm die gewünschten Informationen. «Sie passen doch auf, Sean?»

«Tu ich das denn nicht immer?»

Er verließ das Haus und fuhr im Mini Cooper davon. Der rote Lieferwagen folgte ihm. Er hielt vor der Untergrundbahnstation Camden, ging hinein, kaufte in einem Kiosk Zigaretten und bekam etwas Kleingeld zurück, so daß er Sam Webster in Heysham von einer Telefonzelle aus anrufen konnte. Es läutete eine ganze Weile, ohne daß sich der Teilnehmer meldete, aber dann wurde plötzlich doch abgehoben.

Eine heisere Stimme fragte: «Wer zum Teufel ist denn dran?»

«Sean Egan, du alter Gauner, der zum Teufel ist dran.»

«Herrje, Sean.» Webster brüllte vor Begeisterung. «Wo kommst du denn auf einmal her? Ich hab gehört, dich hat's auf den Falklands erwischt.»

«Ja, stimmt, aber das hab ich glücklich hinter mir. Sag mal, hast du die *Jenny B* noch?»

«Na klar doch. Wieso?»

«Ich würd sie gern chartern. Mit einer Freundin zum Fischen rausfahren.»

«Und wann willst du sie haben?»

«Heut abend. Bis Mitternacht könnt ich bei dir sein.»

Webster lachte. «Zum Fischen rausfahren, sagst du? Ich bin doch nicht von gestern, Junge, aber ich verrat dir was. Weil du's bist, knöpf ich dir keine tausend Pfund ab. Ich mach's für siebenhundertfünfzig und geb dir den Sprit gratis.»

«Topp! Dann bis Mitternacht.»

Er kehrte zum Mini Cooper zurück, stieg ein und fuhr direkt in die Lord North Street. Er hielt sich nicht länger als drei Minuten dort auf, kam mit den tausend Pfund heraus und brauste davon; dicht hinter ihm folgte der Lieferwagen.

Beim «Bargee» parkte er sein Auto im Hof, steckte den Browning aus dem Werkzeugkasten in den Stiefel und ging ins Haus. Ida war in der Bar. Er behelligte sie nicht, sondern telefonierte nur nach einem Taxi und zog sich dann rasch oben in seinem Zimmer um – Drillichanzug und Stiefel, Sweatshirt und schwarze Lederjacke.

Er suchte eine kleine Reisetasche heraus und verstaute den Browning darin, zog dann den Teppich zwischen Bettkante und Wand zurück, nahm ein loses Fußbodenbrett heraus, unter dem ein Waffensortiment versteckt war. Er wählte ein paar zusätzliche Ladestreifen für den Browning und eine Walther mit Halfter, eine Sonderanfertigung, die um den Knöchel geschnallt wurde. Er packte alles, zusammen mit einer Sprühdose, in die Reisetasche und ging in die Bar hinunter.

«Ich nehme einen Scotch, Ida», sagte er, trat ans Fenster und schaute zu dem Lieferwagen auf der gegenüberliegenden Straßenseite.

Am Nebentisch saßen zwei achtzehnjährige Muskelprotze, tranken Bier und spielten Domino. «Wie geht's denn immer, Sean?» fragte der eine.

«Nicht besonders. Der Kerl da drüben in dem roten Lieferwagen nervt mich schon den ganzen Abend, hängt wie 'ne Klette an mir.» Egan nahm eine Zehnpfundnote und warf sie auf den Tisch.

«Schlitzt ihm die Reifen auf, aber laßt euch ja nicht dabei erwischen, und trinkt ein Glas auf mein Wohl.»

«Logo.»

Wie der Blitz sausten sie hinaus, der eine hatte bereits das offene Messer in der Hand. Sie verschwanden im Dunkeln. Ida brachte ihm den Scotch. Er kippte ihn hinunter. «Ich bin ein bis zwei Tage unterwegs, Ida.»

«Schon wieder? Wohin denn diesmal?»

«Übers Wasser.»

Sie packte ihn beim Arm. «Nicht wieder Belfast, Sean, du hast's versprochen.» Ihr Gesicht verriet echte Angst.

Er küßte sie auf die Wange, als das Taxi vorfuhr. «Bis bald, Ida.»

Er lief hinaus und stieg ein. Der Lieferwagen versuchte, dem Taxi zu folgen, und hielt abrupt. Egan lehnte sich zufrieden zurück.

Er ließ sich am Ende der Straße absetzen, schlenderte an den Fernmeldetechnikern vorbei und bemerkte eine Limousine, die an der Seitenfront des Hauses, neben der Einmündung des Hintergäßchens, parkte. Als er hereinkam, warteten Sarah und Crowther in der Küche, Crowther mit Wollhut, Parka und Stiefeln, wie er sie beim vorigen Ausflug getragen hatte. Sarah hatte er einen grünen Militärparka geliehen.

«Einen bin ich losgeworden», berichtete Egan. «Aber die Fernmeldetechniker liegen nach wie vor auf der Lauer, also probieren wir's hinten.»

«Da ist auch einer», erwiderte Crowther. «Ich hab mich vorhin vergewissert. Er hockt in einer kleinen Peugeot-Limousine.»

«Ich gehe voran und übernehme ihn», bestimmte Egan. «Dann ab durch die Straßen hinten direkt zur Camden Road. Von dort nehmen wir ein Taxi bis Victoria Station. Danach liegt alles in deinen Händen.»

Er öffnete die Küchentür, überquerte den Hof und schlich an der Mauer entlang durch das Hintergäßchen. Er roch den Zigarettenrauch und bemerkte den Mann, der am offenen Wagenfenster saß. Er holte die Spraydose aus der Reisetasche und ging weiter.

«Entschuldigen Sie», sagte er.

Der Mann blickte erschrocken hoch, und Egan sprühte ihm ins Gesicht. Der Mann stöhnte, hielt sich die Hände vor die Augen und kippte hintenüber auf den Sitz. Egan pfiff leise, und Sarah und Crowther tauchten aus dem Schatten auf.

«Jetzt aber nichts wie raus hier», sagte er, und sie hasteten davon.

14

Auf den Nebengleisen von Victoria Station herrschte ein heilloses Durcheinander: überall Züge, die aus dem Dunkel heranrumpelten, spärliche Lichtinseln passierten und wieder verschwanden. Sie waren durch ein Loch in der Einzäunung geschlüpft, und Alan Crowther hatte sie mit nachtwandlerischer Sicherheit geführt, bis sie in einem ausgedienten alten Signalhäuschen nahe der Hauptlinie geborgen waren.

Er sah auf die Uhr. «Muß jede Sekunde eintreffen. Wenn er kommt, folg mir einfach und trödelt nicht herum. Er hält hier nur drei Minuten.»

«Wo bleibt die Romantik? Die gute alte Dampflok?» fragte Egan.

«Dahin, mein Sohn, vom Fortschritt überrollt.» Crowther seufzte. «Dafür entschädigen die neumodischen Monster durch Schnelligkeit. Ehe du dich's versiehst, bist du da. Ein Autotransport kommt übrigens für uns nicht in Frage. Da steigt unweigerlich die Bahnpolizei zu und macht Jagd auf Jugendliche, die Autoradios klauen wollen.»

«Können wir nicht in einem Güterwagen fahren?» fragte Sarah.

«Leider nein. Verriegelt und Sicherheitsschloß. Wir können äußerstenfalls auf einen Selbstentladewagen oder einen Plattformwagen hoffen und beten, daß es nicht regnet.» Crowther grinste. «Eigentlich stört mich das nicht so. Ich mag Regen.»

In dem Moment ratterte der Zug aus dem Dunkel heran und hielt. Es gab mehrere Güterwaggons, dann eine Reihe von Fahrzeugtransportern, auf denen allerdings keine Autos, sondern Lieferwagen verladen waren.

«Verdammt!» schimpfte Crowther. «Zwar, es könnte schlimmer sein. Die Vehikel sind keine Attraktion. Sie haben keine Radios oder sonstige Technik, die man ausbauen könnte.» Er brummte zufrieden, als der hintere Zugteil kam. «Aha, das ist schon eher was.» Es handelte sich um ein halbes Dutzend Plattformwagen, die mit Stahlcontainern und Seilrollen beladen waren. «In dem Wust können wir uns verstekken, das ist die Masche. Kommt!»

Er kletterte auf den letzten Wagen, drehte sich um und war Sarah behilflich, als Egan sie hinaufschob und dann folgte. Im gleichen Augenblick gab es einen Ruck, und der Zug setzte sich in Bewegung.

«Super», strahlte Crowther. «Jetzt suchen wir uns ein Plätzchen und machen's uns gemütlich.» Er seufzte zufrieden. «Ihr werdet's erleben – es ist die einzig mögliche Art zu reisen.»

Ferguson war im Laufe seiner Militärkarriere unter anderem auch in Palästina, vor der Staatsgründung Israels, stationiert gewesen. Seither hatte er eine Vorliebe für die jüdische Küche, und es gab für ihn in ganz London nur ein Lieblingsrestaurant, nämlich «Bloom's» in Whitechapel High Street. Er saß an seinem gewohnten Ecktisch, neben sich eine Flasche koscheren Wein, vor sich eine unwahrscheinliche Portion Graupensuppe, als Villiers erschien.

Ferguson lehnte sich zurück und trank einen Schluck Wein. «Schießen Sie los, Tony, ich bin auf das Schlimmste gefaßt.»

«Sie sind verschwunden. Keinerlei Telefongespräche aus Alan Crowthers Wohnung, also hat's mit dem Anzapfen nicht geklappt. Egan hat einen meiner Jungen an der Nase herumgeführt: Der arme Teufel saß schließlich in einem Lieferwagen mit vier aufgeschlitzten Reifen.»

«Ich mag das.» Ferguson machte sich wieder über seine Suppe her. «Wirklich ausgezeichnet. Nicht bloß Graupen, sondern Bohnen, Mohrrüben, Erbsen, Kartoffeln, eine volle Mahlzeit. Sonst noch was?»

«Ich hatte auch einen Mann hinter Alans Haus postiert. Den jungen Carter. Egan hat ihm eine Ladung Reizgas ins Gesicht gesprayt.»

«Meine Güte! Ein skrupelloser Geselle, unser Sean, stimmt's?»

Villiers setzte sich ihm gegenüber. «Was halten Sie nun davon?»

«Das gleiche, was ich mir von Anfang an gedacht habe. Egan hat eine Alternativroute ausgetüftelt, wahrscheinlich mit Alan Crowthers Hilfe.»

«Aber was könnte das sein?»

Ein Kellner trug die Suppenterrine ab. «Das spielt doch wirklich keine Rolle. Es kommt doch nur auf eins an, nämlich den Zielort, und den kennen wir.»

«Und was machen wir nun?» Villiers stand unter Hochspannung. «Ich denke dabei an Sarah. Sie ist dem nicht gewachsen – allein unterwegs ins Ungewisse...»

«Aber sie ist doch nicht allein, Tony, sie hat Egan. Ein anderer Punkt ist hier zu überlegen. Egal, welchen Schleichweg Egan gewählt hat, er braucht in jedem Fall Zeit dafür. Die beiden können unmöglich vor morgen eintreffen.» Ferguson nahm sich eine Scheibe Roggenbrot. «Sie können in Walsham anrufen, ehe Sie zu Bett gehen. Der Lear Jet soll bereitstehen für einen raschen Flug nach Ulster in den Morgenstunden. Er dauert ja nur eine Stunde. Wenn wir um acht starten, sind wir gegen neun in Aldergrove. Fünfzehn Minuten mit dem Hubschrauber zur Militärbasis in Donaghadee. Wenn ich's richtig im Kopf habe, liegt Ballycubbin nur sechzehn Kilometer südlich.» Er lächelte. «Wir werden um zehn Uhr dort sein, Tony, den Wunderwerken moderner Technik sei Dank.»

«Und dann?» erkundigte sich Villiers.

«Wir müssen abwarten, was passiert, oder? Doch jetzt genug davon. Sie sollten etwas essen. Die gepökelte Rinderbrust ist hier einfach sagenhaft. Bringt mich zurück nach Jerusalem in den alten Zeiten.»

«Mit allem, was dazugehört – die Bombe, die in der Ferne explodiert, die zwielichtigen Gestalten, die im Dunkel lauern, um aus dem Hinterhalt auf Sie zu schießen», bemerkte Tony.

«Sie sind und bleiben ein Zyniker, Tony, das wird sich wohl nie ändern.» Die Platte mit der dampfenden gepökelten Rinderbrust wurde serviert, und Ferguson schnupperte genüßlich.

Nordwestlich von Birmingham holte Crowther, der an ein Ölfaß gelehnt auf dem Boden hockte, eine Thermosflasche aus dem Rucksack, schenkte Kaffee ein und reichte Sarah den Becher.

«Frieren Sie?» erkundigte er sich.

«Nein, mir geht's hervorragend», beteuerte sie wahrheitsgemäß. Tatsächlich war ihr seit Jahren nicht mehr so aufgedreht, so lebendig zumute gewesen wie jetzt, als der Güterzug durch die Nacht raste. Es gab ihr ein wunderbares Gefühl von Freiheit. «Ich glaube, ich kann verstehen, was Ihnen das hier bedeutet», sagte sie zu Crowther.

«Ich hatte schon immer eine Vorliebe für Züge, seit meiner Kindheit.» Er lächelte. «Sie haben etwas stark Nostalgisches an sich. Bahnhöfe schienen mir von jeher ungeahnte Möglichkeiten zu eröffnen. All diese Gleise, die zu so unendlich vielen Orten führen.» Das Lächeln verschwand. «Und dann ist man auf einmal älter geworden.»

Sie brausten durch einen hellerleuchteten Bahnhof; auf dem Bahnsteig wimmelte es von Menschen. «Warrington», bemerkte Egan.

«Ich weiß, wir halten eine fabelhafte Reisegeschwindigkeit. Wie ich gesagt habe, wir sind da, ehe ihr euch's verseht.»

Auf dem Flugplatz Glasgow verpaßte Jago knapp den Anschluß nach London und mußte auf die nächste Maschine warten. Um 20 Uhr 30 durchquerte er die Halle in Heathrow, um den Spyder am Parkplatz zu holen. Eine Stunde später war er in der Lord North Street und eilte hinauf in die Wohnung.

In Sarahs Haus war offensichtlich niemand gewesen, auch der Mini Cooper fehlte. Er ließ das Band zurücklaufen, schaltete dann um auf Tonwiedergabe und zog den Mantel aus. Als er in die Küche ging, hörte er Sarahs Stimme, lief ins Wohnzimmer zurück, zündete sich eine Zigarette an und setzte sich, um alles genau mitzukriegen. Als das Gespräch zwischen Sarah und Egan endete, überlegte er kurz, rief die Kontaktnummer an und kehrte in die Küche zurück, um Kaffee zu kochen. Ungefähr fünf Minuten später läutete das Telefon.

«Sie sind also wieder da», sagte Smith.

«Eben gelandet. Und ich habe auf dem Band eine interessante Unterhaltung vorgefunden.»

Er berichtete rasch. Danach bemerkte Smith: «Spielt keine Rolle.»

«Es spielt keine Rolle?» wiederholte Jago. «Ich hab zwar keine Ahnung, wer dieser Barry ist, den sie erwähnt, aber eins steht fest: Sie und Egan beabsichtigen, rüberzufahren, obwohl Ferguson sämtliche normalen Routen für sie blockiert hat.»

«Vielleicht schaffen sie's», meinte Smith. «Das hoffe ich sogar, aber zurück kommen sie nicht, das versprech ich Ihnen. Niemals. – Lassen Sie die Finger davon!» fügte er wütend hinzu. «Sie haben inzwischen was für die Lady übrig, das sieht doch ein Blinder, doch von jetzt ab sind Sie raus aus der Sache.»

Er legte auf. Jago dachte eine Weile darüber nach, zog dann den Burberry wieder an, ging nach unten und setzte sich in den Spyder. Er ließ die verborgene Klappe aufspringen, nahm einen

Browning aus dem Fach, steckte ihn in eine Tasche, den Schalldämpfer in die andere und fuhr los.

«Ich bin also abgehängt, wie?» sagte er leise vor sich hin.
«Na, das werden wir ja sehen, alter Knabe. Warten wir's ab.»

Der Zug passierte Wigan und näherte sich bereits Preston, als
Crowther sich hochrappelte. «Ich will mir nur mal die Beine
vertreten», erklärte er.

Er machte sich auf den Weg nach vorn und stieg breitbeinig
über die Kupplungen von einem Waggon zum nächsten. Nach
einer Weile gelangte er zu einem geschlossenen Güterwagen,
kletterte die Leiter hoch und schlich geduckt über das rüttelnde
Dach. Er hörte Stimmen, prustendes Gelächter und ließ sich
sofort auf den Bauch fallen.

Als er sich zentimeterweise zum Wagenrand vorschob und
darüber hinwegspähte, stellte er fest, daß er den Zugteil mit den
Lieferwagentransportern vor sich hatte. Er hörte Glas klirren,
wiederum Lachen. Crowther machte kehrt, kletterte die Leiter
hinunter und eilte zurück zu Egan und Sarah.

«Ein paar jugendliche Rowdys schlagen in den Lieferwagen
vorn alles kurz und klein, und das nicht gerade geräuschlos.
Wenn ein Bahnpolizist mitfährt, könnten wir Ärger kriegen.»

«Was tun wir, wenn jemand kommt?» fragte Sarah.

Crowther schaute über eine Reihe von Ölfässern. Dahinter
war noch etwas Raum, etwa sechzig Zentimeter bis zum Wagenrand und dem Gleis darunter. «Legt euch dort lang hin und
haltet euch an den Stahltrossen fest, ganz fest.» Er lächelte.
«Ach ja, und vergeßt das Beten nicht.»

Jago öffnete Alan Crowthers Tür mit einem Dietrich und
schloß sorgfältig wieder zu. Er machte nirgends Licht, sondern
schlich mit Hilfe einer winzigen Taschenlampe durch die
Räume. Besonders interessant fand er die Computeranlage im
Arbeitszimmer.

«Das erklärt allerdings eine Menge», flüsterte er.

Er ging in die Küche zurück, machte den Kühlschrank auf und nahm sich eine Halblitertüte Milch, kehrte damit ins Wohnzimmer zurück und suchte sich einen bequemen Sessel. Samson, die Birmakatze, strich an seinem Bein entlang und sprang ihm auf den Schoß. Jago holte den Browning hervor, schraubte den Schalldämpfer auf und legte die Waffe in Reichweite auf einen Couchtisch. Er trank bedächtig die Milch, streichelte Samson und wartete.

Der Zug fuhr durch Preston. «Nächste Station Lancaster.» Crowther sah auf die Uhr. «Wir sind zu früh dran. Dürften schon um 23 Uhr 15 da sein.»

Plötzlich gellte ein Schrei, sie blickten am Zug entlang und erkannten die zwei Jugendlichen deutlich im Mondschein auf dem Dach des geschlossenen Güterwagens. Sie kletterten die Leiter hinunter, ein Polizist in Uniform erklomm das Dach und folgte ihnen.

«Damit ist alles vermasselt», bemerkte Crowther. «Los, vorwärts!»

Er gab Sarah einen Schubs; sie stieg über die Stahltrossen, kniete sich auf den schmalen Streifen und klammerte sich fest. Ihre Knie schienen kaum Platz zu finden, und als sie sich ein wenig zur Seite drehte, bohrte sich ihr ein Bolzen schmerzhaft in die Rippen. Sie registrierte, daß sich Egans Stiefel direkt vor ihrem Gesicht befanden.

Crowther war auf die andere Wagenseite geschlüpft und duckte sich weg, als die zwei Burschen mit lautem Geschrei erschienen. Der eine, ein Punk, hatte einen Haarschnitt wie ein Mohawkindianer. Crowther spähte über den Wagenrand und sah, daß der Polizist sie schon beinahe eingeholt hatte.

Die Strecke wurde abschüssig, der Zug begann die Fahrt zu verlangsamen, und als die Jugendlichen den letzten Waggon erreichten, rief der Polizist: «Jetzt hab ich euch, ihr Banditen!»

«Da haste dich geschnitten, Bulle», brüllte der Mohawk und sprang einfach aus dem fahrenden Zug, sein Kumpan folgte unter wieherndem Gelächter. Crowther blickte zurück und sah erst den einen, dann den anderen sich neben den Gleisen wieder hochrappeln. Der Polizist trat den Rückzug an, kraxelte die Leiter hoch, überquerte das schwankende Dach des geschlossenen Güterwagens und verschwand. Crowther erhob sich, kletterte über die Stahltrossen und griff nach Sarah. Er half ihr auf und wieder zu ihrem ursprünglichen Platz. Sie setzten sich.

«Na, alles in Ordnung?» erkundigte er sich fürsorglich.

«In Ordnung? Wissen Sie was? Die meiste Zeit schien sich meine Nase maximal fünfzehn Zentimeter über dem Gleis zu befinden, aber – es war einfach wunderbar, Alan!» Sie strahlte ihn an.

Egan kauerte sich neben sie. «Ich möchte euch ja nicht stören, aber vielleicht interessiert es euch doch, daß wir eben in Lancaster einfahren.»

Zehn Minuten später hielt der Zug auf einem Nebengleis. «Hier kommt man spielend raus», erklärte Crowther. «Haltet euch dicht hinter mir.»

Er hastete über die Gleise, lief geduckt zwischen Lagerhäusern hindurch und gelangte an einen hohen Holzzaun. Er bog eine Latte zur Seite, so daß eine schmale Lücke entstand. Mit einer Handbewegung bedeutete er Sarah, sich zuerst durchzuzwängen, danach Egan, und am Schluß folgte er. Dann rückte er die Latte wieder an ihren Platz. Sie standen auf dem Bürgersteig einer Hauptstraße, über die der Autoverkehr um diese Stunde nur noch spärlich rollte.

«Hier rum kommt ihr direkt zum Bahnhofseingang mit der Schalterhalle, wo andere Leute ihre Fahrkarten kaufen.» Sie bogen um die Ecke und befanden sich vor dem Bahnhof, wo drei Taxis in der Reihe standen. «Da wärt ihr, nächste Station Heysham», sagte Crowther.

Sarah umarmte und küßte ihn. «Ich kann Ihnen gar nicht genug danken, Alan.»

«Unsinn.» Er wandte sich zu Egan. «Bring sie ja heil zurück, falls du Wert darauf legst, mal wieder ein Glas mit mir zu trinken.»

Egan grinste. «Was wirst du nun machen?»

«Zerbrich dir darüber nicht den Kopf. In zwanzig Minuten fährt ein Güterzug in den Großstadtmief zurück. Hauptsächlich Autoverladung, fürchte ich, aber das könnte ganz lustig werden. Haut jetzt ab.»

Sie überquerten den Platz zum Taxistand, Sarah stieg in den ersten Wagen, und Egan nannte dem Chauffeur Websters Adresse. Bevor er hineinkletterte, blickte er noch einmal zur Ecke zurück, doch Alan Crowther war verschwunden.

Websters Bootswerft war äußerst verfallen; sie glich mehr einem Schrottplatz mit verrosteten Autowracks, dazwischen hier und da ein verrotteter Bootsrumpf. Unten war eine kleine schmale Bucht, die allerdings mehr schwarzen Schlamm als Wasser enthielt, mit einer verwahrlosten Anlegestelle. Ein Tau war herausgezogen zu einer Motorjacht, die im seichten Wasser auf Grund saß. Mehrere kleinere Boote waren ans Ufer gezogen.

«Meinen Sie wirklich, daß jemand mit so einer Bruchbude seinen Lebensunterhalt verdienen kann?» fragte Sarah.

Egan nickte. «Sie würden sich wundern. Übrigens kann Webster nie verhungern. Er war früher Maat bei der Navy und hat seine Pension.»

Im Fenster der alten Hütte auf dem Hang über der Werft brannte Licht. Sie gingen den Pfad hinauf, und Egan klopfte. «Herein!» rief eine Stimme.

Er öffnete die Tür und führte sie in einen langen, unwahrscheinlich vollgestopften Raum, der den größten Teil der Wohnfläche ausmachte. Außerdem gab es noch eine primitive

Küche mit einem Ausguß und nur einem Wasserhahn, dann einen Teil, der offenbar als Büro diente, mit einem Schreibtisch und einem alten viktorianischen Tisch, auf dem sich Akten türmten.

Der Wohnbereich befand sich am anderen Ende: Holzscheite brannten in einer flachen Feuerstelle aus Stein, mit einem völlig überpolsterten Sofa und zwei Sesseln davor. Der Mann, der sich in dem einen fläzte, neben sich eine Flasche Whisky, in einer Hand ein Glas, in der anderen ein Buch, war klein, mit scharfkantigem Gesicht, wirrem grauen Haarschopf und Bart.

«Da bist du ja, du Strolch», begrüßte er Egan.

Egan lehnte sich an den Kaminsims. «Sam Webster – Mrs. Sarah Talbot.»

Webster musterte sie. «Und was tut eine hübsche Frau wie Sie in so schlechter Gesellschaft?»

«Ach, ich kann's aushalten.»

Er versuchte sich aufzusetzen und ächzte. «Gicht», erklärte er, und sie bemerkte den Stock auf dem Fußboden. «Die Folgen eines vergeudeten Lebens. Ich wage ja gar nicht zu fragen, wo ihr Frauen doch heutzutage so auf euer Selbstwertgefühl bedacht seid – aber würden Sie für uns alle vielleicht netterweise eine Tasse Tee kochen? Sie finden alles, was Sie brauchen, dort hinten.»

«Ich denke, das kann ich schaffen.» Sie füllte einen alten Kessel an dem einen Wasserhahn, fand ein Streichholz, um den Herd anzuzünden, und nahm drei angeschlagene Becher, die an Haken über dem Ausguß hingen.

«Wie steht's mit der *Jenny B*? Alles klar?» fragte Sean.

«Hab mich am frühen Abend selber drum gekümmert, bevor das Bein anfing, mich zu ärgern. Alles in Butter. Proviant in der Kombüse, Sprit in den Tanks. Fehlt nur eins – meine siebenhundertfünfzig Pfund.»

«Die hab ich hier.» Sarah machte ihre Handtasche auf und

entnahm ihr das Geld. Er zählte es sorgfältig, Schein für Schein, nach.

Egan zündete sich eine Zigarette an und schaute sich voller Abscheu um. «Sieh dir doch bloß diese Bude an. Wie kannst du nur so leben bei dem vielen Geld, das du versteckt hast?»

«Aber das ist doch gerade der Witz der Sache. Was der Steuerbeamte nicht sehen kann, kratzt ihn auch nicht. Was er hier vorfindet, erweckt eben sein Mitleid mit dem armen alten Matrosen, der kärglich von seiner Pension lebt.»

Sarah brachte die drei Becher Tee, er goß Whisky in seinen und schlürfte ihn geräuschvoll. «Das ist prima.» Er sah auf seine Taschenuhr. «Halb eins. Ihr müßt noch zwei Stunden abwarten, bevor ihr auslaufen könnt. Kennen Sie sich mit Schiffen aus, Mrs. Talbot?»

«Ein bißchen.»

«Na ja, die Gegend hier ist tückisch. Sandbänke, Treibsand. An manchen Stellen von Morecambe Bay können Sie zwei- bis dreihundert Meter ins Meer hinauslaufen und sind trotzdem nur knietief im Wasser.»

Sie hob ein paar von den Büchern auf, die neben dem Sessel auf dem Boden lagen. Walt Whitmans «Grashalme», Platons «Staat», Romane von Hemingway, Charles Dickens und vielen anderen.

«Sie merken schon, ich bin eine Leseratte», sagte er. «Fünfundvierzig Jahre auf See, Mrs. Talbot, manchmal denke ich, die Bücher haben mich über die Runden gebracht. Bildung ist 'ne großartige Sache. Als Junge hab ich natürlich keine Chance bekommen. Das hab ich bei dem Burschen hier nie kapiert.» Er war inzwischen etwas betrunken. «Hat Köpfchen, 'nen echten Intellekt, der geborene Philosoph, und womit verdient er sich seinen Lebensunterhalt? Er legt Menschen um.»

«Da sind wir wieder mal beim Thema.» Egan wandte sich an Sarah. «Ich kann's schon nicht mehr nachzählen, wie oft wir die gleiche Auseinandersetzung hatten.»

«Samuel Johnson hat gesagt, man brauchte keine fünf Minuten bei Regen in einem Unterstand neben Edmund Burke zu stehen, um zu merken, daß man sich in Gesellschaft eines bedeutenden Mannes befand», verkündete Webster.

«Und was zum Teufel soll diese Perle der Weisheit bedeuten?» erkundigte sich Egan.

«Sie bedeutet, daß ich neben dir in einem Unterstand bei Regen nach fünf Minuten weiß, ich befinde mich in Gesellschaft einer besonders verfahrenen Kiste», erwiderte Webster mit schwerer Zunge. Er hievte sich hoch, schwankte, auf den Stock gestützt, und angelte nach der Whiskyflasche. «Ich bin bettreif. Macht das Licht aus, wenn ihr geht.»

Er torkelte die Treppe hinauf. Sie hörten ihn noch eine Weile rumoren, und dann wurde es still.

«Ein unglücklicher Mensch», kommentierte Sarah.

«Nicht, solange es für ihn noch eine Flasche Scotch gibt.»

«Und hart Ihnen gegenüber.»

«Er meint's gut. Erinnert ein bißchen an die Bemerkung in den alten Schulzeugnissen: Er denkt, ich könnte Besseres leisten.» Er erhob sich, um die Diskussion zu beenden. «Mal sehen, ob's im Kühlschrank irgendwas Vernünftiges gibt. Wir könnten ruhig 'ne Kleinigkeit essen, bevor wir aufbrechen.»

Als die *Jenny B* um 2 Uhr 30 mit halber Kraft auslief, strömte die Flut immer noch ein. Bei dem hellen Mondschein herrschten vorzügliche Sichtverhältnisse, so daß Sarah die Berge auf der anderen Seite der Bucht aufragen sah.

«Das ist der Lake District», erläuterte Egan. «Von Wordsworth besungen.»

Sie fühlte sich seltsam geborgen, als sie neben ihm im Ruderhaus stand, wo nur über dem Kartentisch ein kleines Licht brannte. Sie betrachtete die Karte. «Die Isle of Man?»

«Richtig. Wir fahren an der Nordspitze vorbei, am Point of Ayre, und von da ab nehmen wir direkt Kurs auf Ballycubbin.»

«Wann werden wir dortsein?»

«Wahrscheinlich gegen neun, vielleicht etwas früher. Das hängt vom Wetter ab. Ich hab die Vorhersage im Radio gehört, klingt nicht allzu ungünstig. Windstärke drei bis vier, später Regenschauer und morgens an der irischen Küste vielleicht etwas Nebel.»

Als sie aufs Meer hinausfuhren, begann das Boot zu schlingern, Gischt sprühte an die Fenster, der Topp schwankte leicht.

«Hier, übernehmen Sie das Ruder», sagte Egan.

Sie akzeptierte die Herausforderung sofort. «Das macht Spaß.»

«Achten Sie nur genau auf den Kompaß. Halten Sie den Kurs. Sie werden's rasch loshaben.»

Am Horizont tauchten in der Dunkelheit rote und grüne Navigationslichter auf. «Was ist das?» erkundigte sie sich.

«Vermutlich eine Fähre. Von Liverpool zur Isle of Man oder vielleicht ein Küstenfahrer auf dem Weg nach Glasgow.»

«Das ist ihre Welt und dies hier unsere.»

«Eine interessante Formulierung.» Er zündete sich eine Zigarette an, hustete wie üblich und öffnete das Seitenfenster.

«Warum ist Ihnen alles gleichgültig, Sean?» fragte sie. «Das stimmt doch, Sie wissen es selber. Sie kümmert gar nichts. O ja, Sie haben mir fabelhaft geholfen, aber wenn es um die wirklich wichtigen Dinge im Leben geht, die Dinge, die Sie berühren...»

Egan lachte: «Webster hat eine Schwäche für Platon. Im ‹Staat› gibt es eine Stelle, wo Platon von einem Mann spricht, der sein Leben in einer Höhle verbracht hat. Die Außenwelt hat er nie gesehen. Die Menschen und Dinge seiner Welt sind nur Schatten an der Wand seiner Höhle.»

«Das Höhlengleichnis, ich kenne es gut.»

«Nun ja, Webster denkt, ich bin der Mann in der Höhle, ohne jede Verbindung zur realen Welt, die Menschen sind für mich nur wesenlose Schatten.»

«Hat er recht?» fragte sie.

«Weiß Gott.» Er verließ das Ruderhaus und stellte sich an die Reling am Bug. Sie blieb am Ruder, hielt es mit fester Hand und beobachtete ihn, während sie durch die Nacht fuhren.

Kurz vor fünf betrat Alan Crowther den Hof hinter dem Haus und schloß die Hintertür auf. Er machte Licht in der Küche und legte den Rucksack auf den Tisch. Dann schaltete er den elektrischen Wasserkessel an. Er fühlte sich ganz obenauf. Die Fahrt von Lancaster war ausgezeichnet verlaufen, schnell und aufregend. Als es anfing zu regnen, hatte er es riskiert und sich aufrecht vorn in einen Ford gesetzt, als König der Nacht.

Er tat einen Teebeutel in eine Tasse, zog den Stecker heraus und begann, Wasser aufzugießen. Hinter ihm knackte leise eine Diele. Er stellte den Kessel langsam hin, drehte sich um und sah Jago in der Tür stehen, den Browning in der behandschuhten Hand, den Schalldämpfer auf der Mündung.

«Brühen Sie mir auch eine Tasse auf, alter Junge, wenn Sie schon dabei sind.»

Crowther wußte natürlich, wer das sein mußte, spielte jedoch auf Zeit. «Jago, vermute ich.»

«Meine Güte, Sie sind gut informiert, aber schließlich ist Informatik ja Ihr Beruf, nicht?» Jago zog mit der freien Hand eine Zigarette aus der Packung und zündete sie an, während Crowther eine zweite Tasse holte und einen Teebeutel hineintat. Er ergriff den Kessel und lockerte, sich halb umdrehend, den Plastikdeckel. Jago fuhr fort: «Da wir gerade von Information sprechen, alter Junge – wo sind die beiden? Lassen Sie es sich ja nicht einfallen, mir Schwierigkeiten zu machen, sonst müßte ich sehr unangenehm werden, und das um diese frühe Stunde.»

Crowther schüttete einen Schwall kochendes Wasser über den Tisch, und als Jago in die Diele zurückwich, machte er kehrt und riß die Küchentür auf. In der Tür traf ihn eine Kugel in die linke Schulter. Im Dunkeln gab er ein schlechtes Ziel ab. Jago schoß abermals, als er sah, wie sich die Tür zum Hintergäßchen öffnete, und folgte ihm.

Crowther erreichte die Straße, bog an der anderen Seite des Hauses um die Ecke und rannte nun am Kanal entlang in Richtung Camden Lock, teils im Dunkeln, teils im Licht der Straßenlaternen. Jago lief sehr schnell und war nicht weit hinter ihm, als Crowther keuchend zu einer Reihe von Granitstufen gelangte und hochwankte, sich mühsam an dem alten viktorianischen Eisengeländer emporziehend.

Er kam oben an, einen Moment gut unter einer Straßenlampe zu erkennen, und Jago hob den Arm. Der Browning bellte zweimal auf, und Alan Crowther taumelte zur Seite, stürzte über die niedrige Mauer und fiel kopfüber in die Schleuse.

Jago trat am Fuß der Treppe an die Mauer, doch da war kein Geräusch zu hören, nur dunkles Wasser. Er eilte denselben Weg zurück zur Water Lane und setzte sich in den Spyder. Zum Teufel mit diesem Narren, diesem verdammten Draufgänger: Tot nützte er ihm nichts mehr. Nun hatte er keinen Vorsprung mehr, sondern mußte tatenlos in der Lord North Street Sarahs Rückkehr abwarten.

«Das heißt, falls du diesmal überhaupt zurückkommst, Sarah, mein Schatz», sagte er.

Sarah schlief im Salon auf einer der ausklappbaren Sitzbänke. Sie wurde allmählich wach und lag eine Weile im Dunkeln, registrierte wohl das Schlingern, wußte jedoch noch nicht, wo sie war. Schließlich stand sie auf und ging die Kajütstreppe hinauf. Das Deck hatte leichte Schräglage, ringsum war es stockfinster, nur das Tosen des Wassers war zu hören. Als sie die Tür zum Ruderhaus aufriß, stand Egan da, sein Gesicht verschwommen in der spärlichen Beleuchtung.

«Wie steht's?» erkundigte sie sich.

«Bestens. Das Wetter ist ein bißchen stürmisch, aber damit

werden wir leicht fertig. Wenn Sie über die Schulter nach der Backbordseite zurückschauen, können Sie die Isle of Man nicht ausmachen, aber sie liegt dort.»

«Wie spät ist es?»

Er konsultierte seine Uhr. «Sechs.»

«Ich mache uns Tee.»

Der Wind peitschte ihr Regen und Gischt ins Gesicht, als sie das glitschige Deck überquerte und die Kajütstreppe hinunterging in den Salon und die Kombüse. Sie brachte den Herd in Gang und trocknete sich das Haar. Ihr Parka war völlig durchnäßt, und als sie hinter der Tür eine alte Seemannsjacke mit Messingknöpfen entdeckte, probierte sie sie an. Sie war ihr viel zu weit, jedoch warm und bequem, und in einer der Taschen fand sie eine blaue Strickmütze, die sie sich über das Haar zog. Sie brühte den Tee auf und stöberte eine Thermoskanne und zwei Becher auf. Als sie sich wieder über das Deck zum Ruderhaus kämpfte, peitschte der Regen noch stärker nieder. Sie zerrte die Tür auf, wankte hinein und warf sie wieder zu.

Egan lächelte. «He, das gefällt mir. Ein waschechter Matrose.»

Sie stellte die Becher auf den Kartentisch und goß Tee ein. «Soll ich übernehmen?»

«Nein, ich kann eine Weile die automatische Kurssteuerung einschalten.»

Vom Tagesanbruch war noch nichts zu merken, nur ein leichtes Phosphoreszieren auf dem Wasser. «Seltsam, aber ich habe das Gefühl, als ob wir uns dem Ende der Geschichte nähern», sagte sie.

«Ein Ende gibt es nie», entgegnete er, wobei er auf dem Drehsitz ein wenig hin und her wippte und den Becher mit beiden Händen umschlossen hielt. «Alles, was Sie je getan haben oder was Ihnen je angetan wurde, ist in der einen oder anderen Form immer um Sie und arbeitet weiter.»

«Aber wir können uns von der Vergangenheit freimachen,

Sean, das müssen Sie doch einsehen. Freimachen, neu anfangen.»

«Das hört sich wie ein Werbeslogan an», spottete er.

Sie lachte schallend. «Da haben Sie verdammt recht.»

«Worte, nichts als Worte... Haben Sie sich von Ihrer Vergangenheit freigemacht?» Darauf gab es keine Antwort, und sie versuchte es auch gar nicht erst. «Von wegen. Sie quält Sie jeden Tag mehr, und sie verändert Sie. Verändert Sie in jeder Beziehung. Die Sarah Talbot, die in New York das Flugzeug bestiegen hat, war ein anderer Mensch.»

Mein Gott, das scheint tausend Jahre herzusein, dachte sie, er hat recht. Ich bin nicht mehr der Mensch, der ich einmal war.

«Angenommen, Sie haben recht. Welche Konsequenzen muß ich ziehen?»

«Daß es für Sie kein Zurück gibt, niemals. Ich selbst habe es versucht, und es funktionierte nicht. Das Zuhause existierte nicht mehr.»

«Und Sie meinen, das gleiche wird mir passieren?» fragte Sarah.

«O ja, aktiv handeln, zur Tat schreiten und leidenschaftliche Wut, Empörung, Auflehnung empfinden – das alles wirkt wie Drogen, die Sie aufputschen, Sie high machen. Wenn Sie wieder an Ihrem Schreibtisch in diesem Wolkenkratzer in der Wall Street sitzen, werden Sie das Gefühl haben, als sei das der Traum und nur dies hier die Wirklichkeit gewesen.»

Sie schauderte plötzlich vor Kälte, gestand sich widerstrebend ein, daß seine Worte viel Wahres enthielten. «Ich bin mir gar nicht so sicher, ob ich das akzeptieren möchte.»

«Ich sehe es schon vor mir, wie Sie es von sich weisen, aber das alles ist ein Teil des Preises, den Sie zahlen, und ich habe Sie vorher gewarnt, Sie erinnern sich doch?»

Er übernahm wieder das Steuer und erhöhte die Geschwindigkeit, um dem schweren Unwetter, das ihnen von Nordwesten drohte, zu entfliehen.

Zur gleichen Zeit wurde Ferguson, der am Cavendish Square noch im Bett lag, sanft von Kim wachgerüttelt. Der Brigadier ächzte und stöhnte, schüttelte widerstrebend den Schlaf ab. «Was gibt's denn?»

«Colonel Villiers ist da, Sir.»

«Was, so früh?» Ferguson stöhnte wieder, schob die Bettdecke beiseite und langte nach seinem Morgenrock. Als er ins Wohnzimmer kam, stand Villiers am Fenster.

«Ich muß schon sagen, Tony, das geht wirklich zu weit.»

«Entschuldigung, Sir.» Villiers drehte sich um. Sein Gesicht war düster. «Es hat sich eine weitere Entwicklung ergeben.»

Kim erschien mit Kaffee, und Ferguson nahm dankbar eine Tasse entgegen. «Na schön, berichten Sie, ich bin auf das Schlimmste gefaßt.»

«Ich war gerade im Cromwell Hospital. Man hat Alan Crowther auf die Intensivstation gebracht.»

Ferguson war sofort hellwach. «Was ist passiert?»

«Er wurde von zwei Schüssen getroffen und ist in den Camden Lock gestürzt. Unser Freund Jago. Zum Glück war ein Arbeiter zur Frühschicht unterwegs und radelte über den Treidelpfad, als er ihn schreien hörte. Hat ihn an der Seite vom Kanal gefunden, an eine Leiter geklammert.»

«Und das war Jago?»

«O ja, Alan hat es mir vorhin erzählt. Er ist in einem sehr schlechten Zustand, kann aber sprechen. Jago wollte von ihm erfahren, wohin Sarah und Sean gefahren sind.»

«Und hat er's ihm gesagt?»

«Nein, aber dafür mir. Er ist zu dem Schluß gekommen, daß der Fall nicht mehr vertretbare Dimensionen angenommen hat. Er hat die beiden vergangene Nacht nach Lancaster begleitet. Sie sind auf einen Güterzug aufgesprungen, würden Sie das für möglich halten, Sir?»

«Aber ja. In diesem Stadium halte ich alles für möglich, Tony.»

«Jedenfalls haben sie eine Motorjacht von diesem alten Gauner Sam Webster in Heysham gechartert. Sie steuern geradewegs rüber nach Ballycubbin.»

Ferguson nickte. «Ich hab Ihnen doch gesagt, der junge Sean tüftelt irgendwas aus.»

«Und was tun wir jetzt?» fragte Villiers.

«Tun? Also erst mal werde ich duschen, dann sorgt Kim für ein richtiges englisches Frühstück – Rührei mit Schinken und Tomaten, Toast mit Butter und Marmelade und eine große Kanne mit indischem Tee. Das werden wir gemeinsam vertilgen, Tony, danach fahren wir wie geplant nach Walsham und starten um acht Uhr mit dem Lear Jet. Das mit dem Hubschrauber in Aldergrove haben Sie doch arrangiert?»

«Ja, Sir.»

«Gut, und in Anbetracht dessen, was wir jetzt wissen, wünsche ich, daß uns bei der Ankunft auf der Militärbasis in Donaghadee eine Eskorte erwartet. Ein Offizier, ich denke, ein Captain, mit entsprechender Erfahrung, und sechs Fallschirmjäger. Ich stelle immer wieder mit Befriedigung fest, daß es den Leuten einen gehörigen Schrecken einjagt, wenn sie die roten Baretts sehen.» Ferguson lächelte. «Kümmern Sie sich darum, Tony.»

Er wandte sich zur Tür, und Villiers bemerkte: «Aber das könnte gefährlich werden, Sir, sehr gefährlich für Sarah und Egan. Ich meine, wir lassen sie geradewegs zu Leland Barry reinspazieren, direkt in die Höhle des Löwen. Niemand kann wissen, wie er darauf reagiert.»

«Mein lieber Tony, es gibt nur eine Möglichkeit, wie er reagieren *kann*. Das wissen Sie und ich auch. Er muß sie loswerden, und das ist natürlich genau die Reaktion, die wir brauchen, denn sobald er einen Schritt in diese Richtung unternimmt, haben wir ihn.»

«Ich kann dazu nur sagen, daß wir dabei zeitlich ganz schön ins Gedränge kommen», bemerkte Villiers.

«Ist das bei uns nicht immer so, Tony?»

Kurz nach acht sah Sarah zum erstenmal die Küste von Ulster durch dichten Nebel und Regen. Es war inzwischen hell geworden, doch die Sicht war sehr verhangen, grau und irgendwie geheimnisvoll. Irgendwo tutete ein Nebelhorn.

Egan fröstelte. «Ich hasse den November. Er ist weder so noch so. Nur ein Lückenbüßer zwischen Herbst und Winter.»

«Ich weiß. Wann legen wir an?»

«Gegen Viertel vor neun. Hier, nehmen Sie das Ruder.»

Sie gehorchte. Egans Reisetasche stand auf dem Kartentisch. Er öffnete sie, nahm die Walther in dem Spezialhalfter heraus, kniete sich hin und schnallte es direkt über dem rechten Stiefel um. Er überprüfte das Ganze auf Sitz und Griffbereitschaft und zog die Jeans herunter.

«Ihr Yankees haltet doch soviel von einem As im Ärmel, stimmt's?»

«Weiß ich nicht. Ich spiele nicht Karten.»

Er holte den Browning heraus, überprüfte ihn ebenfalls und steckte ihn dann in seine Lederjacke. Er übernahm das Steuer wieder, und in dem Moment trieb der Wind den Nebel auseinander, und Sarah sah etwa anderthalb Kilometer entfernt einen kleinen Hafen mit getünchten Häusern über der Mole.

«Ballycubbin?» fragte sie.

«Höchstgefahrenzone», entgegnete Egan, drosselte die Geschwindigkeit und fuhr die *Jenny B* in den Hafen.

15

Es lagen nur wenige Fischerboote im Hafen, doch schließlich waren sie ja den meisten bereits unterwegs begegnet, wie sie auf Herings- oder Makrelenfang ausfuhren.

«Es ist üblich, sich im Büro des Hafenmeisters zu melden, wenn man an Land geht», erklärte Egan. «Aber ich bezweifle, ob es in einem solchen Nest überhaupt einen gibt.»

Er stellte den Motor ab, als sie längsseits der unteren Mole waren, und Sarah sprang mit einem Tau auf den Anlegeplatz. Er folgte ihr über das Geländer, um ihr zu helfen, und sie vertäuten die *Jenny B*.

«Also da wären wir», sagte sie. «Wahrhaftig kein Traumort.»

«Haben Sie Ihre Geschichte gut drauf?» fragte er.

Sie nickte. «Optimal.»

«Prima, dann kann's losgehen.» Und er kletterte vor ihr die Leiter hinauf.

Etwa um die gleiche Zeit landete der Lear Jet in Aldergrove und rollte zum anderen Ende des Flugplatzes, das für militärische Zwecke reserviert war. Ein Armeehubschrauber erwartete sie, der Pilot saß bereits im Cockpit.

Ein junger Lieutenant stand unten an der Treppe. Er salutierte. «Alles bereit, Sir.»

«Vielen Dank, Lieutenant.» Villiers kletterte hinter Ferguson an Bord des Hubschraubers.

Er beugte sich vor und tippte dem Piloten an die Schulter. «Wie lang ist's bis Donaghadee?»

«Fünfzehn Minuten, Sir.»

«Hab ich's Ihnen nicht gesagt, Tony?» fragte Ferguson, als er sich anschnallte. «Sie machen sich zuviel Gedanken.» Der Hubschrauber startete mit Donnergetöse und vereitelte jede weitere Unterhaltung.

Die Uferstraße lag ausgestorben im Regen, nichts regte sich, nur ein kleiner Lebensmittelladen hatte geöffnet. Egan klinkte die Tür auf. Eine Glocke bimmelte, und eine junge Frau, die an der Kasse saß und eine Illustrierte las, blickte hoch. «Herrje, Sie haben mich aber erschreckt.»

«Entschuldigung», sagte Egan. «Wir haben gerade angelegt. Gibt's hier ein Café? Wir hätten eine Tasse Tee und was zu essen nötig.»

«Sie können's ja mal im Pub versuchen. Im ‹Orange Drum›. Ein paar Türen weiter.»

«Haben die denn so früh schon geöffnet?»

«Freilich, das nimmt man hier nicht so genau. Murtagh, der Wirt, ist ständig da. Er wird sich um Sie kümmern.»

«Besten Dank.»

Egan und Sarah folgten der Uferstraße und blieben unter dem Schild stehen. «‹The Orange Drum›», bemerkte Egan. «Die lassen keinerlei Zweifel an ihrer politischen Einstellung aufkommen, nicht wahr?»

Die Tür war offen, und er ging voran in einen großen, altmodischen Schankraum mit niedriger Decke und einer viktorianischen Theke aus poliertem Mahagoni. Er erinnerte ihn stark an «The Bargee».

Aus dem Raum hinter der Bar kam ein massiger, grauhaariger Mann in Weste und Hemdsärmeln, sich die Hände mit einem Geschirrtuch trocknend. «Guten Morgen», begrüßte er sie freundlich. «Wo kommen Sie beide denn plötzlich her?»

«Wir sind eben mit einer Motorjacht aus Bangor hier gelandet», erklärte Egan. «Die Frau im Laden meinte, Sie könnten uns vielleicht zu einem Frühstück verhelfen.»

«Kein Problem.» Er reichte ihnen über die Theke die Hand. «Ian Murtagh.»

«Mein Name ist Egan.»

«Sarah Talbot.» Sarah streckte ihm die Hand hin. «Das ist sehr nett von Ihnen, uns aus der Patsche zu helfen.»

«Amerikanerin?» fragte er prompt. «Von Ihren Landsleuten kriegen wir hier kaum noch welche zu Gesicht. Der Tourismus ist auch nicht mehr das, was er früher war.»

«Und ist das so unverständlich?» fragte Egan. Zu Sarahs Erstaunen hatte sich seine Stimme verändert, er sprach jetzt mit dem harten Akzent von Belfast.

«Unter den Umständen wundert man sich direkt, warum Sie sich ausgerechnet Ballycubbin ausgesucht haben, Mrs. Talbot.»

Egan sah sie an. «Los doch, erzählen Sie's ihm, warum denn nicht? Vielleicht kann er Ihnen behilflich sein.»

Sie lehnte sich über die Theke, schob die Strickmütze hoch und spielte den Charme ihrer graugrünen Augen voll aus. «Na ja, das ist natürlich vertraulich, ich bin nämlich Journalistin und arbeite für die Zeitschrift *Time*, trotz des komischen Aufzugs. Irgendwo hier in der Gegend wohnt doch ein pensionierter Richter namens Sir Leland Barry. Vor etwa einem Jahr hat die IRA einen Sprengstoffanschlag auf ihn verübt.»

«Und seine Frau getötet», ergänzte Murtagh mit teilnahmslosem Gesicht. «Ich kenne Sir Leland gut. Ein großartiger Mann.»

«Ich habe mir ein Interview erhofft, aber gehört, daß er keine gibt. Aus Sorge um seine eigene Sicherheit, vermute ich.»

«Und warum sollte er sich darum Sorgen machen, ausgerechnet hier, wo er jeden in der Grafschaft auf seiner Seite hat?» fragte Murtagh. «Ich habe ihn jedenfalls immer als einen sehr

293

vernünftigen Menschen kennengelernt. Den Damen gegenüber ein vollendeter Gentleman. Soll ich ihn anrufen und ihm die Sache erklären?»

«Würden Sie das wirklich tun?»

«Kein Problem. Machen Sie sich's inzwischen am Kamin bequem. Ich setze Wasser auf – meine Frau ist gerade bei ihrer Mutter – und telefoniere dann mit Sir Leland.»

Er ging hinaus. Sarah stand vor dem Kamin und wärmte sich die Hände. «Was meinen Sie?»

«Zu einfach», erwiderte Egan. «Viel zu glatt, aber warten wir's ab.»

In der Bibliothek von Rosemount saß Sir Leland Barry am Schreibtisch. Sein Verwalter James Calder stand neben ihm, ein Bündel Papiere in der Hand. Sir Leland legte den Hörer auf.

«Sie sind hier, dieser Egan, von dem ich Ihnen erzählt habe, und die Amerikanerin.»

«Wissen wir genau, daß er zur IRA gehört?» erkundigte sich Calder.

«O ja.» Barry nickte. «Er hat bei ihrem sogenannten Europa-Bataillon gewirkt, unbewaffnete britische Soldaten in Holland und Deutschland umgelegt. Sie kommt aus irgendeiner irisch-amerikanischen Organisation in New York, und beide wollen mich erschießen, um sich damit einen Namen zu machen.»

«Schweine», kommentierte Calder.

«Nun, wir werden ihnen ihre Chance geben, zumindest auf dem Papier. Sie fahren ins Dorf runter und holen sie ab. Nehmen Sie einen von den Wildhütern mit. Flynn, denke ich. Er hat sich erst kürzlich sehr bewährt. Ich bin sicher, er würde gern einen weiteren IRA-Killer erledigen. Murtagh kann mit Ihnen zurückkommen.»

«Sehr wohl, Sir.»

Calder ging zur Tür. Sir Leland fügte hinzu: «Das Timing muß exakt hinhauen. Ich rufe jetzt bei der RUC an und bestelle sie her, und wenn sie eintreffen, wollen wir ihnen unsere Freunde mausetot präsentieren.»

Er griff zum Telefon und wählte rasch die Nummer des örtlichen RUC-Hauptquartiers.

Der Hubschrauber zögerte ein paar Sekunden und setzte dann auf dem Hubschrauberlandeplatz der Militärbasis außerhalb von Donaghadee auf. Drei khakifarbene Landrover der Army warteten bereits. Die beiden hinteren waren besetzt mit jeweils einem Fahrer und drei Fallschirmjägern auf der Rückbank, harten jungen Männern mit roten Baretts, Tarnjacken und Sterling-Maschinenpistolen. Neben dem vorderen Landrover standen zwei Offiziere, ein Captain von den Fallschirmjägern und ein Colonel vom Luftwaffenkorps. Sie traten vor und salutierten, als Ferguson und Villiers ausstiegen.

«Brigadier Ferguson? Colonel Chalmers, Sir, der hiesige Kommandeur. Darf ich Ihnen Captain Richard Stacey vorstellen?»

Stacey salutierte schneidig. «Dies ist Colonel Villiers, mein Adjutant», sagte Ferguson. «Zeit ist der elementare Faktor, Colonel. Ich bin Ihnen sehr verbunden für Ihre prompte Unterstützung in dieser Angelegenheit, aber wir müssen jetzt losfahren, und zwar schleunigst. Ich werde Captain Stacey unterwegs instruieren.»

Wenige Sekunden später saßen Ferguson und Villiers auf der Rückbank des ersten Landrovers, Stacey vorn neben dem Fahrer, und dirigierten den kleinen Konvoi zum Tor.

«Sie kennen Ballycubbin, Colonel?» erkundigte sich Ferguson, als die Schranke sich hob und sie durchbrausten.

«Ja, Sir», bestätigte Stacey.

«Das ist unser Ziel. Genauer, das Haus von Sir Leland Barry. Ihnen ist natürlich klar, daß Sie strikt an die Bestimmungen des Official Secrets Act gebunden sind?»

«Wenn Sie es sagen, Sir.»

«Ausgezeichnet. Wenn wir also dort ankommen, werden Sie und Ihre Leute genau das tun, was ich sage, weder mehr noch weniger.» Er wandte sich lächelnd zu Tony. «Keine Bange, Tony, wir schaffen es, das verspreche ich Ihnen.»

Egan und Sarah hatten die von Murtagh aufgetischten Schinkenbrote verzehrt und waren gerade bei der zweiten Tasse Tee, als er zurückkam. Er trug einen dreiviertellangen Jägerparka und einen Regenhut.

«Heute ist Ihr Glückstag, Mrs. Talbot», verkündete er. «Ich hab Ihnen ja gesagt, Sir Leland ist ein netter Mensch. Er läßt Sie von einem Kombiwagen abholen.»

«Tatsächlich?»

«Auf mein Wort. Er wartet am Hintereingang auf Sie.» Er öffnete die Klappe der Theke, um sie durchzulassen. «Hier lang.»

Sarah stand zögernd auf, und Egan sagte: «Ist das nicht wunderbar, Mrs. Talbot?»

Sie ging durch in die Küche, und während Egan ihr folgte, zog er den Reißverschluß seiner Lederjacke etwas auf, um notfalls den Browning griffbereit zu haben. Murtagh überholte sie, öffnete die Hintertür und führte sie auf den gepflasterten Hof, in dem ein Kombi stand, daneben zwei Männer.

«Das ist Mr. Calder, Sir Lelands Gutsverwalter, und das Malcolm Flynn, erster Wildhüter.»

Calder lächelte liebenswürdig und streckte Sarah die Hand hin. «Freut mich sehr, Mrs. Talbot. Sir Leland bat mich, Sie unverzüglich zum Haus zu fahren.»

«Das ist sehr freundlich von ihm», erwiderte sie. Calder machte die hintere Tür auf und bedeutete ihr einzusteigen.

Im gleichen Augenblick zog Murtagh einen alten Colt der amerikanischen Army und hielt ihn Egan in den Nacken. «Aber bevor wir losfahren, Angeber, wollen wir dich erst mal von allem befreien, was deine hübsche Lederjacke ausbeult.»

Flynn holte einen .38er-Wesson & Smith-Revolver aus seiner tiefen Jackentasche. Murtagh fand den Browning und reichte ihn Calder.

Calder nahm ihn, untersuchte ihn kurz, schüttelte dann bekümmert den Kopf und steckte ihn ein. «Man kann wirklich heutzutage keinem Menschen trauen, und damit bist du gemeint, Herzblatt, also stellt euch beide breitbeinig hin, die Hände auf den Wagen.»

Sarah drehte sich wütend und verängstigt zu Egan um, der ihr sanft zuredete: «Tun Sie genau, was sie sagen.»

Er spreizte die Beine und lehnte sich gegen den Wagen; sie folgte seinem Beispiel, spürte die groben Hände, die sie abtasteten. «In Ordnung, auf den Rücksitz mit euch», befahl Calder.

Flynn setzte sich ans Steuer, Calder neben ihn, Murtagh auf den mittleren Sitz, mit dem Rücken zur Tür, den Colt nach hinten auf Sarah und Egan gerichtet.

«Das passiert auch nicht alle Tage, daß wir zwei von den Typen als Mitfahrer haben, und das so stilvoll.» Er streifte Calder mit einem Seitenblick. «Ist dir schon mal aufgefallen, woran man einen Katholiken garantiert erkennen kann? Die sehen einfach anders aus.»

Egan nahm Sarahs Hand und hielt sie fest.

Sir Leland Barry saß am Schreibtisch in seinem Arbeitszimmer, als Calder sie hereinführte. Er nahm die Brille ab, blickte auf und legte den Füller hin. Egan und Sarah standen vor dem Schreibtisch, Murtagh an der Tür. Er hielt seine Waffe in der Hand, Flynn desgleichen, der sich, mit dem Rücken zu den Bücherregalen, auf der anderen Seite des Raumes postiert hatte. Calder holte Egans Browning heraus und legte ihn auf den Schreibtisch.

«Den hatte er bei sich.»

Sir Leland hob ihn auf, wog ihn in der Hand und deponierte

ihn wieder. «Sie sind Journalistin, behaupten Sie, Mrs. Talbot?»

Bevor sie antworten konnte, zog Egan seine Brieftasche heraus. Im selben Augenblick richteten Murtagh und Flynn drohend die Waffen auf ihn. Er hob die Hand. «Nur eine Minute.» Er warf die Brieftasche auf den Schreibtisch. «Wenn Sie das überprüfen, finden Sie genügend Ausweise, aus denen hervorgeht, daß ich im Dienst von SAS stehe.»

Murtagh lachte höhnisch. «Mumpitz.»

«Grob, aber treffend.» Sir Leland lehnte sich zurück. «Fälschungen dieser Art sind doch bei euren Leuten gang und gäbe.»

«Und um welche Leute soll es sich hier handeln?» fragte Egan.

«Um wen schon? Die IRA natürlich, und diese Lady ist dem Vernehmen nach Amerikanerin irischer Herkunft, Mitglied einer in New York gegründeten Organisation, die nur ein Ziel hat, nämlich in dieser Provinz so schwere Zerstörungen zu verursachen wie nur irgend möglich.»

«Das ist doch Unsinn.» Sarah stützte sich auf den Schreibtisch. «Mein Name ist Mrs. Sarah Talbot. Mein Sohn Eric ist vor zwei Wochen in Paris ermordet worden auf Betreiben eines Mannes namens Smith, zu dem Sie, wie ich mit gutem Grund annehme, Geschäftsbeziehungen unterhalten.»

Er runzelte, offensichtlich bestürzt, die Stirn. «Geschäftsbeziehungen?»

«Ja, Sie haben sich gemeinsam im Rauschgifthandel betätigt.»

Flynn geriet in Rage. «Mein Gott, wollen Sie sich das noch länger anhören?»

«Sie können das Gefasel einstellen, dafür ist es jetzt zu spät», sagte Calder. «Wir wissen, weshalb Sie hier sind. Um sich Zugang zu diesem Haus zu verschaffen und Sir Leland zu ermorden.»

«Allerdings wird das nicht gelingen, weil ich vorgewarnt wurde.» Barry schüttelte bedächtig den Kopf. «Ich fürchte, den Preis müssen Sie bezahlen, Mrs. Talbot.»

«Aber das ist doch verrückt.»

«Keineswegs. Ich habe mich mit der Royal Ulster Constabulary in Verbindung gesetzt. Sie dürfte jeden Moment hiersein. Sie wird Sie und Mr. Egan sehr tot vorfinden, mein Leben dagegen von meinen guten Freunden gerettet.»

Egan stieß sie beiseite. «Das können Sie nicht tun, Barry, sie sagt die Wahrheit, und das wissen Sie genau.»

Er machte eine Geste, als wolle er über den Schreibtisch langen, und provozierte damit die erhoffte Reaktion. Calder packte ihn im Genick und wirbelte ihn herum, so daß Egan mit dem Rücken gegen die Couch fiel.

Murtagh näherte sich, und Flynn startete von der anderen Seite. «Du elendes Schwein!» knirschte Murtagh.

Egan riß die Rechte mit der Walther aus dem Knöchelhalfter hoch und feuerte. Er traf Murtagh mitten in die Stirn, war bereits auf einem Knie, packte Sarah am Bein und zog sie nach unten, drehte sich um und schoß Flynn zweimal ins Herz. Calder angelte nach dem Browning auf dem Schreibtisch und erhielt einen Nahschuß in die Schläfe. Egan stand da, die Beine gespreizt, sehr kaltblütig, unerbittlich, todbringend. Es war das Schrecklichste, Vernichtendste, was Sarah jemals erlebt hatte, und das Ganze dauerte nicht mehr als drei Sekunden.

Sir Leland, noch im Sessel, sagte beschwörend: «Um Gottes willen, nein!»

Egan half Sarah auf und zog sie hinter sich. «Mir bleibt sehr wenig Zeit, bis Ihre Kumpane von der RUC hier aufkreuzen, also machen wir's kurz. Da sind noch drei Kugeln drin.» Er hob die Walther. «Wenn Sie mir nicht sagen, was ich wissen will, jage ich Ihnen alle drei in den Bauch. Ein qualvoller und ganz langsamer Tod.»

«Alles, was Sie wollen, alles», flüsterte Sir Leland.

«Na gut. Smith – wer ist er? Wo finden wir ihn?»

«Aber das weiß ich doch nicht. Ich kann diese beiden Fragen nicht beantworten.» Egan zückte drohend die Walther, und Barry schrie heiser: «Das ist die Wahrheit, mein Wort darauf. Ich rufe eine Kontaktnummer an und hinterlasse eine Nachricht. Er ruft mich an. So ist es immer gewesen.»

«Ich glaube Ihnen nicht.»

«Es ist wahr, ich schwöre es.» In Barrys schweißbedecktem Gesicht malte sich blinde Panik, dann hellte es sich auf. «Einen Moment. Es gibt was. Lassen Sie mich die Schreibtischschublade aufmachen.»

«In Ordnung, aber sehr vorsichtig.»

Barry öffnete die Schublade und stöberte darin herum. «Einmal hat er einen Kurier geschickt. Sie kam mit der Fähre, von Glasgow nach Stranraer. Murtagh hat sie abgeholt.»

«Eine Frau?»

«Ja. Sie hat einen Koffer überbracht.»

«Heroin?»

Barry nickte. «Murtagh gab ihr dafür ebenfalls einen Koffer mit dem geforderten Bargeld, und sie fuhr mit der nächsten Fähre zurück.» Er lachte erleichtert. «Ich hab's gefunden, sehen Sie? Flynn hat Murtagh nach Stranraer gebracht, sich jedoch nicht blicken lassen und die beiden zusammen geknipst.» Er zuckte die Achseln. «Ich dachte mir, bei Gelegenheit könnte das womöglich nützlich sein.»

Egan betrachtete das Foto. Sarah trat vor. «Kann ich's mir mal anschauen?»

Und dann geschah alles gleichzeitig. Sir Leland Barry schnappte sich den Browning vom Schreibtisch und stand auf. Egan feuerte dreimal sehr schnell hintereinander, so daß Barry durch die Flügelfenster auf die Terrasse katapultiert wurde. In dem Moment wurde die Haustür aufgebrochen, und mehrere grünuniformierte Polizisten der Royal Ulster Constabulary stürmten herein, Maschinenpistolen im Anschlag. Egan konnte gerade noch das Foto in die Tasche schieben, bevor sie auf ihn eindrangen.

Egan lag mit dem Gesicht nach unten auf dem Fußboden im georgianischen Salon, die Arme auf dem Rücken, mit Handschellen gefesselt. Sarah saß mit gesenktem Kopf an einem Tisch. An der Tür hielt ein Konstabler Wache, die Sterling schußbereit in den Händen. Die Tür öffnete sich, und ein uniformierter Inspektor trat ein. Ein Sergeant folgte ihm.

«Hier drin sieht's ja wie beim Schlächter aus», bemerkte der Inspektor.

Der Sergeant ging zu Egan hinüber und trat ihn in die Rippen. «Du dreckiges IRA-Schwein. Du hast Sir Leland gekillt, du und diese Yankee-Hure.»

«Schluß damit, Carter», herrschte ihn der Inspektor an.

«Ich bin nicht von der IRA, sondern vom SAS», entgegnete Egan. «Und falls es Sie interessiert – Ihr lieber Freund Sir Leland hat die Sons of Ulster befehligt.»

In Carters Gesicht malte sich ungläubige Wut. «Du verlogenes Schwein.»

Er trat ihn abermals, und der Inspektor wiederholte: «Schluß damit!» Er fragte Egan: «Können Sie Ihre Behauptung beweisen?»

«Meine Brieftasche liegt auf Barrys Schreibtisch. Sie enthält meine Ausweise.»

«Scharf im Auge behalten», wies der Inspektor Calder an und verließ den Salon.

Carter blickte auf Egan hinunter, berührte ihn leicht mit der Stiefelspitze, sah dann zu Sarah, legte ihr die Hand unters Kinn und hob ihren Kopf. «Warte draußen auf mich, Murphy», befahl er dem Konstabler.

Die Tür schloß sich leise. «Was Mr. Egan sagt, ist wahr. Sie werden's schon sehen», bemerkte Sarah.

«Wahr? Was wißt ihr schon von Wahrheit? Ihr habt Sir

Lelands Frau niedergemetzelt, ihr sprengt Kinder in die Luft, und ihr verfluchten irischen Amerikaner seid die schlimmsten, kommt hier rüber, steckt eure Nasen in Dinge, die euch einen Dreck angehen.» Er zerrte sie hoch. «Wir werden dich bald auf der Wache gründlich unter die Lupe nehmen, aber bis dahin ist eine Durchsuchung fällig.» Sie begann sich zu wehren, und Egan trat vergebens nach ihm. «Eine Leibesvisitation. Bis ins kleinste Eckchen. Ich meine, wir können doch nicht wissen, was du alles bei dir hast, oder?»

Sie lag über dem Tisch, sein Knie zwischen ihre Beine gezwängt, seine Hände auf ihren Brüsten. Als Grauen und Ekel über ihr zusammenschlugen, fielen ihr plötzlich Jock Whites Instruktionen ein. Sie ballte die Fäuste genauso, wie er es ihr beigebracht hatte, und bohrte ihm die spitz vorspringenden Knöchel auf beiden Seiten in den Hals. Er brüllte vor Schmerz auf.

Hinter ihm wurde eine Tür aufgerissen, Ferguson trat ein, neben ihm Tony Villiers. Captain Stacey und seine Fallschirmjäger stürmten mit gezogenen Waffen hinterher.

Sergeant Carter wich zurück, blickte benommen, und Sarah setzte sich auf, als der Inspektor sich hereindrängte. «Was geht hier vor?»

Tony Villiers zog den Ausweis aus der Brieftasche. «Colonel Villiers, Group Four, und das ist Brigadier Charles Ferguson. Ich denke, Sie wissen, wer er ist.»

Der Inspektor salutierte prompt. «Brigadier.»

«Aufgrund meiner Sondervollmachten, die Ihnen zweifellos bekannt sein dürften, übernehme ich hier die ausschließliche Kontrolle. Das Ganze war nicht so, wie es den Anschein hatte, mehr brauchen sie im Augenblick nicht zu wissen. Jetzt nehmen Sie freundlicherweise diesem Herrn die Handschellen ab.»

«Sergeant Carter», rief der Inspektor.

Carter holte einen Schlüssel heraus und befreite Egan. Villiers legte den Arm um Sarah. «Bist du in Ordnung?»

«Jetzt ja.»

«Die Begrüßungsarien verschieben wir wohl besser auf später», sagte Ferguson gereizt.

Sie gingen zur Tür. «Entschuldigen Sie mich einen Moment», bat Villiers, machte kehrt, durchquerte den Raum mit zwei raschen Schritten, kickte Carter zwischen die Beine, und als der Sergeant umkippte, rammte er ihm das Knie ins Gesicht. «Wenn ich Abschaum wie Sie am Werk sehe», sagte Villiers, als er auf ihn hinunterblickte, «kommt mir schon mal der Gedanke, daß die IRA womöglich gar nicht so unrecht hat.»

Es war am frühen Abend in Aldergrove, die Dunkelheit brach allmählich herein, Regen peitschte über die Startbahn, wo der Lear Jet wartete. Sarah stand am Fenster des Warteraums, eine Tasse Tee in der Hand. Egan saß neben ihr auf einem Stuhl. Der Nachmittag war hektisch verlaufen, ein Wust von Formularen, Aussagen, Erklärungen. Sie hatten noch gar nicht richtig Zeit gehabt, miteinander zu reden. Sie wollte gerade zu einer Frage ansetzen, als die Tür aufging und Villiers und Ferguson eintraten.

«Wir fliegen in ein paar Minuten ab», teilte Villiers ihnen mit.

Ferguson stellte sich neben Sarah ans Fenster. «Sind Sie jetzt wieder auf dem Damm, Mrs. Talbot?» erkundigte er sich fürsorglich.

«Ich denke schon.»

«Man wird Sergeant Carter für sein Verhalten zur Rechenschaft ziehen, das kann ich Ihnen garantieren. In jeder Gruppe findet sich immer mindestens ein solcher Typ. Die RUC steht jetzt seit gut vierzehn Jahren in der Feuerlinie in einem der schmutzigsten Kleinkriege der Gegenwart. Verurteilen Sie nicht alle für die Taten eines Mannes.»

«Ich werde mich bemühen.»

«Mehr werden Sie in einem solchen Fall nie sagen können. Ein Segen, hier wieder wegzukommen.» Ferguson schaute hinaus, während der Regen gegen das Fenster trommelte. «Was ist das für ein gräßliches Land. Manchmal denke ich wirklich, wir sollten es den Kelten zurückgeben.»

16

Jago, der am Fenster seiner Wohnung in der Lord North Street stand und eine Tasse Kaffee trank, sah um acht Uhr abends den Daimler vor Sarahs Haus halten und beeilte sich, das Empfangsgerät einzuschalten.

Im Wagen sagte Ferguson: «Ich würde gern noch ein paar Worte mit Ihnen reden, Mrs. Talbot, bevor ich mich verabschiede. Dürfen wir reinkommen?»

«Muß das sein, Brigadier? Ich bin sehr müde.»

«Unbedingt, fürchte ich.»

«Nun denn», entgegnete sie zögernd, stieg aus, ging die Stufen hoch und schloß die Haustür auf. Ferguson, Villiers und Egan folgten ihr.

Sarah knipste das Licht an, führte sie ins Wohnzimmer und drehte sich zu ihnen um. «Also gut, Brigadier, was möchten Sie sagen?»

«Einige meiner Vorgesetzten in der Regierung werden nicht erbaut sein», begann Ferguson. «Aber ich habe gekriegt, was ich wollte, Leland Barrys Kopf, und dafür danke ich Ihnen.»

«Aber?» fragte Sarah.

«Alan Crowther liegt halb tot im Krankenhaus, dank unserem Freund Jago. Das wußten Sie nicht, wie? Alles ist mit Leichen übersät – England, Paris, Sizilien, Irland. Lauter Schauplätze nackter Gewalt. Sie haben alles bekommen, was Sie wollten, aber zu einem recht hohen Preis.»

«Bis auf Smith.»

«Wer er ist, erfahren wir jetzt vielleicht nie mehr. Wenn er auch nur einen Funken Verstand hat, verschwindet er von der Bildfläche. Aber eins steht fest: Sie kehren morgen nach Amerika zurück, und ich spreche damit eine offizielle Anweisung aus. Dies ist der Schlußstrich, Mrs. Talbot.» Er wandte sich an Villiers: «Sie sind persönlich dafür verantwortlich, daß Mrs. Talbot morgen das Flugzeug besteigt, Tony.»

«Ja, Sir.»

«Gut.» Ferguson nahm sich nun Egan vor. «Und Sie, Sean, finden sich pünktlich um elf Uhr vormittags in meiner Wohnung am Cavendish Square ein. Wir müssen uns unbedingt unterhalten.» Er ließ Egan gar nicht mehr zu Wort kommen, sondern sagte bloß: «Gute Nacht, Mrs. Talbot», und ging zur Tür.

Villiers legte ihr die Hand auf den Arm. «Ich sehe dich morgen früh, Sarah.» Er folgte Ferguson nach draußen.

Die Haustür fiel ins Schloß, der Daimler fuhr an und brauste davon. Stille trat ein. Sarah stand reglos da in der alten Seemannsjacke und der Wollmütze, das Gesicht dreckverschmiert.

«Das wär's also?» fragte Egan.

«O nein, Sean. Ich weiß es und Sie genauso, aber zuerst brauche ich eine Dusche und ein paar saubere Sachen.» Sie streichelte ihm kurz die Wange, eine Geste echter Zuneigung. «Soll ich Ihnen was sagen? Sie sind ein toller Bursche. Machen Sie uns in der Küche einen Tee, während ich mich umziehe, und dann reden wir.»

Sie stand fünf Minuten unter der heißen Dusche, trocknete sich dann das Haar, kämmte es und band es, immer noch feucht, zu einem Pferdeschwanz. Sie nahm frische Unterwäsche aus dem Kleiderschrank, eine cremefarbene Seidenbluse. Es war, als habe sie alles, was in Irland geschehen war, weggespült, und sie fühlte sich schon besser. Als sie in die Küche hinunterkam, trug sie die braune Wildlederhose und hochhackige Stiefel.

«Hübsch sehen Sie aus», bemerkte er, als er Tee einschenkte.

«Mir geht's auch wirklich besser.» Sie saßen sich am Tisch gegenüber, in einer seltsamen Vertrautheit. «Etwas wollte ich Sie schon immer fragen, Sean.»

«Und was ist das?»

«Sie haben nie eine Frau in Ihrem Leben erwähnt.» Sie stockte. «Wegen Sally? Schließlich war sie ja nicht Ihre richtige Schwester.»

«Was mich angeht, war sie es und wird es immer bleiben.» Er steckte sich eine Zigarette an, hustete etwas und hielt inne. «Warum zum Teufel rauche ich dieses Zeug?» Er drückte sie aus. «Es gab ein Mädchen, damals in Belfast. Mary Costello. Ein nettes, katholisches Mädchen. Ihre Familie war natürlich nicht einverstanden. Eigentlich waren alle in ihrer Umgebung dagegen. Es war eine ganz und gar republikanische Gegend.»

«Aber Sie sind doch selber Katholik», wandte sie ein.

«Ich war freilich auch Soldat der britischen Army. Eines Abends haben die dortigen Frauen sie jedenfalls geschnappt. Kahlgeschoren, geteert und gefedert, an einen Laternenpfahl festgebunden. Nicht mal ihre Eltern trauten sich raus zu ihr. Sie wurde am Morgen von einer Militärpatrouille gefunden und ins Krankenhaus gebracht.» Egan stand auf und starrte hinaus. «An dem Tag, an dem sie wieder entlassen wurde, hat sie sich im Liffey ertränkt.»

Sarah schossen plötzlich heiße Tränen in die Augen. «Wie konnten diese Menschen nur so grausam sein?»

«Nicht die Menschen sind grausam. Das Leben und was es ihnen antut, sind grausam. Sie werden in vollkommen unbarmherzige Verhältnisse hineingeboren, die ihnen gar keine Wahl lassen, keinen Ausweg.»

Als er sich umdrehte, wirkte er so unglücklich, so gequält,

daß sie zu ihm ging und ihn in die Arme schloß. «Ist es so schlimm?»

«Schlimmer könnte es gar nicht sein.»

«Also machen wir weiter.» Sie zog ihn an den Tisch, und sie setzten sich wieder. «Das Foto, das Leland Barry Ihnen gab, als Sie ihn mit der Waffe bedrohten, das Foto von dem Treffen in Stranraer. Sie wollten es mir zeigen, als er sich den Revolver schnappte und dann die Meute reinstürmte. Haben Sie's noch?»

«Ja.»

«Aber Sie haben Tony und Ferguson kein Wort davon gesagt. Warum nicht?»

«Weil es sie nichts angeht, nicht mehr. Jetzt ist es rein persönlich.»

«Der Kurier, den Smith geschickt hat, war eine Frau, das hat doch Barry gesagt?»

«O ja.» Egan nickte. «Es war tatsächlich eine Frau.»

Er nahm das Foto aus der Tasche und schob es über den Tisch. Es zeigte Murtagh, an einen Pfosten gelehnt an der Anlegestelle in Stranraer, und eine grauhaarige Frau im Wintermantel, die mit ihm sprach. Ida Shelley.

«O mein Gott!» flüsterte Sarah.

Egans Gesicht war unnatürlich ruhig. «Sie ist in Wirklichkeit meine Kusine. Als Kind nannte ich sie natürlich Tante, und für Sally war sie immer Tante Ida.»

Sarah fühlte sich genauso getroffen wie er und merkte gleichzeitig, daß sie innerlich vor Wut kochte, daß sie in eine blindwütige Rage geraten könnte, wenn sie ihr freien Lauf ließ. «Atmen Sie einfach ganz tief durch, Sean.» Sie hielt seine beiden Hände fest.

«Sallys Tante Ida.» In seinen Augen standen Tränen. «Sallys reizende Tante Ida.» Er entzog ihr eine Hand und hämmerte damit auf den Tisch. «Haben Sie schon mal so was Komisches gehört?»

«Nein», entgegnete sie jetzt ganz ruhig. «Eigentlich nicht. Ich finde es so ziemlich das Schlimmste, was ich je gehört habe.» Sie stand auf. «Warten Sie hier auf mich. Ich bin gleich wieder da.»

Sie ging zum Schreibtisch im Wohnzimmer und telefonierte nach einem Taxi, dann machte sie die Schublade des Sekretärs auf und nahm die Walther PPK heraus, die Jock White ihr gegeben hatte. Sie überprüfte sie sehr sorgfältig, wie er es ihr gezeigt hatte, steckte sie dann in die Handtasche und kehrte in die Küche zurück.

«Kommen Sie, Sean, ich hab ein Taxi bestellt. Wir fahren zu Ida.» Damit drehte sie sich um und ging nach draußen voraus.

Jago rief die Kontaktnummer an und beobachtete gleichzeitig, wie das Taxi unten davonfuhr. Als das Telefon läutete, nahm er sofort den Hörer ab.

«Was gibt's?» erkundigte sich Smith.

«So Ihr noch Tränen habt, macht Euch gefaßt, sie zu vergießen», zitierte Jago. «Shakespeare, alter Junge, aber auf Sie haargenau zutreffend.»

«Wovon zum Teufel faseln Sie da eigentlich?» fragte Smith.

«Nun, Sie haben nicht nur Ihren Freund Barry umgelegt und sind heil zurückgekommen. Sie haben auch ein Foto, das er ihnen gegeben hat – mit ein bißchen Überredung, da bin ich sicher.»

«Was für ein Foto?»

«Ach, ein Kurier, den Sie nach Stranraer geschickt haben, um sich dort mit jemand zu treffen, und raten Sie mal, wer das war? Ida Shelley.» Jago lachte. «Finden Sie das denn nicht einigermaßen überraschend?»

«Nein. Ich finde es allerdings an der Zeit, daß wir beide uns treffen.»

Jago blieb keine Zeit zu duschen, doch er zog ein frisches Hemd an, aus blütenweißer Baumwolle, was seine Regimentskrawatte vollendet zur Geltung brachte. Dann öffnete er einen seiner Koffer, hob den doppelten Boden und holte ein eigenartiges Kleidungsstück heraus – eine Weste aus Nylon und Titan und seit etlichen Jahren in seinem Besitz. Sie vermochte eine .45er-Kugel, nahezu aus Kernschußweite, abzufangen. Er zog sie an, machte sie gewissenhaft zu, schlüpfte dann in sein Jackett und schließlich in den Burberry. Er überprüfte den Browning, steckte ihn in die eine, den Schalldämpfer in die andere Tasche. Er kämmte sich sorgfältig und lächelte seinem Spiegelbild zu. «Was für ein einmaliger letzter Akt; den darf man sich unter keinen Umständen entgehen lassen.»

Er verließ die Wohnung. Die Tür fiel leise hinter ihm ins Schloß

Der Mini Cooper stand noch an derselben Stelle im Hof neben «The Bargee», wo Egan ihn geparkt hatte. Im Lokal herrschte Hochbetrieb. Durch die Fenster sahen sie, wie sich die Zecher in der Bar drängten, so daß Ida und drei Hilfskräfte alle Hände voll zu tun hatten.

Egan und Sarah benutzten die Küchentür. «Warten Sie hier», sagte er. «Ich bin gleich wieder da.»

Er ging hinauf in sein Schlafzimmer, schlug den Teppich zwischen Bett und Wand zurück und hob das Dielenbrett. Darunter mußte irgendwo noch ein Browning liegen. Er fand ihn, ebenso einen Schalldämpfer sowie zwei Magazine und eilte wieder nach unten.

Als er die Küche betrat, öffnete sich die Tür zur Bar, und Ida hastete herein, sich die Hände an einem Gläsertuch trocknend. Sie starrte sie entgeistert an. «Wo kommt ihr denn her?»

«Bin gerade zurück», erklärte Egan.

«Jack hat nachmittags angerufen und nach dir gefragt. Er ist aus der Klinik entlassen und wieder in Hangman's Wharf.»

«Na prima», meinte Egan. «Wir haben einen Bekannten von dir getroffen, als wir drüben in Ulster waren, Ida, oder vielleicht sollte ich ihn einen Geschäftspartner nennen.»

Sie wirkte verdutzt. «Wovon redest du eigentlich?»

Egan hielt ihr das Foto vor die Nase. «Davon, Ida – das hier ist's, wovon ich rede.»

Ihr Gesicht wurde kreidebleich, die Augen starr. Plötzlich sah sie zehn Jahre älter aus. Sie nahm das Foto, ihre Hände zitterten, und dann sackte sie am Tisch zusammen und brach in Tränen aus.

Jago ließ den Spyder in der Wapping High Street und ging den Rest des Weges zu Fuß trotz des mittlerweile heftigen Regens. Schließlich bog er in die schmale, von alten, viktorianischen Lagerhäusern gesäumte Straße ein und kam bei Hangman's Warf heraus. Smith stand unter einer Laterne und blickte zum Fluß. Er trug einen großen schwarzen Schirm und einen Regenmantel über den Schultern.

Jago stand da, die Hände in den Taschen. «Mr. Smith? Endlich lernen wir uns kennen.»

«Und das um eine idiotische Zeit», entgegnete Jack Shelley, drehte sich zu ihm um und lächelte, eine sonderbar verwegene Erscheinung, den rechten Arm in einer schwarzen Schlinge.

Ida blieb am Küchentisch, gewahrte das Aufheulen des Motors, als der Mini Cooper startete, und dann das langsame Abebben. Sie hörte nun auf zu weinen, nahm ein Taschentuch und trocknete sich die Augen. Die Tür zur Bar öffnete sich, und einer der Schankkellner schaute herein. «Wo steckst du denn, Ida? Wir laufen uns da drin die Füße wund, Mädchen.»

«Ich komme gleich, Bert.»

Sie ging zum Kaminsims und nahm das Foto von Egan und Sally herunter, auf dem das Mädchen, im Halbprofil, mit solcher Liebe zu ihm aufschaute.

«Meine kleine Sally», flüsterte Ida. «Ich hab dich im Stich gelassen, Schatz, nicht wahr? Ich hatte immer zuviel Angst, weißt du, aber jetzt nicht mehr.»

Sie stellte das Foto zurück, holte die Karte hervor, die Tony Villiers ihr gegeben hatte, und ging ans Telefon.

Als der alte Lastenaufzug langsam, Stockwerk um Stockwerk, nach oben fuhr, bemerkte Shelley: «Große Klasse, was Sie aus Ihrem Äußeren gemacht haben, ich hätte Sie nicht erkannt.»

«Sie wußten also, wie ich früher ausgesehen habe?» fragte Jago.

«Logisch. Seien Sie doch nicht dämlich. Ich wußte mehr über Sie als Sie selbst. Eben deswegen hab ich Sie ja genommen.»

«Aber wie Sie die Sache gehandhabt haben. All diese Anrufe. Das war einfach brillant.»

«Quark. Ein Kinderspiel. Das Tolle am Telefon ist doch: solange man selber den Anruf macht, ist man am Drücker. Der Piepser hat mich alarmiert, wenn ich in Reichweite war, und wenn nicht, dann mußte ich nur in bestimmten Abständen die Kontaktnummer anwählen, um festzustellen, ob auf dem Band eine Nachricht war.»

«Clever», meinte Jago anerkennend.

«Nicht unbedingt. Wenn Sie jemand anruft und sagt, er wäre in London, glauben Sie ihm, aber er könnte doch genausogut in Paris sein. Auf die Tour tricksen Vertreter ihre Ehefrauen aus, wenn sie sich ein flottes Wochenende gönnen wollen.» Er lachte meckernd, als der Aufzug hielt und er ausstieg. «Ja, ich konnte Sie von überallher anrufen, und Sie hatten keine Ahnung, woher's kam. Autotelefon, wenn ich in meinem Klinikbett lag, Telefonzellen. Was natürlich meine Spuren erst richtig verwischte, das war Paris, die Art und Weise, wie Sie mich dort angeschossen haben. Gerade genug, damit es so aussah, als ob ich zu den Guten gehöre. Ich bin da mit Ihnen ein Mordsrisiko eingegangen, aber Sie haben's prima hingekriegt.»

Er ging voran über den Korridor, an der Küche vorbei und öffnete die Tür zum Hauptraum. Er regulierte etwas an einer Serienschaltung, so daß nur ein paar Tischlampen am anderen Ende brannten, während der Raum größtenteils dunkel blieb.

«Ich hab's nicht gern so hell.»

«Wo stecken denn Ihre ständigen Begleiter?» fragte Jago.

«Frank und Varley? Hab ihnen den Abend freigegeben. Die tun alles, was man ihnen sagt. Offen gestanden haben sie keinen Schimmer, was ich in den letzten drei bis vier Jahren aufgezogen hab.»

Er stoppte an der Hausbar, nahm eine Karaffe mit Brandy und schenkte zwei Gläser ein. «Nein, wir zwei sind ganz unter uns. Prost, auf uns beide!»

«Und auf unsere Freunde.»

«Logisch.» Er lachte. «Darauf trinke ich. Auf die Freunde.» Und er stieß mit Jago an.

Der Aufzug hielt mit einem Ruck. Egan ging voran durch den Korridor. Er blieb stehen, nahm den Browning aus der Jacke und nickte Sarah zu.

«Sei vorsichtig, Eric», flüsterte sie. «Paß gut auf.»

Egan lächelte trübe. «Ich heiße Sean, Mrs. Talbot, nicht Eric.»

Er öffnete die Tür und trat ein. Er hielt inne, den Browning in der herunterhängenden Hand, Sarah dicht hinter ihm. Der Raum lag fast im Dunkeln und ließ nur vage Umrisse erkennen. Sie gingen weiter.

«Jack, bist du da?» rief Egan.

«Komme schon, mein Sohn.» Die Tür zur alten Ladeplattform stand offen, und Shelley erschien, in einer Hand den Regenschirm. «Draußen gießt's in Strömen, aber ich wollte 'n bißchen Luft schnappen.» Er schälte sich mit einer Hand aus dem Mantel, machte ein paar Schritte und drehte sich um. «Seh ich da etwa 'ne Kanone, Sean? Nicht gerade die feine englische Art bei deinem alten Onkel.»

«Na ja, ich dachte, bei Mr. Smith würde ich sie wahrscheinlich brauchen. Wir hatten eine interessante Unterhaltung über dich mit Ida, Jack. Meine Güte! Jack Shelley, der Robin Hood vom East End, ein Drogenhäuptling. Warum bloß, Jack?»

«Sei doch kein Idiot. Weißt du, wieviel ich nach vier Jahren in dieser Branche auf Schweizer Bankkonten habe? Zweiundzwanzig Millionen Pfund. Zweiundzwanzig Millionen. Das ist kein Pappenstiel.»

«Und was werden Sie damit anfangen, Mr. Shelley?» fragte Sarah. «Der Schätzwert Ihrer legalen Geschäftsinteressen liegt doch sowieso schon in gleicher Höhe, wie ich höre.»

«Und was hat das, verdammt noch mal, damit zu tun?»

«All das Geld und keine Möglichkeit, es auszugeben», erwiderte Egan. «Genau dasselbe wie bei einigen deiner alten Kumpane in meiner Kindheit. Die Kerle, die einen Geldtransport ausraubten und dann einen Koffer voller Scheine unter dem Bett stehen hatten, mit denen sie nichts anfangen konnten, weil die Bullen nur darauf gelauert haben.»

«Laß den Quatsch. Du redest Blech», fuhr Shelley ihn an.

«Schwamm drüber», entgegnete Sean. «Das alles ist mies genug, aber nicht so mies wie das, was Ida uns erzählt hat. Wie sie eines Nachmittags unverhofft ins ‹Bargee› zurückgekommen ist und dich mit Sally im Bett vorgefunden hat. Wie die Kleine total verändert war, ein völlig anderer Mensch. Wie sie nie wieder dieselbe wurde.»

«Und wir wissen auch, warum, Mr. Shelley», ergänzte Sarah. «Scopolamin und Phenothiazin, auch *burundanga* genannt.»

«Sie halten sich gefälligst da raus, Sie dreckiges Weibsbild. Sie haben genug Unglück angerichtet.» Shelley wandte sich wieder Egan zu. «Na und? Sie war 'ne kleine Schlampe. Eines Morgens, wie ich zufällig vorbeikam und Ida nicht da war, hab ich sie mit einem Kerl erwischt. Immerhin hat sie ja auch nicht zur Familie gehört, oder?»

Egan hob die Waffe. Seine Hand zitterte. Er feuerte sie indes nicht ab, sondern ließ den Browning wieder sinken. Shelley lachte triumphierend. «Ich wußte, du bringst es nicht fertig. Ich kenne dich besser als du dich selbst, mein Sohn.» Er rief lautstark: «Alles klar, Jago!»

Jago kam durch die offene Fenstertür von der Ladeplattform und versetzte Egan mit dem Lauf seines Browning einen Schlag ins Genick. Egan fiel auf den Boden und blieb liegen.

Jago blickte lächelnd zu Sarah. «Ein Vergnügen, Sie wiederzusehen, Mrs. Talbot.»

Shelley richtete sein Augenmerk auf Egan. «Läßt sich von einem Weiberrock kleinkriegen, der dämliche Junge.» Er fixierte Sarah. «Und das geht alles auf Ihr Konto, Sie kommen einfach hier reingeschneit, schnüffeln rum, bringen alles und jeden durcheinander. Das hört jetzt auf.» Er wandte sich zu Jago. «Schaffen Sie sie weg. Schmeißen Sie sie über das Geländer in den Fluß.»

Jago sah Sarah an und lächelte nicht mehr. Der Browning schwankte leicht, senkte sich. «Ich glaube nicht, daß ich das tun möchte, Mr. Shelley.»

«Noch einer, der bei so 'nem Miststück weiche Knie kriegt», knurrte Shelley verächtlich.

Er schoß zweimal sehr schnell hintereinander auf Jago, die Kugeln schlugen dumpf ein, schleuderten ihn rückwärts durch die Fenstertüren gegen das Geländer der Ladeplattform. Er wollte sich hochrappeln, und da kam Shelleys Linke mit einem kurzläufigen Revolver aus der Schlinge. Er feuerte noch zweimal rasch hintereinander, und Jago rollte auf den Rücken, seine Gliedmaßen zuckten.

Shelley lachte gleichgültig. «Scheint so, als ob ich das hier nun selber erledigen muß.» Er bückte sich nach Egans Browning und stieß ihn mit dem Fuß an. «Familie, verstehen Sie, Mrs. Talbot. Ich wußte, wenn's drauf ankommt, kann er mich nicht abknallen.»

Da entluden sich die Wut, der Abscheu vor diesem Monstrum und all den Ungeheuerlichkeiten, die er begangen hatte, vehement. Ihre Hand kam mit der Walther PPK aus der Tasche. Als sie den Arm ausstreckte, berührte ihn die Mündung zwischen den Augen.

«Aber ich kann es, Sie Schwein!» schrie sie und drückte ab.

In seinem Blick spiegelte sich weniger Furcht als vielmehr Erstaunen, und dann barst sein Hinterkopf, Blut und Hirnmasse spritzten auf die weiße Wand, als er zurückgeschleudert wurde.

Sie fiel auf die Knie, immer noch die Waffe umklammernd, als eine Stimme rief: «Sarah!» Als sie hochblickte, sah sie Jago im offenen Fenster stehen. Eine gespenstische Erscheinung. «Ganz große Klasse», sage er. «Ich bin stolz auf dich.» Und dann verlor er das Gleichgewicht, taumelte rücklings gegen das Geländer und stürzte hinunter in den Fluß.

Die Tür hinter ihr sprang auf. Sie rappelte sich hoch, warf die Walther hin und drehte sich schwankend um, drohte umzufallen, und Tony Villiers konnte sie gerade noch rechtzeitig auffangen.

Sarah saß auf der Couch und trank Tee mit einem Schuß Brandy. Drei junge Männer in Parkas und Jeans standen mit Sterlings bewaffnet im Dunkeln. Tony telefonierte, Ferguson saß ihr gegenüber und beobachtete sie scharf.

Sie hörte Tony sagen: «Ich brauche jetzt die Spurenbeseitigung an folgender Adresse.»

«Die Spurenbeseitigung?» wiederholte sie fragend.

Ferguson antwortete: «Jack Shelley, wohlbekannter Geschäftsmann in der City, wenngleich mit recht bewegter Vergangenheit, ist heute abend an einem Herzanfall gestorben. Eine Autopsie ist nicht erforderlich, da er bei einer Kapazität in der Harley Street wegen seines Leidens in Behandlung war. Kein Problem bei Ausstellung eines dementsprechenden Totenscheins.»

«Ihr könnt einfach alles machen, stimmt's? Wenn's wirklich drauf ankommt, seid ihr doch alle gleich – CIA, KGB, SIS», bemerkte sie.

«Tja, lassen wir das Theater mal beiseite, Mrs. Talbot. Jack Shelley wird innerhalb der nächsten halben Stunde von hier aus zu einem Krematorium im Norden von London gebracht. Um Mitternacht ist er dann zu fünf Pfund Asche geworden, und Sie fliegen, ebenfalls um Mitternacht, in die Staaten zurück.»

Egan kam aus dem Dunkeln, als Villiers den Hörer auflegte.

«Alles in Ordnung, Sean?» erkundigte sich Sarah.

«Ich hab Ihnen nicht viel genützt.»

«Begreiflich, unter den gegebenen Umständen.»

Er lächelte gezwungen. «Jock hatte also unrecht. Als es wirklich hart auf hart ging, konnten Sie abdrücken.»

«Ich werde mich nicht dafür entschuldigen», erklärte sie. «Er hat den Tod verdient, und ich habe ihn umgebracht. Ich bin nicht stolz darauf, aber es tut mir auch nicht leid. Ich muß eben lernen, damit zu leben.»

«Hölle auf Zeit», erwiderte er. «Ich hab Sie gewarnt.»

«Tony, ich glaube, Mrs. Talbot sollte jetzt fahren», sagte Ferguson.

Villiers ging zu ihr. «Komm, Sarah.»

Sie ergriff Egans Hände. «Was werden Sie tun, Sean?»

«Mich durchmogeln. Ich schwindle mich schon durch.»

Sie legte ihm die Hände auf die Schultern. «Sie bedeuten mir inzwischen sehr viel. Aber ich glaube, das wissen Sie.»

«Ich, Mrs. Talbot? Oder Eric?»

«Sie, Sean. Ganz bestimmt Sie.»

Sie drückte ihn lange und fest an sich und entfernte sich dann sehr rasch. Villiers eilte hinterher.

Egan ging zur Hausbar und goß sich einen Scotch ein. Er trat ans offene Fenster, ohne von Shelleys Leichnam unter der Decke Notiz zu nehmen, stellte sich auf die Ladeplattform und schaute hinunter zum Fluß.

«Und was nun, Sean?» fragte Ferguson.

«Das weiß nur der liebe Gott.»

«Tja, es läßt sich doch nichts daran ändern. Sie werden eben für mich in Group Four arbeiten.»

«Den Teufel werd ich tun.»

«Mein lieber Sean, das Finanzamt wird die unrechtmäßigen Profite Ihres Onkels aus der Schweiz einziehen, aber sie bleiben trotzdem Alleinerbe eines Geschäftsimperiums im Werte von über zwanzig Millionen Pfund.» Ferguson lächelte. «Was um alles in der Welt will ein Bursche wie Sie mit soviel Geld anfangen?»

Sean Egan stellte sein Glas hin, machte kehrt und verschwand durch den dunklen Raum. Ferguson rief ihm nach: «Sie kommen zurück, Sean. Es bleibt Ihnen gar nichts anderes übrig. Wohin denn sonst?»

Über dem Fluß lag dichter Nebel, und es regnete in Strömen. Ein Nebelhorn ertönte auf einem Schiff, das in Richtung See fuhr. An den seit langem unbenutzten Piers war alles ruhig, bis sich auf einmal in King James's Stairs unter dem Kai etwas bewegte und eine schattenhafte Gestalt eine Leiter emporkletterte.

Jago, triefend naß, stellte sich oben auf dem verlassenen Pier unter eine Straßenlaterne und knöpfte den Burberry auf. Die Patronen, die Shelley auf ihn abgefeuert hatte, steckten in der kugelsicheren Weste. Er holte sie, eine nach der anderen, heraus, warf sie in den Fluß und knöpfte den Burberry wieder zu. Hoch oben hob ein Flugzeug in Heathrow ab und überquerte die Stadt. Sarah könnte darin sein. Höchstwahrscheinlich nicht, aber das spielte weiter keine Rolle.

Er blickte hinauf in die Nacht, lächelnd, mit ausgebreiteten Armen. Dann machte er kehrt und verschwand im Dunkel. Spurlos.